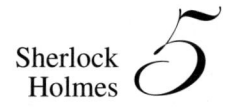

셜록 홈즈의 회상

셜록 홈즈 전집 5
셜록 홈즈의 회상

아서 코난 도일 지음
정태원 옮김

발 행 일   초판 1쇄 2013년 9월 28일
          초판 2쇄 2014년 1월 13일
발 행 처   시간과공간사
발 행 인   최석두

등록번호   제1-765호 / 등록일 1988년 7월 6일
주   소   서울시 마포구 서교동 480-9 에이스빌딩 3층
전화번호   (02)325-8144(代) FAX (02)325-8143
이 메 일   pyongdan@hanmail.net
I S B N   978-89-7142-251-9   14840
I S B N   978-89-7142-246-5   (세트)

ⓒ 시간과공간사, 2013

※ 잘못된 책은 바꾸어 드립니다
   저희는 매출액의 2%를 불우이웃 돕기에 사용하고 있습니다.

SHERLOCK HOLMES

최신 완역본

아서 코난 도일 지음 | 정태원 옮김

셜록 홈즈의 회상

The Memoirs of Sherlock Holmes

시간과공간사

Contents

셜록 홈즈의 회상

1. 실버 블레이즈 7

2. 누런 얼굴 51

3. 증권 중개인 85

4. 글로리아 스콧 117

5. 머스그레이브 가의 의식 153

6. 라이게이트의 지주들 187

7. 등이 굽은 남자 223

8. 입원 환자 259

9. 그리스 어 통역사 291

10. 해군 조약 325

11. 마지막 사건 383

《셜록 홈즈의 회상》 해설편 417

Sherlock Holmes

실버 블레이즈
Silver Blaze

1890년 9월 25일(목) ~ 9월 30일(화)

"왓슨, 나는 가야겠어."
어느 날 아침, 함께 식탁에 앉은 홈즈가 말했다.
"가다니, 어디로?"
"다트무어의 킹즈 파이랜드."
나는 놀라지 않았다. 아니, 오히려 영국 전체를 떠들썩하게 만든 이 이상한 사건에 그가 아직 뛰어들지 않았다는 것이 훨씬 이상했다. 홈즈는 어제 하루 종일 어깨를 늘어뜨리고 미간을 찌푸린 채 방 안을 왔다 갔다 하며 가장 독한 검은 담배만 파이프에 계속 갈아 채울 뿐, 내가 무엇을 물어도 도무지 귀를 기울이지 않았다. 또한 여러 신문이 간행되기가 바쁘게 배달되었지만 잠깐 훑어보고는 방구석에 던졌다. 그러나 나는 그가 아무 말이 없어도 무엇을 생각하는지 알 수 있었다. 지금 그의 추리능력에 도전할 수 있는 문제는 웨식스 컵 레이스에 나갈 인기 말의 기괴한 실종과 그 조련사가 살해된 사건뿐이었다. 그래서 그가 갑자기 사건 현장에 가겠다고 했을 때 그것은 내가 이미 예상하고 기대했던 일이다.

"방해가 안 된다면 나도 가고 싶은데." 내가 말했다.

"왓슨, 자네가 함께 가면 매우 도움이 되지. 자네에게도 공연한 시간 낭비는 되지 않을 거야. 어쩌면 이것은 전례가 없는 아주 독특한 사건이 될 거야. 지금 패딩턴 역에 가면 기차를 탈 수 있어. 자세한 것은 차 안에서 이야기하지. 미안하지만 자네의 그 성능 좋은 쌍안경을 꼭 갖고 가게."

한 시간 후, 나는 엑서터(데번셔의 수도)를 향해 달리는 기차의 일등칸에 자리 잡고 있었다. 귀 덮개가 달린 여행 모자가 윤곽이 뚜렷하고 진지한 셜록 홈즈의 얼굴을 한층 돋보이게 했다. 홈즈는 패딩턴에서 산 신문들을 모두 훑어보고 있었다. 레딩을 훨씬 지났을 무렵, 마지막 신문을 좌석 밑에 밀어 넣은 그는 나에게 담배 케이스를 내밀었다.

"순조롭게 달리고 있군. 시속 53마일 반이야." 그는 창밖을 내다본 뒤 시계를 언뜻 보면서 말했다.

"4분의 1마일 표식이 보이지 않았는데." 내가 말했다.

"나 역시 못 봤어. 하지만 이 선로의 전주는 60야드마다 서 있기 때문에 계산은 아주 간단해. 그런데 존 스트레이커 살해와 실버 블레이즈 실종 사건에 대해서는 이미 알고 있을 테지."

"〈텔레그래프〉와 〈크로니클〉의 기사를 봤어."

"이 사건은 새로운 증거를 찾기보다 이미 알려져 있는 자료를 취사선택하고 거기에 추리 솜씨를 발휘해야 할 사건이지. 이것은 아주 이상하고 완벽한 데다가 많은 사람에게 중대한 관계가 있는 사건이기 때문에, 추측과 억측 그리고 가설이 난무해 많은 곤란을 겪고 있어. 우선 여러 가지 견해나 보도에서 절대적으로 확실한 사실의 골격을 끌어내야 해. 그리고 그 견고한 토대 위에서 어떠한 추론을 끌어내고, 사건 전체의 수수께끼를 풀 열쇠를 찾는 것이 우리의 일이지. 나는 화요일 밤에 말 주인 로스 대령과 이 사건을 담당하고 있는 그레고리 경감한테서 협력을 의뢰한다는 전보를 받았어."

"화요일 밤이라고! 지금은 목요일 아침이야. 어째서 어제 가지 않았나?" 내가 소리를 질렀다.

"내 실수야, 왓슨. 이 정도의 실수는 자네의 회상록에 나를 평가하는 사람들이 알고 있는 것보다 훨씬 많이 실려 있지. 사실 나는 영국 최고의 명마를 다트무어 북부처럼 인구가 적은 지방에서 그다지 오래 숨겨 둘 수 없다고 생각했어. 그래서 어제는 하루 종일 말이 발견되고, 존 스트레이커를 죽인 것도 그 말 도둑의 범행이라는 보도가 들어오기를 이제나저제나 하고 기다리고 있었지. 그런데 피츠로이 심슨이 붙잡혔을 뿐, 오늘 아침까지 아무 진전이 없어서 드디어 내가 나설 때가 왔다고 생각했어. 그렇지만 어제 하루를 헛되이 보냈다고는 생각하지 않네."

"그럼, 줄거리가 갖추어졌단 말이지?"

"적어도 주요한 사실은 파악했어. 그 이야기를 하지. 사건의 상황을 확실히 하려면 남에게 들려주는 것이 제일이거든. 그리고 출발점부터 제대로 알아야 자네도 도움을 줄 수 있지."

나는 좌석 쿠션에 기댄 채 담배를 피우며 홈즈의 이야기를 들었다. 홈즈는 중요한 사항을 말할 때면 하듯이, 가늘고 긴 집게손가락으로 왼쪽 손바닥을 두드리며 우리들을 여행하게 만든 사건의 개요를 이야기했다.

"실버 블레이즈는 아이소노미의 혈통을 이은 말로, 유명한 조상

못지않게 빛나는 기록을 갖고 있어. 지금 다섯 살이지만 출주 때마다 주인 로스 대령에게 상금을 안겨 주었지. 이번 사건이 일어났을 때도 웨식스 컵 레이스의 우승 후보로서 걸린 비율은 3대 1이었지. 그러나 이 실버 블레이즈는 경마 팬 사이에서는 최고의 인기마로 아직 한 번도 그들의 기대를 뒤엎은 일이 없기 때문에 그렇게 낮은 비율이어도 막대한 돈이 걸려 있어. 따라서 다음 화요일 레이스에 실버 블레이즈가 나가지 못한다면, 아주 커다란 이익을 얻는 사람이 상당히 있을 거라는 사실은 명백하지.

물론 이 사실은 대령의 마구간이 있는 킹즈 파이랜드에서는 모두 잘 알고 있고, 이 인기마를 보호하기 위하여 온갖 조치가 취해졌지. 조교 존 스트레이커는 기수 출신으로 체중이 무거워지기 전까지는 로스 대령의 기수를 했어. 그는 기수로서 5년, 조교로서 7년이나 대령에게 종사했고, 언제나 열심히 정직하게 일했지.

마구간은 말이 네 마리뿐인 조그만 규모로, 스트레이커 밑에는 젊은 사람 세 명이 있을 뿐이야. 그중 한 명은 매일 밤 마구간에서 보초를 서고 나머지 두 사람은 마구간 2층에서 잠을 잤네. 세 명 모두 착실한 젊은이 같아. 존 스트레이커는 결혼했기 때문에 마구간에서 200야드쯤 떨어진 작은 집에 살고 있어. 아이는 없고 가정부 한 명을 고용해서 편안하게 살고 있었지. 이 부근은 아주 쓸쓸한 곳이지만 반 마일 정도 떨어진 북쪽에 다트무어의 신선한 공기를 맛보고 싶어하는 사람들이나, 요양하는 병자들을 위해 태비스탁의 어떤 건축업자가 지은 작은 별장들이 있어. 태비스탁은 서쪽으로 2마일 지점에 있지만, 황야 너머로 역시 2마일쯤 떨어져서 킹즈 파인랜드보다 조금 더 큰 메이플턴의 조교장이 있지. 이것은 백워터 경의 소유로, 사이러스 브라운이 관리하고 있어. 그 밖의 방향은 어느 쪽이나 전부 완전한 황야로 방랑하는 집시가 약간 살고 있을 뿐이네. 이것이 월요일 밤 사건이 일어났을 때의 대체적인 상황이야.

그날 밤 마부들은 평소와 마찬가지로 말을 운동시키고 물을 준 다음 9시에 마구간의 문단속을 했어. 젊은이 세 명 중 두 명은 조교의 집에 가서 저녁을 먹었고, 네드 헌터만 마구간을 지키기 위해 남아 있었지. 9시 조금 지나서 하녀 이디스 백스터가 저녁 식사로 양고기 카레 요리를 만들어 마구간에 가져왔어. 마실 것은 곁들어 있지 않았지. 왜냐하면 마구간에 수도가 있었고, 일할 때는 물 이외는 아무것도 마셔서는 안 된다는 규칙이 있기 때문이야. 아주 어두운 밤이었고 황야를 지나가야 했기 때문에 하녀는 랜턴을 손에 들고 있었지.

이디스 백스터가 마구간에 30야드쯤 다가가자 어둠 속에서 갑자기 한 남자가 나타나더니 그녀를 불러 세웠지. 랜턴의 노란 빛 원 속으로 걸어 들어오는 남자는 회색 트위드 소재의 옷을 입고, 나사 모자를 쓴 신사였어. 목이 긴 구두를 신고, 손잡이가 둥근 굵은 지팡이를 갖고 있었지. 하지만 하녀가 깜짝 놀란 것은 그의 얼굴이 이상할 정도로 창백하고, 신경질적인 모습을 했다는 점이었네. 나이는 서른을 조금 넘은 정도로 보였지.

 '여기는 어디요? 황야에서 노숙하려는데, 당신의 랜턴 불빛이 보였소.' 남자가 물었지.
 '여기는 킹즈 파이랜드 마구간 옆입니다.' 그녀가 대답했네.
 '오, 정말이오! 운이 좋군! 과연, 마구간에는 마부가 매일 밤 숙직하는가? 당신은 저녁 식사를 가져가는 참이군. 새 옷을 한 벌 장만할 수 있는 기회가 있는데, 어때? 설마 거드름을 피우며 싫다고

하지는 않겠지?'

 남자는 조끼 주머니에서 접힌 하얀 종이를 꺼냈어.

 '부탁이야, 이것을 오늘 밤 그 마부에게 전해 줘. 그렇게 하면 최고급 드레스를 살 수 있게 해 주지.'

 하녀는 남자의 태도에 기분이 나빠져서, 옆을 빠져나가 언제나 식사를 넣어 주는 마구간의 창문으로 달려갔지. 헌터는 창을 열고 작은 탁자 앞에 앉아 있었어. 이디스가 방금 있었던 일을 이야기하려고 하자 낯선 남자가 다시 나타났지.

 '좋은 밤이군요.' 남자는 창 안을 들여다보며 말했지. '사실은 당신에게 이야기하고 싶은 것이 있어서……'

 남자가 말했을 때, 손에 쥐고 있는 작은 종이 꾸러미의 끝이 언뜻 보였다고 하녀는 나중에 증언했어.

 '무슨 일이지요?' 헌터가 물었지.

 '돈을 벌 수 있는 일이지. 여기에는 웨식스 컵 레이스에 나갈 말이 두 마리가 있을 거야. 실버 블레이즈와 베이야드 말이오. 어때, 확실한 정보를 하나 제공해 주지 않겠나? 결코 손해는 되지 않게 할 테니 말이야. 들리는 말에 의하면, 부담 중량의 핸디를 생각하면 베이야드는 실버 블레이즈에 5펄롱에서 100야드의 차이가 나기 때문에 마주들은 모두 베이야드에 걸었다고 하는데 그게 정말인가?'

 '뭐야, 당신도 염탐꾼이군! 당신 같은 사람들을 킹즈 파이랜드에선 어떻게 취급하는지 보여 주지.'

마부는 벌떡 일어나더니 개를 풀어놓으러 마구간으로 달려갔지. 하녀는 집 쪽으로 뛰어 도망갔지만, 뛰면서 돌아보니 남자가 창문으로 몸을 반쯤 들이밀고 있었다고 했어. 그렇지만 헌터가 개를 데리고 뛰어나왔을 때는 남자가 이미 없어진 후였지. 마구간 주위를 다 찾아보았지만 그는 아무 데도 없었지."

"잠깐!" 나는 홈즈의 말을 가로막으며 물었다. "마부는 개를 데리러 나가면서 마구간 문에 자물쇠를 채우지 않았었나?"

"훌륭해, 왓슨. 정말 훌륭한 질문이야! 그 점은 나도 아주 중요하다고 생각해서 어제 다트무어에 특별 전보로 문의했어. 마부는 마구간을 나올 때 자물쇠를 채웠다는 거야. 그리고 창문도 사람이 들어갈 만큼 크지는 않다고 해.

헌터는 동료 마부가 식사를 끝내고 돌아오기를 기다렸고, 마침내 동료가 오자 그 일을 조교에게 보고했지. 스트레이커는 이야기를 듣고 흥분했지만, 그 일이 어떤 일인지는 몰랐던 모양이야. 그러나 막연히 불안을 느꼈는지, 밤 1시에 스트레이커 부인이 잠이 깨서 보니 그가 옷을 입고 있더라는 거야. 무슨 일이냐고 부인이 물었더니, 말이 걱정돼서 잠이 오지 않아 마구간까지 가 봐야겠다고 대답했다는군. 비가 창문을 때리는 소리가 들려서 부인이 집에 있으라고 했지만, 부인의 애원에도 아랑곳없이 그는 막무가내로 큰 비옷을 걸치고 나갔어.

스트레이커 부인은 이튿날 아침 7시에 잠이 깼는데, 남편은 그때까지도 돌아와 있지 않았네. 부인은 서둘러 옷을 입고 하녀를 불러서 마구간으로 갔어. 문이 활짝 열려 있었고, 안에는 헌터가 의자에 옹크린 채 잠들어 있고, 실버 블레이즈의 마구간은 텅 비었을 뿐 아니라 남편도 보이지 않았어.

부인은 마구간 창고 2층의 여물 써는 방에서 자고 있던 두 젊은 이들을 흔들어 깨웠지. 둘 다 정신없이 곯아떨어지는 편이라 밤새 아무 소리도 듣지 못했다고 했어. 헌터는 무엇인가 강력한 약을 먹었는지 정신을 차리지 못하고 횡설수설해서 약 기운이 떨어질 때까지 그냥 재우기로 했어. 두 마부와 두 여자는 스트레이커와 실버 블레이즈를 찾으러 뛰어나갔지. 그때까지 그들은 조교가 말을 운동시키기 위해서 아침 일찍 데리고 나갔을 거라는 희망을 걸었지. 하지만 황야를 훤히 내려다볼 수 있는 언덕에 올라가 보아도 실버 블레이즈의 흔적은 보이지 않았고, 그들은 점점 불길한 예감에 휩싸였어.

그러다 그들은 마구간에서 4분의 1마일쯤 떨어진 바늘금작화 덤불에서 존 스트레이커의 비옷이 너풀거리는 것을 보았네. 그 바로 앞에 둥글게 움푹 꺼진 곳이 있는데 그 밑바닥에서 불운한 조교의 시체가 발견되었어. 머리는 무거운 흉기로 맞았는지 박살이 나 있고, 허벅지에는 아주 날카로운 칼에 찔린 길고 가는 상처가 있었지. 하지만 스트레이커도 가해자들에게 몹시 저항한 듯, 오른손에는 칼자루까지 흠뻑 피가 묻은 작은 나이프를 쥐고 있고, 왼손에는 빨간색과 검은 색이 섞인 스카프 타이를 움켜쥐고 있었지. 전날 밤 마구간에 온 낯선 남자가 매고 있었던 거라고 하녀가 증언했어.

 혼수상태에서 깨어난 헌터도 스카프타이의 소유자에 대해 하녀와 똑같은 증언을 했어. 그는 또 그때 창밖에 있던 그 이상한 남자가 양고기 카레 요리에 약을 섞어 자기를 잠들게 한 게 틀림없다고 강력히 주장했지.
 살인 현장의 진흙 구렁에는 말 발자국이 많이 남아 있어 격투하는 동안 말이 그곳에 있었던 게 틀림없지만, 지금까지 그 말은 행

방불명이야. 막대한 상금이 걸려 있어 다트무어 일대의 집시들이 눈을 번뜩이고 있지만, 지금까지 아무것도 알려진 게 없어. 그리고 마부 헌터가 먹다 남은 저녁 식사를 분석해 보았더니 아편 분말이 다량 검출되었지. 다만 같은 날 밤 같은 음식을 먹은 다른 사람들은 아무런 이상이 없었네.

 이상이 사건의 개략적인 내용이야. 이번에는 경찰의 수사 상황을 간단히 설명하지.

 사건을 담당한 그레고리 경감은 아주 유능한 경관이야. 조금만 더 상상력을 발휘한다면 이 분야에서 상당히 출세할 수 있는 사람이지. 그는 현장에 도착하자 곧 혐의가 다분한 그 남자를 찾아서 구속했어. 그 부근에서는 잘 알려져 있는 사람이라 찾아내는 데 어려움은 없었지. 피츠로이 심슨은 태생도 좋고 교육도 잘 받았지만, 경마로 재산을 날리고 지금은 런던의 스포츠클럽에서 작은 사설 마권판매소를 운영하며 살고 있는 것 같네. 그의 도박 장부를 조사해 보았더니, 실버 블레이즈와 우승을 다투는 말에 5,000파운드나 걸었더군.

 체포된 심슨은 자신이 다트무어에 온 목적은, 킹즈 파이랜드에 있는 두 마리의 말과 메이플턴 마구간에서 사이러스 브라운이 관리하는 두 번째로 인기 있는 데스보로에 관한 정보를 얻기 위해서라고 자백했어. 그리고 아까 말했듯이 전날 밤의 행동에 대해서는 부정하지 않았지만, 나쁜 뜻이 있어서 그런 것이 아니라 직접 정보를 얻고 싶었을 뿐이라고 주장했지. 그러나 스카프 타이를 보여 주었더니 얼굴빛이 바뀌었고, 어떻게 해서 그것이 피해자의 손에 있었는지 한마디 변명도 하지 못했어. 옷이 젖어 있는 것은 전날 밤에 비가 올 때 집 밖에 있었다는 사실을 말해 주고, 그의 야자나무 지팡이는 손잡이에 납이 들어 있어서, 그것으로 몇 번 때리면 조교의 두개골을 부술 수 있는 무서운 흉기가 되지.

그런데 스트레이커가 들고 있던 나이프가 그처럼 피투성이가 되어 있는 것을 보면, 적어도 가해자가 부상을 당했을 텐데, 심슨의 몸에는 아무런 상처도 없었어. 이것으로 사건의 개요는 다 설명한 셈이야. 왓슨, 단서가 될 만한 생각을 말해 주면 매우 고맙겠네."

홈즈의 명쾌한 설명에 나는 열심히 귀를 기울이고 있었다. 대강의 사실은 이미 알고 있었지만, 어느 사실이 어느 정도 중요한지, 서로 어떻게 연관되어 있는지는 알 수 없었다.

"스트레이커의 허벅다리 상처는 머리를 얻어맞고 경련하듯 몸부림치다가 자신의 나이프에 찔렸다고 생각할 수 있지 않을까?" 내가 말했다.

"충분히 있을 수 있는 일이야. 정말 그럴지도 몰라. 그렇다면 심슨에게 유리한 재료가 하나 없어지는 셈이지." 홈즈가 대답했다.

"경찰은 대체 어떤 가설을 세우고 있는지 도무지 모르겠군."

"글쎄, 우리의 생각과는 상당히 다를 거야. 아마도 경찰의 생각은 이럴 거야. 피츠로이 심슨은 보초를 서는 마부에게 약을 먹여 재우고, 어떻게 해서 손에 넣은 열쇠로 마구간 문을 열고, 명백히 유괴할 목적으로 말을 끌어냈다. 고삐가 없어진 건 심슨이 말에 맸기 때문일 것이다. 그리고 마구간의 문을 열어 놓은 채 말을 황야 쪽으로 몰고 가다가 그곳에서 조교를 만났다. 또는 추적을 당했다. 당연히 격투가 벌어지고 심슨은 굵은 지팡이로 조교의 머리를 때려 골이 터져 나오게 했지만, 나이프를 든 스트레이커로부터는 조그만 상처 하나 얻지 않았다. 그리고 말은 심슨이 비밀장소에 숨겼거나 또는 격투하는 사이에 달아나서 지금쯤 황야의 어딘가를 헤매고 있을지도 모른다. 경찰의 생각은 대개 이럴 거야. 그다지 설득력은 없지만 다른 해석은 더 설득력이 없어. 어쨌든 현장에 도착하는 대로 조사해 봐야겠어. 그때까지는 나도 더 이상 앞으로 진전할 수 없어.”

태비스탁 마을에 도착한 것은 이미 저녁때였다. 광막한 다트무어 황야 한가운데, 방패의 중앙돌기처럼 오도카니 존재하는 작은 마을이었다. 역에는 두 신사가 마중 나와 있었다. 한 사람은 키가 크고 피부가 하얀데 사자 같은 머리털에 턱수염을 길렀고, 기묘하게 사람을 쏘는 듯한 밝고 파란 눈을 갖고 있었다. 또 한 사람은 작은 몸집에 동작이 민첩하고 프록코트에 목이 긴 구두를 신은 단정한 차림으로, 짧은 턱수염은 손질이 잘되어 있었고 외눈안경을 끼고 있었다. 전자는 영국 경찰계에서 이름을 날리기 시작한 그레고리 경감이고, 후자는 경마계에서 유명한 로스 대령이었다.

“홈즈 씨, 당신이 오셔서 기쁩니다.” 대령이 말했다. “여기 계신 경감님이 생각할 수 있는 방법은 이미 다 해 보았지만, 저로서는 불쌍한 스트레이커의 원수도 갚고 말도 찾기 위해서 모든 수단을 동원하고 싶습니다."

"그 뒤에 새로운 발견이라도 있었습니까?" 홈즈가 물었다.

"유감이지만 거의 진척이 없습니다." 경감이 대답했다. "밖에 마차가 준비되어 있습니다. 어두워지기 전에 현장을 보고 싶어하실 것 같으니 이야기는 마차 안에서 하겠습니다."

1분 뒤, 우리들은 쾌적한 사륜마차에 자리를 잡고 데번셔의 색다르고 고풍스러운 거리를 달리고 있었다. 그레고리 경감은 사건에 대한 생각으로 머리가 꽉 차 있는지 거의 혼자서 말을 이어 갔으며, 홈즈는 때때로 그것에 질문이나 감탄사를 던졌다. 로스 대령은 모자를 눈언저리까지 눌러쓰고 팔짱을 낀 채 몸을 뒤로 젖히고 있었고, 나는 두 사람의 대화를 흥미롭게 듣고 있었다. 그레고리 경감은 자기의 견해를 늘

어놓았는데, 그것은 거의 전부 기차 안에서 홈즈가 예상했던 것과 일치했다.

"피츠로이 심슨은 모든 상황이 매우 불리한 셈이지요." 경감이 말했다. "저는 그가 범인이 틀림없다고 믿고 있습니다. 다만 증거는 상황 증거뿐이기 때문에 무엇인가 새로운 사실이 나타나기만 하면 언제라도 뒤집힐 수 있다는 것도 알고 있습니다."

"스트레이커의 나이프에 대한 생각은?"

"쓰러질 때 자기가 상처를 낸 것이라는 결론에 도달했습니다."

"왓슨도 오는 도중에 같은 말을 했습니다. 만약 그렇다면 심슨에게 불리한 재료가 하나 늘어나는 셈이군요."

"그렇습니다. 심슨은 나이프도 갖고 있지 않았고 상처 하나 없었습니다. 그에게 불리하게 작용하는 증거들은 하나같이 아주 확실한 것들입니다. 첫째, 실버 블레이즈의 실종은 그에게 큰 이해가 걸려 있습니다. 마부에게 약을 먹인 혐의도 짙고, 큰비가 내리는 동안 집 밖에 있었던 것도 틀림없습니다. 그리고 흉기가 되는 무거운 지팡이를 갖고 있었고, 피해자의 손에 그의 스카프 타이가 쥐어져 있었습니다. 이만한 증거가 있으면 배심원도 충분히 이해시킬 수 있을 겁니다."

홈즈는 고개를 가로저었다.

"유능한 변호사의 손에 걸리면 그만한 증거는 금방 박살 나고 말지요. 심슨은 왜 일부러 마구간에서 말을 끌어냈을까요? 상처를 내는 것이 목적이라면 왜 그 장소에서 하지 않았을까요? 열쇠는 그의 소지품에서 발견되었습니까? 분말 아편은 어느 약국에서 구입했습니까? 그리고 첫째, 이 고장 지리에 어두운 심슨이 그런 유명한 말을 어디에 숨길 수 있을까요? 마부에게 건네주라고 하녀에게 부탁한 종이쪽지에 대해서 심슨은 뭐라고 했습니까?"

"10파운드짜리 지폐라고 했어요. 분명히 지갑 속에 한 장 있었지요. 하지만 당신이 지금 지적한 다른 의문점은 그다지 결정적인 것이 못됩니다. 심슨은 이 고장 지리에 어두운 사람이 아닙니다. 태비스탁에는 여름에 두 번 머문 적이 있어요. 아편은 아마 런던에서 구입했고, 열쇠는 어딘가에 버렸을 겁니다. 말은 황야의 우묵한 곳이나 폐갱에 쓰러져 있을지도 모릅니다."

"스카프 타이에 대해서는 뭐라고 변명했습니까?"

"자기 것은 틀림없지만 어딘가에서 분실한 거라고 하더군요. 그러나 심슨이 말을 마구간에서 끌어낸 이유로 생각되는 새로운 사실이 하나 나타났습니다."

홈즈는 귀를 곤두세웠다.

"월요일 밤, 살인 현장에서 1마일도 떨어지지 않은 장소에서 집시 무리가 야영을 했습니다. 집시들은 화요일에는 그곳을 떠났지요. 따라서 심슨과 집시들 사이에 어떤 약속이 있었다면, 심슨이 말을 끌고 가는 도중에 스트레이커에게 쫓겼고, 말은 지금 집시들의 손에 있다고 생각됩니다."

"확실히 불가능한 일은 아니지요."

"지금 집시들의 행방을 찾아 황야를 수색 중입니다. 그리고 태비스탁과 그 주변 10마일 이내의 마구간과 오두막을 남김 없이 조사했습니다."

"바로 근처에 다른 조교 마구간이 있지요?"

"그렇습니다. 이것도 그냥 넘겨서는 안 됩니다. 거기에 있는 데스보로라는 말은 둘째가는 인기 경주마이므로, 실버 블레이즈의 실종에는 커다란 이해관계가 있을 겁니다. 조교 사이러스 브라운은 이번 레이스에 거액의 돈을 걸었고, 죽은 스트레이커와는 그다지 사이가 좋지 않았습니다. 하지만 마구간을 조사해도 그 남자를 사건에 결부시킬 만한 단서는 발견되지 않았습니다."

"심슨과 메이플턴 마구간을 연결시키는 것은?"

"전혀 없습니다."

홈즈는 좌석에 등을 기대었고, 이야기는 그걸로 끝이 났다. 몇 분 뒤 마차는 도로를 따라 지어진 추녀가 있는 아담한 크기의 붉은 벽돌 건물 앞에 멎었다. 조교용 소목장의 맞은편에는 지붕이 회색인 긴 별동의 마구간이 보였다. 그것 이외에는 어느 쪽을 보아도 말라죽은 황갈색 양치류로 덮인 황야가 밋밋한 기복을 이루면서 지평선까지 뻗어 있었고, 눈을 가로막은 것이라고는 태비스탁의 교회의 뾰족탑과 서쪽으로 옹기종기 모여 있는 메이플턴 마구간의 건물뿐이었다. 우리들은 모두 마차에서 내렸지만, 홈즈는 아직 좌석에 기댄 채 하늘을 똑바로 보며 사색에 몰두했다. 내가 팔을 흔들자 그제야 제정신이 드는지 마차에서 내렸다.

"실례했습니다." 놀란 눈으로 응시하는 로스 대령을 향해 홈즈가 말했다. "백일몽을 보았습니다."

그러나 그의 눈은 이상한 빛을 띠고, 흥분을 억누르는 모습이 엿보였다. 홈즈의 성격을 잘 알고 있는 나는 이것으로 그가 단서를 얻었다는 사실을 알았다. 그런데 어떻게 얻었는가는 짐작도 할 수 없었다.

"홈즈 씨, 바로 범행 현장으로 가시겠습니까?" 그레고리 경감이 말했다.

"아니, 그 전에 여기서 몇 가지 묻고 싶습니다. 스트레이커의 시체는 이곳에 운반해 놓았겠지요?"

"네, 2층에 있습니다. 내일 검시가 있기 때문에."

"로스 대령, 스트레이커는 댁에서 오랫동안 일했지요?"

"네, 언제나 열심히 일해 주었습니다."

"경감 님, 스트레이커의 주머니에 있던 소지품은 이미 조사했겠지요?"

"물건들을 방에 모아 놓았으니 원하시면 보십시오."

"꼭 보고 싶군요."

우리는 현관을 지나 중앙의 테이블을 둘러싸고 앉았다. 경감은 네모난 작은 양철 상자를 열고 물건들을 우리 앞에 늘어놓았다. 베스타스 성냥 한 갑, 2인치쯤 되는 동물기름 초, 'A.D.P.' 표가 새겨진 브라이어 파이프, 길게 썬 캐번디시 담배를 반 온스 담은 물개 가죽 담배쌈지, 금 사슬이 달린 은시계, 소블린(1파운드) 금화 다섯 개, 알루미늄 필통, 쪽지 몇 장, 그리고 '런던 와이스 회사'라는 상표가 박힌 볼이 상당히 좁고 날카로우면서 접히지 않는 날이 달린 상아 손잡이 나이프.

"이것은 몹시 색다른 나이프로군." 홈즈는 나이프를 들고 차분히 조사하면서 말했다. "핏자국이 묻어 있는 것을 보니 죽은 사람이 들고 있었던 거라고 생각되는데. 왓슨, 이 나이프는 아무래도 자네 분야인 것 같아."

"이것은 의사들이 백내장 메스라고 부르는 거야."

"그럴 거라고 생각했어. 아주 복잡한 수술을 위해 만들어진 정교한 칼날이야. 난폭한 일을 하러 나간 남자가 이런 것을 갖고 있었다는 게 이상하군. 접어서 주머니에 넣을 수 있는 것도 아닌데."

"칼끝에 꼽는 코르크가 시체 옆에 떨어져 있었습니다." 경감이 말했다. "부인의 이야기로는 며칠 전부터 화장대 위에 있던 이 나이프를, 스트레이커가 방을 나설 때 갖고 나갔다고 합니다. 확실히 무기로서는 빈약하지만, 당시에는 이것밖에 적당한 것이 없었던 것이겠지요?"

"그럴지도 모르지요. 이 메모는 무엇입니까?"

"세 장은 건초 상인의 계산서로 지불이 끝난 걸로 되어 있습니다. 하나는 로스 대령의 지시 편지입니다. 나머지 한 장은 런던 본드 가에 있는 마담 르쥴리에의 의상실에서 윌리엄 다비셔 앞으로 발행한 37파운드 15실링의 청구서입니다. 스트레이커 부인의 이야기로는 다비셔는 남편의 친구인데, 이곳에도 때때로 다비셔 앞으로 편지가 왔었다고 합니다."

"다비셔 부인은 꽤 사치스러운 여자인 듯싶군." 홈즈는 청구서를 보며 말했다. "옷 한 벌에 22기니(1기니는 21실링)라니, 엄청난 값이야. 그러나 여기서는 이제 조사할 것도 없을 것 같으니 범행 현장으로 가 봅시다."

우리들이 거실에서 나가자, 복도에서 기다리고 있던 부인이 한 걸음 앞으로 나오며 그레고리 경감의 팔을 잡았다. 파리한 얼굴은 진지한 표정이었고, 이 사건에 대한 공포가 역력히 새겨져 있었다.

"저, 잡았나요? 발견했어요?" 부인이 헐떡이듯이 말했다.

"아뇨, 아직 못 잡았습니다, 부인. 그러나 런던에서 홈즈 씨가 응원을 오셨으니, 모두 힘껏 해 볼 작정입니다."

"부인, 언젠가 플리머스(영국 데번셔의 항구 도시. 1620년 필그림 파더스는 이곳을 출발하여 미국으로 향함.)에서 가든파티 때 뵌 걸로 압니다만." 홈즈가 말했다.

"아니오, 아마 착각하셨겠죠."

"아, 그렇습니까? 확실히 뵈었다고 생각되는데. 비둘기색 비단 드레스에 타조 깃털 장식을 달고 계셨지요."

"저는 그런 드레스는 없어요."

"그렇다면 제가 착각했군요."

홈즈는 사과하고 경감을 따라서 밖으로 나갔다. 황야를 조금 지나자 시체가 발견된 저지대에 이르렀다. 저지대의 가장자리에는 스트레이커의 외투가 걸려 있었다고 하는 바늘금작화 덤불이 있었다.

"분명히 그날 밤은 바람이 없었군요." 홈즈가 말했다.
"네. 하지만 비가 많이 내렸어요."
"그러면 외투는 바람에 의해 바늘금작화 위로 날려간 것이 아니라 누군가 갖다 놓은 것이겠군요."
"그렇습니다. 관목 위에 얹혀 있었습니다."
"그거 재미있군. 그런데 땅이 몹시 짓밟혀 있는데 월요일 밤 이후 여러 사람이 걸어 다녔습니까?"

"아닙니다. 그 옆에 매트를 하나 깔고 모두들 그 위에 있기로 했지요."

"정말 잘했습니다."

"이 가방에 스트레이커가 신고 있던 장화, 피츠로이 심슨의 구두, 그리고 실버 블레이즈가 떨어뜨린 말굽쇠가 들어 있습니다."

"정말 잘했습니다, 경감."

홈즈는 가방을 받더니 낮은 지대로 내려가서 매트를 그곳 복판으로 당겨 내렸다. 그리고 그 위에다 배를 깔고 두 손으로 턱을 괴고서 눈앞의 짓밟힌 진흙을 주의 깊게 살폈다.

"아니! 이게 뭐지?" 갑자기 홈즈가 외쳤다.

그것은 온통 진흙이 묻어 언뜻 보면 작은 나뭇조각 같았지만, 실은 반쯤 타다 남은 밀초 성냥개비였다.

"어째서 그걸 못 봤을까?" 경감은 당황하는 눈치였다.

"진흙에 파묻혀 있어 보이지 않았던 거지요. 나는 이것을 찾으려고 했기 때문에 눈에 띈 것입니다."

"네? 그것을 찾을 생각이었다고요?"

"있을 거라고 생각했지요." 홈즈는 가방에서 구두를 꺼내, 진흙 위 발자국에 하나하나 맞추어 보았다. 그리고 움푹한 부분의 가장자리로 기어 올라가서 양치류며 관목 사이를 기어 다녔다.

"다른 곳에는 발자국이 없을 텐데요. 사방 100야드의 지면은 제가 꼼꼼히 조사했습니다." 경감이 말했다.

"당신이 그렇게 말하니 더 수색하는 실례를 범하지 않기로 하겠습니다. 그러나 어두워지기 전에 황야를 산책하면서 지리를 확인하고 내일 조사를 준비하고자 합니다. 그리고 이 말굽쇠는 행운의 부적으로 제가 간직하겠습니다." 홈즈가 일어나면서 말했다.

홈즈의 너무나 차분한 수사에 아까부터 짜증스러운 기색을 보이는 로스 대령이 시계를 보며 말했다.

"경감님, 슬슬 돌아갈까요? 여러 가지 의논하고 싶은 일이 있습니다. 특히 세상에 대한 의무로, 이번 레이스의 출마표에서 실버 블레이즈의 이름을 빼야하는 것이 아닌가 하는 생각이 들어서요."

"그럴 필요는 없습니다." 홈즈가 힘주어 말했다. "그대로 두셔도 괜찮습니다. 제가 책임지겠습니다."

대령은 머리를 숙였다.

"그렇게 말씀하시니 고맙습니다. 그럼 스트레이커의 집에서 기다리고 있을 테니 산책이 끝나는 대로 들러 주십시오. 함께 태비스탁에 갑시다."

대령과 경감은 떠났고, 홈즈와 나는 황야를 천천히 걸었다. 태양은 메이플턴 마구간 저편으로 지고 있어 완만하게 비탈을 이룬 황야는 금빛으로 물들었고, 군데군데 말라죽은 양치류며 가시나무가 저녁 햇빛을 받아 불타는 듯이 빛나고 있었다. 그러나 이 찬란한 광경도 깊은 사색에 잠겨 있는 나의 친구에게는 부질없는 것에 지나지 않았다.

"이렇게 하지, 왓슨." 마침내 홈즈가 말했다. "존 스트레이커를 누가 죽였느냐 하는 문제는 잠시 접어 두고, 먼저 말을 찾는 데 전념하세. 만약 말이 두 사람이 싸우는 도중이나 혹은 그 후에 도망 갔다면, 도대체 어디로 갔을까? 말은 군거성이 매우 강한 동물이지. 한 마리만 풀어놓으면 본능적으로 킹즈 파이랜드 마구간으로 돌아가거나 메이플턴 마구간으로 갔을 거야. 황야를 헤매고 있을 리가 없어. 만약 그렇다면 벌써 누군가가 발견했겠지. 그리고 집시가 말을 가져갔다고 생각할 수도 없어. 집시들은 경찰과 만나는 것을 아주 싫어하기 때문에 문제가 있다고 들으면 반드시 그곳을 철수하지. 그리고 이런 명마는 팔 수도 없어. 말을 데리고 간다는 건 위험만 커질 뿐이지, 아무런 이익도 되지 않아."

"그럼, 말은 어디에 있지?"

"지금 말한 대로 킹즈 파이랜드로 돌아갔거나 메이플턴으로 갔을 거야. 그런데 킹즈 파이랜드에는 없으니까 메이플턴에 있을 거야. 어쨌든 이 가설에 따라 행동하고 결과를 보기로 하지. 경감이 말했듯이 이 근처 황야는 땅이 아주 단단하고 메말라 있어. 그러나 메이플턴 쪽으로 갈수록 낮아져서 저기 저곳만 하더라도 꽤 멀리까지 움푹한 것이 보이지? 저 움푹한 곳이 월요일 밤에는 비가 와서 질척질척했을 게 틀림없어. 만일 우리의 가정이 옳다면 말은 저기를 지나갔을 테니 반드시 저기 말굽자국이 남아 있어야만 하네."

이런 이야기를 하는 사이에도 우리는 줄곧 걸었는데, 몇 분 후에 문제의 움푹한 곳에 이르렀다. 홈즈의 지시에 따라 나는 낮은 지대의 가장자리를 오른쪽으로 내려갔고, 홈즈는 왼쪽으로 갔다. 쉰 걸음도 가기 전에 홈즈가 큰 소리로 불러서 돌아보았더니 오라는 손

짓을 했다. 가서 보니 부드러운 흙 위에 말굽자국이 선명하게 남아 있었다. 홈즈가 주머니에서 말굽쇠를 꺼내 맞추어 보았는데, 딱 들어맞았다.

"어때? 상상력의 가치를 알겠지?" 홈즈가 말했다. "그레고리 경감은 이 상상력이 부족해. 우리는 우선 무슨 일이 일어났는지를 상상하고 그 가설에 따라 행동해 그것이 맞는 것을 확인했지. 자, 계속 가 볼까."

우리는 축축한 저지대를 지나 메말라서 단단한 풀밭을 4분의 1 마일쯤 걸었다. 다시 움푹 들어간 곳이 보이고 그곳에서 또 말굽자국을 발견했다. 그러고 나서 반 마일쯤은 아무것도 없었지만, 메이플턴 마구간 가까운 곳에서 다시 말굽자국을 발견했다. 먼저 발견한 쪽은 홈즈였는데, 얼굴에 자랑스러운 빛을 띠고 가리켰다. 말굽자국과 나란히 사람 발자국이 나 있었던 것이다.

"지금까지는 말굽자국뿐이었는데!" 내가 외쳤다.

"그래. 지금까지는 말굽자국뿐이었어. 아니, 이건 뭐지?"

사람과 말의 발자국은 갑자기 방향을 바꾸어 킹즈 파이랜드 마구간 쪽으로 향했다. 홈즈는 휘파람을 불고 우리는 그 발자국을 따라 걸었다. 그의 눈은 주로 발자국을 보고 있었는데, 문득 옆을 본 나는 놀랍게도 약간 떨어진 곳에 같은 발자국이 또다시 메이플턴 마구간 쪽으로 향하고 있는 것을 보았다.

"잘했어, 왓슨!" 내가 발견한 것을 알려 주자 홈즈가 말했다.

"덕분에 헛걸음을 하지 않아도 되겠어. 이대로 따라가면 한참 걸

다가 다시 돌아올 거야. 자, 돌아 나온 이 발자국을 따라가 보자고."

많이 걸을 필요는 없었다. 발자국은 메이플턴 마구간의 문으로 통하는 아스팔트 도로 앞에서 사라졌다. 우리가 문에 다가가자 마부 한 명이 뛰어나왔다.

"여기는 아무나 오는 곳이 아니오." 마부가 말했다.

"아니, 좀 물어볼 일이 있어서……." 홈즈는 엄지와 집게손가락을 조끼 주머니에 찌르면서 말했다. "주인 사이러스 브라운 씨를 만나려고 하는데, 내일 아침 5시에 찾아뵈면 너무 이를까?"

"괜찮고말고요. 주인님은 언제나 제일 먼저 일어나시니까요. 아, 주인님이 오시네요. 직접 물어보시는 게 좋을 거예요. 아니, 안 됩니다! 당신에게서 돈을 받는 것을 주인이 보면 목이 달아나죠. 나중에……."

셜록 홈즈가 조끼 주머니에서 꺼낸 반 크라운 은화를 집어넣자, 사납게 생기고 나이 든 남자가 사냥용 채찍을 휘두르며 문에서 성큼성큼 걸어 나왔다.

"왜 그래, 도슨?" 그가 외쳤다. "잡담은 안 돼! 일을 해, 일을! 그런데 당신들은 무슨 일로 왔소?"

"당신과 10분쯤 이야기하고 싶은데요." 홈즈는 무척 부드럽게 말했다.

"당신들을 상대할 틈은 없소. 여기는 낯선 사람이 오는 곳이 아니니, 얼른 돌아가시오. 돌아가지 않으면 개를 풀어놓겠소."

홈즈는 몸을 앞으로 숙이고 조교 브라운의 귀에다 뭐라고 속삭였다. 그러자 그는 움찔하며 관자놀이까지 시뻘게졌다.

"거짓말이오! 그건 터무니없는 거짓말이오!" 조교는 고함을 질렀다.

"좋아! 여기서 큰 소리로 이야기할까, 아니면 집 안에 들어가서 얘기할까?"

"아니, 괜찮다면 들어오시오."

홈즈는 싱긋 웃었다. "왓슨, 몇 분이면 끝나니 여기서 기다리게. 자, 브라운 씨, 당신의 뜻에 따르지요."

20분쯤 지나서 홈즈와 브라운이 나왔을 때는 석양의 붉은 빛은 완전히 사라지고 어둠이 그 자리를 차지하고 있었다. 그 20분 사이에 사이러스 브라운의 변화는 엄청났다. 얼굴은 창백했고 이마에는 구

슬땀이 맺혔으며 와들와들 떨리는 손에 들고 있는 사냥 채찍은 바람에 흔들리는 작은 나뭇가지처럼 보였다. 교만하고 난폭한 태도는 사라지고 주인 앞에 나선 개처럼 홈즈의 곁에서 얌전히 굴었다.
"지시대로 하겠습니다, 꼭 하겠습니다." 조교가 말했다.
"조금도 차질이 없도록 하세요." 홈즈는 브라운을 훑어보면서 말했다.
브라운은 상대의 눈에서 위협을 느끼고 벌벌 떨었다.
"네, 결코 차질이 없도록 하겠습니다. 반드시 데리고 가겠습니다. 그리고 그것은 어떻게 할까요? 처음부터 바꾸어 둘까요?"
홈즈는 잠시 생각에 잠겼다가 갑자기 소리 내 웃었다.
"아니, 그럴 필요는 없소. 그것은 나중에 편지로 연락하지. 이제는 잔재주를 부려서는 안 돼. 그러다가는―"
"아뇨, 저를 믿으셔도 됩니다."
"그날은 당신의 것처럼 하지 않으면 곤란하오."
"틀림없이 하겠습니다."
"좋소, 믿기로 하지. 그럼, 내일 편지로 연락하겠소."
홈즈는 브라운이 떨리는 손으로 악수를 청하는 것을 무시하고 몸을 돌렸다. 우리는 킹즈 파이랜드 마구간으로 향했다.
"조교 사이러스 브라운처럼 교만하고 겁 많고 비열하고 못된 조건을 골고루 갖춘 사람은 처음이야." 황야를 걸으면서 홈즈가 말했다.
"그럼, 말은 그가 갖고 있단 말인가?"

"처음에는 이러쿵저러쿵하면서 속이려고 하기에 그날 아침 그의 행동을 정확하게 말했더니, 내가 현장을 목격한 것으로 생각한 모양이야. 물론 자네도 알았겠지만 그 발자국은 앞이 기묘하게 각이 져 있었는데 그의 구두에 꼭 맞았어. 그리고 또 남의 밑에서 일하는 사람이 이렇듯 엄청난 짓을 저지르지 못하지. 그래서 나는 그에게 이야기했지. 자네는 평소처럼 아침에 제일 먼저 일어나 처음 보는 말이 황야를 어슬렁거리는 것을 보았지. 나가 보았더니 놀랍게도 실버 블레이즈가 아닌가? 이름의 유래인 하얀 이마를 보면 틀림없지. 자신이 큰돈을 건 말을 이길지도 모르는 유일한 강적이 갑자기 손에 들어온 것을 알고 깜짝 놀랐어. 처음에는 킹즈 파이랜드 마구간에 데리고 가려고 했지만, 문득 악마의 속삭임이 들려와 레이스가 끝날 때까지 숨겨 두면 좋을 거라고 마음먹고, 메이플턴 마구간으로 데리고 가서 숨긴 것이지. 이렇게 자세하게 말하자 그도 마침내 두 손을 들고, 어떻게 하면 처벌을 피할 수 있는지 걱정하더군."

"하지만 그 마구간도 수색했을 텐데?"

"그 같은 구렁이면 방법은 얼마든지 있는 법이야."

"그렇다고 해도 이대로 브라운에게 말을 맡겨 두어도 괜찮을까? 말에게 상처를 조금만 입혀도 큰돈이 들어올지도 모르는데."

"걱정할 것 없네. 브라운은 그 말을 보물처럼 소중히 대할 테니. 죄를 경감시켜 달라고 부탁하려면 말을 무사히 돌려주는 수밖에 없다는 사실을 잘 알고 있어."

"로스 대령은 자비를 베풀 사람으로는 보이지 않던데."

"로스 대령이 결정할 일이 아니야. 나는 내 생각대로 일을 진행하고 대령에게는 적당히 말할 거야. 그 점이 경찰 공무원이 아닌 내가 갖고 있는 장점이지. 자네가 눈치챘는지 모르지만 대령이 나를 대하는 태도는 조금 거만했어. 그래서 조금 놀려 줄 생각이네. 말에 대해서는 대령에게 아무 말도 하지 말게."

"알았어. 허락이 있을 때까지 잠자코 있겠네."

"물론 이런 것은 누가 존 스트레이커를 죽였는가 하는 문제에 비하면 아주 사소한 일이지."

"그럼, 이번에는 그 문제에 전념할 작정인가?"

"아니, 우리는 오늘 밤 기차로 런던에 돌아가."

홈즈의 말에 나는 깜짝 놀랐다. 데번셔에 와서 아직 몇 시간밖에 지나지 않았고, 첫 시작부터 이만큼 빛나는 성공을 거둔 수사를 중단하는 것은 나로서는 이해가 가지 않았다. 스트레이커의 집에 도착할 때까지 홈즈는 더 이상 한 마디도 하지 않았다. 대령과 경감은 거실에서 우리를 기다리고 있었다.

"왓슨과 저는 오늘 밤 급행 기차로 런던에 돌아갑니다." 홈즈가 말했다. "덕분에 다트무어 황야의 멋진 공기를 맛볼 수 있었습니다."

경감은 눈을 크게 뜨고 놀랐고, 대령은 입술을 일그러뜨리고 냉소했다.

"그럼 스트레이커를 죽인 범인의 체포는 단념한 거군요." 대령이 말했다.

홈즈는 어깨를 으쓱했다.

"분명히 아직 중요한 문제가 남아 있습니다. 그러나 화요일 레이스에 당신 말이 출주하는 것은 틀림없으니 기수를 준비하세요. 그리고 존 스트레이커의 사진을 한 장 가져가고 싶군요."

경감은 봉투에서 사진 한 장을 꺼내 홈즈에게 주었다.

"그레고리 경감은 내가 필요한 것을 모두 준비해 주는군요. 그런데 잠시 여기에서 기다리세요. 하녀에게 몇 가지 질문할 게 있습니다."

"저 런던의 탐정은 기대 밖이군요." 홈즈가 나가자 로스 대령이 노골적으로 말했다. "그가 오고 나서 진척된 것이 하나도 없지 않습니까."

"적어도 당신 말이 레이스에 나간다는 보증만은 얻었지 않았나요?" 내가 말했다.

"분명히 보증은 했지만—"

로스 대령은 어깨를 으쓱했다.

"그것보다는 말을 빨리 찾고 싶소."

내가 친구를 변호하려고 하는데 홈즈가 돌아왔다.

"여러분, 태비스탁으로 가지요."

우리들이 마차에 타는 동안, 젊은 마부가 문을 잡고 있었다. 홈즈는 갑자기 어떤 생각이 난 듯이 몸을 앞으로 내밀고 마부의 소매를 잡아당겼다.

"목장에 양이 있는 것 같은데, 누가 돌보지?"

"제가 합니다."

"최근 양에게 이상한 일은 없었나?"

"아, 대단치는 않지만 세 마리가 다리를 절어요."

홈즈는 크게 만족한 기색을 띠고 킬킬 웃으면서 두 손을 비볐다.

"광맥을 찾았어, 왓슨, 광맥을 찾았어." 홈즈는 내 팔을 움켜잡으면서 말했다.

"그레고리 경감, 양들의 기묘한 전염병에 주의하세요. 자, 마부, 출발합시다!"

로스 대령은 홈즈를 무시하는 듯한 태도였지만, 경감은 무언가 생각난 듯 얼굴색이 변했다.

"중요한 사실로 생각합니까?" 경감이 질문했다.

"아주 중요한 사실이지요."

"그 밖에 주의할 점은 없을까요?"

"그날 밤 개의 이상한 행동입니다."

"그날 밤 개는 아무 짓도 하지 않았습니다."

"그것이 이상합니다." 홈즈가 말했다.

나흘 후, 홈즈와 나는 웨식스 컵 레이스를 보기 위해 윈체스터로 가는 기차를 탔다. 약속대로 로스 대령이 역 앞에서 기다리고 있었고, 우리는 대령의 사륜마차로 시 변두리에 있는 경마장으로 향했다. 대령은 어두운 표정이었고 태도는 서먹서먹했다.

"내 말은 보이지 않는군요." 대령이 말했다.

"보면 금방 아시겠죠?"

홈즈가 묻자 대령은 화를 냈다.

"내가 경마계에 입문한 지 20년이나 되지만, 그런 바보 같은 질문을 받기는 처음입니다. 그 흰 이마와 오른쪽 앞다리의 반점을 보면 어린아이라도 실버 블레이즈라고 알 수 있지요."

"내기는 어떤 상태입니까?"

"그 점이 이상합니다. 어제는 15대 1이었는데 점점 형편이 나빠져 지금은 3대 1도 어렵지 않을까 합니다."

"음! 뭔가 냄새 맡은 녀석이 있군. 틀림없어."

마차가 정면 스탠드 가까운 특별석에 멎었을 때, 나는 출마표를 올려다봤다. 다음과 같이 쓰여 있었다.

-웨식스 플레이트-

말 한 마리당 출주 등록금 50소브린. 4, 5세 말 출주.
1착 상금 1,000소브린, 2착 300파운드. 3착 200파운드. 새 코스(1마일 5펄롱).

1. 히스 뉴턴의 니그로(빨간 모자, 시나몬 재킷)
2. 워드로 대령의 퓨질리스트(분홍 모자, 파랑과 검은 재킷)
3. 백워터 경의 데즈보로(노란 모자, 노란 슬리브)
4. 로스 대령의 실버 블레이즈(검은 모자, 빨간 재킷)
5. 발모럴 공작의 아이리스(노랑과 검은 줄무늬)
6. 싱글포드 경의 래스퍼(자주색 모자, 검은 슬리브)

"나는 당신의 말에 희망을 걸고, 또 다른 말의 출장을 취소했습니다." 대령은 말을 마치고는 이내 깜작 놀라 더욱 큰 소리로 말했다. "아니, 이게 어떻게 된 거야? 실버 블레이즈가 우승 후보라고?"

"실버 블레이즈에 5대 4." 도박사의 고함 소리가 들렸다.

"실버 블레이즈에게 5대 4. 데즈보로에게는 15대 5! 우승 후보는 5대 4!"

"출마표가 나와 있어요. 모두 여섯 마리입니다." 내가 소리쳤다.

"모두 여섯 마리! 그럼, 내 말도 나오나!" 대령은 흥분해서 외쳤다. "하지만 검은 모자에 빨간 재킷의 기수는 아직도 나타나지 않았어."

"현재 다섯 마리가 지나갔을 뿐입니다. 이번 것이 틀림없을 겁니다."

내가 이렇게 말했을 때 늠름한 밤색 말이 계량소에서 나와, 로스 대령의 색으로 알려진 검은 모자와 빨간 재킷을 입은 기수를 태우고 우리 앞을 천천히 달려 지나갔다.

"저것은 내 말이 아냐!" 로스 대령이 외쳤다. "이마가 하얗지 않아. 홈즈 씨, 당신은 도대체 무슨 일을 한 거요?"

"어쨌든 레이스를 보기로 합시다."

홈즈는 조용히 나의 쌍안경을 집어 들고 관람에 몰두했다. "좋아! 훌륭한 스타트야!" 그가 갑자기 외쳤다. "왔다! 코너를 돌았어!"

말이 직선 코스로 들어오자, 마차에서 레이스의 모습이 잘 보였다. 여섯 마리의 말은 카펫 한 장으로 가릴 수 있을 만큼 서로 가까이 있었지만, 도중까지 메이플턴 마구간의 데즈보로가 선두를 지켰다. 그러나 우리 앞을 이를 무렵에는 데즈보로의 힘이 빠지며 속력이 줄어들었고, 결국 로스 대령의 말이 성큼 앞으로 나서며 넉넉하게 6마신 차이로 골인했다. 발모럴 공작의 아이리스가 훨씬 뒤떨어져 3착이었다.

"어쨌든 이겼다!" 대령은 한 손으로 눈 위를 쓰다듬으며 숨을 몰아쉬고 말했다. "그러나 솔직히 말해서 뭔가 뭔지 도무지 모르겠소. 홈즈 씨, 이제는 웬만큼 하시고 가르쳐 주셔도 좋지 않습니까?"

"좋습니다. 대령. 모두 말씀 드리지요. 자, 저리로 가서 말을 봅시다. 봐요, 저기 있습니다." 마주와 그 일행만 출입할 수 있는 계량소로 들어가면서 홈즈는 말을 이었다. "이 말의 얼굴과 발을 알코올로 씻어 주면 곧 실버 블레이즈라는 것을 알게 됩니다."

"뭐라고!"

"어떤 사기꾼의 손에 들어가 있던 것을 찾아내, 오늘 찾았을 때의 모습으로 달리게 했던 것입니다."

"정말 놀랐소. 말은 상태가 아주 좋은 모양입니다. 지금까지 보지 못했을 정도의 상태입니다. 당신의 능력을 의심한 점에 대해 뭐라고 사과의 말을 해야 좋을지 모르겠군요. 이렇게 말을 되찾아 주셨으니, 이제는 존 스트레이커를 죽인 범인만 잡아 주시면 더 고맙겠습니다."

"벌써 잡았습니다." 홈즈는 시치미를 떼고 말했다.

대령도 나도 깜짝 놀라서 그의 얼굴을 말끄러미 쳐다봤다.

"잡았다니! 그럼, 그는 어디에 있지요?"

"여기에 있습니다."

"여기에? 도대체 어디에 말입니까?"

"지금 우리와 함께 있어요."

대령은 얼굴을 붉히면서 화를 냈다.

"홈즈 씨, 당신의 은혜를 입은 점은 충분히 인정하지만, 지금 한 말은 농담이나 모욕밖에 안 된다고 생각합니다."

홈즈는 소리 내 웃었다.

"대령, 당신을 범인이라고 말하지는 않았습니다. 범인은 바로 당신 뒤에 서 있습니다!"

홈즈는 앞으로 나오며 실버 블레이즈의 매끈한 목에 손을 갖다 댔다.

"말이!" 대령과 나는 동시에 외쳤다.

"그렇습니다. 범인은 바로 말입니다. 그리고 말을 위해 변호한다면 이것은 완전히 정당방위로, 존 스트레이커는 당신의 신뢰에 전혀 어울리지 않는 남자였습니다. 그런데 벨이 울리는군요. 나는 다음 레이스에 돈을 조금 걸었으니 자세한 설명은 나중에 하지요."

그날 밤 우리는 특별객차 한구석에 자리를 잡고 런던으로 돌아갔는데, 나와 마찬가지로 로스 대령도 이 여행을 아주 짧게 느꼈으리라 생각한다. 왜냐하면 홈즈가 월요일 밤 다트무어의 마구간에서 일어난 사건의 진상과 그가 그것을 어떻게 해결했는가를 상세히 이야기했기 때문이다.

"사실—" 홈즈가 말했다. "내가 신문 기사를 근거로 처음에 한 추리는 완전히 틀렸어요. 바른 단서가 있는데도, 여러 가지 다른 사항들 때문에 진짜 의미를 놓쳤던 겁니다. 나는 피츠로이 심슨이 진범이라고 확신하고서 데번셔에 갔어요. 물론 증거가 아직 완전하지 않은 것은 알았습니다.

양고기 카레 요리의 그 중요한 의미에 생각이 미쳤던 것은, 마차가 스트레이커의 집 앞에 도착했을 때였습니다. 모두 마차에서 내렸는데도, 나만 멍하니 앉아 있었던 것을 기억하시죠? 나는 그때 어째서 이렇게 분명한 단서를 놓쳤을까, 하고 놀라고 있던 참이었지요."

"솔직히 말해서 저는 아직도 그 중요한 의미가 뭔지 모르겠는데요." 대령이 말했다.

"그것이 내 추리 사슬의 첫째 고리가 되었던 겁니다. 분말 아편은 결코 맛이 없는 게 아닙니다. 고약한 맛은 아니지만, 아편이라는 걸 금방 알 수 있는 독특한 맛이 있지요. 만약 보통 요리에 섞으면 누구라도 금방 알아차리고 먹지 않을 겁니다. 카레는 바로 이 맛을 없애는 수단이었지요. 그런데 조교의 가족이 마침 그날 밤에 카레 요리를 먹도록 하는 것은 피츠로이 심슨은 할 수 없습니다. 그리고 아편 맛을 없애는 요리가 나온 밤에, 우연히 그가 아편 분말을 갖고 왔다는 것도 너무나 괴상한 우연의 일치라고밖에 할 수 없습니다. 그러한 일은 생각할 수 없지요. 따라서 심슨은 이 사건에서 제외되고 우리들의 관심은 그날 밤의 요리로 양고기 카레 요리를 택할 수 있는 두 사람, 즉 스트레이커 부부에게로 향해지게 되죠. 같은 요리를 먹은 다른 사람들은 아무 이상이 없었기 때문에, 아편은 보초를 서는 마부 몫으로 담은 접시에 넣었다고 생각됩니다. 그럼, 하녀가 눈치채지 못하게 하고 그 접시에 접근할 수 있었던 것은 두 사람 중 어느 쪽이었을까요?

이 문제를 풀기 전에, 나는 그날 밤 개가 짖지 않았다는 사실의 그 중요한 의미에 생각이 미쳤습니다. 하나의 올바른 추리는 이어서 두 번째, 세 번째 추리로 이어지기 마련입니다. 심슨의 일을 통해서 마구간에 개가 있다는 사실을 알았습니다. 그런데 밤에 누군가 들어와서 말을 끌어냈는데도, 2층에 있는 두 마부가 잠을 깰 정도로는 개가 짖지 않았지요. 분명히 밤중의 방문자는 개가 잘 알고 있는 인물이었던 겁니다.

　그래서 나는 존 스트레이커가 한밤에 마구간에 가서 실버 블레이즈를 끌어낸 것이라고 거의 확신했습니다. 대체 무엇 때문에? 물론 좋지 않은 목적을 위해서였죠. 그렇지 않다면 자기 마부를 약으로 잠재울 리가 없지요. 그러나 확실한 이유는 아직 알 수 없었습니다. 조교가 대리인을 사용해 자신의 말의 대항마에 돈을 걸고, 자기 말이 이기지 않도록 공작을 하여 큰돈을 버는 사례는 지금까지 얼마든지 있었습니다. 기수에게 일부러 고삐를 당기게 하는 일도 있지요. 좀 더 확실하고 복잡한 방법을 사용할 수도 있습니다. 이번에는 어떤 수법일까? 스트레이커의 주머니에서 나온 물건들을 조사하면 그것을 알 수 있습니다.

　그리고 생각한 대로였습니다. 죽은 스트레이커의 손에 있었던 이상한 나이프를 기억하시죠? 보통 사람이 그런 나이프를 무기로 선택할 리가 없습니다. 그것은 왓슨이 말했던 대로 아주 정밀한 외과수술에 사용하는 나이프입니다. 그리고 그날 밤도, 그야말로 정밀한 수술을 하기 위해 준비했던 것입니다. 로스 대령, 경마에 대해서 경험이 풍부한 당신이라면 잘 알겠지요. 말의 뒷다리 무릎의 힘줄에, 표면에는 아무 흔적도 남기지 않고 피하수술을 통해 작은 상처를 내는 것은 가능합니다. 이와 같은 상처를 입은 말은 가볍게 다리를 절지만, 조교들은 근육이 뒤틀렸거나 가벼운 류머티즘에 걸린 것으로 알지, 부정이 행해졌다고는 결코 생각하지 못하죠."

"악당 같으니! 비열한 놈!" 대령이 외쳤다.

"존 스트레이커가 말을 황야로 끌고간 이유도 이것으로 설명이 됩니다. 말은 아주 민감한 동물이기 때문에 나이프 끝으로 살짝 건드리기만 해도 잠에 곯아떨어진 사람이라도 깨울 정도로 소란을 피울 것입니다. 때문에 아무도 없는 황야로 데려가 수술하는 일이 반드시 필요했던 거지요."

"나는 아무것도 몰랐어!" 대령이 소리쳤다. "그래서 초도 필요했고, 성냥을 켜기도 했군."

"그렇습니다. 그런데 그의 소지품을 조사해 보고 다행히도 범행 방법뿐만 아니라 동기까지 알 수 있었습니다. 세상물정에 밝은 대령이라면 잘 아시겠지만, 다른 사람의 청구서를 주머니에 넣고 다니는 사람은 결코 없습니다. 대개는 자기의 청구서를 처리하는 것만으로도 벅찰 것입니다. 나는 곧 스트레이커가 어디에 여자를 두고 이중생활을 하고 있다고 판단했습니다. 청구서의 내용을 보면 여자, 그것도 사치스러운 여자가 관계된 것이 분명합니다. 당신이 고용인에게 아무리 후하게 대우해 준다 해도 자기 부인에게 20기니짜리 옷을 사 줄 수 있을 만큼 여유롭다고는 생각되지 않습니다. 또한 스트레이커 부인에게 드레스에 대해 물어보았더니 역시 부인이 산 것이 아니었습니다. 나는 스트레이커의 사진을 들고 그 의상실에 가면 다비셔라는 수수께끼 인물의 정체를 알 수 있다고 생각했습니다.

 그다음은 간단합니다. 스트레이커는 불빛이 사람 눈에 띄지 않도록 움푹한 곳으로 말을 데려갔습니다. 도중에 심슨이 도망가다가 떨어뜨린 스카프 타이를 주웠지요. 아마 말의 발을 묶는 데 사용할 생각이었겠죠. 움푹한 곳에 들어가자 스트레이커는 곧 말의 뒤로 돌아가 성냥을 그었습니다. 그런데 갑작스런 빛에 놀란 말은 동물적 본능으로 자기에게 위해를 가하려는 것을 알고 갑자기 뒷발을 차올렸죠. 이때 말굽쇠가 스트레이커의 이마에 정통으로 맞았던 겁니다. 당시에 비가 왔지만 스트레이커는 세밀한 작업을 하기 위해 외투를 벗고 있었기에 쓰러질 때에 쥐고 있던 나이프로 허벅다리를 베었던 것입니다. 이걸로 분명해졌겠지요?"

 "놀랍군!" 대령이 소리쳤다. "정말 놀라워. 마치 현장에서 본 것 같아!"

 "사실을 말하면 마지막 행위는 대담하기 짝이 없는 것이었습니다. 스트레이커와 같이 약삭빠른 남자가 말 다리의 힘줄을 끊는 어려운 일을 연습도 하지 않고 할 리가 없다고 생각했지요. 그럼, 어떻게 연습했을까? 그렇게 생각하던 중 양이 보였고, 마부에게 물어보았더니 놀랍게도 내 추측대로였습니다."

"덕분에 모든 것이 뚜렷해졌습니다, 홈즈 씨."

"런던에 돌아가 의상실에 가 보았더니 스트레이커는, 값비싼 드레스를 갖고 싶어하는 사치스러운 아내를 가진 다비셔라는 남자였습니다. 스트레이커는 이 여자 때문에 빚에 쪼들리게 되어 이번 사건을 저지른 것입니다."

"한 가지 궁금한 게 있습니다. 말은 어디에 있었습니까?" 대령이 말했다.

"아, 말이요? 말은 그곳에서 도망쳤고, 근처에 있는 사람이 돌보고 있었지요. 그 점에 대해서는 너그럽게 보아주셔야 합니다. 아, 벌써 클래팜 정선이군요. 빅토리아 역까지 이제 10분도 걸리지 않을 겁니다. 대령, 괜찮다면 저의 집에서 시가라도 피우시겠습니까? 다른 질문이 있다면 무엇이든 기꺼이 대답해 드리겠습니다."

누런 얼굴

The Yellow Face

1888년 4월 7일 (토)

나는 셜록 홈즈가 해결한 수많은 사건을 기본으로 해서 단편 소설을 발표 중인데, 그의 실패보다는 성공 쪽을 자세히 말하는 것은 당연한 일이라 생각한다. 이것은 그의 명성을 생각해서가 아니다. 그의 실패담을 옮기지 않는 이유는, 그가 실패했을 때는 다른 어느 누구도 성공하지 못하고 사건이 영원히 미궁에 빠졌기 때문이다. 그러나 때로는 그가 실수를 해도 진상이 밝혀지는 경우가 있다. 나는 이런 사건을 대여섯 가지 노트에 적어 두었는데, 그중에서 '제2의 얼룩' 사건과 이제부터 이야기하고자 하는 사건은 가장 흥미롭다는 특색을 갖고 있다.

홈즈는 운동을 위한 운동은 거의 하지 않는 사람이다. 홈즈만큼 완력이 센 사람은 없고, 그와 같은 중량급에서 그 정도로 뛰어난 권투선수를 나는 본 적이 없다. 그러나 그는 목적이 없는 육체 운동을 에너지의 낭비라고 생각했고, 무언가 직업상의 목적이 아닌 한 몸을 움직이는 일은 별로 없었다. 그러면서도 그가 몸의 상태를 완벽하게 갖추고 있는 것은 놀라운 일이 아닐 수 없었다. 또 식사는 아주 부실하게 했고, 생활은 금욕적이라고 할 정도로 간소했다. 때때로 코카인을 주사하는 것 이외에 나쁜 버릇은 없다. 코카인도 의뢰받은 사건이 거의 없거나, 단조로운 생활에 대한 항의로서 사용할 뿐이었다.

이른 봄의 어느 날, 그는 즐거운 기분으로 나와 하이드 파크에 산책을 나갔다. 느릅나무에 푸른 새싹이 움트기 시작했고, 끈적끈적하고 창날 끝 같은 호두나무의 싹도 다섯 개의 잎사귀로 피려는 참이었다. 우리 두 사람은 두 시간 정도 걸었는데, 서로의 마음을 잘 알고 있기 때문에 거의 입을 열지 않았다. 베이커 가에 돌아온 것은 5시였다.

"손님이 오셨었습니다."

집의 보이가 문을 열면서 말하자 홈즈는 나에게 나무라는 듯한 눈초리를 보냈다.

"오후 산책을 너무 길게 했군! 그럼, 손님은 벌써 돌아갔겠군."

"네."

"들어오시라고 하지 않았나?"

"말했습니다. 손님은 안으로 들어가셨습니다."

"얼마쯤 기다렸지?"

"30분 정도입니다. 아주 급한 분 같았습니다. 여기 계시는 동안 왔다 갔다 하거나 발을 구르셨습니다. 저는 문밖에서 기다렸기 때문에 잘 들렸습니다. 손님은 복도로 나와 소리쳤습니다. '그는 안 오나?' 그래서 '조금만 기다리세요.'라고 말씀 드렸더니 '그럼, 밖에서 기다리지. 여기는 답답해서 말이야. 곧 돌아오겠네.' 하고 손님은 나가셨습니다. 제가 아무리 말해도 붙잡을 수 없었습니다."

"알았어, 알았어. 잘했어." 홈즈는 말하고 나서 나와 함께 방으로 들어갔다. "왓슨, 아깝게 되었어. 나는 사건을 기다리고 있었거든. 그리고 손님이 조바심을 내고 있었던 걸 보면, 아마 큰 사건인 듯하군. 아니! 테이블 위에 있는 건 자네 파이프가 아니잖아. 손님이 두고 갔을 거야. 이것은 훌륭한 옛 브라이어로, 담배 장수들이 호박이라고 말하는 재질의 긴 물부리가 달려 있군. 런던에는 진짜 호박 물부리가 얼마나 있을까. 안에 파리가 들어 있는 것이 진짜라는 증거라고 말하는 사람도 있지만, 가짜 호박에 가짜 파리를 집어 넣는 장사꾼도 있지. 소중히 여기는 파이프를 잊은 걸 보니, 아마 걱정이 되어 견딜 수 없었던 모양이야."

"어떻게 소중히 여긴다는 걸 알 수 있나?" 내가 물었다.

"이 파이프의 가격은 7실링 6펜스 정도 되네. 그런데 봐, 두 번이나 수리를 했어. 물부리를 끼우는 나무 부분과 호박 있는 데를 한 번씩 말일세. 보게, 이렇듯 은고리로 수리를 했는데, 두 번 다 수리비가 원래의 값보다도 더 들었을 게 분명해. 그 돈으로 새것을 살 수 있는데, 수리를 했다는 것은 꽤나 소중히 여기고 있다는 증거가 아닌가."

"그 밖에 어떤 것을 알 수 있나?" 내가 물었다.

홈즈는 파이프를 손에서 빙빙 돌리면서 언제나처럼 곰곰이 생각하고 있었다. 그는 파이프를 들고 마치 골격에 대해서 강의를 하는 교수처럼 가늘고 긴 집게손가락으로 톡톡 두드렸다.

"파이프란 때로는 매우 흥미로운 물건이지. 회중시계와 구두끈을 제외하면, 파이프만큼 소유자의 개성을 잘 나타내는 것은 없을걸세. 사실 이 파이프는 그 정도로 두드러지지도 중요하지도 않지만 말이야. 이 파이프의 소유자는 건강한 남자로, 왼손잡이에 이가

튼튼하고, 성격은 대범하고 돈에 궁핍하지 않네."

홈즈는 대수롭지 않다는 듯이 이같이 추리를 말하고 나서 나를 흘끔 보았다. 내가 그의 추리를 이해했는지 어떤지 살피는 것이다.

"7실링 6펜스짜리 파이프를 사용하니까 부자라는 건가?"

"이 담배는 1온스에 8펜스 하는 그로브너 믹스처일세." 그는 담뱃재를 손바닥에 조금 털어 내면서 대답했다. "이것의 절반 값으로도 고급 담배를 피울 수 있으니 돈에는 걱정이 없는 사람이라는 거야."

"그러면 다른 점은?"

"이 사람은 램프나 가스로 파이프에 불을 붙이는 버릇이 있어. 보게, 한쪽만 검게 되어 있지 않은가. 성냥으로는 이렇게 될 리가 없어. 성냥불을 파이프 옆에 대는 사람이 있나? 그런데 램프로 불을 붙이면 대통이 검게 그을리게 되지. 게다가 파이프 오른쪽이 그을려 있기 때문에 왼손잡이라고 추정하는 것일세. 자네 파이프를 램프에 가져가 보게. 오른손잡이라면 왼쪽을 램프에 가져가는 것이 자연스럽다는 걸 알 거야. 그 반대로도 할 수 있겠지만, 언제나 그럴 수는 없는 일이지. 이 파이프는 언제나 오른쪽 부분이 불에 닿았네. 그리고 이 사람은 호박 물부리를 물어 자국을 만들었지. 그가 건강하고 힘이 센 남자로 이도 튼튼하지 않으면 그렇게 할 수 없어. 그런데 그 사람이 계단을 올라오는 것 같군. 파이프보다 재미있는 연구가 될 듯하네."

다음 순간, 문이 열리고 키가 큰 젊은이가 방으로 들어왔다. 고급이긴 하지만 수수한 복장으로 옷은 짙은 회색, 손에 갈색 와이드 어웨이크(챙이 넓은 부드러운 펠트 모자)를 들고 있었다. 서른 살 정도로 보였지만 사실은 그보다 많았다.

"실례합니다." 그는 쭈뼛쭈뼛하며 말했다. "노크를 했어야 하는데. 네, 노크를 해야 했는데. 사실은 걱정거리 때문에 정신이 없어서 그랬습니다. 모두 그 때문이라고 생각하십시오."

그는 현기증이 나는 것처럼 이마를 쓰다듬고는 의자에 앉는다기보다도 쓰러지듯 몸을 맡겼다.

"하루나 이틀, 잠을 자지 못했군요?" 홈즈는 싹싹하고 다정스레 말했다. "불면은 일이나 놀이보다도 신경에 부담을 주지요. 자, 용건을 말씀하세요."

"조언을 좀 얻을까 하고요. 저는 어떻게 해야 좋을지 모르겠습니다. 삶 전체가 엉망진창이 된 것 같습니다."

"나에게 탐정 컨설턴트 일을 의뢰하고 싶다는 거로군요?"

"그것뿐이 아닙니다. 세상을 잘 아는 현명한 사람의 의견을 듣고 싶습니다. 제가 앞으로 어떻게 하면 좋을지 그걸 알고 싶습니다. 부탁이니 그것을 가르쳐 주십시오."

의뢰인은 짧고, 날카롭고, 경련을 일으키듯 격렬한 말투로 이야기했으나, 그것마저도 힘들어서 의지의 힘으로 겨우 버티고 있는 듯했다.

"정말 미묘한 일입니다. 집안일은 남에게 말하기 싫은 법이지요. 제 아내의 행동을 처음 만나는 두 분 앞에서 이야기하는 것은 끔찍한 일입니다. 그렇게 하지 않으면 안 되기 때문에 더 무섭습니다. 하지만 더 이상 어찌해야 좋을지 알 수 없어 조언을 구하러 온 것입니다."

"그랜트 먼로 씨." 홈즈가 말을 꺼냈다.

손님은 의자에서 벌떡 일어났다.

"뭐라고요? 저의 이름을 알고 계시나요?"

"이름을 알리고 싶지 않다면—" 홈즈는 미소를 지으며 말했다. "모자 안에 이름을 새겨 넣지 않든가, 상대에게 모자의 운두를 향하게 하는 편이 좋겠지요. 내가 말하려는 것은 이런 것입니다. 친구와 나는 이 방에서 수많은 기묘한 비밀을 들어 왔고, 다행스럽게도 고민하는 많은 분들을 안심하도록 한 일이 있습니다. 당신에게도 같은 일을 해 드릴 수 있다고 생각합니다. 시간이 귀중하니 빨리 사실을 말씀하세요."

손님은 말하기 거북하여 견딜 수 없다는 듯이 또다시 이마를 닦았다. 동작과 표정 하나하나에서 이 젊은이는 입이 무겁고, 융통성이 없으며, 자존심도 강하고 자신의 상처를 다른 사람에게 보이기 싫어한다는 사실을 알 수 있었다. 그러나 갑자기 맞잡은 손을 심하게 휘두르면서 이제는 될 대로 되라고 결심한 사람처럼 이야기를 시작했다.

"홈즈 씨, 사연은 이렇습니다. 저는 결혼한 지 3년이 됐습니다. 그동안 아내와 저는 남 못지않게 서로 사랑했고 행복하게 살아왔습니다. 한 번도 의견 차이로 말다툼이나 싸움은 하지 않았습니다.

그런데 지난주 월요일부터 갑자기 두 사람 사이에 벽이 생겼습니다. 아내의 생활이나 생각에 대해 나는 거리에서 스쳐 지나간 여자에 불과한 정도로만 알고 있다는 것을 느끼게 되었습니다. 결국 두 사람은 남이 되었습니다. 나는 그 이유를 알고 싶습니다.

홈즈 씨, 이야기를 하기 전에 확실히 해 두고 싶은 점이 하나 있습니다. 에피는 저를 사랑하고 있습니다. 그 점은 오해하지 말아주세요. 아내는 그야말로 진심으로 저를 사랑하고 있고, 지금도 예전과 다를 바가 없습니다. 나는 잘 알고 있습니다. 느낌으로 알 수 있어요. 그 점에 대해서 논의하고 싶지는 않습니다. 남자는 여자에게 사랑받는 것을 곧 알 수 있습니다. 그런데 두 사람 사이에 비밀이 생기고, 그것이 해결될 때까지는 원래의 두 사람으로 돌아갈 수 없습니다."

"먼로 씨, 사실을 말하세요." 홈즈는 조급하게 말했다.

"에피에 대해 제가 알고 있는 것을 말씀 드리죠. 제가 처음 에피를 만났을 때, 그녀는 남편을 잃고 홀몸으로 겨우 스물다섯 살이었습니다. 그 무렵의 이름은 헤브론 부인이었습니다. 어렸을 때 미국으로 건너가 애틀랜타 시에서 살다가 상당히 성공을 거두던 헤브론이라는 변호사와 결혼했습니다. 아이가 한 명 있었습니다만, 그 고장에 황열병이 유행해서 남편과 아이가 그 병으로 죽었습니다. 나는 남편의 사망 증명서도 보았습니다. 그 후 에피는 미국에 싫증이 나서 영국으로 돌아와 미들섹스 주의 핀너에서 결혼하지 않은 이모와 살게 되었습니다. 에피는 죽은 남편이 많은 유산을 남겨 주어 4,500파운드 정도의 자산을 갖고 있고, 죽은 남편이 투자를 잘해 둔 덕분에 평균 7퍼센트의 이자가 나왔습니다. 에피는 핀너에 온 지 6개월 후에 저와 만나게 되었고, 우리는 서로 사랑하게 되어 몇 주 뒤에 결혼했습니다.

저는 호프 상인으로 연 800파운드의 수입이 있었기 때문에 우리의 생활은 여유로웠습니다. 노벨리에 멋진 별장 스타일의 집을 1년에 80파운드에 빌렸습니다. 런던 근교로서는 보기 드문 전원풍의 집으로, 가까이에는 여관과 두 채의 집, 바로 맞은쪽 밭 너머에 집 한 채가 있고, 역으로 반 정도 갈 때까지 집은 없습니다. 저는 일정 시기에는 사업상 런던에 가지만, 여름에는 일이 없기 때문에 아내와 노벨리에서 말할 수 없이 행복한 시간을 보냈습니다. 확실히 말하지만, 이 고약한 사건이 일어나기 전까지 우리 사이에 어두운 그림자는 조금도 없었습니다.

이야기가 더 진척되기 전에 또 하나 말해 두고 싶은 것이 있습니다. 우리가 결혼했을 때 아내는 전 재산을 저에게 주었습니다. 저는 반대했습니다. 왜냐하면 제 사업이 실패하면 곤란하게 될 것을 알고 있었기 때문이지요. 하지만 아내의 고집을 꺾을 수 없었습니다. 그런데 6주 전에 아내가 저한테 와서 이렇게 말했습니다.

'잭, 당신이 제 돈을 받을 때 돈이 필요하면 언제든지 말하라고 했지요?'

'물론. 모두 당신 돈이니까.' 제가 말했습니다.

'그럼, 100파운드만 주세요.'

저는 이 말을 듣고 놀랐습니다. 그러나 아내가 원하는 것은 새 드레스나 그런 것일 거라고 생각했습니다.

'대체 어디에 쓰려는 거요?' 제가 물었습니다.

'어머, 당신은 은행이 될 뿐이라고 말했어요. 은행은 그런 걸 묻지 않는 법이에요.' 아내는 농담처럼 말했습니다.

'진심으로 말한다면 물론 돈을 주겠어.'

'네, 진심으로 말하는 거예요.'

'그런데 어디에 쓰려는지 말하고 싶지 않다?'

'언젠가 이야기하겠어요. 하지만 지금은 안 돼요, 잭.'

그래서 저는 더 이상 물어볼 수 없었습니다. 우리 사이에 비밀이 생긴 것은 그때가 처음이었습니다. 아내에게 수표를 주고 나서 저는 더 이상 아무것도 생각하지 않았습니다. 이 일은 나중에 생긴 일과 아무런 관계가 없을지도 모릅니다만, 이야기해 두는 편이 좋을 것 같아서 말씀 드리는 겁니다.

우리 집 가까이 집 한 채가 있다고 말씀 드렸습니다. 두 집 사이에는 들이 있을 뿐인데, 그 집에 가려면 큰길을 한참 가다가 샛길로 들어가야 합니다. 그 집 뒤에는 스코틀랜드 왜전나무 숲이 있는데, 저는 그곳에서 산책하기를 좋아합니다. 나무는 언제든지 친근한 느낌을 주니까요. 지난 8개월 동안 그곳은 빈집이었습니다. 어쨌든 그곳은 아주 훌륭한 2층 건물로, 고풍스런 포치에 인동덩굴이 덮여 있어, 나는 몇 번인가 그곳에 서서 '살기 좋은 집이 될 텐데.'하고 생각했습니다.

그런데 지난주 월요일 저녁, 그날도 나는 그곳을 산책하고 있었는데 빈 마차 한 대가 샛길로 왔습니다. 그리고 현관 옆 잔디밭에 카펫이니 살림살이 등이 쌓여 있더군요. 드디어 이 집에 세 들어 살 사람이 나타났다는 걸 첫눈에 알았습니다. 현관 앞을 지나가다 할 일 없는 사람처럼 발길을 멈추고는 집을 둘러보면서, 어떤 사람이 이사를 왔을지 생각했습니다. 그런데 갑자기 2층 창문에서 누군가의 얼굴이 나를 보고 있다는 느낌을 받았습니다.

홈즈 씨, 그 얼굴이 어떠하다고 말할 수는 없지만, 등골이 오싹한 느낌이 들었습니다. 창에서 조금 떨어져 있어서 얼굴 생김은 확실히 알 수 없지만, 무언가 부자연스럽고 사람 같지 않은 점이 있었지요. 저는 그 인상을 지울 수 없어서 2층의 그자를 더 자세히 보려고 재빨리 가까이 다가갔습니다. 그런데 그 사이에 얼굴은 사라졌습니다. 너무나 갑작스러운 일이어서 마치 방의 어둠에 끌려 들어간 것처럼 생각되었습니다.

저는 5분쯤 그곳에 서서 곰곰이 생각해 보았지만, 남자의 얼굴인지 여자의 얼굴인지도 알 수 없었습니다. 그렇지만 얼굴색은 아직도 선명하게 기억하고 있습니다. 죽은 사람 같은 누런색으로 경직된 듯이 보였고, 소름이 끼칠 정도로 기분이 나빴습니다. 저는 내심 불안했지만 이 집에 새로 이사 온 사람들에 대해 더 자세히 알아볼 생각으로 문을 노크했습니다. 문을 연 사람은 쌀쌀맞게 생긴 키가 크고 마른 여자였습니다.

'무슨 일이지요?' 여자는 북부 사투리로 물었습니다.

'저는 저 집에 살고 있습니다.' 우리 집을 향해 머리를 돌리면서 제가 말했습니다. '방금 이사 오신 모양인데, 도와 드릴 일이라도 있으면—'

'도움이 필요할 때에는 부탁 드리러 가겠어요.' 여자는 그렇게 말하고 내 눈앞에서 문을 닫았습니다. 무례한 거절에 화가 난 나는 곧장 집으로 돌아왔습니다. 그날 밤은 아무리 다른 일을 생각하려 해도, 창에 나타난 괴기한 얼굴과 여자의 무례한 태도가 제 머릿속에서 떠나질 않았습니다. 아내는 원래 신경이 예민하기 때문에 기괴한 얼굴에 대해서는 한 마디도 하지 않으려고 했습니다. 내가 받은 불쾌한 인상을 아내에게까지 맛보게 하고 싶지 않았던 거지요. 그러나 잠자기 전에 '그 집에 사람이 이사 왔어.'라고 아내에게 말했지만,

아내는 아무 말도 하지 않았습니다.

저는 잠만 들면 곯아떨어지는 편이라서 밤중에 어떤 소동이 벌어져도 잠을 깨지 않는다고 집사람한테 놀림을 받곤 했습니다. 그런데 어쩐 일인지 그날 밤은 방금 말씀 드린 그 일로 흥분을 했는지 평소보다 잠이 깊이 들지 않았습니다. 방 안에서 무언가 움직임이 어렴풋이 느껴졌는데, 차츰 확실해지면서 아내가 옷을 입고 망토를 걸치고 모자를 쓰고 있다는 것을 알았습니다. 이런 시각에 외출 준비를 한다는 것에 저는 놀라서 아내를 책망하려고 하다가 깜짝 놀랐습니다. 잠이 덜 깬 눈으로 촛불에 비친 아내의 얼굴을 보았는데, 아내의 표정은 지금껏 한 번도 본 적이 없는 것이었습니다. 아내가 그런 얼굴을 할 수 있으리라고는 생각지도 못했습니다. 죽은 사람처럼 창백하고, 숨을 거칠게 쉬며, 망토 끈을 조이면서 내가 깬 것이 아닌가 하고 계속 침대 쪽을 살피는 것이었습니다. 그러고는 제가 잠자고 있다고 생각했는지 아내는 살그머니 방을 나갔습니다. 잠시 후 날카로운 금속음이 들렸는데, 그것은 현관문의 경첩 소리였습니다. 저는 일어나 앉아 침대의 난간을 주먹으로 쳐서 정말 잠이 깨었는지 확인해 보았습니다. 그리고 베개 밑에서 시계를 꺼내 보니, 새벽 3시였습니다. 새벽 3시에 시골길에서 무엇을 하려는 것인지 의문이 들었지요.

저는 20분쯤 어떻게든 이유를 찾으려 애썼지만, 생각하면 생각할수록 이상하고 이해가 가지 않았습니다. 제가 여전히 머리를 짜내고 있으려니 다시 문 닫히는 소리가 나고 계단을 올라오는 아내의 발소리가 들렸습니다.

'에피, 도대체 어디에 갔었소?' 아내가 방으로 들어오자마자 제가 물었습니다.

아내는 흠칫하며 숨을 삼키는 듯한 소리를 냈습니다. 그 태도와 목소리에는 뭐라고 말할 수 없는 꺼림칙한 무엇이 있었고, 그것이 저를 불안하게 만들었지요. 지금까지 아내는 언제나 솔직한 성격이었기 때문에, 방에 살그머니 들어온 것도 그렇고 제가 묻는 것에 비명을 지르며 기겁을 하는 모습을 보았을 때 저는 소름이 끼쳤습니다.

'잭, 일어났어요?' 아내는 억지웃음을 지으며 말했습니다. '당신은 한번 잠이 들면 어떤 일이 있어도 깨지 않는다고 생각했어요.'

'어디에 갔었지?' 저는 더욱 엄하게 물었습니다.

'놀라는 것도 무리는 아니에요.' 망토 끈을 푸는 아내의 손이 와들와들 떨렸습니다. '글쎄, 태어나서 이런 적이 없었어요. 사실은 숨이 막힐 듯이 답답해서 신선한 공기를 마시고 싶었어요. 밖에 나가지 않았다면 정신을 잃었을지도 몰라요. 정말이에요. 현관 앞에 2, 3분 서 있었더니 기분이 좋아졌어요.'

이렇게 설명하는 동안 아내는 한 번도 저를 쳐다보지 않았고, 목소리도 평소와는 전혀 달랐습니다. 아내가 거짓말하고 있다는 것을 확실히 알 수 있었습니다. 저는 대답도 하지 않고 벽 쪽으로 얼굴을 돌렸지만, 기분이 나쁘고 마음은 온갖 의혹으로 가득 찼습니다. 아내는 저에게 무언가 숨기고 있다. 대체 그동안 어디에 갔던 것일까? 그것을 알 때까지는 안심이 되지 않았지만, 아내가 거짓으로 말했기 때문에 다시 질문할 생각은 하지 않았습니다. 그날 밤은 새벽까지 이리저리 뒤척이며 그 일에 대해 생각했지만 더욱 믿을 수 없게 되었을 뿐입니다.

그날은 시티(런던의 금융 산업의 중심지)에 가기로 되어 있었는데, 마음이 너무 복잡해서 사업에 대해선 생각할 경황도 없었습니다. 아내도 마음이 혼란스러운지 끊임없이 저를 힐끔힐끔 살피는 듯이 보았습니다. 제가 아내의 말을 믿지 않는 것을 아내도 알고 있고, 어떻게 하면 좋을지 고민하고 있다는 것을 알 수 있었습니다. 아침 식사 때 우리는 한 마디도 하지 않았고, 식사가 끝나고 저는 산책을 나왔습니다. 신선한 아침 공기 속에서 다시 한 번 어젯밤에 일어난 일에 대해 생각했습니다.

수정궁까지 가서 그곳에서 한 시간쯤 있다가 1시경에 노벨리로 돌아갔습니다. 마침 그 집 앞을 지나게 되어서 저는 어제 나를 내려다보던 그 기괴한 얼굴이 또 보이는지 창을 보았습니다. 그런데 홈즈 씨, 제가 얼마나 놀랐는지 상상해 보세요. 갑자기 현관문이 열리고 그곳에서 아내가 나왔으니 말입니다!

아내를 보고 저는 깜짝 놀라서 말도 할 수 없었지만, 눈이 마주쳤을 때 아내가 놀란 것에 비하면 제가 놀란 것은 아무것도 아니었습니다. 한순간 아내는 현관 안으로 돌아가려는 듯한 눈치였지만, 숨겨 보았자 헛일이라고 생각했는지 그대로 나왔습니다. 얼굴은 창백하고 겁먹은 눈을 하고 있었기 때문에 입가의 미소가 거짓이라는 점을 곧 알아챘습니다.
 '어머, 잭! 새로 이사 온 분에게 도와 드릴 일이 있을까 하고 왔어요. 어째서 그런 얼굴로 저를 보는 거죠? 내게 화를 내는 거예요?'
 '그럼, 어젯밤에 온 곳이 여기로군.' 제가 말했습니다.
 '무슨 말이지요?' 아내가 소리쳤습니다.
 '여기에 왔었지? 나는 알고 있소. 그런 시간에 찾아오다니, 여기 사는 사람들은 대체 누구요?'
 '여기 온 것은 이번이 처음이에요.'
 '당신도 거짓말이라는 걸 알고 말하잖소. 당신 목소리까지 달라졌어. 내가 지금까지 당신한테 뭔가를 숨긴 일이 있었소? 이 집에 들어가 철저하게 알아봐야겠어.' 나는 화를 냈습니다.
 '안 돼요, 잭. 부탁이니 그만둬요!' 아내는 마음의 격정을 억누르듯이 숨을 헐떡였습니다. 그리고 제가 현관으로 가까이 가자 제 소매를 잡고 끌어당겼습니다.
 '잭, 제발 그러지 말아요, 잭.' 아내는 외쳤습니다. '약속해요, 언젠가는 모두 이야기하겠어요. 당신이 이 집에 들어가면 불행한 일이 일어날 뿐이에요.'
 내가 아내를 뿌리치려고 하자, 저에게 매달리며 미칠 듯이 애원했습니다.
 '잭, 나를 믿어요! 이번만은 나를 믿어요. 절대 배반 같은 것은 하지 않아요. 당신을 위해서라고 생각하며 이런 일을 하는 거예요. 우리 생활의 모든 것이 걸려 있어요. 저와 함께 집으로 가면 모든 것이 잘 되지만, 억지로 이 집에 들어가면 우리는 모두 끝장이에요.'

아내의 태도는 필사적으로 진지했기 때문에 이 말을 듣고 저는

현관 앞에서 움직이지 않았습니다.

'그럼 한 가지만 조건을 달고 믿어 주지.' 마침내 제가 말했습니다. '비밀을 말하고 싶지 않으면 멋대로 해도 좋아. 하지만 앞으로 밤에 절대 나가지 않고 무슨 일이든 나에게 절대 숨기지 않겠다고 약속해. 앞으로는 이런 짓을 않겠다고 약속하면 지나간 일은 기꺼이 잊겠소.'

'꼭 믿어 주리라고 생각했어요.' 아내는 안도의 한숨을 내쉬며 말했습니다. '당신 말대로 하겠어요. 자, 가요. 집으로 가요!'

아직 저의 소매를 잡은 채 아내는 그 집에서 저를 끌어내려고 했습니다. 걸으면서 문득 돌아보았더니 그 흐릿한 누런 얼굴이 2층 창문에서 우리를 보고 있었어요. 분명 아내와 어떤 관계가 있을 겁니다. 그리고 전날 본 무례한 여자와 아내는 어떤 관계일까요. 기괴한 수수께끼를 밝히지 않는 한, 저의 불안함은 사라지지 않을 거라는 사실을 알았습니다.

그 후, 이틀 동안 저는 계속 집에 있었는데, 아내는 약속을 충실히 지키는 듯했습니다. 제가 아는 한 아내는 집에서 한 걸음도 밖에 나가지 않았으니까요. 하지만 사흘째 되던 날, 그 엄숙한 약속을 했어도, 이 수수께끼의 힘에 억지로 저항해서 아내를 묶어 둘 수 없다는 것을 충분히 알 수 있었지요.

그날 저는 런던에 가려고 나갔는데, 언제나 타는 3시 36분 기차가 아니라 2시 40분 기차로 돌아왔습니다. 집에 들어가니 하녀가 놀란 얼굴로 현관으로 나왔습니다.

'집사람은 어디에 있지?' 제가 물었습니다.

'산책 나가셨어요.' 하녀가 대답했습니다.

그 순간 제 마음은 의심으로 가득 찼습니다. 2층으로 뛰어 올라가 아내가 없는 것을 확인했습니다. 그때 창밖을 보았더니, 방금 나와 얘기한 하녀가 들을 지나 그 집으로 달려가는 게 보였습니다. 그래서 모든 사실을 알았습니다. 아내는 제가 돌아오면 알려 달라고 하녀에게 부탁해 두었던 겁니다.

견딜 수 없이 화가 나서 아래로 내려와, 이번에야말로 결판을 내리라 생각하고 들을 가로질러 달려갔습니다. 아내와 하녀가 샛길을 지나 달려오는 것이 보였지만, 저는 걸음을 멈추지도, 말을 걸지도 않았습니다. 내 삶에 어두운 그림자를 드리우는 비밀은 저 집에 있다. 어떤 일이 있어도 그 비밀을 밝혀내겠다고 맹세했습니다. 노크도 하지 않고서 손잡이를 돌려 복도에 뛰어들었습니다.

아래층은 조용했습니다. 부엌에는 불에 올려놓은 주전자가 딸깍딸깍 끓고 있고 커다란 검은 고양이가 바구니 속에 웅크리고 있을 뿐, 전에 본 여자는 없었습니다. 저는 다른 방에도 들어가 보았지만 사람은 없었습니다. 그래서 2층으로 뛰어 올라갔는데, 그곳의 두 방도 모두 비어 있고 아무도 없었습니다. 집 안에는 아무도 없었지요. 가구나 걸려 있는 그림은 흔해 빠지고 값싼 것이었는데, 제가 창문에서 이상한 얼굴을 본 그 방만은 달랐습니다. 그곳은 고급 가구가 있는 아늑한 방으로, 벽난로 선반 위에 아내의 전신사진이 있는 것을 보고, 내 의혹은 불길처럼 활활 타올랐습니다. 그 사진은 불과 석 달 전에 제가 권해서 찍은 것이었습니다.

집에 아무도 없다는 것을 확인하고 밖으로 나왔지만, 그렇게 마음이 무거운 적은 없었습니다. 우리 집으로 돌아가니 아내가 현관으로 나왔습니다만, 말할 수 없을 정도로 화가 나서 아내를 본체만체하고 서재로 들어갔지요. 그러나 아내는 제가 문을 닫기 전에 안으로 들어왔습니다.

'잭, 약속을 어겨서 미안해요. 하지만 사정을 알면 꼭 용서해 주리라고 믿어요.'

'그렇다면 모든 걸 이야기해요.'

'그것이 글쎄 도저히 이야기할 수 없어요, 잭.'

'저 집에 살고 있는 사람이 누구인지, 당신이 그 사진을 준 것이 누구인지 이야기하기 않으면 두 사람의 신뢰는 끝이오!' 나는 이렇게 말하고 아내를 뿌리치고 집을 나왔습니다.

홈즈 씨, 이것이 어제 일입니다. 그 후 아내를 만나지 않았고, 이 기괴한 사건에 대해 더 이상은 아무것도 모릅니다. 이것은 우리 부부에게 드리워진 최초의 그림자였는데, 이런 타격을 받고 보니 어떻게 해야 좋을지 판단을 못하겠습니다. 그리고 갑자기 오늘 아침에 당신이라면 저에게 충고를 해 줄 수 있을지도 모른다는 생각이 들었습니다. 그래서 이렇게 허둥지둥 달려와서 숨김없이 말씀 드리는 것입니다. 아직 확실하지 않은 점이 있다면 무엇이든지 질문하세요. 그러나 무엇보다 급한 것은 제가 어떻게 하면 좋은지 빨리 가르쳐 주시는 겁니다. 어쨌든 이런 불행은 도저히 견딜 수가 없습니다."

격정에 휩싸인 남자가 띄엄띄엄 말하는 이 이상한 이야기에 홈즈와 나는 커다란 흥미를 갖고서 귀를 기울였다. 홈즈는 턱을 괴고 잠시 생각에 잠겨 있다가 드디어 입을 열었다.

"당신이 창에서 본 얼굴은 남자라고 단언할 수 있습니까?"

"언제나 조금 떨어져서 보았기 때문에 뭐라고 말할 수 없습니다."

"어쨌든 그것을 보았을 때 아주 싫은 인상을 받은 모양이지요?"

"얼굴색이 부자연스럽고 기묘하게 경직된 느낌이 들었습니다. 제가 다가가자 갑자기 사라져 버리더군요."

"부인이 100파운드가 필요하다고 한 것은 얼마 전입니까?"

"두 달 전입니다."

"부인의 전남편 사진을 본 일이 있습니까?"

"없습니다. 그 사람이 죽은 직후 애틀랜타에서 큰 화재가 일어나 아내가 갖고 있던 서류는 모두 불타고 말았지요."

"그러나 사망 진단서는 가지고 있지 않았습니까? 당신은 그것을 보았다고 하지 않았나요?"

"네, 보았습니다. 화재 후 사본을 떼어 두었던 거지요."

"미국에서 부인을 알고 있던 사람과 만난 일이 있습니까?"

"없습니다."

"부인은 미국에 가고 싶다는 말을 한 적이 있습니까?"

"없어요."

"미국으로부터 편지를 받은 것은?"

"제가 아는 한 그것도 없습니다."

"알았습니다. 좀 생각해 보고 싶군요. 만약 수상하다는 이웃이 그 집을 영원히 떠났다면 조금 까다로운 일이 되겠군요. 하지만 만일 그 집의 사람들이 어제 당신이 오는 것을 눈치채고 미리 달아났다면, 지금쯤은 집에 돌아와 있을지도 모르니 간단히 해결되겠지요. 물론 후자일 가능성이 큽니다. 때문에 이렇게 충고합니다. 노벨리에 돌아가서 다시 한 번 그 집의 창을 조사하세요. 사람이 살고 있는 것이 틀림없다면, 억지로 들어가지는 말고 우리에게 전보를 주십시오. 전보를 받고 한 시간 안에 그리로 가면, 곧 진상을 철저하게 알아낼 수 있겠지요."

"만약 아무도 없다면?"

"그 경우에는 내일 우리가 찾아가 의논을 하겠습니다. 그럼, 안녕히 가십시오. 아직 확실한 것도 없으니 너무 크게 걱정하지 마세요."

홈즈는 그랜트 먼로를 문까지 배웅하고 나서 돌아오더니 말했다.

"왓슨. 자네는 어떻게 생각하나?"

"기분 나쁜 이야기야." 내가 대답했다.

"그래, 협박이야. 틀림없어."

"협박하는 사람은 누구지?"

"그 집에서 하나뿐인 아늑한 방에 살며, 부인의 사진을 벽난로 선반에 놓아둔 남자가 틀림없어. 왓슨, 창가의 그 흙빛 얼굴에는 무언가 수상한 데가 있어. 이 사건은 절대로 놓치고 싶지 않아."

"이미 추리를 끝냈나?"

"그래. 가정이지만 말이야. 그러나 틀림없다고 생각해. 그 집에 있는 건 여자의 전남편이야."

"어째서 그렇게 생각하나?"

"현재 남편을 그 집에 들어오지 못하게 하려고 부인이 미친 사람처럼 떠들어 대는 것을 달리 설명할 수 없지. 내 생각으로, 진상은 이런 것일 거야. 여자는 미국에서 결혼했다. 남편이 무언가 저주스러운 성격을 나타내기 시작했든지, 또는 무서운 병에 걸렸든지 했을 거야. 아마 나병이나 치매일 거야. 여자는 마침내 남편으로부터 도망가 영국으로 돌아와 이름을 바꾸고 두 번째 인생을 시작했다. 결혼 후 3년째가 되자 이제는 안전할 거라고 부인은 생각했다. 자기가 거짓으로 사용하고 있던 이름인 전남편의 사망 증명서를 지금의 남편에게 보였으니까. 그런데 갑자기 여자의 신변이 전 남편에 의해, 또는 병자와 함께 살게 된 지독한 여자에 의해 발견되었다. 두 사람은 여자에게 가서 폭로하겠다고 협박장을 쓴다. 부인은 남편에게 100파운드를 받아 매수하려고 했다. 그런데도 그들이 나타난다. 남편이 무심코 이웃집에 사람이 이사 왔다고 이야기하자, 어쩐 일인지는 모르지만 부인은 이것이 협박자임을 알았다. 남편이 잠들기를 기다렸다 그 집으로 달려가서 자기의 생활을 방해하지 말아 달라고 부탁한다. 들어주지 않기 때문에 이튿날 아침에도 찾아간다. 그래서 아까 들었던 것처럼 그 집을 나오다가 남편과 얼굴이 마주쳤다. 부인은 두 번 다시 그 집에는 가지 않겠다고 약속했지만, 이 무서운 이웃을 쫓아 버리고 싶다는 심정에 지고 말아, 아마 저쪽에서 요구한 사진을 갖고 다시 한 번 교섭한다. 이 교섭을 벌이는 사이 하녀가 달려와서 남편이 돌아왔다고 알린다. 남편이 곧 이 집으로 달려올 것을 알고 협박자들을 재촉하여 뒷문으로 짚 옆에 있는 왜전나무 숲 속으로 달아나게 한다. 남편이 가 보았더니 집에는 아무도 없다. 하지만 그가 오늘 밤에 집을 정찰했는데도 역시 아무도 없다고 한다면, 나는 그곳에 직접 가서 보고 싶네. 내 추리를 어떻게 생각하나?"

"억측에 지나지 않아."

"하지만 적어도 모든 사실이 포함되어 있어. 앞으로 새로운 사실을 알게 된 뒤 다시 생각해도 늦지 않아. 지금은 노벨리의 친구로부터 새로운 보고가 오기까지는 아무것도 손을 쓸 수가 없겠어."

하지만 오래 기다릴 필요가 없었다. 차를 마시고 나자 전보가 왔다.

집에는 사람이 있음. 창에 그 얼굴이 보였음. 7시 기차로 오시기 바람. 도착까지는 아무것도 하지 않겠음.

우리가 기차에서 내리자 그는 플랫폼에서 기다리고 있었다. 역의 램프 불빛 속에서 그의 얼굴빛은 몹시 창백했으며, 흥분으로 떨고 있었다.

"그들은 아직 그곳에 있어요, 홈즈 씨." 그는 홈즈의 소매에 손을 대며 말했다. "여기에 올 때도 불이 켜져 있었어요. 어서 속 시원히 해결하고 싶군요."

"그래, 당신은 어떻게 할 생각입니까?" 우리가 어두운 가로수 길을 걷기 시작하자 홈즈가 물었다.

"무리하게라도 들어가서 누가 있는지 이 눈으로 보고 싶습니다. 두 분은 증인이 되어 주세요."

"부인은 당신이 이 비밀을 밝히지 않는 편이 좋다고 말했는데, 그렇게 하기로 결심한 겁니까?"

"네, 그렇게 결정했습니다."

"그럼 그것이 좋을지도 모르겠군요. 어떤 진실이라도 뚜렷하지 않은 의혹보다는 낫습니다. 곧 가는 편이 좋겠죠. 물론 법적으로는 지금부터 하는 일이 변명할 여지가 없는 불법행위이긴 하지만, 감히 할 만한 가치는 있겠지요."

몹시 어두운 밤, 우리가 양쪽에 산울타리가 있는 비좁은 샛길에 들어서자 이슬비가 내리기 시작했다. 그랜트 먼로가 초조한 듯이 앞장섰고, 우리는 열심히 뒤를 따랐다.

"저것이 우리 집입니다." 그는 나무 사이에 아른거리는 불빛을 가리키며 말했다. "이쪽이 지금부터 들어갈 집입니다."

그 말을 듣고 우리가 샛길로 들어서자 바로 곁에 건물이 보였다. 캄캄한 정원에 노란 선이 하나 드리워져 있는 것을 보니 문이 제대로 닫혀 있지 않은 듯했다. 2층의 창 하나만 환하게 불이 켜져 있었다. 올려다보자 블라인드 너머로 검은 그림자가 움직이는 것이 보였다.

"그가 있습니다!" 그랜트 먼로가 소리쳤다. "누군가 있는 게 보이지요. 자, 따라오세요. 곧 모든 일을 알게 될 겁니다."

우리가 현관으로 다가가자, 갑자기 한 여자가 어둠 속에서 나타나 새어 나오는 램프 불빛 속에 섰다. 얼굴은 어둠에 가려 보이지 않았지만 애원하는 듯이 두 팔을 올리고 있었다.

"부탁이에요, 잭! 그만둬요!" 여자가 외쳤다. "오늘 밤에 올 것 같은 예감이 들었어요. 생각을 돌리세요. 다시 한 번 나를 믿어 줘요. 후회할 일도 없을 거예요."

"에피, 더 이상 믿을 수 없소!" 그는 매섭게 말했다. "놔! 무슨 일이 있어도 들어가서 이분들과 함께 문제를 해결하겠어."

그가 아내를 옆으로 밀어냈고, 우리가 그 뒤를 따랐다. 현관문을 열자 중년 여자 한 명이 그랜트 먼로 앞으로 뛰어나와 들어오지 못하게 막으려고 했지만, 그는 여자를 밀어젖혔다. 다음 순간, 우리는 계단을 뛰어 올라갔다. 그랜트 먼로는 불이 켜진 위쪽의 방으로 뛰어들었다. 우리도 뒤따라 들어갔다.

방은 아늑했고 훌륭한 가구도 있었다. 촛대가 테이블 위에 두 자루, 벽난로 선반 위에도 두 자루가 있었다. 방구석에 있는 책상 위에 소녀 같은 모습의 누군가가 엎드려 있었다. 우리가 들어가자 얼굴을 외면했지만, 빨간 옷을 입고 긴 하얀 장갑을 끼고 있는 것이 보였다. 소녀가 우리를 언뜻 돌아보았을 때, 나는 놀라움과 공포의 소리를 질렀다. 이쪽으로 향한 얼굴은 이상하기 짝이 없는 흙빛으로 표정은 전혀 없었다. 그러나 다음 순간 수수께끼는 풀렸다. 홈즈가 웃으면서 소녀의 귀 뒤로 손을 가져가자, 얼굴에서 가면이 벗겨져 떨어졌다. 가면 뒤에 숨었던 것은 새까만 흑인 소녀로, 우리의 놀란 얼굴을 보고는 하얀 이를 드러내며 웃었다. 나는 소녀를 따라 웃었지만, 그랜트 먼로는 한 손으로 자기의 목을 움켜쥔 채 눈을 크게 뜨고 서 있었다.

"이게 어찌 된 일이지?" 그가 외쳤다.

"내가 설명하지요." 그때 그의 부인이 위엄 있는 침착한 얼굴로 방에 들어와 말했다. "말하지 않으려고 했지만 당신이 설명하라고

하니, 두 사람이 최선을 다 할 수밖에 없군요. 제 전남편은 애틀랜타에서 죽었지만 아이는 살아 있었어요."

"당신 아이라니!"

부인은 가슴에서 커다란 은 로켓을 꺼냈다.

"당신은 이것이 열려 있는 것을 못 보셨지요?"

"열리지 않을 거라고 생각했어."

부인이 스프링을 누르자 뚜껑이 열렸다. 그 안에서 나타난 것은 두드러진 미남으로 지적이었지만, 의심할 여지가 없는 아프리카인의 피가 흐르고 있는 남자의 초상이었다.

"이 사람이 애틀랜타의 존 헤브론입니다. 이 세상에 그보다 더 훌륭한 사람은 없었어요. 나는 내가 백인이라는 것을 내던지고 그와 결혼했어요. 남편이 살아 있는 동안은 한순간도 그것을 후회한 적이 없었습니다. 다만 하나뿐인 아이가 나를 닮지 않고 아버지를 닮은 것은 불행이었지요. 이런 결혼에 흔히 있는 일입니다만, 루시는 아버지보다 피부가 훨씬 더 검습니다. 하지만 검든 희든 이 아이는 저의 귀여운 딸로, 매우 소중한 아이입니다."

이 말을 듣고 소녀는 달려가 부인의 옷에 매달렸다.

"이 아이를 미국에 두고 온 것은—" 부인은 계속 이야기했다. "워낙 몸이 약해서, 사는 곳이 바뀌면 건강에 나쁘다고 생각했기 때문입니다. 이곳에 오기 전에는 저희의 하녀였던 충실한 스코틀랜드 여자에게 맡겼지요. 저는 이 아이를 버리겠다는 생각은 한 번도 한 일이 없습니다. 하지만 잭, 이상한 인연으로 당신과 만나 사랑하고부터 당신에게 아이에 대해 말하는 게 무서웠어요. 하느님, 용서해 주십시오. 나는 당신에게 버림받을 것이 두려워서 이야기할 용기가 없었던 거예요. 당신과 아이를 놓고 어느 한쪽을 선택하게 되었을 때, 저는 마음이 약해서 그만 귀여운 딸을 버리고 말았습니다. 나는 3년 동안 당신에게 아이가 있는 것을 비밀로 했지만, 유모의 편지로 아이가 무사하다는 것을 알고 있었어요.

하지만 다시 한 번 아이를 보고 싶다는, 어쩔 수 없는 소망이 끓어올랐습니다. 그것과 싸워도 보았지만 소용없었어요. 위험하다는 건 잘 알고 있었지만 2, 3주 동안이라도 좋으니 아이를 영국으로 불러오기로 결심했습니다. 유모에게 100파운드를 보내면서 이 집에 대해 알려 주고, 나와 아무 관계도 없는 이웃 사람으로 여기에 살도록 했지요. 그리고 신경을 써서 낮에는 아이를 집 밖으로 나가지 않게 했어요. 또 아이의 얼굴이나 손을 가리게 하고, 창에서 아이를 보아도 이웃에 흑인 아이가 있다는 소문이 퍼지지 않도록 주의했어요. 이렇게 조심하지 않았다면 일이 좀 더 잘되었을지도 모르지만, 잭한테 이 사실이 알려지지나 않을까 걱정이 되어 제정신이 아니었던 거예요.

이 집에 사람이 이사 왔다고 처음 가르쳐 준 것은 잭이었어요. 다음 날 아침까지 기다리는 편이 좋았을 텐데 나는 흥분이 되어 잠이 오지 않았습니다. 당신이 좀처럼 잠을 깨는 일이 없다는 걸 알고 있었기 때문에 살며시 빠져나왔어요. 하지만 당신은 내가 몰래 나가는 것을 알아챘고, 그때부터 저의 괴로움이 시작되었습니다. 그리고 이튿날 당신에게 비밀을 들키고 말았지만, 고맙게도 당신은 그 비밀을 당장 캐내려고 하지 않았어요. 그러나 사흘 후에 당신이 현관으로 뛰어들어 왔을 때, 유모와 아이는 가까스로 뒷문을 통해 달아났어요. 그리고 오늘 밤, 마침내 모든 것이 밝혀지고야 말았습니다. 부디 말씀해 주세요. 우리, 아이와 저는 어떻게 하면 좋을까요?"

부인은 두 손을 잡고 대답을 기다렸다.

그랜트 먼로가 침묵을 깨기까지의 2분간은 길었지만, 그의 대답은 지금 생각해도 기분 좋은 것이었다. 그는 소녀를 안아 올려 키

스를 한 뒤, 그대로 소녀를 안은 채 한 손을 아내 쪽으로 내밀고는 문 쪽으로 돌아섰다.

"집에 돌아가 좀 더 편한 자리에서 의논합시다. 에피, 나는 그다지 좋은 사람은 아니지만, 당신이 생각하는 것보다는 좋은 남자일 거요."

홈즈와 나는 그들 뒤를 따라 샛길로 나갔다. 샛길에 나서자 홈즈는 내 소매를 잡아끌며 말했다. "우리는 노벨리에 있는 것보다 런던에 있는 편이 도움이 되겠군."

홈즈는 이 사건에 대해 더 이상 말하지 않았다. 하지만 그날 밤 늦게 내가 촛대를 들고 침실로 가려했을 때 이렇게 말했다.
  "왓슨, 내가 내 힘을 과신하거나 사건에 대해서 정당한 노력을 아끼는 것이 눈에 띄거든, 내 귓가에 대고 '노벨리'라고 속삭여 주게. 그렇게 해 주면 대단히 고맙겠어."

증권 중개인
The Stockbroker's Clerk

1889년 6월 15일 (토)

나는 결혼하자마자 패딩턴 지구에 있는 진료소를 샀다. 나에게 권리를 양도한 늙은 파쿠어 씨는 한때는 뛰어난 개업의였다. 그러나 지금은 나이도 많은 데다가 성비투스 무도병(신경성 병. 심하면 춤을 추듯이 발작성 경련을 일으킴.)도 앓고 있어 환자를 돌볼 수 없게 되었다. 사람들은 일반적으로 다른 이의 병을 고치는 사람은 우선 스스로가 건강해야 한다고 생각한다. 의사가 자신의 병을 스스로 고치지 못하면, 곧바로 그 능력을 의심받게 된다. 그 때문에 파쿠어 씨의 진료소를 찾는 환자가 점차 줄었고, 내가 권리를 살 무렵에 그의 연 수입은 1,200파운드에서 300파운드쯤으로 줄어들었다. 그렇지만 나는 젊었고, 잘 꾸려 갈 자신이 있었기 때문에 몇 년 뒤에는 환자 수를 원래대로 회복할 수 있다고 생각했다.

개업한 뒤 석 달 동안, 나는 일에 몰두하느라 셜록 홈즈와는 거의 만나지 못했다. 일부러 베이커 가를 찾아갈 틈이 없었고, 홈즈는 홈즈대로 일 때문에 어쩔 수 없는 경우를 제외하면 절대 외출하지 않았기 때문이다. 그러던 6월의 어느 날 아침이었다. 아침 식사를 끝내고 〈영국 의학 회보〉를 읽고 있는데 현관 벨이 울리고, 이어서 홈즈의 날카롭고 약간 째지는 듯한 목소리가 들렸을 때는 무척 놀랐다.

"왓슨." 홈즈는 안으로 바삐 들어오며 말했다.

"만나서 반갑군. 부인도 '네 사람의 서명' 사건에서 받은 충격에서 완전히 벗어났겠지?"

"고마워, 우린 모두 건강해." 나는 악수하면서 말했다.

"그런데 의사 일에 열중하느라 추리에 흥미를 완전히 잃은 것은 아니겠지?" 홈즈는 흔들의자에 앉으며 말했다.

"천만의 말씀. 바로 어젯밤에도 옛 기록을 조사하며 지금까지 거둔 성과를 분류했지."

"그 기록을 거기에서 끝낼 생각인가?"

"무슨 소리야. 재미있는 사건을 더 경험하고 싶네."

"그럼 오늘은 어때?"

"좋아. 자네만 좋다면."

"버밍엄까지 가도 말인가?"

"자네가 원한다면 어디라도."

"환자들 진찰은 어떻게 하지?"

"이웃 의사가 외출할 때는 내가 대신 봐 주고 있으니까, 그쪽도 신세를 갚겠지. 언제라도 기분 좋게 맡아 줄 거야."

"하하, 참 편리하군!"

홈즈는 의자에 몸을 기댄 채 반쯤 감은 눈으로 날카롭게 나를 바라보았다.

"그런데 자네는 요즘 건강이 별로 좋지 않았군. 여름 감기는 괴로운데 말이야."

"맞아. 지난주에 사흘 동안 심한 오한이 들어 집에 틀어박혀 있었어. 하지만 이제는 완전히 좋아졌어."

"그런 것 같군. 상당히 건강해 보여."

"그런데 어떻게 내가 감기에 걸린 걸 알았지?"

"이봐, 자네는 내 방식을 알잖아."

"그렇다면 추리로 알았단 말인가?"

"물론."

"어떤 점에서?"

"자네의 슬리퍼를 보고 알았지."

나는 내가 신고 있는 에나멜 슬리퍼를 내려다보았다.

"하지만 어떻게?"

내가 말을 꺼내기도 전에 홈즈가 대답했다. "자네의 슬리퍼는 구입한 지 3주밖에 안 된 새것이야. 그런데 지금 내 쪽을 향하고 있는 밑바닥이 조금 그을렸어. 그래서 젖었기 때문에 말리다가 태웠구나, 하고 생각했지. 하지만 신발 등에 상인들이 가격을 암호로 쓴 조그맣고 동그란 봉함지가 붙어 있어. 만약 젖었다면 그것이 떨어졌을 거야. 그러므로 자네는 다리를 난로 쪽으로 뻗고 앉아 있는 사이에 태운 게 틀림없어. 하지만 비가 많이 오는 6월이라 해도 건강한 사람은 그런 짓은 하지 않아."

홈즈의 추리는 언제나 그렇지만, 이번에도 설명을 듣고 나니 간단하기 이를 데 없었다. 그는 내 얼굴 표정에서 내 마음을 읽은 듯이 씁쓸한 미소를 지었다.

"나는 지나치게 자세히 알려 주는 나쁜 버릇이 있잖아. 이유를 생략하고 결과만 보여 주는 편이 훨씬 감명을 주지. 그럼, 버밍엄에 같이 가겠단 말이지?"

"물론. 그런데 어떤 사건이야?"

"기차 안에서 말해 주지. 의뢰인이 밖의 사륜마차에서 기다리고 있어. 곧 갈 수 있겠나?"

"갈 수 있네."

나는 이웃 의사에게 보낼 편지를 쓰고, 2층으로 뛰어 올라가 아내에게 이유를 말한 뒤, 현관에서 기다리는 홈즈에게 갔다.

"옆집도 의사인가?" 홈즈는 놋쇠 간판을 보고 고갯짓으로 가리키며 말했다.

"응, 나처럼 진료소를 샀어."

"먼저 하던 의사는 오래전부터 운영했었나?"

"이곳에서 먼저 운영하던 의사와 거의 같은 시기에 시작했어. 양쪽 모두 건물을 지었을 때부터 시작했으니까."

"그렇다면 자네는 인기가 좋은 쪽을 샀군."

"그런 것 같은데, 어떻게 알지?"

"현관 돌계단을 보면 알 수 있어, 왓슨. 자네 쪽이 이웃보다 3인치쯤 더 닳았어. 아, 소개하지. 마차에 계신 이분이 사건 의뢰인 홀 파이크로프트 씨야. 마부, 빨리 가게. 기차 시간이 다 되었으니까."

마차에서 나와 마주 보고 앉은 남자는 체격이 늠름하고 혈색이 좋은 젊은이로, 솔직하고 성실한 인상에 곱슬곱슬하고 노란 콧수염을 기르고 있었다. 반짝반짝 빛나는 실크 모자를 쓰고 고상하고 수수한 검은 양복을 입은 차림은 그의 인품을 말해 주었다. 그는 런던 토박이가 분명했지만, 군에 입대하거나 운동선수가 되어도 뛰어난 기량을 발휘할 듯싶었다. 그의 둥글고 붉은 얼굴에서는 타고난 쾌활함이 엿보였지만, 양끝을 오므린 입가에는 약간 우습게 보일 정도로 곤혹스러운 표정이 보였다. 하지만 이 젊은이가 도대체 어떤 궁지에 빠져 홈즈를 찾아왔는지는 기차를 타고 버밍엄을 향해 무사히 출발할 때까지 알 수 없었다.

"여기서부터 정확히 70분 동안 흔들리면서 가야 합니다." 기차가 움직이자 홈즈가 말했다. "홀 파이크로프트 씨, 당신의 흥미로운 경험을 나에게 말했듯이, 아니 될 수 있으면 더 자세히 내 친구에게 들려주셨으면 합니다. 사건의 진행 상황을 다시 듣는 것은 나에게도 많은 도움이 됩니다. 왓슨, 이 사건에 수수께끼가 숨어 있는지 어떤지도 아직 모르지만, 이 사건이 색다르고 진기한 특징을 보이는 것은 분명해. 자네도 나와 마찬가지로 환영할 거야. 자, 파이크로프트 씨, 이제는 끼어들지 않을 테니 말하세요."

젊은이는 눈을 반짝이며 나를 보고 다음과 같이 말했다.

"이번 일로 가장 화가 난 것은 내가 바보 같은 짓을 하고 있다는 겁니다. 결국 모든 사건이 잘 해결될지도 모르지만, 어쨌든 나로서는 역시 다른 방법이 없다고 생각합니다. 하지만 만약 이대로 목이 잘린다고 해도, 이 정도로 바보 같은 일은 없습니다. 왓슨 씨, 저는 이야기는 잘 못하지만 있는 그대로 차근차근 이야기해 보겠습니다. 사정은 다음과 같습니다.

저는 드레이퍼즈 가든의 콕슨 앤드 우드하우스 회사에서 근무했습니다. 그런데 그 회사는 베네수엘라 공채 건으로 올봄에 많은 부채를 지고 부도가 났습니다. 5년이나 근무했기에 도산하자 콕슨 씨가 나를 위해 훌륭한 추천장을 써 주었습니다. 하지만 직장을 잃은 것은 나만이 아니고, 사원 27명 모두 마찬가지였습니다. 나는 여기저기 직장을 알아봤지만, 처지가 같은 동료들이 많았기 때문에 좀처럼 직장을 구할 수 없었지요. 콕슨에서는 주급 3파운드를 받았고, 그것을 저금한 돈이 70파운드쯤 있었습니다. 하지만 그것도 곧 다 써 버렸고, 마침내 구인 광고에 응모하는 우표나 봉투마저 사지 못하는 처지가 되었습니다. 이곳저곳 사무실 계단을 오르내리느라고 구두는 닳고, 직장을 찾을 가능성은 전혀 없어 보였지요.

그런데 마침 롬바드 가의 큰 증권거래소 모슨 앤드 윌리엄스에서 직원을 뽑는다는 것을 알았습니다. 두 분은 그 방면에 대해 잘 모르실 테지만, 어쨌든 그 회사는 런던에서도 자산이 가장 많은 회사 중의 하나이지요. 응모는 우편으로만 받기 때문에 서둘러 추천장과 지원서를 보냈지만, 사실 별로 기대하지는 않았습니다. 그런데 놀랍게도 답장이 왔고, 다음 주 월요일에 치를 면접에서 아무 문제가 없다면 곧 채용하겠다는 내용이었습니다. 도대체 어떻게 그렇게 되었는지 전혀 모르겠습니다. 사장이 응모 편지 더미에 손을 넣고서 처음 잡은 서류를 낸 사람을 채용하는 것 같다는 소문도 돌았습니다. 어쨌든 이번에는 나에게 차례가 돌아온 셈이었는데, 나로서는 더 이상 기쁠 수 없었습니다. 급료는 콕슨보다도 1파운드 많았지만 하는 일은 같았습니다.

기묘한 이야기는 지금부터 시작입니다. 나는 햄스테드 교외에서 하숙을 하고 있습니다. 주소는 포터즈 테라스 17번지입니다. 그런데 채용이 내정된 날 밤 하숙집에서 담배를 피우고 있는데, 하숙집 아주머니가 명함을 한 장 가지고 들어왔습니다. 거기엔 '파이낸셜 에이전트, 아서 핀너'라고 인쇄되어 있었습니다. 그런 이름을 알지도 못하고 도대체 어떤 일인지도 짐작이 가지 않았지만, 어쨌든 방으로 들어오도록 했습니다. 들어온 남자는 몸집도 키도 중간 정도로, 머리와 눈과 턱수염이 모두 검었는데, 코 부분이 유대인처럼 보였습니다. 시간 낭비를 싫어하는 듯, 행동이 시원스럽고 말하는 것도 쾌활했습니다.

'홀 파이크로프트 씨죠?' 그가 말했습니다.

'그렇습니다.' 나는 대답하고 의자를 권했습니다.

'얼마 전까지 콕슨 앤드 우드하우스에 근무했지요?'

'네.'

'그리고, 이번에는 모슨에 나가게 되었다고요?'

'그렇습니다.'

'사실 나는 당신의 경리 능력이 아주 뛰어나다는 소문을 들었습니다. 콕슨의 지배인이었던 파커를 잊지는 않았겠죠? 파커가 당신을 칭찬하더군요.'

물론, 나는 그 말을 듣고 기분이 나쁘지는 않았습니다. 분명히 회사에서는 언제나 꽤나 눈치 빠르게 일했지만, 시티에서 이런 식으로 평판이 나 있을 줄은 꿈에도 생각하지 못했지요.

'기억력이 뛰어나다면서요.' 그가 말했습니다.
'뭐, 대단치는 않습니다.' 나는 겸손하게 대답했습니다.
'실직하고 있는 동안 주식 시장에는 계속 관심을 가졌습니까?'
'네, 매일 아침 증권 시세표를 꼭 보았습니다.'
'호, 그거야말로 근면한 사람의 특징이지요! 성공하는 길입니다! 그럼, 몇 가지 질문하고 싶은데 괜찮습니까? 이를테면 에어서는 어느 정도입니까?'
'105파운드에서부터 105파운드 4분의 1입니다.'

'뉴질랜드의 정리 공채는?'

'104파운드입니다.'

'그럼, 브리티시 브로큰 힐스는?'

'7파운드에서 7파운드 6실링.'

'훌륭해!' 그 남자는 두 손을 들며 외쳤습니다. '역시 소문대로군요. 당신 같은 인물을 모슨의 직원으로 두는 것은 너무 아깝습니다!'

갑자기 그에게서 이런 칭찬을 들은 나는 깜짝 놀랄 수밖에 없었습니다.

'하지만 핀너 씨. 다른 사람들은 당신만큼 저를 높이 평가하지 않습니다. 저는 무척 고생해서 이번 직장을 얻었기 때문에 충분히 만족합니다.'

'아니, 당신은 그런 곳에 만족해서는 안 됩니다. 당신의 진가를 발휘할 수 있는 직장을 선택해야 합니다. 만약 우리 회사에 온다고 가정했을 때의 이야기입니다만, 우리가 제공할 수 있는 지위는 당신의 능력에 비하면 결코 충분하지는 않을 겁니다. 하지만 모슨과 비교하면 하늘과 땅 차이일 겁니다. 모슨에는 언제부터 출근합니까?'

'월요일부터입니다.'

'하하하! 내기해도 좋습니다. 당신은 결국 모슨에는 가지 않게 될 겁니다!'

'모슨에 가지 않는다고요?'

'그렇소. 그 전에 당신은 프랑코 미드랜드 철물 주식회사의 영업지배인이 될 겁니다. 이 회사는 프랑스 각 도시와 마을에 전부 합쳐 134개의 지점을 갖고 있습니다. 그리고 브뤼셀과 산레모에도 지점이 있는 큰 회사입니다.'

그 말을 듣는 순간 나는 숨이 막혔습니다.

'하지만 처음 듣는 회사군요.'

'아마 못 들었을 겁니다. 아주 은밀하게 활동하고 있으니까요. 자본은 모두 비밀 출자이기 때문입니다. 아주 유망한 사업이기 때문에 일반인에게 공개하지 않습니다. 저의 형 해리 핀너가 발기인으로 출자액에 따라 전무이사로서 이사회에 참가하고 있습니다. 형은 내가 런던의 사정에 밝다는 것을 알고, 좋은 인재를 찾아 달라고 나에게 부탁했습니다. 활력이 넘치고 패기만만한 젊은이를 원합니다. 그래서 파커와 상담하다 당신 얘기가 나왔고, 오늘 밤 이렇게 여기에 온 겁니다. 급료는 처음에는 500파운드밖에 드릴 수 없습니다만.'

'연봉 500파운드라고요!' 나도 모르게 크게 소리쳤습니다.

'처음에는 그것뿐이지만, 당신이 담당한 대리점의 거래 금액 중 1퍼센트를 받을 수 있지요. 이것이 급료보다 많다는 것은 보증합니다.'

'하지만 나는 철물에 대해서는 전혀 모릅니다.'

'그 대신 당신은 숫자에 밝잖소.'

나는 머리가 멍해져서 의자에 가만히 앉아 있을 수 없을 정도였습니다. 그러나 갑자기 의혹에 사로잡혔습니다.

'솔직하게 말해 모슨의 급료는 200파운드밖에 안 되지만, 그곳이라면 믿을 수 있습니다. 그렇지만 당신 회사에 대해서는 전혀 모르기 때문에⋯⋯.'

'하하, 과연 날카로운 분이군!' 그는 감동하면서 외쳤습니다. '당신 같은 사람이야말로 반드시 우리 회사에서 일해야 합니다! 간단하게 승낙할 것 같지 않군요. 이것은 100파운드 수표입니다. 만약 우리 회사에서 일해 주시겠다면 급료를 미리 드리겠습니다.'

'고맙습니다. 그럼, 언제부터 일하면 됩니까?'

'내일 오후 1시까지 버밍엄으로 가세요. 형한테 가지고 갈 소개장은 여기 있습니다. 이것을 가지고 형에게 가면 됩니다. 코포레이션 가 126B번지에 회사의 임시 사무실이 있고, 형이 있습니다. 물론 채용에 대해서는 형이 다시 한 번 확인하겠지만, 채용은 이미 결정된 것과 같습니다.'

'정말 뭐라고 감사드려야 좋을지 모르겠습니다.'

'천만의 말씀입니다. 당신은 당연히 받아야 할 것을 받았을 뿐입니다. 그리고 몇 가지 자질구레한 수속이 남아 있는데, 아주 형식적인 겁니다. 당신 옆에 종이가 있군요. 거기에 이렇게 써 주세요. 나는 프랑코 미드랜드 철물 주식회사 영업지배인으로서 최저 연봉 500파운드의 조건으로 근무할 것을 승낙한다고 말입니다.'

말한 대로 쓰자 그는 그 종이를 주머니에 넣었습니다.

'또 하나, 이것도 작은 일이지만, 모슨 쪽은 어떻게 할 생각입니까?'

나는 기쁜 나머지 모슨 일은 완전히 잊고 있었습니다.

'편지로 거절할 생각입니다.'

'그 편지는 쓰지 않는 게 좋겠군요. 사실은 당신 건으로 모슨의 지배인과 싸웠거든요. 당신에 대해 알아보려고 그곳에 갔더니, 지배인이 몹시 화를 내며 당신을 속여 모슨에서 빼내려고 한다고 비난하더군요. 그래서 나도 화를 냈지요. 우수한 인재가 필요하면 대우를 잘하라고요. 그러자 모슨의 지배인은, 비록 당신 회사보다 보수가 적어도 그 젊은이는 우리 회사에 올 거라고 하더군요. 그래서 내가 그럼 5파운드를 걸고 내기해도 좋소, 만약 그 젊은이가 내 말을 받아들이면 당신 회사에는 두 번 다시 연락하지 않을 거요, 하고 말했지요. 그 남자는 '좋소! 우리가 그를 시궁창에서 빼내 주었어. 그렇게 간단히 우리를 배반할 리가 없어.'라고 말하더군요.

'상당히 무례하군!' 내가 외쳤습니다. '아직 한 번도 만난 적이 없는데. 그런 사람의 일은 아무래도 좋아요. 쓰지 않는 게 좋다고 하면 쓰지 않겠습니다.'

'좋소. 약속했습니다!' 그는 의자에서 일어나며 말했습니다. '형에게 좋은 사람을 소개하게 되어서 정말 다행입니다. 이것이 선금 100파운드이고 이건 소개장입니다. 주소를 기억하세요. 코포레이션 가 126B번지. 약속 시간은 내일 1시입니다. 그럼, 편히 쉬십시오. 행운을 빕니다.'

자, 이상이 내가 기억하는, 그 남자와 나눈 대화입니다. 왓슨 씨, 갑자기 찾아온 엄청난 행운에 제가 얼마나 기뻐했는지 아시겠지요. 감격에 겨워 그날은 새벽까지 잠들지 못했습니다. 그리고 이튿날, 약속 시간에 도착할 수 있도록 기차로 버밍엄을 향해 출발했습니다. 도착해서 뉴 가의 호텔에 짐을 맡기고 가르쳐 준 장소로 향했습니다.

약속 시간까지는 15분쯤 남아 있었지만, 별로 상관없으리라고 생각했습니다. 126B번지는 두 개의 큰 회사 사이에 있었습니다. 돌로 만든 나선 계단을 지나 올라가면 회사나 의사 또는 변호사 같은 사람에게 사무실로 빌려 주는 방이 많습니다. 입주자의 이름이 벽 아래에 페인트로 쓰여 있는데 프랑코 미드랜드 철물 주식회사라는 이름은 없었습니다. 보기 좋게 속아 넘어간 건 아닌지 걱정하며 잠시 어물거리고 있으려니까 어떤 남자가 다가와서 제게 말을 걸었습니다. 전날 밤에 만난 사람과 목소리도 모습도 닮은 사람이었습니다. 그러나 그 사람은 수염을 깨끗이 밀었고 머리 색깔도 조금 밝았습니다.

'홀 파이크로프트 씨입니까?' 그 남자가 물었습니다.

'그렇습니다.' 내가 대답했습니다.

'기다리고 있었습니다. 약속 시간보다 조금 빨리 오셨군요. 아침에 동생에게서 편지를 받았지요. 당신에 대해 칭찬이 대단하더군요.'

'지금 사무실을 찾고 있던 참입니다.'

'아, 사무실은 아직 이름을 걸지 않았어요. 지난주에 이 임시 사무실을 구해서요. 자, 나를 따라오세요. 위로 올라가서 얘기합시다.'

그를 따라 높고 가파른 계단을 올라갔더니, 슬레이트 지붕 바로 밑에 카펫도 커튼도 없는 먼지투성이 빈방으로 저를 안내했습니다. 저는 반짝반짝 빛나는 책상과 줄지어 앉아 있는 사원들이 있는 큰 사무실의 광경을 머리에 그리고 있었습니다. 그런데 가구다운 것이라고 해야 나무 의자 두 개와 작은 테이블 하나밖에 없고, 그

밖에 보이는 것은 장부 한 권과 휴지통 하나뿐인 광경을 보자 정말 어이가 없었습니다.

'실망하지 마세요.' 방금 만난 남자는 내 표정을 보더니 말했지요. '로마는 하루아침에 이루어진 것이 아닙니다. 훌륭한 사무실을 갖추기 전에는 쓰러지면 안 됩니다. 하지만 자금은 충분히 준비되어 있습니다. 자, 소개장을 보여 주세요.'

소개장을 건네자 그는 매우 주의 깊게 읽었습니다.

'당신은 동생에게 무척 깊은 인상을 준 모양이군요. 동생은 사람을 아주 잘 보지요. 동생은 런던 출신을 선호하고, 나는 버밍엄 출신을 좋아하지만 이번만은 동생의 의견을 따르기로 하겠소. 그러니 이것으로 채용은 정식 결정된 걸로 생각하셔도 좋습니다.'

'제가 할 일은 무엇입니까?' 내가 물었습니다.

'파리의 창고를 관리하는 일입니다. 그곳은 잉글랜드의 도자기를 프랑스에 있는 134군데의 대리점에 보내는 거점입니다. 일주일 안에 물품 구입을 끝낼 예정인데, 그때까지는 버밍엄에 있으면서 일을 도와주시오.'

'어떤 일을 하는 겁니까?'

그는 대답 대신 책상 서랍을 열고는 붉고 큰 책 한 권을 꺼냈습니다.

'이것은 파리의 인명록입니다. 이름 뒤에 직업이 있소. 이것을 숙소에 가지고 가서 철물업자의 주소와 이름을 모두 써 주시오. 그것이 있으면 아주 편리하니까요.'

'하지만 분명히 직업별 인명록이 있을 텐데요?'

'그것은 그다지 신뢰할 만한 것이 못 됩니다. 작성 방법이 우리와 다릅니다. 어쨌든 월요일 정오까지 작성한 리스트를 나에게 갖고 와요. 파이크로프트 씨, 만약 당신이 지혜와 열의를 갖고 일하면 회사도 그에 걸맞은 대우를 할 생각입니다. 그럼, 조심해 가시오.'

나는 커다란 책을 안고 찜찜한 기분으로 호텔로 돌아왔습니다. 분명히 나는 정식으로 채용되었고, 주머니에는 100파운드짜리 수표가 들어 있었습니다. 그러나 그 사무실의 허술한 광경과 건물 벽에 회사 이름이 없는 것, 그리고 사업가라면 누구라도 신경 쓰는 몇 가지 사항이 빠진 것 때문에 좋은 인상을 가질 수 없었습니다. 그렇지만 앞으로 일이 어떻게 되든 일단 돈은 받았으니 생각을 고쳐먹고 일을 하기 시작했습니다. 일요일은 하루 종일 쉬지 않고 일에 몰두했습니다. 그런데 월요일이 되었는데도 H항목까지밖에 완성하지 못했습니다. 어쨌든 고용주한테 갔더니 처음과 다름없이 아무것도 없는 방에 있더군요. 그는 수요일까지 완성해서 가져오라고 했습니다. 그런데 수요일이 되어도 아직 일을 끝내지 못했습니다. 그래서 금요일인 어제까지 쉬지 않고 일했지요. 가까스로 완성한 것을 갖고 해리 핀너 씨에게 갔습니다.

'정말, 수고가 많았소. 생각보다 어려운 일이었군. 하지만 이 리스트 덕에 상당한 도움을 받을 것이오.' 그가 말했습니다.

'시간이 오래 걸렸습니다.'

'그런데 이번에는 가구점 리스트를 만들어야겠소. 가구점에서도 도자기를 판매하니까.'

'알았습니다.'

'그러면 내일 저녁 7시에 와서 일이 얼마쯤 진행되고 있는지 알려 주시오. 결코 무리해서는 안 되오. 일을 끝내고 데이즈 뮤직홀에서 2시간쯤 시간을 보내는 것도 나쁘지 않을 거요.' 남자는 웃으면서 말했습니다. 그런데 그때 남자의 왼쪽 두 번째 이에 볼품사납게 금이 씌워진 것을 보고 나는 섬뜩했습니다."

이 대목에서 홈즈는 만족스럽다는 듯이 두 손을 비벼 댔지만, 나는 놀라서 의뢰인의 얼굴을 바라볼 뿐이었다.

"왓슨 씨, 깜짝 놀라는 것도 당연합니다만, 사실은 이렇습니다. 전에 내가 런던에서 핀너의 동생이라는 남자와 만났을 때 그 남자가 당신은 결국 모슨에는 못 간다고 웃으면서 말하는 순간 금니가 보였는데, 그것과 똑같다는 생각이 들었기 때문입니다. 두 번 다 금이 반짝이는 바람에 눈에 띄었던 거지요. 목소리도 모습도 같은데, 금니까지 똑같았죠. 형과 동생의 다른 점이라곤 면도라든가 가발을 이용하면 바꿀 수 있는 것뿐이라고 생각하니 의심이 들 수밖에 없었습니다. 형제가 아무리 닮아도 금니까지 똑같을 수는 없지 않겠습니까? 그의 배웅을 받으며 거리로 나왔는데, 마치 여우에 홀린 기분이었습니다. 나는 호텔로 돌아와 세면기에 물을 담아 머리를 식히고 지금까지의 일을 정리해 보았습니다. 왜 그 남자는 나를 런던에서 버밍엄으로 보냈을까? 왜 그는 나보다 먼저 버밍엄에

와 있었을까? 왜 그는 자신 앞으로 편지를 썼을까? 하지만 모두 저에게는 벅찬 문제라서 도무지 영문을 알 수 없습니다. 그런데 문득 도무지 짐작할 수 없는 일이라도 홈즈 씨라면 아주 간단히 풀 수 있을 거라는 생각이 떠올랐습니다. 그래서 야간기차를 타고 오늘 아침 런던에 돌아와 곧바로 홈즈 씨를 찾아뵙고, 이렇게 두 분과 버밍엄까지 가게 된 것입니다."

증권 중개인이 놀라운 경험을 이야기하고 나자, 잠시 말이 끊겼다. 이윽고 홈즈는 혜성이 나타난 해에 제조한 혜성년 와인의 첫 모금을 음미하는 와인 감정가처럼 만족한 듯하면서도 날카로운 표정으로 쿠션에 기대며 내 쪽을 흘끗 보았다.

"어때, 왓슨? 상당히 재미있는 사건이지? 이 이야기에는 흥미로운 점이 몇 개 있어. 그런데 프랑코 미드랜드 철물 주식회사의 임시 사무실에서 아서 핀너, 아니 해리 핀너 씨와 만나는 것도 우리 두 사람에게는 재미있는 경험이 될 텐데, 어때?"

"그렇지만 어떻게 해야 만날 수 있지?"

"아, 그것은 간단합니다." 홀 파이크로프트는 힘차게 말했다. "두 분을 현재 일자리가 없는 친구라고 소개하겠습니다. 그렇게 하면 제가 당신들을 전무에게 데리고 가도 조금도 이상할 것이 없을 테니까요."

"그렇지, 그래! 어쨌든 직접 그 신사를 만나고 싶어. 그렇게 하면 그가 꾸민 장난에 대해 무언가 알 수 있을지도 몰라. 그렇게까지 해서 당신을 고용하려는 이유가 무엇일까요? 아니면 뭔가…….." 홈즈는 이렇게 말하고 난 뒤 손톱을 깨물며 멍하니 창밖을 보기 시작했고, 뉴 가에 도착할 때까지 한마디도 하지 않았다.

그날 저녁 7시에 우리 세 사람은 회사 사무실로 가기 위해 코포레이션 가를 걸었다.

"시간 전에 가 봐야 헛일입니다. 그 남자는 나를 만나려고 오는 것 같아요. 그 남자가 지정한 시각 전에는 아무도 없었으니까요." 의뢰인이 말했다.

"무언가 꿍꿍이가 있는 듯싶은데." 홈즈가 말했다.

"봐요, 말한 대로죠! 저기 걸어가는 남자예요!" 파이크로프트는 이렇게 소리치며 바쁜 걸음으로 도로 반대쪽을 걸어가는 금발에 몸집이 작고 옷차림이 훌륭한 남자를 가리켰다.

남자는 도로 맞은편에서 새로 나온 석간을 팔고 있는 소년을 보더니 뛰어서 영업마차와 합승마차 사이를 누비고 지나가 소년에게서 신문을 한 장 샀다. 그러고는 신문을 쥔 채 어떤 문 안으로 사라졌다.

"아, 저곳으로 들어갔군!" 홀 파이크로프트가 외쳤다. "저 안에 사무실이 있습니다. 저를 따라오세요. 잘 설득해 볼 테니."

그의 뒤를 따라 6층까지 올라가자, 반쯤 열린 문이 나타났다. 파이크로프트가 노크를 하자, 안에서 들어오세요라고 하는 목소리가 들려왔다. 파이크로프트가 말한 대로, 사무실 안에는 가구다운 것이라곤 전혀 없이 황량하기 그지없었다. 방에 있는 단 하나의 테이블 앞에 아까 길에서 본 남자가 석간신문을 보며 앉아 있었다. 사무실로 들어선 우리들을 올려다본 남자의 얼굴에는 비통한, 아니 비통함을 초월한, 보통 사람은 좀처럼 경험할 수 없는 공포의 표정이 떠올랐다. 이마에는 땀이 번들리고 있었고, 핏기 없는 뺨은 물고기 배처럼 창백했으며, 마치 미친 사람처럼 눈을 크게 뜨고 있었다. 남자는 누구인지 모른다는 듯한 표정으로 파이크로프트를 보았다. 파이크로프트가 깜짝 놀란 표정을 지어 우리는 그의 고용주의 모습이 평소와 다르다는 사실을 곧 알아차릴 수 있었다.

"핀너 씨, 기분이 좋지 않은 것 같군요." 파이크로프트가 소리쳤다.

"아, 그다지 좋지 않군요."

핀너는 기운을 차리려고 노력하면서 마른 입술을 핥았다.

"그런데 당신이 데려온 두 사람은 누구요?"

"이쪽은 버먼지의 해리스 씨이고, 이쪽은 버밍엄의 프라이스 씨입니다." 중개인은 막힘없이 말했다. "두 사람은 제 친구입니다. 두 분 모두 경험이 풍부한 신사입니다만, 잠시 실직 중이라서 회사에서 고용해 주셨으면 하고 이렇게 데려왔습니다."

"그렇군! 좋아요!" 핀너 씨는 기분 나쁜 미소를 떠올리며 외쳤다. "아마 힘써 줄 수 있을 겁니다. 해리스 씨, 당신은 어떤 일을 맡고 있나요?"

"회계입니다." 홈즈가 대답했다.

"그렇습니까? 아마 그 방면의 인재가 필요해질 겁니다. 그리고 프라이스 씨는?"

"사무입니다." 내가 대답했다.

"두 사람 모두 거의 틀림없이 채용되리라 생각합니다. 결정되는 대로 연락하겠소. 그럼, 오늘은 그만 돌아가 주시오. 부탁이니까 나를 혼자 있게 해 주시오!"

마지막 말은 지금까지 필사적으로 억눌러 온 것이 갑자기 터져 나온 듯이 그의 입에서 튀어나왔다. 홈즈와 나는 얼굴을 마주 보았다. 그러자 홀 파이크로프트가 테이블 쪽으로 한 걸음 다가섰다.

"잊었나요, 핀너 씨? 나는 오늘 당신의 지시를 받기 위해 이곳에 왔습니다."

"아, 그렇군요. 파이크로프트 씨." 핀너는 조금 전보다 침착한 어조로 말했다. "그러면 여기서 잠깐 기다려요. 친구 분들도 같이 기다리겠죠? 미안하지만 3분 정도 참아 주시오. 곧 돌아올 테니까."

그는 일어나서 우리에게 정중하게 인사하고 방 안쪽에 있는 문으로 나가 손을 뒤로 돌려 문을 닫았다.

"어찌 된 거지?" 홈즈가 작은 소리로 말했다. "우리들을 떼어 내고 달아날 속셈일까?"

"그것은 불가능해요."

"왜죠?"

"저 문은 안쪽 방으로만 통합니다."

"그럼 안에 출구는 없나요?"

"없어요."

"안쪽 방에 가구 같은 것은?"

"어제는 텅 비어 있었어요."

"그럼, 저 남자는 그런 곳에서 대체 뭘 하는 걸까? 이해할 수 없군. 공포 때문에 미친 사람이란 핀너를 두고 한 말일 거야. 그런데 왜 저렇게 떨고 있지?"

"우리를 형사라고 생각했을지도 몰라." 내가 말했다.

"그렇겠군요." 파이크로프트가 말했다.

홈즈는 고개를 저었다.

"그는 우리를 보고 파랗게 질린 게 아니야. 우리가 방에 들어왔을 때 이미 창백해져 있었어. 그렇다면—"

홈즈의 말은 방에서 쿵쾅거리는 소리 때문에 중단되었다.

"자기 방문을 왜 저렇게 두드릴까?" 파이크로프트가 외쳤다.

다시 두드리는 소리가 크게 들렸다. 세 사람은 마른침을 삼키고 닫힌 문을 지켜보았다. 홈즈는 긴장한 나머지 몸을 앞으로 내밀었다. 방에서는 갑자기 낮게 울리는 듯한 희미한 소리가 들리고, 계속 무엇인가 나무 부분을 북처럼 두드리는 소리가 울렸다. 홈즈는 문을 향해 미친 듯이 돌진해, 문에 몸을 부딪쳤다. 문은 안에서 잠겨 있었다. 우리도 홈즈를 따라 힘껏 몸을 부딪쳤다. 경첩이 하나 부러져 나갔고, 또 하나가 부러지며 문이 커다란 소리와 함께 쓰러졌다. 우리는 그것을

증권 중개인 109

밟고서 안으로 뛰어들어갔다. 방은 비어 있었다. 그러나 우리는 아주 잠깐 망설였을 뿐이다. 우리가 아까까지 있던 방의 가장 가까운 구석에 다른 문이 하나 더 있었다. 홈즈는 거기로 뛰어가 그 문을 열었다. 상의와 조끼가 바닥에 떨어져 있었다. 그리고 문 뒤의 고리에 프랑코 미드랜드 철물 주식회사 전무가 바지 멜빵을 목에 감은 채 매달려 있었다. 무릎을 구부리고 목을 가슴에 늘어뜨리고, 구두 뒤꿈치를 문에 부딪친 까닭에 우리의 대화를 중단시킨 소리를 냈던 것이다. 나는 즉시 그의 허리를 안아서 그를 들어 올렸고, 그 사이에 홈즈와 파이크로프트는 흙빛이 된 피부에 파고든 멜빵을 벗겼다. 그런 다음 우리는 남자를 원래 방으로 옮겨 바닥에 눕혔다. 얼굴은 슬레이트 색으로 변해 있었고, 보라색 입술이 숨을 쉴 때마다 닫혔다 열렸다 했다. 그의 얼굴은 5분 전에 우리와 만난 남자라고는 생각할 수 없을 정도로 무참하게 변해 있었다.

"살릴 수 있겠나, 왓슨?" 홈즈가 물었다.

나는 남자의 몸 위에 몸을 숙이고 진찰했다. 맥박은 약하고 끊어졌다 이어졌다 했지만, 호흡은 차차 길어져서 눈꺼풀이 파르르 떨리더니 하얀 안구가 보였다.

"아슬아슬한 순간이었지만 목숨은 구한 것 같군. 창문을 열고 물 주전자에 물을 따라 줘."

나는 그의 칼라를 풀고 얼굴에 찬물을 뿌린 뒤, 길고 자연스러운 호흡을 할 수 있을 때까지 남자의 두 팔을 위아래로 움직였다.

"이제 시간문제야." 나는 남자에게서 떨어지며 말했다.

홈즈는 두 손을 바지 주머니에 깊숙이 찌르고 턱을 가슴에 붙인 채 테이블 옆에 서 있었다.

"이렇게 되었으니 경찰을 부르는 게 좋겠군. 하지만 솔직히 말해서, 그들이 달려오기 전에 완전히 해결하고 싶은데." 홈즈가 말했다.

"나는 전혀 모르겠어요. 도대체 무슨 목적으로 나를 여기까지 데려왔을까요? 게다가……." 파이크로프트는 머리칼을 쥐어뜯으며 외쳤다.

"하하, 그것은 벌써 알고 있습니다. 문제는 마지막에 보여 준 갑작스러운 행동입니다." 홈즈가 안타깝다는 듯이 말했다.

"그럼, 그 밖에는 전부 알고 계신 겁니까?"

"그렇다고 생각합니다. 왓슨, 자네는 어때?"

나는 어깨를 으쓱했다.

"솔직히 말해 내 머리로는 이해할 수 없어."

"하지만 지금까지 일어난 사건을 잘 생각해 보면, 결론은 하나밖에 없네."

"그럼 자네는 어떻게 생각하나?"

"음, 모든 것은 결국 다음 두 가지에 달려 있어. 하나는 파이크로프트 씨에게 그 엉터리 회사에 입사한다는 서약서를 쓰게 한 일이야. 거기에는 이유가 있을 것 같다고 생각하지 않나?"

"잘 모르겠는걸."

"그럼, 왜 그런 것을 쓰게 했을까? 실무적인 수속 같은 것은 아닐세. 이러한 결정은 구두 약속이 보통이지. 파이크로프트 씨만 예외로 할 이유는 조금도 없네. 파이크로프트 씨, 아직 모르겠습니까? 그들은 당신의 필적을 손에 넣고 싶어 했어요. 그렇기에 그렇게 할 수밖에 없었습니다."

"하지만, 왜죠?"

"그렇죠. 이유가 뭘까요? 거기에 대답할 수 있다면 결론에 한 걸음 다가선 게 됩니다. 왜일까요? 추측 가능한 이유는 하나밖에 없어요. 누군가 당신의 필적을 흉내 내려고 한 것이지요. 그래서 우선 그 견본을 손에 넣을 필요가 있었습니다. 다음은 두 번째 이유인데, 첫 번째 이유와 서로 관련되어 있다는 사실을 알 수 있습니다. 두 번째는 핀너 씨가 당신에게 모슨 회사에 채용을 거절하는 편지를 쓰지 못하게 한 겁니다. 그 회사의 지배인은 홀 파이크로프트라는 남자가 월요일 아침부터 출근하는 줄 알고 있는데, 그곳에 아무런 말도 하지 말고 회사에 가지 말라고 한 점입니다."

"그랬습니까? 나는 정말로 멍청했군요." 파이크로프트가 외쳤다.

"자, 이걸로 필적에 대한 것은 이해가 가겠지요. 누군가 당신으로 위장해 모슨 회사에 입사한다고 해도, 만약 모집에 응했을 때 서류에 쓴 당신의 필적과 전혀 다른 글씨를 쓴다면 곧 탄로가 나겠지요. 하지만 계속해서 당신의 필적을 흉내 낼 수 있으면 안심하고 근무할 수 있어요. 그 회사에서 당신의 얼굴을 아는 사람은 한 사람도 없을 테니까요."

"네, 한 명도 없어요." 홀 파이크로프트가 대답했다.

"그대로잖소. 물론 가장 중요한 점은, 당신이 그 일을 그다지 깊이 생각지 않도록 할 것과 당신의 가짜가 모슨에서 일하고 있다는 사실을 가르쳐 줄 만한 사람에게 당신을 접근시키지 않도록 하는 일입니다. 그래서 많은 급료를 미리 주고 당신을 중부 지방으로 보낸 뒤, 그곳에서 끊임없이 일거리를 주어 당신이 런던에는 얼씬도 하지 못하도록 했지요. 당신이 런던에 나타나면 그들의 계획이 모두 탄로 날 위험이 있기 때문입니다. 여기까지는 모두 확실합니다."

"하지만 왜 이 남자는 혼자서 두 형제를 연기했을까요?"

"아, 그것도 이유는 명백합니다. 이 사건에는 분명히 두 사람만 관계되어 있어요. 또 한 명은 모슨에서 당신 행세를 하는 남자입니다. 이 남자는 당신과 취직 계약을 맺는 역할을 했습니다. 그런데 아무래도 당신의 고용주를 연기할 사람이 필요했습니다. 제삼자를 새롭게 계획에 넣는 것은 아무래도 피하고 싶었겠죠. 그래서 교묘하게 변장하고, 의심을 덜 받도록 형제라고 거짓말을 한다면 당신을 속일 수 있다고 생각한 겁니다. 만약 운 좋게 금니가 당신 눈에 띄지 않았다면, 당신이 의혹을 품는 일은 결코 없었을 겁니다."

홀 파이크로프트는 굳게 움켜쥔 주먹을 휘두르며 소리쳤다.

"아! 내가 이렇게 바보 같은 짓을 하는 동안, 그 가짜 홀 파이크로프트는 모슨에서 무엇을 했을까? 홈즈 씨, 어떻게 하면 좋지요? 이제부터 어떻게 하지요? 어찌하면 좋은지 가르쳐 주세요."

"우선 모슨에 전보를 쳐야 합니다."

"하지만 토요일은 정오에 퇴근합니다."

"상관없소. 경비나 숙직 직원이 있을 테니까."

"그렇군요. 귀중한 유가증권이 있기 때문에 경비가 상주하죠. 시티에서 그 말을 들은 기억이 있어요."

"좋소. 그러면 빨리 전보를 쳐서 이상이 있는지, 그리고 당신 이름으로 일하는 직원이 있는지 확인합시다. 하지만 지금도 알 수 없는 것은 그 악당 중 한 사람이 우리들을 본 순간 당황해서 방에서 나가 목을 맨 이유입니다."

"신문!"

갑자기 뒤에서 쉰 목소리가 들렸다. 돌아보니 목을 맨 남자가 상반신을 일으키고 있었다. 얼굴은 죽은 사람처럼 여전히 창백했는데, 눈을 보니 정신이 돌아온 듯했고, 목 주위에 남아 있는 굵고 붉은 자국을 문지르고 있었다.

"신문! 그래! 나는 정말 바보였어! 남자와 만나는 것만 생각하느라 신문에 대해선 완전히 잊고 있었어. 확실히 비밀은 신문에 있어." 홈즈는 흥분한 나머지 크게 소리쳤다. 그러고는 테이블 위에 신문을 폈다. 그 순간 승리를 자랑하는 듯한 외침이 입에서 튀어나왔다.

"왓슨, 이걸 봐! 런던의 신문 〈이브닝 스탠더드〉 초판이야. 여기에 나와 있군. 헤드라인을 봐. '시티에서 일어난 범죄. 모슨 앤드 윌리엄스사의 살인. 대규모 강도 미수 사건. 범인 체포.' 이봐, 왓슨, 모두 궁금해하니 큰 소리로 읽어 보게."

넓은 지면을 차지하고 있는 것으로 보아 런던의 중대 사건인 것은 분명했다. 기사는 다음과 같다.

오늘 오후, 런던 시티에서 대담한 강도 미수 사건이 발생해 한 명이 사망했지만 범인은 체포되었다. 유명한 증권 거래소 모슨 앤드 윌리엄스사는 전부터 총액 100만 파운드가 훨씬 넘는 유가증권을 보관하고 있고, 지배인은 유가증권 분실을 대비해 최신식 금고를 마련하고, 무장한 경비원에게 주야를 막론하고 건물 경비를 시켰다. 지난주 이 회사에 홀 파이크로프트라는 직원이 새로 입사했다. 그런데 이 남자는 최근 형과 함께 5년형을 마치고 출소한 악명 높은 위조와 금고털이 상습범 베딩턴이라고 추측된다. 어떤 방법을 사용했는지는 아직 밝혀지지 않았지만, 베딩턴은 가짜 이름을 사용해 회사에 입사하는 데 성공했으며, 그 지위를 이용해서 각종 열쇠의 형을 뜨고, 금고실과 금고의 위치를 완전히 파악했다.

모슨은 토요일에는 정오에 폐점하는 것이 관례다. 그런데 시티 경찰의 터슨 경사는 1시 20분쯤 한 남자가 여행 가방을 들고 계단을 내려오는 것을 보고 수상하게 생각했다. 의심을 한 터슨 경사는 남자를 미행했는데, 폴록 경관의 협력 아래 격렬한 격투 끝에 체포하는 데 성공했다. 그 결과 대담하기 이를 데 없는 강도 범죄가 감행되었음이 곧 판명되었다. 남자의 가방 안에서 10만 파운드 가까운 미국 철도 채권을 비롯해 상당한 액수에 이르는 광산과 그 밖의 회사의 많은 증권이 발견되었다. 회사 건물 내부를 조사한 결과 가장 큰 금고 안에서 상체를 잔뜩 구부린 채 죽어 있는 경비원의 시체가 발견되었다.

터슨 경사의 기민한 행동이 없었다면 월요일 아침까지 발견되지 않았을 것이다. 피해자의 두개골은 뒤에서 부젓가락에 맞아 부서져 있었다. 베딩턴은 물건을 찾는 척 가장하고 입구로 들어가 경비원을 살해한 다음, 재빨리 금고를 열고 안에 있는 증권서류들을 훔쳐 도망치려 한 것으로 추측된다. 범죄를 저지를 때 언제나 베딩턴과 행동을 같이하는 형이 이번 범죄에 가담한 증거는 없지만, 경찰에서는 현재 그 형의 행방을 필사적으로 추적하고 있다.

"그럼, 우리가 경찰의 수고를 덜어 줄 수 있겠군." 홈즈는 창가에 움츠리고 앉아 있는 초라한 남자의 모습을 보며 말했다.
"그렇지만 왓슨, 인간의 본성은 아주 이상한 혼합물이지. 아무리 지독한 악당이나 살인자라도 동생의 목숨이 위태롭다는 걸 알면 자살을 기도할 만큼 애정이 솟아나니까. 하지만 우리도 꾸물거릴 때가 아냐. 파이크로프트 씨, 왓슨과 여기를 지키고 있을 테니, 당신은 경찰을 불러 주시겠습니까?"

글로리아 스콧
The Gloria Scott

1874년 7월 12일(일)~8월 4일(화), 9월 22일(화)

"여기 서류가 몇 개 있네."

어느 겨울 밤, 우리가 난로 앞에 앉아 있을 때 친구 셜록 홈즈가 말을 꺼냈다. "왓슨, 한번 볼 만한 가치가 있다고 생각하네. 이것은 저 놀라운 글로리아 스콧 관련 서류야. 여기에 있는 것이 치안 판사 트레버 씨를 공포로 죽게 만든 통신문이지."

그는 서랍에서 작고 색이 바랜 원통을 꺼내 봉인 테이프를 풀고, 반으로 자른 회색 종이에 휘갈겨 쓴 짧은 편지를 나에게 건넸다.

런던으로 보낼 사냥감은 착실히 늘어나고 있다. 사냥터 주임 허드슨은 내가 믿는 것에 의하면, 파리 잡는 끈끈이와 귀하의 암꿩의 생명 보존에 관한 주문을 받아야 하고, 이미 명령을 받았다.

(The supply of game for London is going steadily up. Head-keeper Hudson, We believe, has been now told to receive orders for fly-paper, and for preservation of your hen pheasant's life.)

이 수수께끼 같은 문장을 읽고 얼굴을 들자, 홈즈는 내 표정을 보고서 킬킬 웃었다.

"약간 어리둥절하지?" 그가 말했다.

"어째서 이런 문장이 공포를 불러일으켰는지 나는 모르겠어. 뭐라고 할까, 기괴하게 생각되는군."

"맞아. 그러나 건강한 노인이 그것을 읽고 마치 권총 손잡이에라도 맞은 것처럼 쓰러졌다는 사실은 변함이 없지."

"호기심이 생기는군. 자네는 이 사건을 검토해야 할 특별한 이유가 있다고 말했는데, 무슨 까닭이지?" 내가 말했다.

"내가 손댄 첫 번째 사건이기 때문이네."

지금까지 나는 홈즈가 범죄 수사에 관심을 갖게 된 최초의 계기가 무엇이었는지 알아내려고 몇 번이나 노력했지만, 그는 입을 굳게 다물고 말해 주지 않았다. 그런데 이번에는 홈즈가 스스로 그에 대한 말을 꺼낸 것이다. 홈즈는 안락의자에 몸을 내밀듯이 앉아서 무릎 위에 서류를 펼쳤다. 그러고는 파이프에 불을 붙이고 잠시 서류를 뒤적이면서 연기를 내뿜었다.

"내가 빅터 트레버에 대해서 이야기를 한 적이 있었나?" 홈즈가 물었다. "내가 대학에 다니던 2년 동안 친구라고는 그 하나뿐이었네. 왓슨, 나는 원래 사람 사귀기를 좋아하지 않고, 방에 틀어박혀 생각에 잠긴 채 내 방식대로 문제를 해결하는 것을 좋아했네. 그래서 같은 학년의 친구들과 별로 사귀지 않았지. 펜싱과 권투 말고는 스포츠에도 거의 관심이 없었고, 나의 연구 테마는 다른 학생들과 완전히 달랐기 때문에 사람들과 접촉할 기회가 없었지. 내 친구는 트레버 한 명 뿐이었는데, 그것도 아주 우연히 알게 되었지. 어느 날 아침, 교회에 가는 도중 그의 불테리어가 내 발목을 무는 바람에 그것이 인연이 되어 알게 되었다네.

이것은 우정의 시작으로는 진부하긴 하지만 아주 효과적이었지. 나는 열흘쯤 눕게 되었고, 트레버는 자주 문병을 왔지. 처음에는 몇 마디 주고받았지만, 차차 그의 방문 시간이 길어졌고, 학기가 끝나기 전에 우리는 친한 친구가 되었어. 그는 활동적이고 혈기 왕성해서 모든 점에서 나와 정반대였지만, 나와 어떤 공통점이 있다는 것을 알았네. 그건 그도 나와 마찬가지로 친구가 없다는 것이었는데, 이것이 두 사람을 묶어 주는 끈이 되었지. 나중에 그는 노퍽 주 도니소프에 있는 아버지 저택으로 나를 초대했고, 나는 긴 방학 중 한 달 동안이나 그의 집에서 신세를 지기도 했었네.

트레버 씨는 상당한 재산을 가진 지주로, 치안판사였지. 도니소프는 수로가 많은 랭미어 북쪽의 작은 마을이네. 저택은 고풍스럽고 규모가 매우 컸고, 떡갈나무 골조를 가진 벽돌 건물이었네. 아름다운 라임나무 가로수 길이 현관까지 이어져 있었지. 늪지대에 가면 멋진 오리 사냥과 낚시를 즐길 수 있고, 서재에는 수는 적지

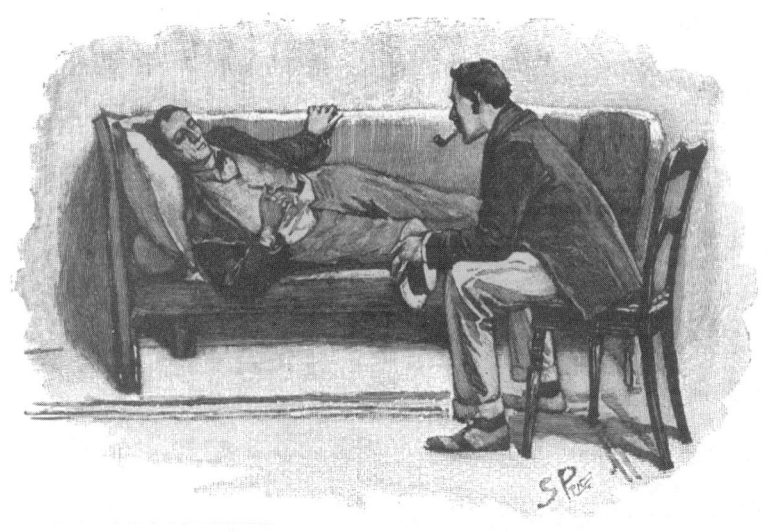

만 아주 좋은 책들이 있었지. 들은 바에 의하면, 이것은 전의 집주인으로부터 물려받은 것 같다고 하더군. 그리고 솜씨 좋은 요리사도 있어서 까다로운 사람이 아니라면 거기서 즐거운 한 달을 보낼 수 있을 거라네.

트레버 씨는 부인을 잃고 나서 가족이라곤 아들 하나뿐이었지. 딸이 한 명 있었다는데, 버밍엄에 가 있는 동안 디프테리아에 걸려 죽었다고 하더군. 나는 친구 아버지에게 강한 흥미를 느꼈지. 교양은 그다지 없었지만, 육체적으로나 정신적으로 상당히 야성적인 힘을 갖고 있었어. 책에 대해서는 거의 몰랐지만 여행을 많이 해서 세상일에 대해 잘 알고 있었고, 배운 것은 모두 기억했지. 단단하고 큰 체격에 머리는 희끗희끗하고 얼굴은 햇볕에 그을린 갈색이었고, 파란 눈은 무척이나 날카로워 보였네. 그러나 그 지역에서는 친절하고 자비로운 사람이라는 평판이 나 있었는데, 판사로서 선고를 내릴 때에도 관대하다고 알려져 있었어.

내가 그곳에 간 지 얼마 안 된 어느 날 밤, 저녁 식사를 마치고 포트와인을 마시고 있을 때, 친구 트레버가 나의 관찰과 추리의 습관에 관해 이야기를 시작했지. 당시 나는 이런 관찰과 추리를 체계적으로 정리하고 있었는데, 나중에 이것을 직업으로 갖는다는 생각은 꿈에도 못했었네. 내가 전에 보여 준 한두 가지 시시한 추리를 아들이 설명하자, 트레버 씨는 아무래도 과장이라고 생각한 듯하더군.

'그럼, 홈즈.' 트레버 씨가 유쾌하게 웃으며 말했네. '나는 좋은 재료가 될 거야. 나에게서 어떤 것을 추리할 수 있나?'

'그리 많지는 않지만, 아버님께서는 지난 1년 동안 누군가로부터 습격당하지 않을까 걱정하고 계십니다.' 내가 대답했네.

그러자 트레버 씨는 입가에서 웃음이 사라지더니 진지한 눈초리로 나를 보더군.

'그래, 그대로야. 빅터, 너도 알고 있듯이.' 트레버 씨가 아들을 보고 말했지. '그 밀렵단을 해체시켰을 때, 그들은 나를 죽이겠다고 말했다. 에드워드 호비 경이 실제로 습격을 받기도 했지. 그 후 나는 경계를 했다. 그런데 자네가 어떻게 그것을 알았는지 모르겠군.'

'매우 훌륭한 지팡이를 갖고 계십니다.' 내가 대답했네. '새겨진 글자를 보고 1년 이상 갖고 계시지 않았다는 것을 알았습니다. 그러나 아버님께서는 일부러 그 머리에 구멍을 뚫어 납을 채워 넣어 무서운 무기로 만드셨습니다. 무언가를 두려워하지 않는다면 그와 같은 경계는 하지 않으실 거라고 추리했습니다.'

'그 밖에 또 뭐가 있나?' 트레버 씨는 미소 지으며 묻더군.

'젊었을 때 권투를 하셨군요.'

'또 맞췄군. 어떻게 알았지? 내 코가 맞아서 비뚤어져 있나?'

'아니오, 귀입니다. 권투를 하는 사람의 귀는 기묘하게 납작하고 엷어져 있지요.'

'또 있나?'

'이전에 채굴을 하신 적이 있군요. 손바닥의 못을 보고 알았습니다.'

'금 채굴로 돈을 벌었으니까.'

'뉴질랜드에 가신 일이 있군요.'

'그것도 맞아.'

'일본에 가신 일도.'

'맞았네.'

'그리고 J. A.라는 사람과 아주 친밀한 사이였는데, 나중에 그 사람을 깨끗이 잊으려고 하셨습니다.'

트레버 씨는 천천히 일어나서 크고 파란 눈으로 미친 사람처럼 이상하게 나를 쏘아보았는데, 이윽고 테이블보 위에 얼굴을 파묻고 정신을 잃고 마는 게 아닌가.

왓슨, 친구와 내가 얼마나 놀랐는지 상상이 될 걸세. 하지만 트레버 씨는 곧 정신을 차렸어. 칼라를 풀어 주고 글라스의 물을 얼굴에 뿌렸더니, 한두 번 숨을 크게 쉬고 의자에 고쳐 앉았지.

'아, 이거!' 트레버 씨는 억지로 웃으며 말했지. '놀라게 하지 않았어야 했는데. 나는 겉으로는 튼튼해 보여도 심장이 약해. 나를 죽게 만드는 일은 어려울 것도 없지. 홈즈, 어떻게 알았는지 모르지만 실제로 존재하거나 소설에 나오는 탐정도 자네에 비하면 어린아이나 다름없군그래. 이것을 자네의 평생 직업으로 하는 것이 좋겠어. 세상을 얼마쯤 알고 있는 사람의 충고로 들어 주게.'

왓슨, 이런 말을 해도 믿지 않을지 모르지만, 나의 재능을 인정해 주고 이런 충고를 해 주었을 때 나는 처음으로 지금까지 단순히 취미로만 생각했던 것을 직업으로 해도 좋을 거라고 생각했지. 하지만 그때는 트레버 씨의 갑작스러운 병에 대한 생각이 머릿속에 가득했기 때문에 다른 일은 생각할 틈이 없었지.

'제가 마음에 거슬리는 말씀이라도 드렸나요?'

'그래, 확실히 아픈 곳을 찔렀어. 어떻게 그것을 알았지? 얼마나 알고 있나?'

트레버 씨는 농담 비슷하게 말했지만, 눈 속에는 아직도 공포의 빛이 남아 있었네.

'간단합니다. 물고기를 보트에 끌어 올리려고 소매를 걷으셨을 때, 팔꿈치의 관절 부분에 J. A.라는 문신이 새겨져 있는 것을 보았습니다. 글씨는 아직도 읽을 수 있지만 희미해져 있는 점과 그

글씨 주위의 피부가 얼룩져 있는 점으로 봐서 그것을 지우려고 애쓴 것이 분명합니다. 그래서 그 머리글자는 원래는 친한 사람이었지만 지금은 잊으려는 사람의 것이 분명합니다.'

'정말 날카로운 눈이야!' 트레버 씨는 안도의 숨을 쉬었지. '말한 대로야. 하지만 그 이야기는 이제 그만. 유령도 여러 종류가 있는데, 옛 연인의 유령이 가장 좋지 않아. 당구실에 가서 조용히 시가라도 피울까.'

그날 이후 트레버 씨는 나를 정중히 대접해 주기는 했지만, 일말의 의혹을 품고 있음이 느껴지더군. 아들마저 그것을 알았지.

'네가 아버지를 너무 놀라게 한 것 같아. 아버지는 네가 어디까지 알고 있는지 감이 잡히지 않아서 조금 불안하신 모양이야.'

물론 트레버 씨는 그것을 겉으로 표현하진 않았지만, 마음속에 강하게 배어 있는 두려움은 행동으로 나타나기 마련이지. 결국 나는 내 존재로 인해 트레버 씨가 불안해한다는 것을 확실히 깨닫고, 그 집을 떠나기로 마음먹었네. 그런데 내가 떠나려는 전날에 사건이 일어났어. 나는 나중에 이것이 중대한 일의 시작이라는 걸 알았지.

우리 세 사람이 잔디밭 정원 의자에 앉아 햇빛을 받으며 풍경을 보고 있는데, 하녀가 집에서 나와 트레버 씨를 만나고 싶어 하는 사람이 현관에 와 있다고 알리더군.

'누구라고 했지?'

'이름을 말하지 않아요.'

'그럼 무슨 용건이지?'

'주인님이 알고 있는 사람이라면서 잠깐 이야기하고 싶다고 하셨어요.'

'이리로 안내해라.'

다음 순간 말라비틀어진 작은 남자가 다리를 질질 끌면서 굽실거리는 태도로 나타났어. 소매에 지저분하게 타르가 묻어 있는 앞을 풀어헤친 재킷, 빨강과 검정으로 된 체크무늬 셔츠, 인도산 무명 바지에 다 떨어진 구두를 신고 있었지. 갈색 얼굴은 무척 야위어 있었고, 쉬지 않고 교활해 보이는 미소를 지어서 고르지 못한 누런 이가 보였어. 주름이 잡힌 손은 뱃사람 특유의 버릇으로 반쯤 주먹을 쥐고 있었지. 그가 잔디밭을 지나오자, 트레버 씨의 목에서 딸꾹질 같은 소리가 나는 걸 들었네. 트레버 씨는 의자에서 벌떡 일어나더니 집 안으로 뛰어 들어갔지. 곧 돌아왔지만 내 옆을 지나갈 때 브랜디 냄새가 강하게 났어.

'그래, 무슨 일로 왔지?'

뱃사람은 눈을 가늘게 뜨고, 변함없이 입가에 미소를 머금은 채 트레버 씨를 보고 있었어.

'나를 모르겠나?'

'아니, 허드슨 아닌가!' 트레버 씨는 놀라면서 말했지.

'허드슨일세.' 뱃사람이 말했어. '헤어진 지 30년이 넘었군. 당신은 이런 저택에 살고, 나는 아직 통에 든 소금 절인 고기를 먹는 신세지.'

　'바보 같은 소리. 나도 옛날 일을 잊지는 않았어.' 트레버 씨는 외치듯 대답하더니 뱃사람 쪽으로 걸어가서 나직하게 뭐라고 말하더군.
　'부엌으로 가세.' 트레버 씨는 다시 큰 소리로 말했지. '먹을 것과 마실 것이 있네. 그리고 자네 일자리는 꼭 마련해 주지.'
　'고맙군.' 뱃사람은 앞머리에 손을 가져가면서 말했네. '나는 8노트짜리 부정기 화물선에서 2년 동안 일하고 막 상륙했네. 그래서 그런지 아주 천천히 쉬고 싶어. 베도즈나 자네한테 가면 편히 쉴 수 있으리라고 생각했어.'

'아니! 자네 베도즈의 주소를 알고 있나?' 트레버 씨가 소리쳤네.
'물론이지. 나는 옛 친구의 주소는 모두 알고 있어.'
남자는 기분 나쁜 미소를 지으며 말하더니, 하녀의 뒤를 따라서 꾸부정한 자세로 부엌 쪽으로 갔어. 트레버 씨는 금 채굴을 하러 갔을 때 그 남자와 같은 배에 탔었다고 나직하게 이야기하고는, 이윽고 우리를 정원에 남겨 둔 채 집 안으로 들어갔네. 한 시간 뒤, 우리가 집에 들어가자 남자는 엉망으로 취해 식당의 소파에 누워 있었네. 일어난 일 전부가 몹시 불쾌한 인상을 주어서, 다음 날 도니소프를 떠나는 것이 나는 조금도 아쉽지 않았어.

이런 일이 일어난 것은 긴 여름방학이 시작된 지 한 달째 되던 무렵이었네. 난 런던의 하숙으로 돌아와 7주간 그곳에서 유기화학 실험에 몰두했지. 그런데 가을이 깊어지고 방학도 거의 끝나 가는 어느 날, 나는 친구로부터 도니소프로 와 달라는 전보를 받았네. 나의 충고와 도움이 크게 필요하다는 내용이었지. 물론 나는 모든 것을 중단하고 다시 북부를 향해 출발했어.

친구는 이륜마차로 역까지 마중을 나왔는데, 한눈에 지난 두 달이 그에게는 아주 괴로운 나날이었음을 알 수 있었네. 바싹 말라 수척해져 있었고, 그의 특색이었던 우렁찬 음성과 쾌활한 태도도 찾아볼 수 없었지.

'아버지가 위독하셔.' 만나자마자 그가 말했네.
'설마! 어떻게 된 거야?' 내가 물었지.
'졸중(중풍)이야. 정신적 충격이지. 오늘이 고비야. 지금 가면 임

종을 맞을 수 있을지…….'
 왓슨, 자네도 알겠지만, 나는 이 뜻하지 않은 소식에 몸서리를 쳤네.
 '원인이 뭐야?' 내가 물었어.
 '응, 그게 문제야. 어서 타. 가면서 이야기하지. 네가 돌아가기 전날 찾아온 남자를 기억하지?'
 '그럼.'
 '그날 집에 들인 남자가 어떤 자인지 알아?'
 '모르겠어.'
 '홈즈, 그는 악마야!'
 나는 깜짝 놀라서 친구의 얼굴을 바라보았네.
 '그래, 악마 그 자체야. 그 뒤부터 평화로운 때는 한시도 없었어. 그날 밤 이후부터 아버지는 원기를 잃으시더니, 지금은 모든 기력을 잃고 쓰러지고 마셨어. 모두 그 저주스런 허드슨 때문이야.'
 '그자가 대체 어떤 힘을 갖고 있기에 그러지?'
 '아, 내가 알고 싶은 것이 바로 그거야. 다정하고 자애에 넘치는 선량한 아버지가 어째서 그런 악당의 독사 같은 이빨에 걸려들었을까. 하지만 홈즈, 와 줘서 고마워. 나는 너의 판단력과 분별력을 믿어. 어떻게 하면 좋을지 가르쳐 주리라는 걸 알고 있어.'
 마차는 하얗고 평탄한 시골길을 질주했네. 앞에는 한없이 펼쳐진 호수 지대가 저녁 해의 붉은 빛을 받아 물들어 있었지. 왼편 숲 위에 치안판사 저택의 독특한 높은 굴뚝과 깃대가 보였네.

'아버지는 그자를 정원사로 고용했어. 그런데 그가 그것으로는 만족하지 않아서 집사로 승격시켜 주었지. 집안은 엉망이 되었고, 그자는 여기저기 건들거리고 다니면서 멋대로 행동했어. 하녀들은 그의 술버릇과 상스러운 말투에 불평이 많았지. 아버지는 그들의 급료를 올려 주는 것으로 수난을 보상해 주었어. 남자는 보트를 띄우고 아버지의 제일 좋은 총을 들고 나가 사냥 모임을 열기도 했어. 그것도 곁눈질을 하며 조소하는 듯, 무례한 표정을 띠고 있었어. 만약 나하고 같은 또래라면 몇 번이나 때려 눕혔을 거야. 홈즈, 지금 생각해 보니 감정을 억누르지 말고 좀 더 대담하게 행동하는 편이 현명하지 않았을까 생각하고 있어.

우리 집의 상황은 점점 나빠졌고, 이 짐승같은 허드슨은 더욱더 교만을 떨게 되었지. 마침내 어느 날인가는 내가 있는 곳에서 아버지에게 무례하게 말대꾸를 했기 때문에 나는 놈의 어깨를 움켜잡고 방에서 내쫓았지. 놈은 쫓기듯이 나갔지만, 그 흙색 얼굴과 독사 같은 눈초리에는 말보다 더한 협박이 담겨 있었어. 불쌍한 아버지와 녀석 사이에 어떠한 일이 있었는지 모르지만, 다음 날 아버지는 나한테 와서 허드슨에게 사과하라고 하는 게 아니겠어? 나는 물론 거절했지. 너라도 그렇게 했을 거야. 나는 아버지에게 왜 그런 놈이 아버지와 저택의 모두에게 멋대로 구는 걸 용서하는 것인지 물었지.

'그것은 말이다.' 아버지가 말했지. '너처럼 입으로 말하는 것은 간단하다. 그러나 너는 내가 처한 입장을 몰라. 그러나 빅터, 언젠가는 알려 주마. 어떠한 일이 일어나도 꼭 알려 주마. 그렇게 되었을 때, 이 가엾은 아버지를 나쁘게 생각하지 말아다오.'

아버지는 마음이 심하게 동요하는지 하루 종일 서재에 계셨는데, 창문으로 들여다보니 무언가 바삐 글을 쓰고 계셨어. 그리고 그날 밤 일어난 일은 나에게 커다란 안도를 주었어. 허드슨이 집을 나가겠다고 말했기 때문이지. 저녁 식사를 끝내고 식당에 앉아 있을 때, 놈이 들어와서 술이 취한 탁한 목소리로 이렇게 말했어.

'이제 노퍽은 지긋지긋해. 햄프셔의 베도즈한테 가겠어. 그도 자네만큼은 환영해 줄 테니까.'

'허드슨, 설마 원한을 가진 채 가는 것은 아니겠지?' 아버지의 점잖은 말투에 나는 피가 거꾸로 솟는 것만 같았어.

'나는 아직 사과를 받지 못했지 않나.' 허드슨은 나를 보면서 시무룩하게 말했지.

'빅터, 이분에게 무례하게 군 것을 솔직히 시인하거라.' 아버지가 나를 보며 말했어.

'그렇기는커녕 우리가 그동안 무한한 인내심을 갖고 겨우겨우 참아 왔다고 생각합니다.' 내가 대답했지.

'흥, 그래?' 그는 짖어 대듯이 말했어. '좋아, 곧 알게 될 거야.'

그는 꾸부정한 자세로 방을 나가 30분 뒤에 집을 떠났어. 뒤에 남은 아버지는 불쌍할 정도로 떨고 있었지. 밤마다 아버지가 방 안을 걸어 다니는 소리가 들리더군. 그리고 겨우 아버지가 자신감을 찾으려는 참인데, 드디어 마지막 일격이 온 거야.'

'어떤 식으로?' 내가 물었지.

'아주 기묘한 방식으로. 어제 아침, 포딩브리지의 소인이 찍힌 편지가 아버지 앞으로 배달되었어. 아버지는 편지를 읽더니 두 손으로 머리를 쥐어뜯으며 미친 듯이 방 안을 빙글빙글 돌기 시작했어. 내가 겨우 소파 위에 눕혀 드렸는데 입과 눈꺼풀 한쪽이 오므라들어, 졸중 증세가 왔음을 알았지. 곧 포덤 의사가 와서 진찰을 했지만, 온몸이 마비되어 의식이 회복될 징후는 조금도 없어. 아마

도 생명이 위험할 듯싶어.'

'무서운 일이군, 트레버! 그렇게 무서운 결과를 불러일으킨 편지에는 어떤 내용이 쓰여 있었지?'

'아무것도 없었어. 그것이 이유를 알 수 없는 부분이야. 편지는 정말 뚱딴지같을 뿐이야. 아, 역시 염려했던 대로야!'

친구가 그렇게 외쳤을 때 마차는 가로수 길의 모퉁이를 돌았는데, 어스레한 빛을 통해 창의 블라인드가 닫혀 있는 것이 보였네. 슬픔으로 얼굴을 일그러뜨린 빅터가 마차를 현관에 세우자, 검은 옷을 입은 신사가 나왔어.

'언제쯤이었습니까, 선생님?' 트레버가 물었네.

'나가자마자 바로……'

'의식을 회복하셨나요?'

'임종 전에 잠깐……'

'저에게 남기신 말씀이 있습니까?'

'일본 가구 서랍에 서류가 있다는 것뿐이었습니다.'

트레버는 의사와 함께 아버지가 임종한 방으로 올라갔네. 나는 서재에 남아서 사건의 전체를 머릿속에서 몇 번이고 되풀이해 생각하며 태어나서 처음이라고 해도 좋을 정도로 침울한 기분이 되었어. 트레버 씨의 과거에는 도대체 무슨 비밀이 있을까? 권투를 하고, 세계를 두루 여행하고, 금을 채굴한 적이 있는 남자. 어째서 그 따위 흉악하게 생긴 뱃사람에게 머리를 들지 못하고 쩔쩔매게 되었을까? 그리고 또 어째서 반쯤 사라진 팔의 문신을 지적받고 기절했을까? 포딩브리지에서 온 편지를 보고 공포에 떨며 죽음에 이르렀는데, 그토록 두려움에 떨게 만든 것은 대체 무엇일까? 그때, 나는 포딩브리지가 햄프셔에 있다는 점을 생각했지. 그리고 뱃사람이 찾아간 베도즈 씨도 햄프셔에 살고 있다고 한 말을 생각해 냈네. 그렇다면 그 편지는 어쩌면 뱃사람 허드슨이 현실에 존재하는 비밀을 폭로하겠다고 말한 내용이거나, 옛 동료인 베도즈가 폭로가 눈앞에 왔다고 경고한 내용 중 어느 하나일 거라고 추측했지.

여기까지는 명백한 듯싶었어. 하지만 어째서 그 편지를 빅터는 뚱딴지같은 것이라고 했을까. 그는 분명히 잘못 읽은 모양이다. 만약 그렇다면 표면과는 다른 의미를 가진 교묘한 암호문임에 틀림없다. 꼭 그 편지를 봐야 한다. 만약 숨겨진 의미가 있다고 해도 그것을 찾아낼 자신은 있다. 한 시간가량 어둠 속에 앉아서 그런 생각을 하고 있으려니, 이윽고 울어서 눈이 퉁퉁 부은 하녀가 램프를 갖다 주었는데 바로 뒤따라 트레버가 들어왔지. 얼굴빛은 창백하지만 차분한 태도였고, 지금 이렇듯 나의 무릎 위에 있는 서류를 손에 들고 있었네. 그는 나를 마주 보고 앉자 램프를 테이블의 가장자리로 끌어당기더니, 보다시피 회색 종이에 휘갈겨 쓴 짧은 편지를 나에게 건네주었네.

런던으로 보낼 사냥감은 착실히 늘어나고 있다. 사냥터 주임 허드슨은 내가 믿는 것에 의하면, 파리 잡는 끈끈이와 귀하의 암꿩의 생명 보존에 관한 주문을 받아야 하고, 이미 명령을 받았다(The supply of game for London is going steadily up. Head-keeper Hudson, We believe, has been now told to receive orders for fly-paper, and for preservation of your hen pheasant's life).

처음에 이 문장을 읽었을 때, 지금의 자네와 마찬가지로 나도 멍한 얼굴이 되었을 거야. 그래서 주의 깊게 다시 읽었지. 역시 내가 생각했던 대로였어. 이 기묘한 단어의 배열 속에 분명히 무언가 다른 의미가 숨어 있거나 '파리 잡는 끈끈이'나 '암꿩' 같은 말에 미리부터 의미가 정해져 있었는지도 모른다고 생각했지. 그 경우 숨겨진 의미는 무엇이라 해도 멋대로 결정되기 때문에 추리에 의해 해독할 수 없어. 그러나 나는 그렇게 생각하지 않았네. '허드슨'이라는 단어가 있는 것을 보면 편지의 취지는 내가 추리한 대로 뱃사람이 아니고 베도즈가 보낸 거야. 그리고 거꾸로 읽어 보았지. '생명, 꿩의 암놈(Life pheasant's hen)'은 아무래도 아닌 것 같더군. 그래서 단어를 하나씩 건너서 읽어 보았는데 '그것, 의, 위해(The of for)'나 '공급, 사냥감, 런던(supply game London)'으로는 아무래도 해결될 듯싶지 않았어. 그런데 다음 순간 나는 수수께끼를 푸는 열쇠를 발견했지. 처음 단어에서 두 단어씩 건너서 읽으면, 트레버 씨를 절망에 빠트리기에 충분한 메시지가 되는 것을 알았어.
　간단한 경고로, 이것을 내 친구에게 읽어 주었지.

모든 것이 끝났다. 허드슨이 모든 걸 말했다. 살고 싶으면 도망가라.(The game is up. Hudson has told all. Fly for your life.)

빅터 트레버는 떨리는 두 손으로 얼굴을 감쌌네. '맞아, 틀림없을 거야. 이건 죽음보다도 괴롭군. 게다가 치욕적이니까 말이야. 하지만 사냥터 주임이나 암꿩은 무슨 의미일까?'

'내용으로서는 아무 의미도 없지만, 누가 발신자인지 알 방법이 없을 경우에는 크게 도움이 되었을 거야. 이 편지는 'The……game……is……up'이라고 쓰고, 그 후에 미리 결정해 둔 암호가 되도록 공백 하나하나에 두 단어를 넣은 거지. 당연히 머리에 떠오른 단어를 그대로 써넣었겠지. 사냥에 관한 단어가 이렇게 많은 것을 보면 편지를 보낸 사람이 열렬한 사냥꾼이거나 엽조 사육에 흥미를 가진 사람이라는 걸 알 수 있어. 베도즈라는 자에 대해 무언가 알고 있어?'

'응, 그렇게 말하니 생각나는군. 아버지는 매년 가을이 되면 그의 사냥터에 사냥 초대를 받곤 했어.'

'그렇다면 이 편지를 보낸 사람은 틀림없이 그 남자야. 우리는 존경받는 부유한 두 사람이 뱃사람 허드슨에게 무슨 약점을 잡혔는지 알아내야 해.'

'홈즈, 유감이지만 그것은 치욕적인 죄에 대한 비밀인 것만 같아! 하지만 너에게는 아무것도 숨기지 않겠어. 여기에 고백서가 있어. 허드슨으로부터 위험이 닥쳐온 것을 알았을 때 아버지가 쓴

거야. 아버지가 의사에게 말했듯이 일본식 옷장 속에 있었던 거야. 자, 이것을 읽어 봐. 나는 그것을 읽을 만한 용기도 힘도 없어.'

왓슨, 이것이 빅터가 건네준 고백서야. 그날 밤 옛 저택의 서재에서 친구에게 들려주었듯이 지금부터 자네에게 들려주겠네. 겉장에는 이렇게 쓰여 있어.

1855년 10월 8일 팔마스 항구를 출범한 바크형 범선, 글로리아 스콧 호가 같은 해 11월 6일 북위 15도 20분, 서경 25도 14분 지점에서 침몰할 때까지의 항해 기록

편지 형식으로 쓰여 있고 내용은 이러하네.

사랑하는 아들에게.

치욕으로 인해 나의 만년에 불행의 그림자가 드리운 지금, 나는 솔직한 마음으로 진실을 밝히고자 한다. 나의 가슴을 억누르고 있는 것은 법에 대한 공포도, 나의 치안판사의 지위의 실추도, 지인들 사이에서의 나의 명예 실추도 아니다. 나는 오로지 네가, 나를 사랑하고 나에게 존경 이외의 생각을 품은 적이 없는 네가, 나로 인해 얼굴을 붉히게 될까 봐 걱정이다. 그러나 나의 머리 위에 끊임없이 매달려 있던 철추가 땅에 떨어지게 될 때는 이 아비의 죄에 대한 진상을 나에게 직접 전해 듣기를 바란다. 하지만 반대로 모든 일이 순조롭게 진행되는 경우(전능하신 신이시여, 그렇게 되게 하여 주시옵소서)라면, 그리고 만일 이 편지가 파기되지 않은 채 너의 손에 들어간 경우라면, 네가 신성하다고 여기는 모든 것에 걸고, 사랑하는 너의 돌아가신 어머니의 추억에 걸고, 우리 두 사람 사이에 맺어진 애정에 걸고 부탁한다. 그대로 이것을 불 속에 던져 넣고 두 번 다시 생각하지 않도록 해라.

그럼에도 네가 계속해서 이 편지를 읽고 있다면, 나는 이미 과거가 폭로되어 집에서 추방되어 나갔거나, 또는 죽음에 의해 내가 영원히 입을 닫은 다음이 되겠구나. 물론 후자일 가능성이 더 크다고 생각된다. 내 심장이 약한 것은 너도 알고 있겠지. 어쨌든 은폐해야 할 시기는 지났고, 내가 말하는 한 마디 한 마디는 모두 진실이다. 신의 자비를 구하는 나는 이 점을 신에게 맹세한다.

사랑하는 아들아, 내 이름은 트레버가 아니다. 젊었을 때는 제임스 아미티지였다. 때문에 몇 주 전에 너의 대학 친구가 마치 나의 비밀을 알아낸 것 같은 말을 했을 때, 충격이 얼마나 컸는지 이해할 수 있을 게다. 아미티지라는 이름으로 나는 런던의 은행에 들어갔고, 아미티지라는 이름으로 국법을 어긴 죄로 실형을 선고받았다. 아들아, 아버지를 너무 탓하지 말거라. 그것은 나의 명예와 관련된 것으로, 아버지는 빚을 갚지 않으면 안 될 처지에 놓여 있었다. 그래서 어쩔 수 없이 공금을 사용하게 되었는데, 그것은 회계 검사 전에 채워 놓을 수 있다는 확신이 있었기 때문이다. 그런데 그것이 무서운 불운을 가져왔다. 믿고 있었던 돈은 들어오지 않았고, 회계 검사는 예정보다 빨리 진행되어 나의 횡령이 만천하에 폭로되었다. 관대한 형을 받을 수도 있었건만, 30년 전은 지금보다도 법이 훨씬 가혹했다. 나는 스물세 살 생일날에 오스트레일리아행 바크형 범선 글로리아 스콧 호의 중간 갑판에 다른 서른일곱 명의 죄수와 함께 쇠사슬에 매이게 되었지.

때는 1855년, 크리미아 전쟁이 한창 진행 중이던 때로, 원래의 죄수 수송선은 대부분 흑해에서 군용 수송선으로 사용되었다. 그래서 정부는 죄수 수송을 위해, 그다지 설비가 갖추어지지 않은 소형 배를 사용해야 했다. 글로리아 스콧 호는 중국차 운반에 사용된 일이 있었는데, 구식으로 뱃머리가 무겁고 선체가 넓어, 신형 클리퍼형 범선에 임무를 내주고 밀려나게 되었지. 500톤으로, 서른여덟 명의 죄수 말고도 선원 스물여섯 명, 호송병 열여덟 명, 선장, 항해사 세 명, 의사, 목사, 간수 네 명이 타고 있었다. 모두 백 명 가까운 인원이 팔마스에서 출항한 것이다.

죄수 수송선은 독방과 독방의 칸막이가 두꺼운 떡갈나무로 만들어진 것이 보통인데, 이 배의 것은 매우 얇고 약했다. 배 고물 쪽 옆에 있는 독방의 죄수는 부두에 끌려왔을 때부터 내 주의를 끈 남자였다. 수염을 기르지 않은 젊은이로 가늘고 긴 코, 딱딱하고 위엄 있는 턱을 하고 있었다. 씩씩하게 머리를 높이 쳐들고 뽐내는 듯한 걸음걸이에 남달리 큰 키가 돋보였지. 그의 어깨보다 키가 큰 사람은 없었다고 생각된다. 아마도 6피트 반은 되었을 거야. 슬픈 얼굴들 틈에서 결의와 정력에 넘치는 그의 얼굴을 보는 것은 이상한 광경이었지. 나는 눈보라 속에서 불을 만난 듯한 느낌이었다. 때문에 나는 그 남자가 내 옆의 독방에 있다는 사실을 알고 기뻐했지. 더구나 한밤중에 내 귓가에 그의 속삭임이 들려와, 나는 우리 두 사람 사이에 있던 칸막이에 그가 구멍을 뚫었다는 것을 알고 더욱 기뻤다.

'이봐, 형제! 이름이 뭐지? 어째서 이런 신세가 되었나?'

나는 대답한 뒤에 그의 이름을 물었지.

'나는 잭 프렌더개스트야. 자네는 내 이름을 고맙게 생각할 거야.'

나는 그의 사건에 대한 소문을 생각해 냈다. 내가 체포되기 얼마 전, 나라 전체를 떠들썩하게 만든 사건이었기 때문이지. 좋은 집안에서 태어나 재능이 뛰어난 남자지만, 점점 나쁜 길로 빠져 교묘한 사기로 런던의 상인들로부터 거액의 돈을 사취한 것이었다.

'호오! 내 사건을 알고 있군.' 그는 자랑스럽다는 듯이 말했다.

'잘 알고 있습니다.'

'그렇다면 그 사건에 무언가 기묘한 점이 있다는 것도 알고 있나?'

'뭐가 말입니까?'

'나는 25만 파운드쯤 해먹었지.'

'그러한 소문이 있었지요.'

'그런데 한 푼도 회수를 못 했어.'

'그렇다고 들었습니다.'

'그 돈이 어떻게 되었으리라고 생각하나?'

'모르겠는데요.'

'내 엄지와 집게손가락 사이에 있지. 자네 머리에 붙어 있는 머리털보다도 많은 금화를 갖고 있어. 이봐, 돈이 있고, 사용법과 늘리는 법만 알고 있다면 뭐든지 할 수 있는 거야! 그런데 무엇이든 할 수 있는 남자가 중국 연안을 지나는 이 곰팡내 나는 관 같은 배에서 쥐와 바퀴벌레와 함께 반바지의 엉덩이나 닳게 하고 있을 거라고 생각하나? 어림도 없지! 그런 인간이라면 제 몸뚱이쯤은 충분히 건사할 수 있고, 또 남의 일도 걱정해 줄 수 있지. 내기를 해도 좋아! 그에게 매달려 보라고. 그가 너를 살려주는 일이라면, 성경에 입을 맞추며 맹세할 수 있어.'

남자는 이렇게 말하는 것이었다. 처음에는 진심이 아니라고 생각했는데, 얼마 후 나를 시험해 본 뒤 엄숙한 맹세를 시키고는, 이 배를 탈취하려는 음모가 진행 중이라고 알려 주었다. 그 음모는 배에 타기 전부터 열두 명의 죄수들이 은밀히 꾀하고 있었던 것으로, 프렌더개스트가 리더로 그의 돈이 원동력이었다.

'나에게는 단짝이 있어. 좀처럼 만나기 힘든 좋은 녀석인데, 나하고는 총신과 개머리판처럼 끊을래야 끊을 수 없는 사이지. 돈은 지금 그가 갖고 있어. 지금 그 녀석이 어디 있다고 생각하나? 바로 이 배의 목사야. 검은 옷을 입고 신분증명서도 제대로 갖추고 배에 탔는데, 배 전체를 고스란히 살 수 있는 돈을 상자에 담아 갖고 있지. 승무원들은 모두 그 녀석 마음대로 할 수 있어. 거액으로 흥정해서 현금으로 매수했는데, 놈들이 승선 계약을 하기 전부터 매수해 놓았지. 간수 두 명과 2등 항해사 머서도 매수해 놓았지만, 선장이라도 매수할 만한 가치가 있었으면 그렇게 했을 걸.'

'그럼 우리는 무엇을 하면 됩니까?' 내가 물었다.

'어때. 군인들의 제복을 아주 새빨갛게 물들여 주는 거야.'

'하지만 그들은 무기를 갖고 있어요.'

'우리도 마찬가지야. 우리들 한 사람 한 사람에게 권총을 두 자루씩 줄 거야. 선원까지 한편에 끌어들이고도 배를 빼앗을 수 없다면 차라리 모두 여학교 기숙사에나 들어가는 편이 좋을 거야. 오늘 밤 왼쪽 방 녀석에게 말을 걸어 믿을 수 있는지 어떤지 한번 시험해 보라고.'

나는 그가 시킨 대로 했다. 반대쪽의 죄수도 나와 비슷한 성격의 젊은이로 위조범이었다. 그는 에반스라고 했지만 나중에 나처럼 이름을 바꾸었고, 지금은 남부 잉글랜드에서 부유한 생활을 하고 있어. 살길은 그것밖에 없다면서 그도 곧 음모에 가담했지. 만을 지나기 전에 비밀 계획에 가담하지 않은 죄수는 두 명밖에 없었다. 한 사람은 겁쟁이로 믿을 수 없어서 참가시키지 않았고, 한 사람은 황달을 앓고 있어 도움이 안 됐기 때문이지.

처음부터 배를 점령하는 데 방해가 되는 것은 아무것도 없었다. 승조원은 그 때문에 특별히 모은 악당들이었지. 가짜 목사가 설교를 하려고 독방을 돌아다닐 때, 종교 팸플릿을 넣은 것으로 여겨지는 검은 가방을 들고 있었지. 순회가 계속 있었기 때문에, 사흘째에는 우리들 모두가 침대 밑에 줄과 권총 두 자루, 화약 1파운드, 총알 스무 발을 숨기게 되었다. 간수 두 명은 프렌더개스트의 앞잡이였고, 2등 항해사는 그의 오른팔이었지. 선장과 항해사 두 명, 간수 두 명, 마틴 중위와 열여덟 명의 사병, 의사만이 우리의 적이었다. 우리는 경계를 게을리하지 않았고, 밤중에 급습하기로 결정했어. 그런데 일은 예정보다 빨리 진행됐다.

배가 출항하고서 3주 정도 지난 어느 날 밤, 병이 난 죄수를 진찰하기 위해 내려온 의사가 환자의 침대에 손을 넣었다가 권총이 있다는 것을 알게 되었지. 만약 의사가 못 본 체하고 그 자리를 떠나 간수들에게 알렸다면, 우리의 음모는 물거품이 되었을지도 몰라. 그런데 그는 소심한 남자였기 때문에 비명을 지르며 새파랗게 질린 얼굴을 했지. 그래서 죄수는 곧 상황을 깨닫고 의사를 붙잡았지. 의사는 구조를 요청하지도 못한 채 재갈이 물리고 침대에 묶였다. 의사는 갑판으로 통하는 문의 자물쇠를 잠그지 않았기 때문에 죄수들이 마치 노도처럼 그곳을 통해 밖으로 나갔지. 곧 보초병 두 명과 무슨 일인지 알려고 달려온 하사가 사살되었다. 고급 선실 입구에도 보초가 둘 있었지만, 총에는 총알이 장전돼 있지 않았던 모양인지 총알을 끼우려는 사이에 사살되었지. 그러고는 우리는 선장실에 뛰어들었는데, 문을 연 순간 안에서 총소리가 났다. 선장은 테이블에 압핀으로 고정한 대서양 해도 위에 머리를 박고서 쓰러져 있었고, 그 옆에 목사가 연기가 나오는 피스톨을 들고 서 있었지. 항해사 두 명은 승조원에게 붙잡히고 만사가 끝난 것처럼 보였단다.

선장실 옆의 고급 선실에 모인 우리는 긴 의자에 앉아서 이야기꽃을 피웠다. 다시 자유의 몸이 되었다는 사실에 미칠 듯이 기뻤기 때문이었지. 방에는 벽장이 있었는데 가짜 목사 윌슨이 그 하나를 때려 부수어 갈색의 셰리주를 한 다스 정도 꺼냈다. 병목을 깨뜨려서 컵에 술을 따르고 들이키려 했을 때, 갑자기 총소리가 들리고 선실은 연기가 자욱해 테이블 맞은편도 보이지 않았지. 연기가 걷히자 그 자리는 마치 도살장을 연상케 했다. 윌슨과 동료 여덟 명이 바닥에 서로 겹쳐진 채 버둥거리고 있었다. 테이블의 핏빛과 셰리주의 갈색은 지금 생각해도 구토가 나올 지경이다. 우리는 이 광경에 완전히 겁을 먹었는데, 프렌더개스트가 없었다면 아마 항복하고 말았을 거다. 그러나 프렌더개스트는 황소처럼 소리치며 살아남은 전원을 거느리고 문을 향해 돌진했지. 밖으로 나가자 선미 갑판에 중위와 열 명의 부하가

있었어. 그들은 선실 테이블 위의 천창을 열고 그 틈으로 우리에게 발포한 것이었다. 우리는 그들이 다음 총알을 장전할 틈을 주지 않고 달려들어 싸웠는데, 그들도 군인답게 용감하게 싸웠지. 하지만 우리가 우세하여 5분 후에는 모두 끝이 났다. 신이시여! 그런 도살장이 또 어디에 존재할까. 프렌더개스트는 악마같이 미쳐 날뛰었고, 병사들을 마치 어린아이처럼 들어 올려 살아 있는 사람이든 죽어 있는 사람이든 상관 않고 바다에 던졌다. 중상을 입은 중사가 놀라울 정도로 바다에서 오랫동안 헤엄쳤지만, 마침내 누군가가 그의 머리에 총을 쏘아 죽였지. 전투가 끝나자 남은 포로는 간수 두 명과 항해사, 의사뿐이었다.

그 후 대격론이 일어났는데, 이 살아남은 포로를 어떻게 처치할 것인지에 대해서였다. 자유를 찾은 것만으로 충분히 만족했기 때문에, 더 이상 살인으로 양심의 가책을 받지 않으려는 사람이 대부분이었다. 총을 가진 병사들과 뒤엉켜 싸우는 것과 누군가가 살해되는 것을 그저 묵묵히 냉혹하게 지켜보는 것은 명백히 다른 문제다. 죄수 다섯 명과 선원 세 명은 더 이상 살인이 벌어지는 것을 보고 싶지 않다고 말했다. 그러나 프렌더개스트와 그 동조자를 움직일 수는 없었지. 그는 '우리의 안전을 지키는 유일한 길은 일을 깨끗이 해치우는 것이다.'라고 말했다. 증인석에서 증언할 사람은 한 명도 살려 두어서는 안 된다는 것이었어. 그리하여 우리들도 하마터면 그 포로들과 운명을 함께할 뻔했지만, 결국 프렌더개스트는 우리에게 떠나고 싶으면 보트를 내려서 가도 좋다고 허락했다. 그래서 우리는 이 제안에 응했지. 어쨌든 이 유혈 사태에 이미 진저리가 나 있었고, 거기에 따르지 않으면 더 지독한 일이 벌어질 것을 알았기 때문이다. 우리는 저마다 선원복 한 벌, 물 한 통, 소금에 절인 쇠고기와 비스킷 한 통, 나침반을 받았어. 프렌더개스트는 해도를 던져 주었고, 북위 15도 서경 25도에서 난파한 배의 승조원이라고 말하라는 명령을 한 뒤, 밧줄을 끊어 우리를 보냈다.

아들아, 지금부터가 가장 놀라운 이야기의 시작이다. 폭동이 벌어지는 동안 선원들은 모두 돛대의 가로대를 거꾸로 해 두었는데, 우리의 보트가 떨어지자 그것을 원래대로 했다. 북동쪽에서 미풍이 불어서,

글로리아 스콧 호는 조용히 우리의 보트에서 멀어져 갔다. 보트는 길고 완만한 큰 파도에 흔들리며 떠 있었지. 일행 중 교육을 가장 많이 받은 에반스와 내가 선미에 앉아 현재의 위치를 확인하거나, 어느 해안을 향하는 것이 좋은가를 연구했다. 이것은 상당히 어려운 문제였다. 어쨌든 버즈곶은 그곳에서 북쪽으로 500마일, 아프리카 해안은 동쪽으로 700마일 떨어진 곳에 있었다. 바람이 북쪽에서 불어왔기 때문에 우리는 영국령 시에라리온(아프리카 서안에 있는 영연방 내의 통치령)로 향하는 것이 가장 좋다는 결론을 내리고 그 방향으로 보트를 돌렸다. 그때 글로리아 스콧 호는 보트 오른쪽 뒤편의 수평선에 모습을 감추고 있었지. 그런데 갑자기 배에서 뭉게뭉게 검은 연기가 치솟아 오르더니 수평선 위에 나무처럼 우뚝 서 있었다. 몇 초 후 천둥과 같은 굉음이 귀를 찔렀어. 그 후 연기가 엷어지자 글로리아 스콧 호는 보이지 않았어. 우리는 곧 보트의 방향을 바꾸어 아직 희미한 연기가 수면에 떠도는 비극의 현장으로 힘껏 저어 갔지.

도착까지 상당한 시간이 걸렸기 때문에, 처음에 우리는 이미 늦어서 아무도 구할 수 없다고 생각했다. 배의 파편과 수많은 목재, 둥근 나무 등이 파도 위에서 상하로 흔들리고 있어서 침몰 현장은 곧 알 수 있었지만, 사람은 전혀 보이지 않았다. 그래서 단념하고 방향을 바꾸어 떠나려고 하는데 구원을 요청하는 목소리가 들려왔다. 한 남자가 배의 파편에 몸을 싣고 매달려 있더구나. 보트에 끌어 올려 보았더니 허드슨이라는 젊은 선원이었다. 그는 심한 화상을 입고 지칠 대로 지쳐 있었기 때문에 다음 날 아침까지는 사건의 자초지종에 대해 말하

지도 못했다.

그의 말에 따르면, 우리가 탄 보트가 배를 떠나자 프렌더개스트와 그 일당이 살아남은 다섯 명을 죽이려고 했던 모양이다. 간수 둘을 사살해 바다에 던졌고, 3등 항해사도 같은 운명이 되었지. 그리고 프렌더개스트는 가운데 갑판으로 내려가 자신의 손으로 불행한 의사의 목을 베었지. 남은 것은 1등 항해사뿐으로, 그는 용감하고 강한 남자였다. 프렌더개스트가 피투성이가 된 나이프를 손에 쥐고 다가오는 것을 보고 그는 어떻게 풀었는지 결박을 풀고 갑판을 뛰어 내려가 뒤쪽 선창으로 뛰어들었지.

열두 명가량의 죄수가 피스톨을 들고 그를 찾으러 내려갔더니, 그는 한 손에 성냥 상자를 들고 뚜껑을 연 화약통 옆에 앉아 있었다. 이것은 배에 실려 있는 100개쯤의 화약통 가운데 하나였지. 항해사는 자기에게 손을 대면 모두 날려 버리겠다고 소리쳤다. 그리고 다음 순간 폭발이 일어났다. 허드슨의 생각으로는 항해사가 성냥을 킨 것이 아니라, 죄수 가운데 누군가 쏜 총알이 화약에 맞았을 거라는 것이었다. 원인이야 어쨌든 그것이 글로리아 스콧 호의 마지막이었고, 배를 탈취한 악당들의 최후이기도 했다.

사랑하는 아들아, 이상이 내가 말려든 공포의 사건의 전말이다. 다음 날 우리는 오스트레일리아로 가는 브릭형 범선 핫스퍼 호에 의해 구조를 받았다. 우리가 난파한 여객선의 생존자라고 말하자 선장은 간단히 믿어 주었다. 죄수 수송선 글로리아 스콧 호는 해군 당국이 항해 중 행방불명이 된 것이라고 인정했고, 글로리아 스콧 호의 진짜 운명에 대해서는 아무런 소문도 나지 않았다. 핫스퍼 호는 순조로운 항해를 계속한 뒤 우리를 시드니 항구에 상륙하게 해 주었다. 시드니에서 에반스와 나는 이름을 바꾸어 금 채굴 현장으로 갔다. 그곳은 세계 여러 나라에서 온 사람들이 모여 있었기 때문에 과거의 신분을 숨기는 것은 간단했다.

그 밖의 일에 관해서는 이야기할 필요가 없으리라 생각한다. 우리는 돈을 벌었고, 세계 각지를 여행하다가 부유한 개척자로 영국으로 돌아왔지. 우리는 20년 남짓 평화롭고 여유로운 생활을 보냈다. 그리하여 과거가 영원히 매장되기를 바랐지. 그러니 그 선원이 나를 찾아왔을 때 조난 당시 살려 준 남자인 것을 알고 나의 마음이 어떠했었는지 상상해 주기 바란다. 그는 우리의 행방을 수소문해서 우리의 과거를 밥줄로 삼고자 했던 것이다. 내가 그와 다투지 않으려고 얼마나 애를 썼는지, 너는 지금에 이르러서야 이해할 수 있을 테지. 그가 내 집을 떠나면서 언제라도 무서운 일을 폭로하겠다는 듯이 또 하나의 먹이를 찾아간 지금, 너는 이 아버지의 가슴을 채우고 있는 공포에 대해 조금쯤은 동정을 해 줄지……

아래에 판독할 수 없을 만큼 떨린 필적으로 다음과 같이 쓰여 있네.

베도즈는 암호로 허드슨이 모든 걸 폭로했다고 써 보냈다. 신이시여, 우리의 영혼을 불쌍히 여겨 주시옵소서.

이상이 그날 밤 친구 트레버에게 읽어 준 편지의 내용일세. 아주 드라마틱한 이야기였지. 왓슨, 트레버는 그 일로 인해 비탄에 잠겨 있다가 인도의 테라이에 차를 재배하러 갔는데, 꽤 성공했다는 소문이야. 뱃사람과 베도즈에 관한 소식은 그 경계하라는 편지가 날아온 다음부터 전혀 들을 수 없었지. 두 사람 모두 아주 자취를 감춰 버린 거야. 경찰에 보호 의뢰가 제출되지 않았던 것을 보면, 베도즈는 협박을 진짜로 받아들였는지도 몰라. 허드슨이 그 근방에 잠복하고 있는 것을 언뜻 본 사람이 있다고 해서, 경찰에서는 그가 베도즈를 해치운 뒤 도망쳤다고 믿고 있어. 나는 진상은 그 반대일 거라고 생각하네. 베도즈는 과거의 죄상이 폭로된 줄로만 알고는 자포자기 상태가 되어 허드슨에게 복수를 하고, 긁어모을 수 있는 돈을 몽땅 챙겨서 해외로 달아났다고 하는 편이 진상에 더 가깝지 않을까? 이상이 이 사건의 자초지종이네. 왓슨, 자네의 사건 수집에 도움이 된다면 좋을 대로 이용하게나."

Sherlock Holmes

머스그레이브 가의 의식
The Musgrave Ritual
1879년 10월 2일 (목)

내 친구 셜록 홈즈의 성격 중 어느 일면은 자주 나를 어이없게 만든다. 그의 사고는 어느 누구와도 비교할 수 없을 정도로 치밀하고 체계적이며 차분하고 복장에서도 단정함을 추구했지만, 그의 습관은 같이 있는 사람을 심란하게 만들 정도로 절도가 없다. 하기야 나도 예의 바른 남자는 아니다. 보헤미안 기질을 타고난 데다 아프가니스탄에서 거친 일을 겪었기 때문에, 나는 의사로서는 어울리지 않는 게으른 인간이 되었다.

그러나 담배를 석탄 그릇에 넣거나, 페르시아 슬리퍼 코에 담배를 끼워 넣거나, 아직 답장을 하지 않은 편지를 목조 난로 선반 가운데에 잭나이프로 꽂아 두는 홈즈에 비하면 나는 행실이 바른 편이다. 또 나는 사격 연습은 야외 스포츠라고 생각한다. 하지만 홈즈가 기분이 좋지 않을 때 헤어 트리거(hair-trigger)와 100발짜리 복서 카트리지를 꺼내 안락의자에 걸터앉아 맞은편 벽에 VR(Victoria Regina, 빅토리아 여왕)이라는 문자를 총알 자국으로 장식하는 걸 보면, 방의 분위기나 외관이 나아지기는 글렀다는 생각이 강하게 든다.

우리의 방은 언제나 약품이나 사건의 기념품 등으로 가득한데, 그것들은 곧잘 엉뚱한 곳에 섞여 들어가 버터 접시나 이상한 장소에서 모습을 나타내곤 했다. 내가 가장 곤란했던 것은 그의 서류다. 그는 자료, 특히 과거의 사건과 관계가 있는 것은 버리기 싫어하지만, 그렇다고 정리를 하는 것도 아니다. 서류들을 분류하는 작업은 2, 3년에 한 번밖에 하지 않았다. 어쨌든 내가 이 두서없는 회상록의 어딘가에서 이미 언급했지만, 홈즈는 자신이 맡은 사건에 맹렬한 기세로 뛰어들어 해결한 다음에는 그 반동으로 나태하게 변했다. 바이올린과 책을 갖고 자거나, 소파에서 테이블로 움직이는 것 이외에는 거의 몸을 움직이지 않았다. 이리하여 매달 그의 서류는 쌓여 갔고, 드디어 방의 네 모퉁이는 기록 뭉치들로 묻히고 말았다. 그렇다고 절대 태워 버릴 수도 없고, 홈즈가 아니면 치울 수도 없었다.

어느 겨울밤, 나는 난롯가에서 홈즈가 비망록을 정리하는 작업을 끝내는 것을 보고, 이제부터 두 시간 정도 방을 살기 편하도록 치우면 어떻겠느냐고 제안했다. 나의 제안을 그도 거절할 수 없었는지 서글픈 얼굴로 침실에 들어가더니, 이윽고 커다란 양철 상자를 끌고 나왔다. 홈즈는 그것을 방 한복판에 놓더니, 등받이가 없는 의자에 웅크리고 앉아 뚜껑을 열었다. 안에는 따로따로 묶은 서류 다발이 3분의 2가량 차 있었다.

"왓슨, 이 안에는 괜찮은 사건이 제법 있다네." 홈즈는 장난기 어린 눈으로 나를 보며 말했다. "이 상자 안에 있는 사건을 자네가 모두 알고 있다면, 여기에 다른 사건을 채워 넣기보다 여기에서 꺼내 달라고 할 거야."

"그렇다면 이것들은 자네가 젊었을 때의 사건 기록인가? 사실 나는 자네의 초기 사건을 쓰고 싶다는 생각을 자주 했어."

"그래. 나의 전기 작가가 나를 영광으로 감싸 주기 전에 한 일일세."

홈즈는 다정하고 애정 어린 손길로 서류를 한 묶음씩 집어 들었다.

"왓슨, 모두 성공했다고는 할 수 없네. 그러나 이중에는 상당히 재미있는 사건도 있지. 이것은 탈튼 살인 사건의 기록, 이것이 와인 상인 뱀버리 사건, 이것은 러시아 노부인의 모험, 이것은 알루미늄 목발의 기묘한 사건, 그리고 안짱다리 리콜레티와 그 천박한 아내의 사건 전모도 있어. 그리고 여기에…… 아, 이거야말로 상당히 매력적인 사건이었지."

홈즈는 팔을 상자 바닥까지 집어넣어 작은 나무 상자를 꺼냈다. 아이들 장난감을 넣어 두는 상자처럼 밀어서 여닫는 뚜껑이 있었다. 그 상자 안에서 구겨진 종이, 고풍스러운 놋쇠 열쇠, 실뭉당이가 달린 나무못, 그리고 녹슨 금속 원판을 꺼냈다.

"왓슨, 이걸 어떻게 생각하나?" 홈즈는 내 표정을 보고 싱긋 웃으며 물었다.

"기묘한 수집품이군."

"정말 기묘하지. 그러나 이것에 얽힌 이야기를 들으면, 더 기묘하다고 놀랄 걸세."

"그럼, 이 기념품에는 이야기가 담겨 있단 말인가?"

"그렇다네. 이것들 자체가 이야기야."

"무슨 뜻이지?"

홈즈는 물건들을 하나하나 들어서 테이블의 가장자리에 늘어놓았다. 그러고는 의자에 다시 앉더니 아주 만족스럽다는 듯이 그것들을 바라보았다.

"이것은 머스그레이브 집안의 의식에 대한 에피소드를 추억하기 위해서 남겨 둔 유일한 기념품이지."

자세한 이야기는 들은 적이 없지만, 홈즈가 그 사건에 대해서 몇 번인가 입에 올리는 것은 들은 일이 있었다.

"그 사건에 대해서 이야기해 주면 고맙겠네." 내가 말했다.

"이대로 어질러 놓고 말인가?" 홈즈는 장난스럽게 말했다. "결국 자네의 깔끔한 성격도 별것 아니군. 하지만 왓슨, 이 사건을 자네의 연대기에 덧붙여 준다면 고맙겠네. 왜냐하면 여기에는 우리나라는 물론, 다른 어느 나라에서도 비슷한 예를 찾을 수 없을 정도로 특이한 점이 있기 때문이야. 이 기괴한 사건이 빠져 있다면, 나의 시시한 공적 기록집은 완전하다고는 할 수 없지.

자네도 기억하고 있겠지만 '글로리아 스콧 호' 사건에서 내가 불행한 남자와 대화를 했던 것이, 취미로 여겨 왔던 이 일을 평생 직업으로 선택한 최초의 계기가 되었지. 지금은 자네가 보는 바와 같이 내 이름이 널리 알려져 있고, 골치 아픈 사건이 일어나면 일반 사람이나 경찰도 나를 최종심으로 생각하지. 자네와 내가 처음 만났을 때, 자네가 《주홍색 연구》를 불후의 작품으로 만든 당시에도, 나에게는 그다지 돈이 되지는 않았지만 일거리는 상당히 있었네. 하지만 그렇게 되기까지 얼마나 고생했는지, 또 일이 순조롭게 되기까지 얼마나 많이 기다려야 했는지 자네는 모를 걸세.

처음 런던에 왔을 무렵, 나는 몬태규 가에 있는 대영박물관의 모퉁이를 조금 돌아 있는 곳에서 하숙을 했지. 그리고 그곳에서 의뢰를 기다리며 한가한 때는 장래에 도움이 될지도 모르는 여러 분야의 학문을 공부하며 시간을 소비했다네. 가끔 사건이 들어왔는데, 대부분이 옛날 친구들이 소개해 준 것이었네. 대학 생활이 끝날 무렵에는 나와 내 추리 방법에 대해 교내에서 제법 소문이 나 있었지. 이때 바로 세 번째 사건인 머스그레이브 집안의 의식 사건을 맡게 되었네. 그 기묘한 일련의 사건이 세상의 관심을 불러일으켰고, 나는 그 사건이 값비싼 보물이라는 결과를 끌어내어 내가 현재 차지하고 있는 지위에 크게 첫걸음을 내딛게 된 것이지.

레지널드 머스그레이브는 나와 같은 대학에 다녔고, 그와는 약간 아는 사이였네. 그는 학생들 사이에서는 그다지 인기가 없었지. 내가 생각하기로는 그의 교만함은 자신의 극단적인 수줍음을 숨기려는 노력인 듯했어. 가늘고 높은 코, 큰 눈, 왠지 울적해 보이지만 점잖은 태도 등 그는 귀족적인 분위기를 풍겼네. 그의 집안은 잉글랜드에서 가장 역사가 오래된 일족의 후손이지만, 16세기에 북부의 머스그레이브 본가에서 갈라져 나와서 서식스 서부에 정착한 분가였네. 헐스턴에 있는 그의 저택은 서식스 주에서 가장 오래 되었을 거야. 그가 태어난 저택의 분위기가 어딘지 모르게 그에게도 담겨 있었던 모양이야. 그의 창백하고 날카로운 얼굴이나, 고상하게 머리를 움직이는 버릇 따위를 보면 언제나 회색의 돌 아치 길, 세로 창살을 댄 창문, 그 밖에 봉건 시대의 낡은 폐허가 연상되었네. 그와 때때로 세상에 관한 이야기를 나누었는데, 나의 관찰과 추리 방법에 대해 그가 강한 관심을 보인 적이 있던 것을 기억하고 있네.

내가 4년 동안 그와 전혀 만나지 않았던 어느 날 아침, 몬태규 가의 내 방으로 머스그레이브가 찾아왔지. 그는 예전 모습 그대로 유행에 뒤지지 않는 복장을 하고 있었고, 조용하고 예의 바른 태도를 보였어.

'머스그레이브, 그동안 잘 지냈지?' 악수를 하고 내가 물었지.

'아버지가 돌아가신 것은 들었겠지?' 그가 말하더군. '2년 전에 돌아가셨어. 물론 그때부터 헐스턴 저택은 내가 관리할 수밖에 없었고, 나는 지역의원이기도 해서 꽤 바쁘게 지내고 있어. 그런데 홈즈, 자네는 우리를 놀라게 한 자네의 그 능력을 실제로 응용하고 있다면서?'

'그래, 나는 내 머리로 벌어먹고 있지.'

'잘됐군. 어쨌든 지금 자네의 충고를 받을 수 있다면 아주 고맙겠어. 최근 헐스턴에서 아주 기묘한 일을 당했는데, 경찰도 아무런 단서를 찾지 못하고 있어. 정말 괴상하고 불가사의한 사건이야.'

왓슨, 내가 그 친구의 말에 얼마나 열심히 귀를 기울였는지 자네도 상상할 수 있을 걸세. 몇 개월이나 일이 없어 기다리고 있었는데, 드디어 눈앞에 기회가 왔다고 생각했기 때문이지. 다른 사람이 실패한 사건이라도 나라면 성공할 수 있다고, 마음속 깊은 곳에서 확신했네. 그리고 지금이야말로 나 자신을 테스트할 기회가 왔다고 생각했지.

'자세히 이야기를 해 봐.' 내가 외쳤네.

레지널드 머스그레이브는 나와 마주 보고 앉아 내가 권한 궐련 담배에 불을 붙였지.

'그런데 먼저 알아야 할 게 있어. 알다시피 나는 독신이지만 헐스턴에서는 상당히 많은 고용인이 필요해. 왜냐하면 마구잡이로 늘려서 지은 옛 저택이라 유지하려면 꽤나 손이 가거든. 그리고 사냥터 관리도 해야 하고, 꿩 사냥철에는 언제나 파티를 열기 때문에 일손이 모자라면 아주 곤란해. 하녀가 모두 여덟 명, 요리사와 집사가 한 명씩, 시종 두 명, 그리고 급사가 한 명 있어. 정원과 마구간에도 물론 각각 사람을 두고 있고.

하인들 중에서 제일 오래 근무한 사람은 집사 브런튼이야. 전직은 교사였는데, 젊었을 때 실직 상태에 있는 그를 아버지가 고용했다는군. 사람도 좋고, 부지런해서 얼마 지나지 않아 집에서는 아주 중요한 존재가 되었지. 체격이 좋고, 이마가 넓은 핸섬한 남자로, 우리 집에 온 지 20년이나 되지만 아직 마흔이 되지 않았어. 외국어를 몇 개씩 구사할 수 있고, 악기도 여러 가지를 다루는 뛰어난 재능을 갖고 있어서, 오랫동안 집사라는 직책에 만족하고 있는 게 이상하기도 했어. 하지만 우리는 나름대로 그가 이 직책에 만족하고, 직업을 바꾸는 건 이미 늦은 일이라고 생각했지. 헐스턴 저택

의 집사라고 하면, 우리 집에 오는 손님은 누구나 그를 잊을 수 없는 화제의 인물로 생각했어.

    그런데 이 모범적인 인물에게도 결점이 한 가지 있지. 그는 바람둥이 기질이 조금 있어. 이런 평화로운 시골에서 그런 남자가 바람둥이 짓을 하면 어떤 결과를 불러올지 자네도 알 거야.

　부인이 있는 동안은 착실했지만, 부인이 죽고 나서는 말썽이 끊이질 않았어. 몇 달 전에 우리 집의 두 번째 하녀 레이첼 하웰즈와 약혼을 해서 이제 마음을 잡았나 생각했는데, 그 후 이 여자를 버리고 사냥터 관리인의 딸 재닛 트리젤리스와 가까워졌지 뭔가. 레이첼은 좋은 여자지만 웨일스인답게 화를 잘 내는 성격이야. 그러던 그녀가 가벼운 척추뇌막염을 앓게 되었는데, 지금은 쇠약할 대로 쇠약한 모습으로 저택 주위를 배회하고 있지. 아니, 어제까지는 그랬어. 이것이 헐스턴의 첫 번째 비극인데, 두 번째 비극이 일어나서 앞에 발생한 비극은 모두 잊혔지. 그것은 집사 브런튼을 해고한 일에서부터 시작되었어.

　일의 발단은 이렇다네. 앞에서도 말했듯이 집사는 머리가 좋지만, 그것이 몸을 망치게 한 원인이 되었지. 왜냐하면 자신과 전혀 관계없는 일에 끝없는 호기심을 가졌기 때문이야. 우연한 기회에 내가 그것을 알지 못했다면, 호기심이 그를 어디까지 몰고 갔을지는 아무도 몰랐을 거야.

　앞서도 말했듯이, 우리 집은 무작정 늘려 지은 저택이야. 지난 주 어느 날 밤—정확하게 말하면 목요일—나는 어리석게도 저녁 식사 후에 진한 카페 느와르를 마셔서 잠을 이루지 못했지. 새벽 2시까지 자려고 노력했지만, 결국 안 되겠다 싶어 일어나서 소설이라도 읽으려고 촛불을 켰지. 그런데 책을 당구실에 두고 왔기 때문에 가운을 걸치고 나갔어.

당구실에 가려면 먼저 계단을 내려가, 서재와 총기실—복도가 꺾이는 곳—을 지나야 해. 그런데 복도 끝에 있는 서재의 열린 문에서 불빛이 새어 나오고 있었어. 내가 얼마나 놀랐는지 알겠지? 나는 자기 전에 직접 램프를 끄고 문을 닫아 두었거든. 도둑인가 하고 생각했지. 헐스턴 저택의 복도 벽에는 옛날 무기들이 장식되어 있어. 나는 그중에서 전투용 도끼를 들고, 촛불을 뒤에 놓고 살금살금 복도를 걸어가 열려 있는 문으로 안을 들여다보았어.

서재에는 집사 브런튼이 있었어. 소파에 앉아서 무릎 위에 지도 같은 종이 조각을 놓고, 한 손을 이마에 댄 채 무언가 생각하는 모습이었지. 나는 놀라서 말도 못하고 어둠 속에서 그를 보고 있었어. 테이블 가장자리에 있는 작은 초가 희미한 불빛을 내고 있었는데, 그가 제대로 옷을 입고 있는 것은 알았어. 갑자기 그는 의자에서 일어나 옆에 있는 책상으로 가더니, 열쇠로 서랍 하나를 열었어. 거기서 종이를 한 장 꺼내 의자로 돌아가 테이블 가장자리의 작은 촛불 옆에서 열심히 읽더군. 우리 집에 전해 오는 고문서를 태연한 얼굴로 읽는 것을 보고, 나는 화가 난 나머지 한 걸음 앞으로 나갔지. 브런튼은 얼굴을 들고 내가 문 앞에 서 있는 것을 보았어. 그는 벌떡 일어났는데, 공포로 얼굴이 흙빛으로 변해서는 보고 있던 지도 같은 종이를 당황하며 품 안에 넣었어.

'당신은 지금까지 받은 신뢰에 대한 보답을 이런 식으로 갚을 생각인가!' 내가 말했지. '내일 이 집에서 나가게.'

그는 완전히 일그러진 얼굴로 고개를 숙이고는 한 마디도 않고

서 내 옆을 살며시 빠
져나갔어. 초는 테이블
위에 그대로 있어서,
그 불빛으로 아까 브런
튼이 책상 서랍에서 꺼
낸 종이를 살펴보았
지. 놀랍게도 그것
은 중요한 문서가
아니라, 옛날부터
머스그레이브 가
의 의식이라고 불
리는 독특한 행사
에 사용하는 문답의
사본에 지나지 않았
어. 그것은 우리 가문의
남자가 성인이 되었을 때 거행
하는 의식으로 벌써 몇 세기 전부터 계속되어 왔지. 그것은 우리
집의 문장과 마찬가지로 고고학자들에게는 얼마쯤 중요하게 여겨
질지도 모르지만, 실용 가치는 전혀 없는 물건이야.'

 '그 문서에 대해서는 나중에 다시 이야기하는 게 좋겠어.' 내가
말했네.

 '정말 그럴 필요가 있다고 자네가 생각한다면…….' 그는 조금

망설이면서 대답했어. '그럼 이야기를 계속하지. 나는 브런튼이 놓고 간 열쇠로 서랍을 잠그고 서재에서 나오려고 돌아섰지. 그런데 집사가 언제 돌아왔는지 내 앞에 서 있어서 깜짝 놀랐어.

'주인님.' 그는 흥분한 나머지 격앙된 목소리로 외쳤어. '저는 파면 분부에 견딜 수가 없습니다. 저는 지금까지 제 지위에 긍지를 갖고 있었습니다. 파면이 되면 죽음을 당하는 것과 똑같습니다. 저를 절망의 구렁텅이에 떨어뜨리면, 정말 나리를 목숨 걸고 원망할 겁니다. 지금의 일로 저를 파면하시는 거라면, 제발 부탁이니 한 달 뒤에 나가게 해 주시기 바랍니다. 제 의사로 나가는 것으로 하고 싶습니다. 주인님, 그렇게 해 주신다면 저는 어느 정도 견딜 수 있지만, 저를 잘 알고 있는 사람들 눈앞에서 내쫓기는 것은 견딜 수 없습니다.'

'브런튼, 자네는 그런 동정을 받을 자격이 없어.' 내가 대답했지. '자네가 한 일은 부끄러워해야 마땅해. 그러나 우리 집에서 오래 근무했으니 자네 문제를 표면화하지는 않겠네. 그러나 한 달은 너무 기네. 1주일 후에 나가게. 그만두는 이유는 마음대로 붙여도 좋아.'

'겨우 1주일입니까?' 그는 절망적인 목소리로 말했어. '2주일, 적어도 2주일로 해 주세요.'

'1주일이네.' 나는 되풀이했지. '이것도 아주 관대한 조치라고 생각하게.'

그는 모든 것이 끝이라도 난 듯 얼굴을 가슴에 떨어뜨리고 무거운 발걸음으로 나갔어. 나는 불을 끄고 방으로 돌아갔지.

그로부터 이틀 동안 브런튼은 부지런히 일을 하더군. 나는 지난 일은 아무 말도 않고, 그가 어떻게 해서 파면 문제를 숨길 것인지 호기심을 갖고 보고 있었지. 그런데 사흘째 되던 날 아침, 아침 식사가 끝났는데도 그가 지시를 받기 위해 나타나지 않았어. 식당을 나가다가 하녀 레이첼 하웰즈와 마주쳤지. 이미 말했지만 그녀는 최근 병이 나은 참이라서 불쌍할 정도로 얼굴빛이 나쁘기 때문에, 아직 일을 하면 안 된다고 주의를 주었지.

'누워 있지 않으면 안 돼. 더 건강해지면 일하도록 해라.'

그녀가 아주 기묘한 표정으로 나를 보았기 때문에 난 머리가 어떻게 된 것이 아닐까 하고 생각했지.

'주인님, 이제 괜찮아요.'

'의사 선생의 말을 들어. 아직 일은 무리야. 아래층에 내려가거든 브런튼을 불러 줘.'

'집사는 갔어요.'

'가다니! 어디에 갔지?'

'갔어요. 아무도 본 사람이 없어요. 방에도 없어요. 그래요, 갔어요. 갔습니다!' 하녀가 벽에 기대어 날카로운 소리로 웃으며 말해서, 나는 이 갑작스러운 히스테리 발작에 놀라서 벨을 울려 도움을 청했지. 계속 울부짖는 그녀를 방으로 데려가서 나는 브런튼에 대해 물었어. 집사가 자취를 감춘 것은 틀림없었어. 그의 침대에는 잠을 잔 흔적이 없었고, 전날 밤 자기 방에 들어간 이후, 그를 본 사람은 아무도 없었어. 그러나 어떻게 저택을 빠져나갔는지는 모르겠어. 아침에 모든 창과 문이 닫힌 채였으니까. 그의 옷과 시계는 물론, 돈까지 그대로 방에 남아 있었지. 하지만 언제나 입고 있던 검은 옷은 보이지 않았어. 슬리퍼는 없었지만 구두는 남아 있더군. 그렇다면 집사 브런튼은 밤중에 어디로 갔을까? 지금쯤은 어떻게 되었을까?

물론 지하실부터 지붕 밑 다락방까지 찾아보았지만, 그의 흔적은 없었어. 이미 말했듯이 우리 집은 미로처럼 된 낡은 저택이야. 처음에 지은 곳은 지금은 사람이 살지 않지만, 방도 다락방도 샅샅이 뒤져 보았지. 하지만 행방불명된 남자는 발견되지 않았어. 본인 물건을 모두 두고 가다니, 나는 도저히 믿어지지 않았지. 도대체 그는 어디에 있을까? 경찰을 불렀지만 소용이 없었어. 전날 밤에 비가 내렸기 때문에 집 둘레의 잔디밭과 길에 흔적이 남아 있을까 해서 조사했지만 발자국은 전혀 없었어. 그런데 또 새로운 사건이 발생하는 바람에 나는 이 수수께끼에 대한 관심이 멀어지게 되었어.

레이첼 하웰즈는 이틀 동안 병이 도져서 때로는 의식이 몽롱해지고, 때로는 히스테리를 일으켜, 간호사를 고용해 밤새워 간병할 정도였어. 브런튼이 없어지고 사흘째 되던 날 밤, 환자가 얌전히 잠들어서 간호사도 안락의자에 앉아서 꾸벅꾸벅 졸기 시작했지. 새벽녘에 문득 눈을 떠 보니 침대는 비어 있고, 창문이 열린 채 병자는 없었어. 나는 곧 이 소식을 듣고 일어나 시종 두 명과 함께 없어진 하녀를 찾으러 나섰지. 어느 쪽으로 갔는지는 곧 알 수 있었어. 창 밑에서 하녀의 발자국을 쉽게 찾았지. 잔디밭을 지나 연못까지 이어져 저택 밖으로 나가는 길 가까운 연못 가장자리에서 끝나 있었어. 깊이가 8피트나 되는 연못 앞에서 정신 나간 가여운 여자의 발자국이 끊어진 것을 보고 우리의 기분이 어땠는지는 상상할 수도 없을 거야.

물론, 곧바로 그물을 가져와 시체 인양에 착수했지만 시체는 발견되지 않았어. 그 대신 의외의 것을 건져 냈지. 리넨 자루로, 안에는 녹슬어 변색된 오래된 금속 덩어리 하나와 둔탁한 빛의 돌멩이와 유리 파편 같은 것이 몇 개 들어 있었지. 이 기묘한 물건 이외에는 연못에서 아무것도 건지지 못했어. 어제는 가능한 모든 수색을 했지만 레이첼 하웰즈와 리처드 브런튼의 운명에 대해서 도무지 알 수가 없었어. 경찰도 손을 들어서 마지막 희망으로 자네를 찾아온 거야.'

왓슨, 내가 얼마나 열심히 이 일련의 괴사건에 귀를 기울였는지, 그리고 그것을 연결시켜 전체에 공통되는 실마리를 찾으려고 노력했는지 상상이 될 걸세.

집사도, 하녀도 행방불명된 상태다. 하녀는 집사를 사랑했는데 나중에 당연한 이유로 증오하게 되었다. 웨일스 사람의 피가 흘러 화를 잘 내고 다혈질이다. 집사가 실종된 직후 몹시 흥분했다. 여자는 이상한 물건이 든 자루를 연못에 던져 넣었다. 이것들은 모두 고려해야 할 요소인데, 사건의 핵심에 접근할 만한 것은 아무것도 없었어. 이 일련의 사건의 출발점은 무엇일까? 거기에 이 뒤얽힌 실의 실마리가 있는 거지.

'머스그레이브, 그 종이를 봐야겠어.' 내가 말했지. '집사가 해고될 위험을 무릅쓰면서까지 조사할 가치가 있다고 생각했으니까.'

'우리 집의 의식은 정말 바보 같아. 그러나 오래되었다는 전통은 있지. 여기에 그 문답의 사본이 있으니 한번 보라고.'

그는 지금 내가 여기에 갖고 있는 종이를 건네주었지. 이것은 기묘한 문답으로 머스그레이브 가의 남자가 성인이 되었을 때 받게 되어 있는 거야. 원문 그대로 읽어 보겠네.

그건 누구의 것인가?
떠나간 사람의 것입니다.
누구의 것이 될 것인가?
올 사람의 것입니다.
몇 월이냐?
처음부터 여섯 번째입니다.
태양은 어디에 있느냐?
떡갈나무 위.
그림자는 어디에 있느냐?
느릅나무 아래.
몇 걸음이냐?

북으로 열 걸음, 또 열 걸음, 동으로 다섯 걸음, 또 다섯 걸음, 남으로 두 걸음,

또 두 걸음, 서로 한 걸음, 한 걸음, 그리고 아래로.

우린 무엇을 바쳐야 하나?

우리의 모든 것을.

무엇 때문에 바치느냐?

신의를 위해서.

(《스트랜드》에 '머스그레이브 가의 의식'이 발표되었을 때에는 두 행이 빠져서 7개의 문답이었다. 그러나 1894년 '머스그레이브 가의 의식'을 수록한 책이 《셜록 홈즈의 회상》으로 뉴즈사에서 출판되었을 때, 이 부분이 추가되었다. 빠진 부분이 이 의식의 지시에 따라 보물이 어디 있는지 찾으려는 사람에게 중요한 의미를 가진 것은 분명하다. 그 후 영국판은 모두 추가되어 있으나 미국판은 그렇지 않다.)

'원문에는 날짜가 없지만 17세기 중엽의 철자로 쓰여 있지.' 머스그레이브가 설명했지. '하지만 이것은 수수께끼의 해결에 그다지 도움이 되지 않아.'

'아니, 적어도 이것으로 수수께끼가 또 하나 늘어났어. 처음 수수께끼보다도 이쪽이 더 흥미롭군. 한쪽의 수수께끼를 풀면 또 한쪽의 수수께끼도 풀릴지 몰라. 이런 말을 하는 것은 뭣하지만, 머스그레이브, 자네 집사는 정말 머리가 좋은 사람이야. 10대에 걸친 머스그레이브 가의 주인보다도 날카로운 통찰력을 갖고 있군.'

'자네 말을 이해할 수 없어. 이런 종이에 실용 가치가 있을 리가 없잖아.'

'그러나 나는 훌륭한 실용 가치가 있다고 보는데. 브런튼도 같은 생각을 했을 거야. 그는 자네에게 들키기 전에도 이것을 본 일이 있을 거야.'

'아마 그랬을 거야. 집에서는 특별히 숨겨 두려고 하지 않았으니까 말이지.'

'아마도 마지막 순간에는 다시 한 번 기억을 확인하려고 했을 거야. 그가 지도 같은 것을 갖고 있고, 이 문서와 대조하다가 자네가 나타나자 당황해서 주머니에 넣었다고 했지?'

'그래. 하지만 브런튼이 우리 집안의 오랜 습관 따위와 무슨 관계가 있지? 그리고 이 우스꽝스러운 문답은 무엇을 의미하나?'

'그 대답을 알아내는 것은 그다지 어려운 일이 아니야. 자네만 좋다면 다음 기차로 서식스에 가서, 현장에서 사건을 좀 더 깊이 조사하고 싶어.'

그날 오후, 우리 두 사람은 헐스톤에 도착했네. 자네도 저 유명한 옛 저택의 그림이나 설명을 본 일이 있을 테니, 나는 건물이 L자형이라는 것만 말해 두지. 긴 쪽이 새로 증축한 부분이고, 짧은 쪽이 원래 있었던 부분이야. 옛 건물 중앙의 문 위에는 1607년이라고 새겨져 있지만, 전문가들은 들보나 석조 부분은 그보다 훨씬 오래되었다고 추정하고 있지. 이 옛 건물의 벽은 유별나게 두껍고 창문이 작기 때문에 19세기에 일가는 새로운 건물을 증축했다네. 옛 건물은 지금 기껏해야 창고나 저장소 정도로 사용하고 있지. 저택 주위는 노목(老木)이 무성한 훌륭한 정원이 있었고, 내 의뢰인의 이야기에 나온 연못은 저택에서 200야드쯤 떨어진 가로수 길 옆에 있었네.

나는 그때, 이미 확신하고 있었지. 세 개의 다른 수수께끼가 있는 것이 아니라, 머스그레이브 가의 의식을 올바로 해독한다면, 집사 브런튼과 하녀 하웰즈 두 사람의 진상을 알 수 있다고 말이네. 그래서 나는 모든 정력을 거기에 집중했지. 집사는 왜 이런 옛 문답을 알고 싶어 했을까? 지금까지 몇 세대에 걸친 지주들이 알지 못했던 무언가를 그가 발견하고, 이것으로 자신이 어떤 이익을 얻을 수 있다고 생각한 게 틀림없을 거라고 생각했네. 그러면 그것은 무엇일까? 그것과 그의 운명은 어떤 관계에 있을까?

문답을 읽었을 때 나는 확실히 알았지만, 그 몇 걸음이라는 것은 고문서의 다른 부분에서 말하는 지점을 나타내는 게 틀림없었네. 때문에 그 지점을 발견한다면, 옛날 머스그레이브 가의 조상이 이런 기묘한 방법으로 보존해 온 것의 비밀이 무엇인지를 알 수 있다고 생각했지. 먼저 두 가지 실마리가 있는데, 떡갈나무와 느릅나무일세. 떡갈나무에 관해서는 문제가 없었네. 저택 정면, 마차가 지나는 길 왼쪽에 지금까지 보지 못했던 오래된 나무가 솟아 있었기 때문이지.

'이 나무는 자네 가문에서 처음 의식을 치를 때부터 여기에 있었겠군.' 마차가 그 옆을 지나칠 때 내가 물었네.

　'노르만 정복(1066년, 노르망디 공 윌리엄이 영국을 정복하여 노르만 왕조를 세움) 때부터 있었던 모양이야. 나무 둘레가 23피트나 되니까.' 그가 대답했지.
　이것으로 나의 측량 기준의 하나가 확인되었네.
　'이 집에는 오래된 느릅나무가 있어?'
　'저쪽에 아주 오랜 된 것이 있었는데, 10년 전에 벼락을 맞아 베

어 버렸어.'

'어디에 있었는지 알 수 있겠지?'

'물론.'

'다른 느릅나무는 없어?'

'오래된 나무는 없어. 너도밤나무라면 많이 있지만.'

'느릅나무가 있었던 곳을 보고 싶어.'

우리는 이륜마차를 타고 현관까지 갔는데, 나의 의뢰인은 집 안으로 들어가지 않고 곧바로 잔디밭의 느릅나무가 서 있었던 그루터기가 있는 곳으로 나를 안내했지. 그곳은 떡갈나무와 저택의 중간쯤 되는 지점이었지. 나의 조사는 순조롭게 진행되는 듯했네.

'느릅나무의 높이가 어느 정도였는지 알아?' 내가 물었네.

'그것은 쉽게 알 수 있지. 64피트.'

'어떻게 알지?' 내가 놀라서 물었지.

'옛날 가정교사가 삼각 연습 문제를 잘 냈거든. 언제나 높이를 재는 문제였어. 내가 소년이었을 때, 저택 안의 나무와 건물의 높이를 모두 재 봤어.'

이것은 뜻밖의 행운이었네. 예상하고 있던 것 이상으로 빨리 데이터가 모였지.

'자네의 집사가 비슷한 질문을 한 적이 있었나?'

레지널드 머스그레이브는 깜짝 놀라서 내 얼굴을 쳐다보더군.

'그러고 보니 생각나는군. 확실히 브런튼은 몇 달 전에 그 나무의 높이에 대해 질문을 했어. 마부하고 조금 의견이 달랐던 모양

이야.'

 이것은 멋진 뉴스였지. 내 짐작이 틀림없다는 것을 알았기 때문이라네. 태양을 올려다보니 상당히 낮아서, 한 시간 안에 떡갈나무 노목의 꼭대기에 올 거라고 계산했지. 이것으로 의식문답의 하나의 조건이 채워지는 셈이었네. 느릅나무 그림자란 그림자의 끝을 의미하는 게 틀림없었어. 그렇지 않다면 줄기를 목표로 선정했을 테니까 말일세. 때문에 태양이 떡갈나무의 바로 위에 이르렀을 때 그림자의 끝이 어디에 떨어지는가 보면 되었지."

 "하지만 홈즈, 그것은 어려웠겠지. 느릅나무는 이미 그곳에 없으니까 말이야." 내가 말했다.

 "그래, 하지만 브런튼이 할 수 있는 일이라면 나도 할 수 있다고 자신했네. 그리고 그렇게 어려운 것도 아니었어. 머스그레이브와 함께 서재로 가서, 내가 나무를 깎아 긴 실을 매고 1야드마다 실에 매듭을 만들었네. 그리고 두 개를 연결하면 6피트가 되는 낚싯대를 갖고 머스그레이브와 함께 느릅나무가 있었던 곳으로 갔네. 태양은 마침 떡갈나무 바로 위에 걸려 있었지. 나는 그 낚싯대를 곧장 세우고 그림자의 방향과 길이를 기록했지. 길이는 9피트였어. 물론 이것으로 계산은 간단히 끝났지. 6피트 낚싯대가 9피트 그림자를 만든다면, 64피트의 나무는 96피트의 그림자를 만들고, 그림자의 방향은 물론 두 개가 같을 테지. 나는 느릅나무가 서 있던 곳에서부터 거리를 재 보았는데, 그 거리가 집 외벽 가까운 곳까지 오더군. 그래서 나는 여기에 나무 꼬챙이를 박았지. 그 나무 꼬챙이의 2인치 정도 되는 지점에서 원추형으로 파인 곳을 발견했을 때, 나의 기쁨이 어떠했는지 자네는 쉽게 상상할 수 있을 걸세. 그것은 브런튼이 측량했을 때 남긴 표식으로 내가 그와 같은 행동을 하고 있다는 증거였어.

이곳을 출발점으로 해서 나는 우선 휴대용 나침반으로 방향을 확인한 다음 걸음으로 재기 시작했네. 저택의 벽을 따라 열 걸음을 두 번 반복하고, 그곳에 나무 꼬챙이로 표시를 했네. 그리고 조심스럽게 동쪽으로 다섯 걸음을 두 번, 남쪽으로 두 걸음을 두 번 재었지. 그러자 정말로 낡은 건물의 현관 입구에 이르게 됐어. 그리고 거기에서 서쪽으로 두 걸음 간다는 것은 돌이 깔린 복도를 두 걸음 걷는 것을 의미했지. 거기가 바로 의식서에서 지시한 지점이었네.

왓슨, 그때처럼 실망으로 온몸이 얼어붙은 적은 없었어. 순간, 내 계산이 어디에선가 근본적으로 틀린 것이 아닌가 하고 생각했네. 왜냐하면 지는 태양이 복도 바닥을 붉게 비추고 있었기 때문이었네. 사람들 발길에 닳은 오래된 바닥의 회색 돌은 오랜 세월 동안 움직이지 않았음을 알 수 있었지. 브런튼이 그곳에는 아무런 흔적도 남겨 놓지 않았네. 나는 바닥의 돌을 두드려 봤지만 어디에서나 같은 소리가 났고, 갈라진 틈이나 깨진 흔적은 전혀 없었네. 그런데 다행히도 머스그레이브가 내 행동의 의미를 이해하기 시작했는지, 나와 마찬가지로 흥분해서는 의식서를 꺼내 내 생각을 중단시켰네.

'그리고 아래로!' 그가 외쳤네. '자네는 그리고 아래로를 잊었군.'

나는 아래로 파라는 의미라고 생각했는데, 이것으로 내 생각이 틀렸음을 곧 알게 되었네. '그럼, 이 아래에 지하실이 있군.'

'그래. 이 건물이 세워졌을 때부터 있었지. 이 문으로 내려가면 돼.'

우리는 돌로 된 나선 계단을 내려갔네. 머스그레이브가 성냥을 켜고, 구석의 통 위에 놓여 있던 랜턴에 불을 붙였지. 곧이어 우리는 마침내 찾고 있던 장소에 도착했는데, 우리 이외에 최근 여기에 온 사람이 있다는 것을 알 수 있었지.

그곳은 장작 창고로 사용되고 있었는데, 바닥에 흩어져 있어야 할 장작이 벽 쪽에 쌓여 있고, 중앙이 비어 있더군. 그 장소에 크고 묵직한 네모난 돌이 있고 중앙에 녹슨 쇠고리가 달려 있었는데, 거기에 두꺼운 체크무늬의 머플러가 매어져 있었어.

'아니! 이것은 브런튼의 머플러야. 그가 두르고 있는 것을 본 적이 있어. 맹세해도 좋아. 그는 대체 여기서 뭘 했을까?'

내 제안으로 경관을 두 명 불러 입회시키기로 했지. 나는 머플러를 잡아당겨 돌을 들어 올리려고 했네. 돌이 아주 조금만 움직였기 때문에 경관 한 명의 도움을 받아 겨우 돌을 한쪽으로 옮겼네. 그 밑에는 검은 구멍이 입을 벌리고 있었지. 머스그레이브는 무릎을 꿇고 랜턴을 밑으로 넣었네.

깊이 7피트, 사방 4피트 크기의 작은 지하실이 보였네. 한쪽 구석에 놋쇠판으로 보강된 튼튼한 나무 상자가 있고, 뚜껑은 위로 열려 있었는데 이상야릇한 구식 열쇠가 열쇠 구멍에 꽂힌 채로 있었지. 상자 바깥은 먼지가 두껍게 쌓여 있고, 습기와 벌레가 먹어 판자는 부식되었고, 안쪽에는 버섯이 나 있었지. 금속 원판, 아마 코인 같았는데 지금 내가 갖고 있는 거라네. 그 상자 밑에 흩어져 있었는데, 다른 것은 아무것도 없었어.

그러나 그때는 낡은 상자 따위를 생각할 겨를이 없었네. 그 옆에 웅크리고 있는 것이 보였기 때문일세. 그것은 검은 옷을 입은 사람이었는데, 두 팔로 상자를 안듯이 한 채 이마를 상자의 가장자리에 대고 있었네. 그러한 자세였기 때문에 얼굴에 피가 쏠려 일그러져 있는 얼굴은 거의 간장 색에 가까웠지. 처음에는 누군지 알 수 없었지만 시체를 끌어 올려 키, 옷차림, 두발 등을 보고, 머스그레이브는 그것이 행방불명된 집사라고 했네. 죽고 나서 며칠이 되었지만, 상처도 타박상도 없었기 때문에 어떻게 해서 이렇게 무서운 최후를 맞이했

는지 추측도 할 수 없었네. 수사의 초기와 거의 마찬가지로 수수께끼는 풀리지 않은 채였지.

왓슨, 솔직히 말해 이때까지 나는 실망하고 있었어. 의식서에서 지시하고 있는 장소를 발견하면 모든 사건을 해결할 수 있다고 생각했는데, 결과는 그렇지 않았기 때문이라네. 지금까지 머스그레이브 가의 조상이 이렇게까지 신중하게 숨겨 온 것이 무엇인지 도무지 알 수 없었어. 브런튼의 운명에 대해서 광명을 던져 준 것은 확실하지만, 어떻게 해서 이런 운명이 되었는지, 행방불명된 하녀가 이 사건에서 어떤 역할을 했는지, 그 점을 확인해야만 했네. 나는 구석에 있는 궤짝에 앉아, 사건의 전체적인 윤곽에 대해 다시 한 번 생각해 보았네.

왓슨, 이러한 경우 내 방법을 잘 알고 있을 테지. 나는 집사의 입장에서 생각해 보았네. 우선 그의 두뇌의 정도를 추측하고, 내가 그러한 경우였다면 어떻게 행동했을지를 상상했지. 이 경우에는 브런튼의 머리가 아주 좋았기 때문에 간단했네. 천문학자가 말하는 개인 오차를 계산에 넣을 필요는 없었지. 그는 무언가 값비싼 것이 숨겨져 있음을 알고 있었네. 그리고 그 장소를 찾아냈지. 그런데 뚜껑으로 닫혀 있는 돌이 너무 무거워 혼자서는 움직일 수 없다는 걸 알았네. 그렇다면 어떻게 했을까? 외부에 도움을 청하려고 하면, 비록 믿을 수 있는 사람이 있다고 해도 현관의 문을 열어야 해서 남에게 의심받을 위험성이 다분히 있지. 저택 안에 있는 사람의 도움을 얻을 수 있으면, 그쪽이 훨씬 좋지. 그러면 누구에게 부탁하면 좋을까? 그런데 여자가 그에게 푹 빠져 있었네. 남자는 자신이 여자에게 아무리 심한 짓을 했어도, 자기를 사랑하는 여자는 끝내 그 마음을 저버리지 않는다고 믿는 법이지. 그는 하웰즈에게 달콤한 말로 속삭이며 화해하려고 애를 써서, 결국 공범으로 만들었겠지. 둘이서 밤에 지하실로 가서, 두 사람이 힘을 합치면 돌을 들어 올릴 수 있었을 거고 말일세. 여기까지 나는 현장을 보았던 것처럼 두 사람의 행동을 추적할 수 있었네.

하지만 돌을 들어 올리는 데는 두 사람이 해도, 한 명이 여자이기 때문에 들어 올리는 일이 쉽지는 않았을 걸세. 건장한 서식스의 경관과 내가 해 보아도 결코 쉽지 않았거든. 그러면 두 사람은 어떻게 했을까? 아마 나라도 그렇게 했을 거야. 나는 일어나서 바닥에 흩어져 있는 온갖 장작을 주의 깊게 조사했네. 그리고 바로 그때 내가 찾는 것을 발견했어. 길이 3피트 정도로, 한쪽 끝에 확실히 눌린 흔적이 있는 장작이 하나 있었네. 상당한 무게로 눌린 것처럼 측면이 평평하게 된 장작도 몇 개 있었지. 분명히 그들은 돌을 들어 올리면서, 틈새에 차례로 장작을 끼워 넣어 마침내 사람이 기어 들어갈 만큼 열리자, 장작 하나를 세로로 세워 돌을 받쳐 두었을 거네. 돌의 중량이 그 장작 하나에 모두 실리니 그런 자국이 생기는 것도 당연했을 테지. 여기까지는 나의 추측이 틀리지 않았을 거라고 생각했네.

그런데 심야의 참극을 어떻게 재현하면 좋을까? 물론 구멍에는 한 사람밖에 들어갈 수 없네. 그 한 사람이 브런튼이야. 여자는 위에서 기다려야만 해. 다음에 브런튼은 열쇠로 상자를 열고, 아마도 상자 안에 있던 물건을 위로 전달했을 걸세. '아마도'라고 하는 이유는 지금 내용물이 발견되지 않았기 때문이네. 그러고는 무슨 일이 생겼을까?

자기의 마음을 짓밟은—우리가 생각하는 이상으로 짓밟았는지도 몰라—남자가 지금 자기의 손안에 있는 것을 알았을 때, 이 흥분하기 쉬운 켈트 인 여자의 마음속에서 잠자고 있던 복수의 불길이 갑자기 타올랐지. 나무가 미끄러지고, 브런튼이 산 채로 갇힌 것은 우연이었을까? 레이첼의 죄는 그의 운명에 대해 아무것도 말하지 않은 것뿐일까? 아니면 그녀의 팔이 갑자기 그 버팀목을 밀어, 돌이 덜컥 떨어진 것일까? 어느 쪽이라 해도 나로서는 그 여자의 모습이 보이는 듯했네. 보물을 움켜쥔 채 미친 듯이 나선 계단을 뛰어올라가는 그녀의 뒤로 희미한 비명과 자신의 목숨을 짓누르는 돌을 필사적으로 두드려 대는 소리가 엄습했을 거야.

다음 날 아침, 레이첼이 창백한 얼굴로 히스테릭한 웃음소리를 내게 된 비밀은 바로 그 때문이었을 거네. 그러나 상자 속에는 무엇이 있었을까? 그녀는 그것을 어떻게 했을까? 물론 나의 의뢰인이 연못에서 끌어올린 옛 금속과 작은 돌이 그것임에는 틀림없지. 그녀는 범죄의 마지막 흔적을 지우려고, 기회가 있을 때마다 연못에 던졌을 거야.

20분가량 나는 꼼짝도 않고 문제를 생각했네. 아직 창백한 얼굴을 한 머스그레이브는 선 채로 랜턴을 흔들면서 밑의 구멍을 들여다보고 있었네.

'이것은 찰스 1세(1600~1649년. 크롬웰 혁명파에 의해 처형됨.)의 초상이 있는 코인이야.' 그는 상자에 남아 있던 몇 개를 꺼내면서 말했네. '의식서의 연대 추정이 정확한 것을 이것으로 알았어.'

'찰스 1세에 대해 무언가 발견될지도 몰라.' 내가 소리쳤지.

의식서의 첫 두 질문의 의미가 어쩌면, 하고 내 머리에 갑자기 떠올랐네.

'연못에서 끌어 올린 자루 속의 물건들을 볼까?'

우리는 계단을 올라가 그의 서재에 들어갔네. 그가 자루에서 잡동사니를 꺼내 내 앞에 늘어놓았지. 내가 보고 있는 동안, 그가 중요하지 않다는 눈초리로 그것을 보는 것도 당연하다고 생각했지. 어쨌든 금속은 거의 새까맣고, 작은 돌은 아무런 광택도 없었네. 내가 그중의 하나를 소매로 문지르자 내 손바닥의 어두운 움푹한 속에서 번쩍 빛을 내더군. 금속 덩이는 이중의 고리 모양을 하고 있었는데 우그러져 원형을 잃었던 거야.

'자네도 기억하고 있겠지만 왕당파는 찰스 1세가 죽고 나서도 잉글랜드에서 최후까지 저항했고, 나중에 망명할 때에도 중요한 소유물을 어딘가에 묻었지. 아마도 평화로운 시대가 되면 꺼내려고 했을 거야.' 내가 말했네.

'나의 조상 랠프 머스그레이브 경은 왕당파의 중심인물로, 망명 시대의 찰스 2세의 오른팔이었어.'

'그래! 이것으로 빠져 있던 마지막 고리가 손에 들어 온 듯싶군.

머스그레이브, 축하해. 약간 비극적인 상황이지만 말이야. 자네는 그 자체로도 고가이지만, 역사적 골동품으로는 그 이상의 가치가 있는 유물을 손에 넣은 거야.'

'그렇다면 이것은 뭐지?' 그는 놀란 나머지 헐떡이며 물었네.

'다름 아닌 영국 왕의 옛 왕관이야.'

'왕관이라고!'

'그래 틀림없어. 의식 문답을 생각해 봐. 뭐라고 쓰여 있지? 〈그건 누구의 것인가?〉〈떠나간 사람의 것입니다.〉 이것은 찰스 1세를 처형한 후였어. 그리고 〈누구의 것이 될 것인가?〉〈올 사람의 것입니다.〉라고 되어 있지. 이건 찰스 2세를 가리키는 것으로, 왕위 복귀를 이미 예상하고 있었지. 이 원형이 찌그러져 볼품사납게 된 왕관이, 옛날에는 스튜어트 왕조 역대 왕의 머리를 장식했다는 것은 의심할 여지가 없어.'

'그것이 어째서 연못 속에 있었을까?'

'그 질문에 대답하는 건 조금 시간이 걸릴 것 같군.' 그렇게 말하고 나는 머릿속에서 조립한 추리와 증거의 일련의 긴 연쇄를 설명했지.

내 이야기가 끝나기 전에 저녁 어스름이 밀려와서 하늘에는 달이 밝게 떠올라 있었지.

'그렇다면 왜 찰스 2세는 귀국했을 때 왕관을 찾지 않았을까?' 머스그레이브는 유품을 자루에 넣으면서 물었네.

'자네의 의문은 영원히 밝혀지지 않는 수수께끼로 남을 거야.

비밀을 알고 있었던 머스그레이브 경이 그 전에 죽었고, 어떤 차질로 인해서 의식서에 비밀에 대한 해결의 열쇠를 제시해 놓은 뒤 그만 설명해 주지 않은 거야. 그리고 의식서는 그날부터 오늘날까지 아버지에서 아들로 전해져 왔으며, 마침내 어떤 남자가 그것을 손에 넣고 비밀을 알아냈지. 그러나 그것을 행동으로 옮겼을 때 목숨을 잃고 말았지.'

왓슨, 이것이 머스그레이브 가의 의식에 관한 이야기일세. 헐스턴 저택에는 지금도 왕관이 있어. 하기야 법률적인 문제가 있어 상당한 돈을 지불하고 겨우 소유를 허락 받았지만 말이야. 내 이름을 말하면 아마도 기꺼이 보여 줄 걸세. 하녀의 소식은 그 뒤로 전혀 들을 수 없었네. 아마도 자신이 저지른 죄에 대한 기억을 안고서 영국을 탈출해 바다 멀리 어딘가로 떠났겠지."

역주 —
〈스트랜드〉 매거진 1927년 3월 호에서 아서 코난 도일은 셜록 홈즈의 단편—이 시점에서 아직 《셜록 홈즈의 사건》으로 모아지지 않은 단편을 제외하고—가운데 마음에 드는 작품 12편을 선정했는데 '머스그레이브 가의 의식'은 11위를 차지했다.

라이게이트의 지주들
The Reigate Squires

1887년 4월 14일(목)~4월 26일(화)

1887년 봄, 내 친구 셜록 홈즈는 지나치게 일을 많이 한 탓에 극도의 과로로 쓰러져, 회복될 때까지 충분한 시간이 필요했다. 네덜란드의 수마트라 회사 사건과 모페르탕 남작의 음모 사건의 전모는 너무나도 사람들의 기억에 생생하고 정치 및 경제와 밀착된 것이기 때문에 탐정 이야기의 소재로서는 부적당하다. 그러나 그것은 간접적으로 홈즈를 기묘하고 복잡한 사건으로 이끌었고, 그가 전 생애에 걸쳐 범죄와의 전쟁에서 사용한 새로운 무기의 가치를 세상에 선보이는 기회를 만들었다.

　사건 노트를 꺼내어 보니, 홈즈가 리옹에 있는 호텔 듀롱의 방에 앓아누워 있다는 전보를 받은 것은 4월 14일이었다고 적혀 있다. 나는 전보를 받은 지 24시간이 지나기 전에 그의 병실로 달려갔는데, 다행히 상태가 염려할 정도로 심각하지 않다는 것을 알고 안심했다. 그러나 그의 무쇠같이 튼튼한 몸도 두 달 이상이나 계속되는 조사 때문에 많이 쇠약해져 있었다. 그 조사 기간 중, 그는 매일 열다섯 시간 이상 일하고, 닷새 동안 계속해서 수사에 임한 적도 한두 번이 아니었다고 한다. 그 노고의 결과는 대성공이었지만, 심한 과로의 후유증에서 그를 구할 수는 없었다. 유럽에서는 그의 명성이 울려 퍼지고, 방은 축전으로 문자 그대로 발목까지 파묻힐 지경이었지만, 홈즈 본인은 침울한 상태에 빠져 있었다. 세 나라의 경찰이 실패한 사건을 해결하고, 유럽 제일의 사기꾼을 모든 면에서 앞질러 콧대를 납작하게 만들었는데도 그의 신경 쇠약을 고칠 수는 없었다.

사흘 뒤 우리는 베이커 가로 돌아왔지만, 홈즈에게 전지 요양이 필요하다는 것은 명백했고, 나도 시골에서 1주일간 봄날을 느끼고 싶었다. 옛날 아프가니스탄 전쟁터에서 나에게 치료를 받았던 옛 친구 헤이터 대령이 서리 주의 라이게이트 가까이에 저택을 갖고 있어, 한번 놀러 오라는 말을 몇 번이나 했었다. 그리고 최근에 보낸 편지에서는 홈즈가 함께 온다면 기꺼이 환대하겠다고 쓰여 있었다. 홈즈의 승낙을 얻는 데는 약간의 줄다리기가 필요했지만, 상대가 독신 생활을 하고 있다고 말하자 홈즈는 나의 계획에 찬성했고, 리옹에서 돌아온 1주일 후에 우리는 헤이터의 손님이 되었다. 헤이터는 비록 많이 늙었지만 예전에는 훌륭한 군인이었고, 세상 일에도 밝아 내 예상대로 홈즈와 이야기가 잘 통했다.

도착하던 날 밤, 우리는 저녁 식사 후 대령의 총기실에 앉아 있었다. 홈즈는 소파 위에 누워 있고, 헤이터와 나는 조촐한 총기류의 수집품을 보고 있었다.

"그런데—" 헤이터가 갑자기 말을 시작했다. "여차할 때를 대비해 이 피스톨 중에서 한 자루를 2층으로 가져갈까?"

"여차할 때라니?" 내가 물었다.

"아, 요즘 이 근처에 소동이 있어서 말이야. 이 주의 세력가 중 한 사람인 액턴 노인의 집에 지난 월요일에 도둑이 들었지 뭔가. 피해는 대수롭지 않지만 범인은 아직 체포되지 않았어."

"단서는 없었습니까?" 홈즈는 치뜬 눈으로 대령을 보면서 말했다.

"지금까지 아무것도 없습니다. 그러나 이것은 조그마한 시골의 너무도 하찮은 범죄라서, 국제적인 큰 사건을 다루는 홈즈 씨에게는 흥미가 없겠죠."

홈즈는 손을 저어 부정했지만, 대령의 인사치레가 아주 싫지만은 않은 듯 미소를 지었다.

"뭔가 재미있는 특징이라도 있습니까?"

"없을 겁니다. 도둑들은 서재를 뒤집어 놓았지만, 수확이 거의 없었지요. 서랍을 열고 책꽂이를 뒤지고 온 방 안을 엉망으로 만들어 놓았는데도 없어진 것이라곤 고작해야 포프가 번역한 짝도 맞지 않는 《호메로스》 한 권, 도금한 촛대 둘, 상아 문진 하나, 떡갈나무로 만든 작은 청우계 하나, 그리고 베실(麻絲) 타래 하나, 그것뿐입니다."

"정말 이상한 것들만 훔쳐 갔군!" 내가 외쳤다.

"그야 뭐, 닥치는 대로 휩쓸어 간 모양이군." 홈즈가 소파에서 중얼거렸다. "주 경찰은 그 점을 가볍게 보면 안 돼. 확실한 것은—"

나는 손가락을 들어 홈즈에게 주의를 주었다.

"자네는 이곳에 요양하러 온 거야, 홈즈. 부탁이니 신경이 약해 있는 동안만은 새로운 사건에 신경을 쓰지 말게."

홈즈는 어깨를 으쓱하고 장난기 어린 체념의 시선을 대령 쪽으로 흘긋하고 보냈기 때문에 이야기는 좀 더 안전한 사항으로 옮겨졌다.

그런데 의사인 내가 홈즈에게 준 주의는 곧 헛일이 될 운명이었다. 왜냐하면 다음 날 아침이 되자, 우리를 잠자코 보고만 있을 수 없었던지 사건이 비집고 들어왔으며, 시골에서의 요양은 뜻하지 않은 방향으로 흘러갔기 때문이다. 아침 식사를 하고 있는데 대령의 집사가 예의범절이고 뭐고 없이 무작정 뛰어들어왔다.

"들으셨습니까? 커닝엄 씨 댁에서 사건이 일어났습니다!" 그가 헐레벌떡거리며 말했다.

"도둑인가?" 대령은 커피 잔을 허공에 든 채 외쳤다.

"살인입니다!"

대령은 목에서 헛김 새는 소리를 냈다.

"뭐라고! 그래, 누가 살해되었지? 치안 판사인가, 아들인가?"

"아니오, 둘 다 아닙니다. 마부 윌리엄입니다. 심장이 관통되어 말도 못하고 죽었습니다."

"누가 쏘았지?"

"강도입니다. 총알처럼 재빨리 달아났습니다. 식기실의 창문으로 들어오는 것을 윌리엄이 보고 주인의 재산을 지키려다 목숨을 잃은 모양입니다."

"언제 그랬나?"

"어젯밤입니다. 12시에 그랬다는군요."

"아, 그렇다면 어서 가 봐야지." 대령은 이렇게 말하고 나서 차분하게 아침 식사 자리에 고쳐 앉았다.

"일이 번거롭게 되었는 걸." 집사가 나가자 대령이 말했다. "커닝엄 노인은 이 근방에서 손꼽히는 대지주로 꽤 좋은 사람이지요. 이 사건으로 어지간히 마음 아파하고 있을 겁니다. 마부는 오랫동안 일한 사람이었고, 아주 충직했으니까요. 액턴 집에 침입한 악당들의 짓인 듯싶군요."

"기묘한 물건만 훔친 도둑 말입니까?" 홈즈가 신중히 물었다.

"그렇습니다."

"음! 아주 간단한 사건일지도 모르지만, 언뜻 보기에는 좀 재미있을 것 같군요. 시골을 터는 강도 일당이라면 도둑질 장소를 자주 바꿀 텐데, 같은 지방에서 그것도 이삼일도 지나지 않아 두 집을 습격했다는 게 이상하군요. 어젯밤 경계한다고 말씀하셨을 때, 잉글랜드에서도 이 근방은 도둑이 한 사람이든 몇 인조든 습격 따위는 엄두도 내지 못할 지역이라고 생각했었습니다만, 그러고 보니 저는 아직도 공부가 모자란 모양입니다."

"지방을 노리는 상습범일 테죠. 그렇다고 한다면, 물론 액턴의 집이나 커닝엄의 집은 도둑질하기에는 좋은 곳이지요. 이 부근에서는 두드러지게 큰 집이니까요." 대령이 말했다.

"그리고 부자이기도 하지요?"

"그렇습니다만, 지난 몇 년간 소송을 하고 있어서 양쪽 모두 주머니 사정이 상당히 궁색해졌을 겁니다. 액턴 노인은 커닝엄 땅의 절반에 대해 소유권이 있다고 주장하고 있고, 변호사가 전적으로 맡아서 다투고 있으니까요."

"이곳 사람이라면 쉽게 붙잡힐 테죠." 홈즈는 하품을 하면서 말했다. "염려 말게, 왓슨, 나는 참견하지 않을 테니까."

"포레스터 경감이 오셨습니다." 집사가 문을 열며 알리자, 기민하고 날카롭게 생긴 젊은 경감이 들어왔다.

"안녕하십니까. 방해가 되리라고 생각합니다만, 베이커 가의 홈즈 씨가 와 계시다고 들었습니다."

대령이 홈즈를 가리키자, 경감은 인사를 했다.

"좀 수고를 해 주십사 하고 찾아왔습니다, 홈즈 씨."

"운명은 자네 편이 아니군, 왓슨." 홈즈가 웃으면서 말했다. "지금 그 사건에 대해 이야기하고 있었지요. 좀 더 자세히 이야기를 해 주시겠습니까?"

홈즈는 평소처럼 의자에서 몸을 젖혔으므로 나는 이제 틀렸다고 생각했다.

"액턴 사건에는 단서가 없었지만, 이번에는 많이 있습니다. 범인은 같은 사람이 틀림없습니다. 목격자가 있어요."

"호!"

"그렇습니다. 그렇지만 윌리엄 커완을 죽이고 나서 사슴처럼 재빨리 달아났습니다. 커닝엄 씨가 침실 창문에서 범인의 모습을 보았고, 아들 알렉 커닝엄 씨도 뒷문에서 보았다는 겁니다. 사건이 일어난 것은 11시 45분으로 커닝엄 씨는 막 잠자리에 들었을 때고, 알렉 씨는 가운으로 갈아입고 파이프 담배를 피우고 있었답니다. 둘 다 마부 윌리엄이 구원을 요청하는 소리를 들었는데, 알렉은 무슨 일인지 알아보기 위해 아래층으로 뛰어 내려갔다고 합니

다. 계단을 다 내려가자 뒷문이 열려 있었고, 밖에서 두 남자가 격투를 하는 게 보였답니다. 한쪽이 총을 쏘자 다른 한쪽이 쓰러졌고, 죽인 남자는 뜰을 가로질러서 산울타리를 뛰어넘어 달아나고 말았습니다. 창문에서 보고 있던 커닝엄 씨는 남자가 큰길로 뛰어가는 걸 봤지만, 그 뒤부터는 모습을 놓치고 말았답니다. 알렉 씨는 멈추어 서서 빈사 상태인 마부가 살지 어떨지 확인하고 있었고, 그러는 사이 범인은 종적을 감추었지요. 범인은 보통 체격에 보통 키로, 검은 옷을 입고 있었다는 것 외에는 인상착의에 대한 단서가 없지만, 현재 온 힘을 다해 조사 중입니다. 이곳 사람이 아니라면 곧 찾을 수 있을 겁니다."

"윌리엄은 거기서 무엇을 하고 있었습니까? 죽기 전에 뭐라고 말했습니까?"

"한 마디도 하지 않았답니다. 그는 파수막에서 어머니와 함께 살고 있습니다만, 매우 충실한 사람인만큼 집에 이상이 있나 없나 확인하고 있었을 거라고 생각됩니다. 물론 액턴 사건이 있은 뒤부터 모두들 몹시 조심하고 있지요. 아마도 강도가 문을 비틀어 열었을 때—자물쇠가 망가져 있으므로—마침 윌리엄이 왔던 게 틀림없습니다."

"윌리엄은 밖에 나가기 전에 어머니한테 뭐라고 말했습니까?"

"그의 어머니는 이미 나이가 많은 데다가 귀가 어두워서 아무것도 알아낼 수 없었습니다. 게다가 충격으로 반쯤 얼이 빠져 있고, 원래 머리가 좋지 못한 모양입니다. 하지만 아주 중요한 단서가 하나 있습니다. 이것을 보세요!"

경감은 찢어진 노트의 한 부분을 꺼내어 무릎 위에 펼쳤다.

"이것은 죽은 마부가 엄지와 집게손가락으로 집고 있었던 것입니다. 큰 종이를 잡아 찢었던 모양입니다. 짐작하셨을 거라고 믿습니다만 종이에 쓰여 있는 시간은 마부가 살해된 시간과 딱 들어맞습니다. 범인이 종이의 나머지 부분을 찢었던 것인지, 윌리엄이 범인으로부터 이 쪽지를 찢어 내었던지 둘 중에 하나겠지요. 대체로 만나자는 약속 같습니다만."

홈즈는 찢어진 종이를 집어 들었다. 그 복사를 여기에 게시하겠다.

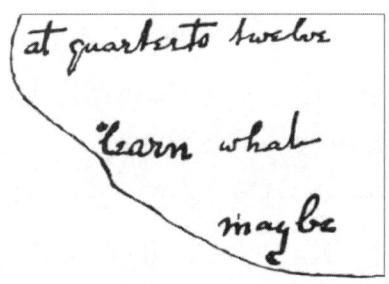

"그것이 만날 약속이었다고 하면 윌리엄 커완은 정직한 사람이라는 평판과 달리 강도와 무슨 음모를 꾸몄다고도 생각할 수 있습니다. 그는 거기서 범인과 만나 문을 여는 일까지 도왔지만, 그 뒤 두 사람 사이에 의견 충돌이 생겼을지도 모릅니다."

"이것은 유별나게 재미있는 필적이로군." 열심히 종이를 조사하던 홈즈가 말했다. "이 사건은 생각보다 어려운데."

홈즈는 두 손으로 머리를 감싸 안았다. 경감은 자신이 갖고 온 증거가 런던의 유명한 탐정에게 끼친 영향을 보고는 미소를 지었다.

"당신이 지금 말한, 즉 강도와 마부의 관계에 있어 이 종이쪽지는 강도가 마부에게 준 약속의 편지가 아닐까 하는 것은 훌륭한 추리이며, 있을 법한 일입니다. 그러나 이 편지의 시작은……."

홈즈는 또다시 두 손으로 머리를 싸안고 잠시 깊은 생각에 잠겼다. 얼굴을 들었을 때 그의 볼이 붉게 물들고 건강할 때의 빛나던 그 눈빛을 보였을 때 나는 놀랐다. 그는 예전과 다름없는 모습으로 성큼 일어섰다.

"이 사건을 더 조사하고 싶군. 이 사건에는 내 마음을 끄는 강한 무언가가 있어. 대령, 실례입니다만 왓슨과 당신을 여기에 남겨 두고, 저는 경감과 함께 지금까지 생각해 본 일을 확인하기 위해 나갔다 오겠습니다. 30분이면 돌아올 겁니다."

그 뒤 1시간 30분이 지나서 경감이 혼자 돌아왔다.

"홈즈 씨는 저편 들판을 여기저기 거닐고 있습니다. 우리 네 사람이 함께 저택으로 가길 바라고 계십니다."

"커닝엄 씨 저택으로?"

"네."

"무슨 일인데요?"

경감은 어깨를 으쓱했다.

"잘 모르겠습니다. 우리끼리 이야기입니다만, 홈즈 씨는 아직 병이 완쾌되시지 않은 듯싶군요. 아주 이상한 행동을 하면서 몹시 흥분하고 계십니다."

"걱정할 필요 없습니다. 광기 속에서도 이치에 닿는 것을 저는 늘 보았으니까요." 내가 말했다.

"이치에 닿는 일을 하는 사이 정신이 이상해지는 사람도 있겠지요." 경감이 중얼거렸다. "하지만 아주 열심히 움직이고 계시니까. 여러분, 준비가 되었다면 가시는 게 좋겠습니다."

홈즈는 들판을 여기저기 걷고 있었다. 턱을 가슴에 파묻고 두 손을 바지 주머니에 찌른 채였다.

"사건이 점점 더 재미있게 되어 가, 왓슨. 시골 여행은 큰 성공이었네. 오늘 아침은 기분이 아주 좋아."

"범행 현장에 가 보셨습니까?" 대령이 물었다.

"갔다 왔습니다. 경감과 수사를 조금 했습니다."

"결과는요?"

"흥미로운 점을 몇 가지 발견했습니다. 걸으면서 수사 내용을 이야기해 드리지요. 우선 저 불행한 마부의 시체를 보았습니다. 보고대로 확실히 피스톨로 살해되었더군요."

"그렇다면 그걸 의심하고 계셨습니까?"

"무슨 일이라도 확인해 두는 편이 좋으니까요. 수사는 헛일이 아니었습니다. 그리고 커닝엄 부자를 만나 보았는데, 범인이 달아날 때 뜰의 산울타리를 뛰어넘은 장소를 똑똑히 가르쳐 주었습니다. 그것은 굉장히 흥미로운 일이었습니다."

"물론 그렇겠지요."

"그리고 피해자의 어머니를 만났지만 아무것도 알아낼 수 없었습니다. 나이를 먹고 쇠약해 있었으니까요."

"그래, 수사의 결론은 어떻게 내렸습니까?"

"이 범죄는 어딘지 색다르다는 확신이 생겼습니다. 아마 이제부터 좀 더 뚜렷해질 테지만 말입니다. 경감, 죽은 사람이 손에 갖고 있던 살해된 시각이 쓰여 있는 종이는 아주 중요합니다."

"중요한 단서가 되겠지요, 홈즈 씨."

"확실히 단서가 됩니다. 그 편지를 쓴 사람이 누구이든, 그 남자가 윌리엄 커완을 그 시간에 잠자리에서 꾀어냈던 겁니다. 하지만 그 종이의 나머지는 어디에 있을까요?"

"그것을 찾으려고 저는 꼼꼼히 땅바닥을 살펴보았지만……." 경감이 말했다.

"그것은 죽은 사람의 손에서 잡아 찢겼던 겁니다. 어째서 그 종이를 그렇듯 빼앗고 싶었을까요? 유력한 증거가 되기 때문이겠죠. 그럼, 그것을 어떻게 처리했을까. 범인은 종이쪽지의 일부가 시체의 손에 남아 있다는 걸 조금도 눈치채지 못하고 나머지를 주머니에 넣었던 겁니다. 그 종이의 나머지가 발견되면, 명백히 수수께끼의 해결에 크게 한 걸음 다가서게 되겠지요."

"그렇지만 범인을 잡지 않고 어떻게 범인의 주머니를 탐색할 수 있겠습니까?"

"하긴, 그것은 생각해 볼 가치가 있군요. 그러나 명백한 점이 또 하나 있습니다. 편지는 윌리엄에게 건네진 것이지만, 편지를 쓴 남자가 그것을 갖다 준 것은 아닙니다. 갖다 줄 정도라면, 용건을 말로 했겠지요. 그럼, 누가 편지를 가져다주었을까요? 아니면 우편으로 보냈을까요?"

"그것은 이미 조사했습니다." 경감이 말했다. "윌리엄은 어제 오후에 편지를 한 통 받았다고 합니다. 봉투는 윌리엄이 찢어 버렸다더군요."

"잘했습니다!" 경감의 등을 토닥거리면서 홈즈가 소리를 높였다. "벌써 우편집배원을 만났습니까? 점점 당신이 마음에 드는군요. 자, 도착했습니다. 이것이 윌리엄의 집입니다. 대령, 이리로 오시면 범행 현장을 안내해 드리지요."

우리는 살해된 남자가 살고 있던 아담한 파수막 앞을 지나 떡갈나무 가로수 길을 걸어서 문의 중방 돌에 마르프라케(프랑스 북부의 지명. 1709년 영국군이 프랑스군을 격파.) 전승 기념일이 새겨져 있는 고풍스럽고 훌륭한 앤 여왕 시대 양식의 저택 앞에 섰다. 홈즈와 경감은 앞장서서 저택의 모퉁이를 돌아 옆문이 있는 곳으로 안내했다. 그 문과 큰길을 따라 심어져 있는 산울타리를 사이에 두고 넓은 정원이 있었다. 부엌문에는 경관이 한 명 서 있었다.

"여보게, 문을 열어 주게." 홈즈가 말했다. "커닝엄 씨의 아들 알렉은 저기 저 계단에서 우리가 지금 서 있는 이곳에서 두 남자가 격투를 벌이고 있는 걸 봤습니다. 아버지 커닝엄 씨는 왼쪽에서 두 번째 창문 앞에 서 있었는데, 범인이 관목 숲 왼쪽으로 달아나는 걸 보았습니다. 그러고 나서 알렉은 밖으로 뛰어나가 부상당한 윌리엄의 곁에 무릎을 꿇었습니다. 보세요, 이렇게 땅이 단단해서 발자국은 남아 있지 않습니다만."

그가 이야기하고 있는데, 두 남자가 저택에서 모습을 나타내더니 뜰의 샛길을 걸어서 우리 쪽으로 왔다. 한 명은 노인이었지만 튼튼한 데다 주름살의 골이 깊고 졸린 듯한 눈을 가졌으며, 또 한 명은 씩씩한 젊은이로 밝은 웃음이 가득 찬 표정은 칙칙한 복장과 기묘한 대조를 이루고 있었다. 커닝엄 부자가 틀림없었다.

"아직 조사 중입니까? 당신들 런던 사람들은 결코 헛다리를 짚지 않을 거라고 생각했는데, 별로 시원치 못하신 듯싶군요." 커닝엄 씨가 홈즈에게 말했다.

"네, 좀 더 시간을 주셔야지요." 홈즈는 기분 좋게 말했다.

"시간이 걸리실 테죠. 단서라고는 도무지 없으니까요." 알렉 커닝엄이 말했다.

"하나는 있습니다." 경감이 대답했다. "우리도 생각하고 있었지만, 그것만 발견되면, 아니! 홈즈 씨, 왜 그러십니까?"

홈즈의 얼굴은 갑자기 무서운 표정이 되어 있었다. 눈을 치뜨고 얼굴이 고통으로 일그러지더니 억누른 듯한 신음 소리를 내며 땅바닥에 엎어졌다. 갑작스럽고 심한 발작에 놀라 홈즈를 부엌으로 옮겼는데, 그는 큼직한 의자에 축 늘어져 한참 동안 깊은 숨을 몰아쉬었다. 이윽고 그는 발작을 일으킨 것을 사과하듯 미안해하며 다시 일어났다.

"왓슨에게 물어보시면 아시겠지만, 저는 병에서 가까스로 일어

 난 참이라……." 홈즈가 설명했다. "느닷없이 이 같은 신경 발작이 일어나곤 한답니다."
 "저의 이륜마차로 모셔다 드릴까요?" 커닝엄이 말했다.
 "뭐, 어차피 여기까지 왔으니 한 가지 확인해 두고 싶은 일이 있습니다. 곧 파악할 수 있을 겁니다."

"그게 뭡니까?"

"가엾은 윌리엄이 댁에 도착한 것은 강도가 집에 들어가기 전이 아니고 들어간 뒤라고 생각됩니다. 문이 비틀어진 채 열려 있는데도 강도가 안으로 들어가지 않은 것으로 생각하시나 보군요."

"그것은 분명하지 않습니까? 아들 알렉도 아직 잠자리에 들지 않았으니, 누군가 돌아다니고 있었으면 틀림없이 소리를 들었을 테지요." 커닝엄은 엄숙하게 말했다.

"아드님은 어디에 계셨습니까?"

"저는 화장실에서 담배를 피우고 있었습니다."

"창문은 어느 쪽입니까?"

"왼쪽 끝, 아버지의 방 옆입니다."

"물론 램프는 두 분 다 켜 두셨을 테죠."

"그렇습니다."

"이 사건에는 아주 이상한 점이 있습니다." 홈즈는 미소를 지으며 말했다. "강도가, 그것도 풋내기가 아닌 강도가 불빛으로 미루어 집 안의 사람이 아직 둘이나 깨어 있다는 걸 알면서도 들어간다는 건 보통이 아닙니다."

"침착한 놈이겠죠."

"물론 이 사건이 극히 평범한 것이었다면 굳이 당신에게 부탁할 필요도 없었겠지요." 알렉이 말했다. "범인이 윌리엄과 격투하기 전에 집 안에 들어왔다는 생각은 매우 우스꽝스럽군요. 집 안을 뒤

적거린 데라도 있습니까? 무언가 도둑맞은 거라도 있습니까?"

"도둑맞은 물건도 물건 나름이겠죠." 홈즈가 말했다. "어쨌든 상대는 아주 색다르고 독특한 방식을 가진 강도라는 점을 잊어선 안 됩니다. 이를테면 액턴의 집에서 훔친 이상한 물건들을 보십시오. 실타래와 문진, 그리고 무엇이었죠, 다른 잡동사니는?"

"자, 당신에게 고스란히 맡긴 사건이니 당신이나 경감이 하시는 말은 무엇이든 기꺼이 돕도록 하겠습니다." 커닝엄이 말했다.

"그럼, 우선 첫째로 당신 손으로 현상금을 걸어 주셨으면 하는데요. 왜냐하면 경찰에 부탁하면 금액을 정하는 데 시간이 좀 걸리니까요. 게다가 이런 일은 빠를수록 좋겠죠. 여기 서식을 써 두었으니 서명을 해 주십시오. 50파운드면 충분하리라 생각합니다." 홈즈가 말했다.

"500파운드라도 기꺼이 내놓겠소." 커닝엄 노인은 홈즈가 내민 서식과 펜을 받으며 말했다.

"하지만 이것은 정확한 내용이 아니군요." 그는 서류에 눈길을 보내며 덧붙였다.

"서둘러 쓴 것이라서……."

"이렇게 쓰여 있군요. '그러나 화요일 오전 0시 45분에 이르러 범인은…….' 하지만 실제는 11시 45분이었습니다."

나는 그 실수를 보고 가슴이 아팠다. 홈즈가 이러한 잘못에 얼마나 신경을 쓰는지 잘 알고 있었기 때문이다. 사실을 정확히 기억하는 것이 그의 특색이지만, 최근의 병으로 완전히 약해졌을 게 틀림없다. 이 한 가지를 보더라도 그가 아직 본래의 건강을 되찾지 못한 것을 알 수 있었다. 그는 한순간 부끄러워하는 눈치였으며, 경감은 눈썹을 꿈틀거렸고, 알렉 커닝엄은 웃음을 터뜨렸다.

그러나 커닝엄 노인은 잘못을 정정하여 홈즈에게 서류를 돌려주며 말했다. "되도록 빨리 신문에 내 주십시오. 멋진 아이디어니까요."

홈즈는 그 종이를 소중히 지갑에 넣으며 말했다. "그럼 지금부터 모두들 이 집 안을 조사해서, 저 괴짜 강도가 결국 아무것도 훔치지 않았다는 것을 확인하는 편이 좋겠군요."

집 안으로 들어가기 전에 홈즈는 비틀어져 열려 있는 문을 조사했다. 끝이나 튼튼한 나이프를 찔러 넣고 자물쇠를 비틀어서 연 흔적이 뚜렷했다. 나무 부분에는 찌른 자국이 있었다.

"빗장은 사용하지 않는군요?" 홈즈가 물었다.

"빗장을 걸 필요가 없기 때문이죠."

"개도 기르지 않는군요."

"아니, 기르고 있습니다. 정문 쪽에 사슬로 매어 놓았습니다."

"고용인들은 몇 시에 잡니까?"

"10시쯤입니다."

"윌리엄도 그 시간에는 자겠군요."

"그렇습니다."

"그런데 어젯밤에만 일어나 있었다니 이상하군요. 자, 집 안을 안내해 주시면 고맙겠습니다, 커닝엄 씨."

안에 들어가자 납작한 돌을 깐 통로가 있고, 옆으로 들어간 곳에 부엌이 있었다. 나무 계단을 올라가니 2층으로 가는 통로가 나왔다. 이 통로를 지나가자 정면 현관에서부터 통하는 장식이 훌륭한 또 다른 계단과 마주보는 층계가 나왔다. 거기서부터 거실이며 몇 개의 침실로 갈 수 있다. 그중에는 커닝엄 씨와 아들의 침실도 있었다. 홈즈는 날카롭게 집 안의 구조를 조사하면서 천천히 걸었다. 표정으로 수사에 열중하고 있다는 건 알 수 있었지만, 그의 추리가 어느 방향으로 향하고 있는지는 조금도 상상할 수가 없었다.

"홈즈 씨." 커닝엄은 조금 짜증스럽게 말했다. "이런 행동은 전혀 불필요하잖소? 계단 끝에 있는 것은 내 방이고, 맞은편이 아들 방입니다. 도둑이 우리에게 들키지 않고 여기까지 올라올 수 있을지 어떨지는 당신의 판단에 맡기지만 말입니다."

"열심히 돌아다니며 새로운 냄새라도 맡으셔야 할 테지요." 아들이 심술궂은 미소를 지으며 말했다.

"그래도 조금만 더 참으셔야겠습니다. 이를테면 침실 창문에서 바깥이 얼마나 내다보이는지 알고 싶습니다. 이것은 아드님의 방이군요." 홈즈는 침실 문을 밀며 말했다. "그리고 저것이 비명이 들렸을 때 담배를 피우고 계셨던 화장실이군요. 그 창문으로는 어디가 보일까요?"

홈즈는 침실을 지나 문을 밀고 또 하나의 방을 둘러보았다.

"이제 만족하셨을 테죠." 알렉이 성급히 말했다.

"고맙습니다. 이걸로 보고 싶은 곳을 모두 본 것 같습니다."

"그리고 꼭 필요하다면 내 방으로 가실까요?" 커닝엄 노인이 말했다.

"별로 지장이 없으시다면."

커닝엄 노인은 어깨를 으쓱하고 자기 방으로 안내했다. 장식품이 검소하고 평범한 방이었다. 창문 쪽으로 걸어가는 사이 홈즈는 뒤떨어져서, 그와 내가 후미가 되었다. 침대 옆에 네모난 작은 테이블이 있고, 오렌지를 담은 접시와 물 주전자가 그 위에 놓여 있었다. 그 곁을 지날 때, 홈즈가 내 앞에서 넘어질 뻔하면서 일부러 테이블을 쓰러뜨려 나는 어안이 벙벙했다. 유리는 박살이 나다시피 깨지고 과일이 온 방 안에 뒹굴었다.

"실수를 했군, 왓슨. 카펫이 엉망이 되었어." 홈즈가 뻔뻔스럽게 말했다.

어떤 이유

가 있어 홈즈가 나에게 실수를 뒤집어씌우고 있다는 걸 알아챘기 때문에, 나는 당황하면서도 몸을 굽혀 과일을 주워 올리기 시작했다. 다른 사람들도 거들어 주었고, 테이블을 다시 세워 놓았다.

"아니! 어디로 갔지?" 경감이 외쳤다.

홈즈가 사라진 것이다.

"여기서 잠시 기다리세요." 알렉 커닝엄이 말했다. "그 사람은 아무래도 머리가 이상한 것 같아요. 아버지, 저하고 같이 어디로 갔는지 찾아봐요!"

두 사람은 방에서 뛰어나갔다. 경감과 대령 그리고 나는 서로 얼굴만 마주 볼 뿐이었다.

"분명히 말하지만, 저도 알렉 씨와 같은 의견입니다." 경감이 말했다. "아무래도 병 때문인 듯싶지만, 제가 보기에는—"

경감의 말은 그때 갑자기 "사람 살려! 살인자!"라는 비명 소리로 중단됐다. 그것이 홈즈의 목소리라는 걸 알고서 나는 가슴이 덜컹했다. 나는 방에서 뛰어나가 미친 듯이 층계참으로 달려갔다. 외침 소리는 처음에 들어간 방에서 들렸는데, 차츰 쉬어 빠지고 혀 꼬부라지는 비명으로 바뀌어 갔다. 나는 안으로 들어가 안쪽의 드레싱룸으로 달려갔다. 커닝엄 부자가 바닥에 쓰러진 홈즈를 누르고 있었다. 아들은 두 손으로 홈즈의 목을 조르고, 아버지는 한쪽 손목을 비틀고 있었다. 곧 우리 세 사람은 부자를 홈즈에게서 떼어 놓았다. 그러자 홈즈는 새파랗게 질린 얼굴로 비틀거리며 일어섰지만, 몹시 지쳐 있는 듯했다.

"이 두 사람을 체포하시오, 경감!" 홈즈가 헐떡이며 말했다.

"무슨 혐의로요?"

"마부 윌리엄 커완을 살해한 혐의요!"

경감은 놀라 당황하듯이 주위를 둘러보다가 말했다. "홈즈 씨. 설마 정말로 그러시는 것은 아닐 테죠."

"두 사람의 얼굴을 봐요!" 홈즈는 딱 잘라 외쳤다.

나는 그때처럼 사람의 얼굴에 죄의 고백이 똑똑히 나타난 것을 본 일이 없었다. 커닝엄 노인은 그 특징 있는 얼굴에 무겁고 음산한 표정을 띠고서 망연자실해 있는 듯했다. 한편 아들은 아까의 쾌활함이나 위세를 완전히 잃은 채였다. 검은 눈에는 무서운 맹수의 표독함이 번쩍이고, 잘생긴 얼굴도 일그러져 있었다. 경감은 아무 말도 않고 문으로 걸어가 호루라기를 불었다. 그것에 응답하여 두 명의 부하 경관이 달려왔다.

"어쩔 수 없습니다, 커닝엄 씨. 하지만 곧 진상이 밝혀질 것이라 생각됩니다. 아시다시피, 앗! 무슨 짓이야? 당장 버려!" 경감이 손으로 '탁' 치자 알렉이 방아쇠를 당기려 하던 리볼버가 소리를 내며 바닥에 굴러떨어졌다.

"이것을 보관해 두십시오." 홈즈가 재빨리 발로 밟으면서 말했다. "재판할 때 도움이 될 겁니다. 그런데 정말로 필요했던 것은 이것이었죠." 그는 구겨진 작은 종이쪽지를 눈앞에 들어 보였다.

"쪽지의 나머지 부분입니까?" 경감이 외쳤다.

"그렇소."

"어디에 있었습니까?"

"틀림없이 있다고 믿고 있던 장소에. 나중에 모든 걸 다 이야기 하지요. 대령, 당신은 왓슨과 함께 돌아가세요. 나는 늦어도 한 시간 후에는 돌아가겠습니다. 경감과 나는 범인들과 몇 마디 나눌 말이 있습니다. 하지만 점심 식사 시간에는 반드시 돌아가겠습니다."

홈즈는 약속을 어기지 않았다. 1시경, 대령의 흡연실로 돌아왔기 때문이다. 그는 몸집이 작은 한 중년 신사를 동반하고 왔는데,

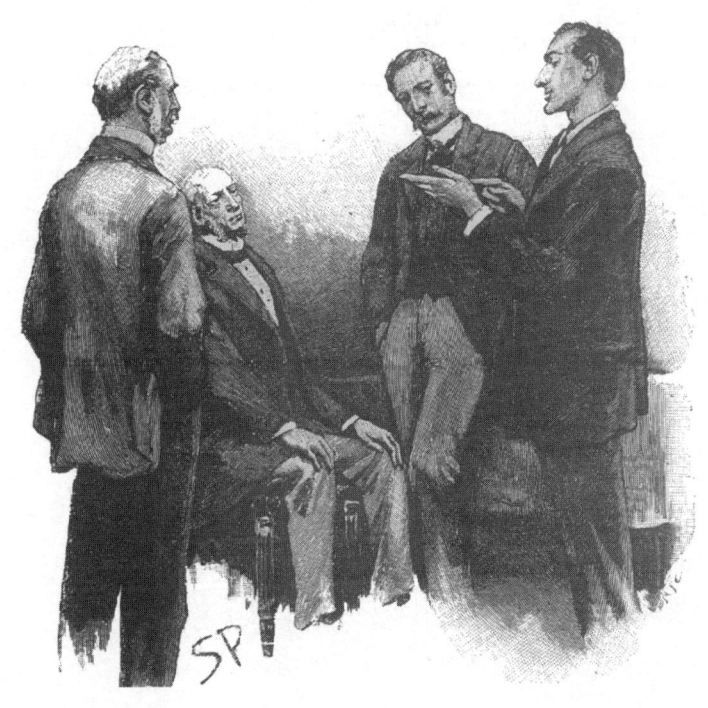

소개를 받고 그 사람이 강도에게 처음으로 습격을 받은 액턴 씨라는 사실을 알았다.

"이 작은 사건의 전모를 밝히는 자리에 액턴 씨도 와 주길 바랐기 때문입니다. 이분이 사건의 내용에 흥미를 가지시는 것은 당연하지요. 대령, 저처럼 일만 일으키는 남자를 집에 초대해 귀중한 시간을 빼앗긴 것을 후회하고 계시지는 않습니까?"

"아니요, 아니요, 그렇기는커녕 당신의 수사 방법을 연구할 수 있게 된 것을 더할 나위 없는 영광으로 알고 있습니다. 고백하지만 당신의 수사 방법은 제가 상상한 것 이상입니다. 당신이 어떤 결론을 내렸는지 매우 궁금하군요. 저는 아직 단서의 실마리조차 파악하지 못했습니다." 대령은 열심히 대답했다.

"설명하면 낙담할지도 모르지만, 친구 왓슨에게 또는 지적 흥미를 가진 누구에게나 제 방식을 숨기지 않고 이야기하는 것이 저의 습관이지요. 그러나 우선 아까 드레싱룸에서 형편없는 꼴을 당한 덕분으로 아직까지 정신이 몽롱하군요. 우선 브랜디를 한 잔 마시고 싶군요, 대령. 요즘 아무래도 체력이 약해져서요."

"더 이상 그런 신경 발작은 일어나지 않겠지요."

홈즈는 유쾌하게 웃었다.

"그 점에 대해서는 나중에 말하겠습니다. 제가 결론에 도달한 여러 가지 점을 제시하면서 차례대로 사건을 설명해 드리지요. 저의 추리에 분명치 않은 데가 있으면 이야기 도중이라도 질문하세요. 탐정술에서 가장 중요한 것은 수많은 사실 중에서 어느 것이 우연의 산물이며, 어느 것이 필연인지를 꿰뚫어 보는 겁니다. 아니면 정력과 주의력이 낭비될 뿐, 집결되는 일이 없기 마련이지요.

 이 사건에서는 처음부터 해결의 열쇠가 시체의 손에 있었던 이 종이쪽지에 있었습니다. 이것에는 한 치의 의문도 없었습니다. 이 쪽지의 문제를 생각하기 전에 다음의 사실에 주의를 해 주셨으면 합니다. 알렉 커닝엄의 이야기대로, 범인이 윌리엄 커완을 사살하고 곧 도주했다면 시체의 손에서 종이를 잡아 찢은 것은 총을 쏜 남자가 아님이 명백합니다. 따라서 총을 쏜 남자가 종이를 찢어내지 않았다면 범인은 알렉 커닝엄이 틀림없습니다. 왜냐하면 노인이 2층에서 내려왔을 때에는 이미 몇 사람의 하인들이 현장에 와 있었기 때문입니다.

 이것은 아주 간단한 점이지만, 경감이 그것을 놓친 까닭은 처음부터 지역의 유력 인사가 이 사건에 관계되어 있을 리 없다고 추정하고서 사건에 착수했기 때문입니다. 그런데 저의 경우는 절대로 편견을 갖지 않고 사실이 나타내는 바를 충실히 따라가는 것을 습관으로 삼고 있습니다. 그래서 조사를 시작한 첫 단계부터 알렉 커닝엄이 연출한 역할에 수상한 느낌을 품고 있었던 거지요. 그래서 경감이 가져온 종이를 꼼꼼히 조사해 보았습니다. 그것이 매우 진기한 편지라는 것을 금방 알았습니다. 보세요, 무언가 곡절이 있어 보이지 않습니까?"

 "글씨체가 불규칙하군요." 대령이 말했다.

 "대령, 이것은 두 사람이 번갈아 한 단어씩 썼다고 봐도 절대로 틀리지 않습니다. 'at'와 'to'에 나타난 힘찬 필적의 't'를 주의해 보시고, 'quarter'나 'twelve' 같은 단어에 나타난 약한 필적의 't'를 비교해 보시면 곧 알 수 있지요. 이 네 단어를 대충 살펴보기만 해도 'learn'과 'maybe'는 힘찬 필적을 가진 사람의 것이고, 'what'은 약한 필적을 가진 사람이 썼다는 것을 알 수 있겠지요."

"정말 그렇군. 분명합니다!" 대령이 외쳤다. "대체 무엇 때문에 둘씩이나 덤벼들어 이 따위 흉내를 내며 편지를 썼을까요?"

"그것은 이 일이 그다지 좋은 일이 아니었다는 것과, 상대를 신용하지 못해서 나쁜 짓을 하는 데 상대가 관련을 갖지 않는 게 현명하다고 생각했기 때문입니다. 그런데 두 사람 중 'at'와 'to'를 쓴 쪽이 주모자입니다."

"어떻게 그걸 알 수 있지요?"

"양쪽의 필적을 비교해 보기만 해도 알 수 있지요. 하지만 그것보다 뚜렷한 근거가 있습니다. 이 종이를 주의해서 조사해 보면 강한 필적을 가진 사람이 먼저 쓴 뒤, 다른 한 사람이 쓸 곳을 한 단어씩 비워 두었다는 결론에 도달합니다. 그런데 비워 놓은 칸이 그다지 충분치 않았는지, 나중에 쓴 남자가 'at'와 'to'의 사이에 'quarter'를 집어넣는 것이 몹시 곤란했던 걸로 보아 나중에 써넣었다는 게 명백해집니다. 그러므로 먼저 글씨를 쓴 남자가 의심할 데 없이 이 사건을 계획한 것이 되지요."

"놀랍군요!" 액턴이 외쳤다.

"그러나 이것은 아직 표면적인 것일 뿐입니다." 홈즈가 말했다.

"이제부터 본격적인 내용으로 들어갑니다. 아직 잘 모르실 테지만, 필적으로 나이를 추정하는 일이 전문가들 사이에서 상당히 정확하게 행해지고 있습니다. 정상인 경우, 그 사람이 어느 정도의 나이인지 자신 있게 알아맞힐 수 있습니다. 정상인 경우란 병이라든가 체력이 쇠약할 때는 젊은이라도 노인의 징후를 나타내기 때문입니다. 이 사건의 경우에는 한쪽의 대담하고 힘찬 필적과 다른 한쪽의 그럭저럭 알아볼 수 있을 정도로 등허리가 부서진 듯한 약한 필적을 비교해 보면, 한쪽이 젊은이이고 다른 한쪽이 꼬부랑 늙은이는 아니더라도 상당히 나이 든 사람이라는 사실을 알 수 있습니다."

"정말 놀랍군!" 액턴이 또다시 외쳤다.

"그러나 좀 더 흥미로운 점이 있습니다. 두 필적에는 공통된 점이 있습니다. 그것은 바로 혈연관계가 있는 사람의 필적이라는 것입니다. 그리스 어 풍인 'e'자에 그것이 뚜렷하게 나타나 있습니다만, 좀 더 자질구레한 데에서 비슷한 점들이 많이 보이고 있습니다. 이 두 필적 견본 속에 어떤 가문의 버릇이 규명될 수 있다는 건 의심할 여지가 없습니다.

물론 저는 종이의 조사에 대한 주된 결과만을 말하고 있을 뿐입니다. 나는 당신들보다는 전문가들에게 더욱 흥미로운 스물세 가지의 추리를 시험해 보았습니다. 그것들은 모두 이 편지를 쓴 것이 커닝엄 부자라는 인상을 강화시켜 주었지요.

여기까지 이르자, 다음 단계는 물론 범행 수법을 자세히 조사하고 그것이 얼마만큼 도움이 되는지를 확인하는 일이었습니다. 그래서 경감과 함께 그 집에 가서 볼 수 있는 건 모두 보았습니다. 시체의 상처는 충분한 자신을 갖고서 말할 수 있습니다만, 4야드 이상의 거리에서 리볼버로 쏜 것이었습니다. 옷에는 화약으로 그을린 데가 없었습니다. 따라서 분명히 두 남자가 격투를 하고 있었을 때 총이 발사되었다는 알렉 커닝엄의 증언은 거짓입니다. 그리고 범인이 길로 달아났다는 장소에 관해 부자의 말이 일치하고 있는데, 거기에는 바닥이 축축하고 폭넓은 도랑이 있습니다. 그러나 그 도랑에는 구두 자국 같은 것이 하나도 발견되지 않았기 때문에 커

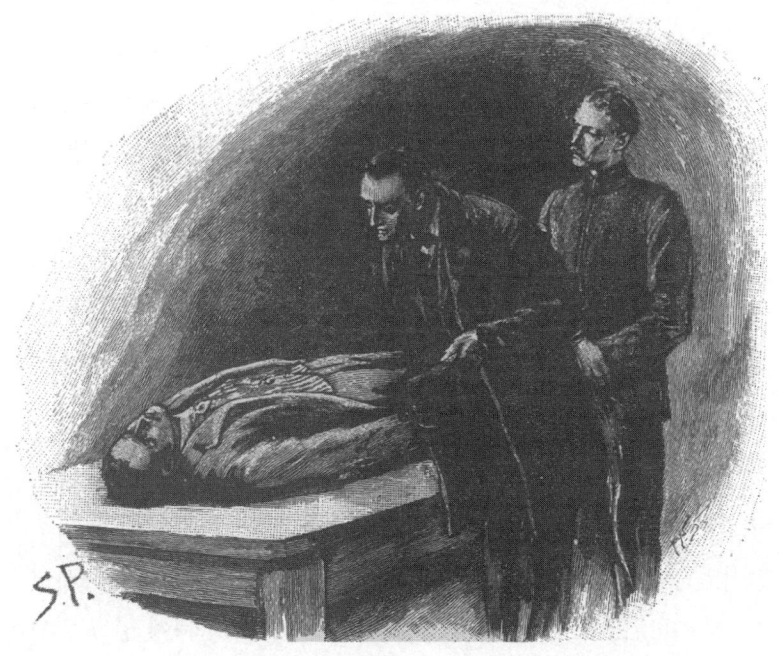

라이게이트의 지주들 217

닝엄 부자가 이 점에서도 거짓말을 하고 있을 뿐 아니라, 현장에는 낯선 사람이 아무도 없었던 것에 확신을 갖게 되었습니다.

그다음으로, 이 괴상야릇한 범죄의 동기를 생각하지 않을 수 없었습니다. 그러기 위해선 앞서 액턴 씨의 집에서 일어난 강도 사건에 대해 알아야 했습니다. 대령의 이야기로부터 저는 액턴 씨와 커닝엄 두 집안 사이에 소송이 벌어지고 있음을 알았습니다. 그래서 서재에 침입한 것은 다름 아닌 커닝엄 부자라는 결론을 내리게 되었지요. 소송에서 중요한 역할을 하게 될 서류를 손에 넣을 속셈으로 그랬던 거지요."

"그렇습니다." 액턴이 말했다. "그들의 의도에 관해서는 의심할 여지가 없습니다. 나는 그들의 토지의 절반에 대한 분명한 소유권이 있다고 주장하고 있지만, 만일 한 장뿐인 서류가—다행히도 변호사 집 금고에 보관돼 있습니다만—그들의 손에 들어간다면 소송은 그걸로 끝장이 나고 말았겠지요."

"이제 아셨겠지요." 홈즈는 미소를 지으며 말했다. "위험하고 저돌적인 시도였는데, 그것은 아마도 아들 알렉이 앞장을 섰던 듯합니다. 아무것도 없었으므로 보통 흔해 빠진 강도로 가장해 의혹의 눈길을 피하려고 닥치는 대로 아무거나 가져갔던 겁니다.

거기까지는 확실했으나 아직도 애매한 점이 여러 가지 있었습니다. 그중에서도 제가 바랐던 저 편지의 없어진 부분을 손에 넣는 일이었습니다. 시체의 손에서 잡아 찢은 사람은 알렉이 확실하다고 생각되었고, 또 그는 그것을 틀림없이 가운 주머니에 넣고 있을 거라고 생각했습니다. 거기 말고 숨길 데가 있겠습니까? 다만 문제는 그것이 아직 거기에 있느냐 하는 것이었습니다. 찾아볼 가치가 있었기 때문에, 일부러 저택에 갔던 겁니다.

기억하고 계실 테지만, 부엌문 앞에서 커닝엄 부자를 만났습니다. 물론 그들에게 편지에 관해서 생각나도록 하지 않는 게 가장 중요한 일이었습니다. 눈치를 채면 곧 없애 버릴 것이 뻔했으니까요. 경감이 편지의 중요성을 말하려고 했을 때, 다행스럽게도 제가 발작을 일으켜서 뒹구는 바람에 아슬아슬하게 화제를 바꿀 수 있었던 셈입니다.”

“과연!” 대령은 웃으면서 외쳤다. “우리의 걱정은 헛일이었군요. 발작은 꾀병이었다는 거죠?”

“의사가 보기에도 진짜 같았어.”

끊임없이 무언가 새로운 면을 보여서 나를 어리둥절하게 만드는 홈즈의 얼굴을 나는 기가 막힌다는 듯 보고 있었다.

“이것은 곧잘 도움이 되는 기술이지요. 발작이 가라앉자 계략을 써서—이 방법도 꽤나 교묘했다고 생각합니다만—커닝엄 노인에게 'twelve'라는 단어를 쓰게 하고 편지의 'twelve'와 비교해 볼 수 있도록 했던 겁니다.”

“아, 나는 정말 멍청하기 짝이 없었군!” 내가 외쳤다.

“내가 실수를 했으니 자네가 동정하는 것은 당연해. 자네에게 그런 걱정을 끼치게 해서 미안하네. 그리고 우리는 2층으로 올라갔는데, 저는 방에 들어가 문 뒤에 가운이 걸려 있는 것을 발견했습니다. 그래서 일부러 테이블을 엎어 모두의 관심이 그쪽으로 쏠리게 하고, 살며시 빠져나와 주머니를 뒤져 보았습니다. 그러나—예상했던 일이지만—주머니에 들어 있던 편지를 손에 넣었다 싶은 순간, 커닝엄 부자가 덤벼들었던 거지요. 당신들이 곧 구해 주지 않았다면 그 자리에서 살해될 뻔했습니다. 덕분에 죽지는 않았지만 아직도 나의 목을 죄고 있는 듯한 느낌이 들만큼 그 젊은이는 저의 목을 옥죄었고, 아버지는 편지를 다시 빼앗으려고 손목을 힘껏 비틀었습니다. 그들은 제가 비밀을 알고 있다는 것을 눈치채고는 절망의 구렁텅이에 떨어지는 기분이 되어 필사적으로 덤벼들었던 거지요.

나중에 범죄의 동기에 대해서 저는 커닝엄 씨와 잠깐 이야기를 했습니다. 그는 아주 점잖았지만, 아들은 아주 악질이더군요. 리볼버가 손에 잡히기만 하면 자기의 머리든 남의 머리든 쏘고 말겠다는 태도였습니다. 커닝엄 씨는 상황이 불리하다는 것을 알아차리고서 완전히 기가 죽어 모든 걸 자백했습니다.

두 사람이 액턴 씨의 집을 습격하던 날 밤, 윌리엄이 몰래 그들의 뒤를 밟아 비밀을 손에 쥐었습니다. 그리고 커닝엄 부자에게 폭로하겠다고 협박을 했습니다. 하지만 알렉은 그런 거래 상대로서는 정말 위험한 남자였습니다. 이 지방의 강도 소동을 이용하면 무서운 상대를 그럴듯하게 해치울 수 있다고 생각한 것은 그야말로 천재적인 발상이었지요.

윌리엄은 알렉이 던진 미끼를 물었고, 그래서 죽음을 맞이한 것입니다. 만일 그 부자가 편지를 전부 손에 넣고, 좀 더 자질구레한 점에 신경을 썼더라면 전혀 혐의를 받지 않았을 테죠."

"그래, 편지는?" 내가 물었다.

홈즈는 우리들 앞에 이어 맞춘 편지를 내놓았다.

> *If you will only come round at quarter to twelve to the east gate you will learn what will very much surprise you and maybe be of the greatest service to you and also to Annie Morrison. But say nothing to anyone upon the matter*

(11시 45분에 동쪽 문으로 오면 깜짝 놀랄 일을 가르쳐 주지. 당신에게도 애니 모리슨에게도 좋은 일이다. 하지만 이 일은 다른 사람에게 말해서는 안 된다)

"대강 내가 예상했던 문장입니다." 홈즈가 말했다. "물론 알렉 커닝엄과 윌리엄 커완과 애니 모리슨 사이에 어떤 관계가 있었는지는 아직 모릅니다. 결과로 봐서 사냥감은 보기 좋게 덫에 걸렸던 셈입니다. 'p'와 'g'의 글자를 빼치고 쓴 데서 유전의 자취가 보입니다. 여러분에게도 흥미로울 거라고 생각합니다. 노인의 'i'에 점이 없는 것도 커다란 특징이라고 하겠지요. 왓슨, 시골에서의 휴양은 대성공이었네. 내일이면 기운을 되찾아서 베이커 가로 돌아갈 수 있을 것 같네."

역주 ―

《라이게이트의 지주들》은 코난 도일 자선 베스트 12중 12위에 선정된 작품이다. 처음 〈스트랜드〉에 소개되었을 때는 '라이게이트의 지주'였는데 《셜록 홈즈의 회상》에서는 '라이게이트의 지주들'로 보다 적절한 제목이 되었다. 그러나 1893년 6월 미국에서 처음 발표되었을 때, '라이게이트의 수수께끼'로 소개되었다. 이것은 〈하퍼즈 위클리〉의 편집자가 지주(squires)라는 단어가 당시 미국의 건전한 민주주의에 대한 모욕일지도 모른다고 생각했기 때문에 붙인 제목이다. 본 작품의 원고 일부는 에이드리언 코난 도일이 소장하고 있다.

등이 굽은 남자
The Crooked Man
1889년 9월 11일(수) ~ 9월 12일(목)

내가 결혼하고 몇 달이 지났을 때의 일이다. 어느 여름 날, 나는 벽난로 앞에서 파이프 담배를 물고 소설책을 앞에 놓고 꾸벅꾸벅 졸고 있었다. 그날 나는 유달리 피곤했다. 아내는 2층 침실에서 이미 잠이 들었고, 하인들이 현관문 잠그는 소리를 들은 지 꽤 지났으니 하인들도 모두 잠자리에 들었을 시각이다.

자리에서 일어나 파이프의 재를 떨고 있는데, 벨소리가 들렸다. 시계를 보니 11시 45분이었다. 이런 시간에 손님이 올 리는 없었다. 그렇다면 환자가 분명한데, 환자라면 오늘 밤은 잠자기 글렀다는 생각이 들었다. 나는 인상을 찌푸린 채 현관으로 나가 문을 열었다. 그런데 놀랍게도 현관 계단에 서 있는 사람은 바로 셜록 홈즈였다.

"왓슨, 자는 것을 깨운 건 아니지?"

"이게 웬일이야? 어서 들어오게."

"자네 얼굴을 보니 환자가 아니어서 다행이라는 표정이군그래. 아니, 결혼하기 전에 피우던 아카디아 혼합 담배를 아직도 피우나? 자네 코트에 솜털 같은 담뱃재가 묻어 있는 걸 보니 그렇구먼. 이거 누가 봐도 자네가 왕년에 군인이었다는 사실을 금방 눈치채겠는 걸. 그렇게 옷소매에 손수건을 끼고 다니면 군인이었다는 사실을 숨기기 힘들 거야. 그건 그렇고 오늘 밤 여기서 자고 가도 되겠나?"

"물론이지."

"손님용 방이 있다고 했지? 모자걸이에 신사용 모자가 하나도 없는 걸 보니 지금 자네 집에는 남자 손님이 없군그래."

"자네가 묵는다면 언제든 환영이야."

"고마워. 오늘 밤에 손님용 방에서 신세 좀 지겠네. 아니, 최근에 수리 기사가 왔었군! 그건 집 어딘가가 고장 났었다는 얘긴데, 배수관이 막힌 건 아니겠지?"

"아니, 가스관이 고장 났었어."

"그래? 지금 불빛이 비치고 있는 리놀륨 바닥에 징이 두 개 박힌 장화 자국이 있어서 수리 기사가 왔었다는 사실을 알았네. 아니, 식사는 됐어. 워털루 역에서 먹었거든. 괜찮다면 파이프 담배나 좀 주게."

나는 홈즈에게 담배를 내밀었다. 홈즈는 내 맞은편 의자에 앉아

서 잠시 아무 말 없이 담배를 피웠다. 중요한 일이 아니라면 홈즈가 이런 시간에 찾아올 리가 없다는 사실을 잘 알기에 나는 그가 입을 열 때까지 가만히 앉아서 기다렸다.

"자네 요즘 환자 진료하느라 아주 바쁜 모양이야." 홈즈는 날카로운 눈빛으로 나를 보며 입을 열었다.

"맞아, 정신없이 바빠. 답답한 소리로 들리겠지만 내가 바쁘다는 걸 어떻게 알았지? 나는 도무지 모르겠군."

홈즈는 껄껄 웃었다.

"왓슨, 자네 습관을 아주 잘 알고 있으니 가능한 일이지. 자네는 가까운 거리를 왕진할 때는 걸어서 가지만 갈 곳이 많을 때에는 이륜마차를 타고 가지 않나? 자네 신발을 보니 사용한 흔적이 있긴 한데 그렇게 더럽지는 않거든. 그러니 요새 자네가 이륜마차를 타고 다닐 정도로 매우 바쁘다는 사실을 추론할 수 있네."

"훌륭해!"

"이것은 기초적인 추리지. 추리의 기본이 되는 사소한 점을 놓친 사람은 이런 추론을 들으면 뭐 대단한 추리를 한 것처럼 생각하기 쉽지만 듣고 보면 별로 놀랄 일도 아니지 않나. 자네가 쓴 이야기도 마찬가지야. 자네는 사건의 실마리가 되는 결정적인 사항을 끝까지 독자들에게 알려주지 않다가, 마지막에서야 그 사실을 밝혀 독자들을 깜짝 놀라게 하고 싶어하지. 하지만 그렇게 되면 완전히 싸구려 추리 소설이 되고 말지. 그런데 내가 지금 그런 독자처럼 어리둥절한 처지에 놓여 있어. 복잡하고 알 수 없는 사건을 맡았거든. 해결의 실마리가 될 만한 단서는 몇 개 찾았는데, 문제는 사건 해결에 꼭 필요한 결정적인 단서를 아직 찾지 못했네. 하지만 반드시 그 단서를 찾아 내고 말겠어, 왓슨. 반드시!"

홈즈의 마른 볼이 붉게 물들면서 두 눈이 번쩍였다. 순간 홈즈의 날카롭고 열정적인 성격을 가리고 있던 베일이 벗겨지는가 싶더니 이내 다시 베일에 덮이고 말았다. 그 순간이 지나자 홈즈의 얼굴은 사람이라기보다는 기계에 가까워 미국인디언 같은 차가운 상태로 돌아갔다.

"이 사건에는 여러 가지 흥미로운 점이 있어." 홈즈가 말했다. "아주 흥미로운 사건이지. 이미 조사는 시작됐고 해결의 실마리도 어느 정도 찾은 상태야. 자네만 괜찮다면 도움을 청하고 싶은데 어때?"

"나야 영광이지."

"내일 앨더숏까지 함께 갈 수 있겠나?"

"물론이지. 환자는 잭슨(왓슨이 두 번째 결혼 후 개업했을 때, 이웃에서 도와주는 의사의 이름은 〈보스콤 계곡 미스터리〉에 나오는 앤스트루더다. 아마 이 의사의 풀 네임은 잭슨 앤스트루더일 것이다.)이 대신 맡아 줄 거야."

"잘됐군. 워털루 역에서 11시 10분에 출발했으면 하는데.(11시 10분 발 앨더숏 방면으로 가는 기차는 없으니, 홈즈와 왓슨은 11시 50분 기차에 탔을 것이다.)"

"그럼 아직 여유가 있군."

"만약 피곤하지 않다면 어떤 사건인지, 수사가 어느 정도 진행되었는지 들어 보겠나?"

"홈즈, 자네가 오기 전까지는 피곤했는데, 지금은 잠이 싹 달아났어."

"그럼 중요한 점을 빼먹지 않는 선에서 이야기를 최대한 간략하게 설명하지. 아마 자네도 신문에서 이 사건에 대해 읽었을 거야. 내가 조사 중인 사건은 앨더숏에 주둔하고 있는 로열 맬로우즈(미국 판에서는 로열 먼스터즈로 되어 있는데 이것이 바른 명칭이다.) 연대의 바클리 대령 사망사건이야. 물론 살인 사건으로 추정하고 있어."

"그런 기사는 읽은 적이 없는데."

"아직까지는 지방 언론에서만 보도하고 있어. 사건 발생도 겨우 이틀 전이거든. 자네도 영국군 내에서 가장 유명한 아일랜드 연대 중의 하나인 로열 맬로우즈에 대해 들어 봤을 거야. 크리미아 전쟁과 인도폭동 때 맹활약했고, 그 이후에도 놀라운 업적들을 세운 연대지. 지난 월요일 저녁까지 그 연대를 지휘한 사람은 노련한 고참 대령 제임스 바클리였어. 그는 평범한 병사로 군 생활을 시작해서 인도폭동 때 수훈을 세워 장교로 임명되었어. 그러다 자신이 병사로 지냈던 연대의 지휘관 자리에까지 오른 인물이지.

바클리 대령은 하사관 시절에 낸시 드보이라는 여성과 결혼했는데, 낸시의 아버지는 바클리와 같은 연대의 군기 호위 하사관으로 바클리의 상사였지. 젊은 부부가 군인 동료들 사회에서 생활하기가 조금은 어색했을 텐데 두 사람 모두 그런 상황에 빨리 적응했던 모양이야. 낸시는 연대 안의 다른 부인들 사이에서 인기가 좋았고, 바클리도 동료들 사이에서 인기가 좋았지. 거기다 바클리 부인의 미모가 뛰어나서, 결혼한 지 30년이 지난 지금도 거리에서 사람들의 눈길을 받을 정도라고 하네.

바클리 대령은 행복한 가정을 꾸려 나갔어. 나에게 사건 조사를 부탁한 머피 소령은 두 사람이 싸우는 걸 한 번도 본 적이 없다고 했어. 머피 소령의 말로는 부인이 바클리 대령을 사랑하는 것보다 대령이 부인을 훨씬 더 사랑했다고 하더군. 하루라도 부인이 없으면 상당히 불안해했다니까. 바클리 부인도 남편에게 헌신적이고 충실했지만, 남편의 사랑에 비하면 부인의 사랑과 헌신은 아무것도 아니었다는 거야. 어쨌든 두 사람은 연대 안에서 아주 이상적인 중년부부로 손꼽힐 만큼 행복해 보였기 때문에, 이어 발생한 끔찍한 사건에 주변 사람들은 아주 놀라고 있네.

그런데 바클리 대령의 성격에 좀 특이한 면이 있었다고 하더군. 평소에는 쾌활하고 성격 좋은 노련한 군인인데, 이따금 상당히 위험할 정도로 폭력적이고 무서운 사람으로 돌변한다는 거야. 물론 아내에게 성질을 부리거나 지독하게 행동한 적은 한 번도 없었다고 하네.

또 하나, 머피 소령뿐 아니라 내가 면담했던 다섯 명의 장교 중 세 사람이 지적한 사항인데, 바클리 대령이 가끔씩 이상할 정도로 병적인 우울증에 빠졌다는 점이야. 머피 소령이 그러는데 다 같이 테이블에 모여 앉아서 신나게 웃으며 장난을 치다가도 갑자기 우울증에 빠지면 순식간에 그의 입에서 말과 미소가 사라졌다는 거야.

일단 우울증에 빠지면 며칠을 그런 우울증 상태에서 지냈다고 하더군. 이 두 가지가 동료 장교들이 말한 바클리 대령의 성격상 특징이지. 특히 갑자기 우울증에 빠졌을 때는 날이 어두워진 이후에 혼자 남는 걸 굉장히 싫어했다고 해. 어느 모로 보나 군인 중의 군인인 그가 이런 어린아이 같은 면을 보였다는 것 자체가 많은 사람들 입에 오르내릴 만한 소문거리였겠지.

로열 맬로우즈 연대의 제1대대, 즉 예전의 제117연대를 말하는데 이 연대가 앨더숏에 주둔한 지는 몇 년 되었다고 해. 결혼한 장교들은 막사가 아닌 영외에서 거주하는데, 바클리 대령은 북쪽 막사에서 반 마일 정도 떨어진 라차인 빌라에서 살고 있지. 그 빌라는 정원으로 둘러싸여 있지만, 빌라 서쪽만은 도로와의 거리가 30야드도 되지 않을 만큼 도로 쪽에 붙어 있어. 라차인에 사는 사람은 대령 부부와 마부 한 명, 그리고 하녀 두 명이 전부야. 바클리 대령 부부는 아이가 없고 그곳에 손님이 찾아오는 경우도 드물었다니까 라차인에서 생활하는 사람은 이 다섯 명이 전부라고 할 수 있지.

그럼 지난 월요일 저녁 9시에서 10시 사이에 라차인에서 생긴 사건에 대해 설명하겠네.

로마 가톨릭 교회 신자였던 바클리 부인은 '세인트 조지 협회' 결성에 아주 열성적이었다고 하네. 세인트 조지 협회는 와트 스트리트 교회와 연계해서 가난한 사람들에게 헌 옷을 나눠 줄 목적으로 설립을 추진 중에 있는 단체야. 이 협회 설립을 위한 모임이 그날 밤 8시에 있었지. 바클리 부인은 이 모임에 참석하기 위해 서둘러 저녁 식사를 마쳤어. 부인은 집을 나서기 전에 평소 하던 대로 바클리 대령에게 곧 돌아오겠다는 인사를 하고 외출했지. 부인이 대령에게 인사하는 소리를 분명히 들었다고 마부가 증언했어. 그러고는 부인은 옆 빌라에 사는 젊은 모리슨 양과 함께 그 모임에 갔지. 약 40분 정도 모임을 가진 뒤 바클리 부인은 모리슨 양을 집 문 앞까지 바래다주고 9시 15분쯤에 집으로 돌아왔어.

라차인 빌라에는 모닝 룸이라는 방이 있는데, 그 방에는 도로 방향으로 커다란 유리문이 있어서 바깥 잔디밭에서 그 유리문을 통해 방으로 들어갈 수 있게 되어 있지. 유리문과 연결된 잔디밭과 도로 사이는 30야드쯤 되고, 잔디밭과 도로 사이에는 간단한 철 난간만 설치되어 있지.

바클리 부인은 그날 밤 대문이 아니라 바로 이 유리문을 통해서 집으로 들어왔어. 밤에는 그 방을 사용하는 사람이 없으니까 블라인드도 내려져 있지 않은 상태였겠지. 그래서 바클리 부인은 그 방으로 들어와 직접 램프에 불을 켠 뒤 종을 울려서 하녀 제인 스튜어트에게 차 한 잔을 가져다 달라고 했어. 부인이 그 방을 통해 집으로 들어와 차를 가져오라고 시킨 건 그때가 처음이었다고 해. 어쨌든 아내가 돌아왔다는 소리를 듣고 주방에 있던 대령이 아내를 보러 그 방으로 들어갔어. 대령이 현관의 거실을 지나 그 방으로 들어가는 걸 목격했다고 마부가 증언했지. 그런데 대령은 그 방에서 살아서 나오지 못했네.

어쨌든 대령이 그 방에 들어간 뒤 10분쯤 지났을 때 하녀가 차를 갖고 그 방으로 갔어. 그런데 방 문 가까이 다가갔을 때 주인 부부가 심하게 다투는 소리가 들려 하녀는 깜짝 놀랐지. 문을 두드렸지만 아무 대답도 들을 수 없었고, 손잡이를 돌려 보았더니 안으로 잠겨 있어서 열 수도 없는 상태였어. 겁에 질린 하녀는 주방으로 달려가서 요리하던 하녀에게 이 사실을 알렸지. 마부와 두 명의 하녀가 모두 방으로 달려갔는데, 그때까지도 계속 소리 높여 싸우는 주인 부부의 목소리가 들렸다는 거야. 세 사람의 증언에서 일치하는 내용은 안에서 싸우는 목소리의 주인공은 분명 주인 부부였고, 두 사람 이외의 목소리는 듣지 못했다는 점이지.

그러다 바클리 대령의 목소리가 잦아드는가 싶더니 갑자기 대령의 목소리가 들리지 않았다는 거야. 반면에 부인의 목소리는 점점 더 커지고 거칠어졌다는군. 부인은 특히 '당신은 비겁해요!'라는 말을 여러 번 반복해서 소리쳤다고 해. 그리고 '이젠 어떻게 할 거예요? 어떻게 할 거냐고요? 이젠 내 삶을 돌려줘요! 더 이상 당신과 한집에서 살고 싶지 않아요! 당신은 비겁해요, 비겁한 사람!'이라는 내용의 말을 했다는 거야. 그러다 갑자기 남자의 고함 소리가 들렸고, 쾅 하는 소리와 함께 날카롭게 소리치는 여자의 소리가 들렸다고 해.

순간 끔찍한 사고가 생겼다고 판단한 마부는 몸으로 문을 밀기 시작했지. 문을 열기 위해 계속 미는 동안에도 방에서는 부인의 비명 소리가 끊이지 않았어. 하지만 마부는 문을 부수고 들어가지 못했지. 하녀 두 사람은 두려움에 사로잡혀 있어서 마부를 도와줄 수 있는 상태가 아니었다고 하네.

그때 마부는 잔디밭 쪽으로 난 유리문을 통해 방으로 들어갈 수 있다는 점을 떠올렸지. 그래서 재빨리 현관문을 통해 잔디밭으로 달려갔어. 두 쪽의 유리문 중 한 쪽이 열려 있었다고 증언했는데, 여름이었으니 당연히 문을 열어 두었겠지. 어쨌든 그는 열린 문을 통해 방으로 들어갔어. 마부가 들어가자 바클리 부인은 소리치던 것을 멈추고 갑자기 소파에 쓰러져 의식을 잃었다는 거야. 마부 또한 당황해 허둥대다가 발이 안락의자에 걸려 벽난로 쪽으로 넘어졌는데, 넘어지고 보니 난로 앞에 세워진 철제 울타리 옆에 대령이 피범벅이 된 채로 쓰러져 죽어 있었다는군.

마부의 머릿속에 제일 먼저 떠오른 생각은 대령은 이미 죽었다는 것과 방문을 열어야겠다는 것이었지. 하지만 방문을 열려고 했을 때 예상치 못한 일이 생겼어. 방문을 잠근 열쇠가 열쇠고리에 꽂혀 있지 않았다는 거야. 열쇠가 없으니 방문을 열 수 있었겠나. 거기다 방 어디를 찾아보아도 열쇠를 찾을 수 없었다는군.

그래서 마부는 다시 유리문으로 나와서 경찰에 신고한 뒤 병원에 구조 요청을 하고 다시 문제의 그 방으로 돌아왔지. 경찰이 도착한 뒤 강력한 살인용의자로 주목받고 있는 부인은 의식을 잃은 상태로 부인의 침실로 옮겨졌어. 그때까지도 부인은 의식을 잃은 상태였어. 대령의 시신은 소파 위로 옮겨졌고 끔찍한 살인 현장에 대한 정밀 조사가 시작되었지.

대령의 시신을 조사했을 때 머리 뒷부분에 2인치쯤 되는 상처가 발견되었지. 그 정도의 상처를 내려면 묵직한 흉기를 거세게 휘둘러 내리쳐야 가능하네. 그 흉기가 무엇이냐는 문제는 어렵지 않게 밝혀졌어. 시체가 있던 마룻바닥 근처에서 두꺼운 나무 방망이가 발견됐거든. 손잡이가 뼈로 만들어진 특이한 방망이였지. 대령은 자신이 참전한 여러 나라에서 다양한 무기와 흉기를 수집했다고 해. 경찰에서는 대령을 살해한 그 방망이가 대령이 기념품으로 모은 흉기 중 하나라고 추정하고 있지. 하인들은 그 방망이를 처음 본다고 했지만, 그 집에는 진귀한 물건이 워낙 많기 때문에 못 보고 지나쳤을 가능성도 있어. 이 밖에는 경찰 조사 중 그 방에서 별다른 중요한 단서를 발견하지는 못했어. 한 가지 알 수 없는 사실은 바클리 부인이나 죽은 대령에게서 열쇠가 발견되지 않았다는 점이야.

또 방을 아무리 구석구석 찾아보아도 방 열쇠를 발견하지 못했어. 결국 그 방문은 앨더숏의 열쇠기술자를 불러서 열어야만 했지.

왓슨, 여기까지가 사건의 요점이야. 나는 다음 날인 화요일 아침에 머피 소령의 부탁을 받고 앨더숏으로 찾아가 경찰 수사를 돕기 시작했어. 여기까지만 들어도 상당히 흥미로운 사건이라고 생각되지 않나? 나도 그랬어. 하지만 직접 현장에 가서 살펴보니 생각했던 것보다 사건이 훨씬 복잡하고 특이하다는 걸 알게 되었네.

나는 사건 현장인 그 방을 살펴보기 전에 하인들을 상대로 조사를 했지. 이미 들은 내용 이상은 캐낼 수 없었지만, 하녀 제인 스튜어트 덕분에 몇 가지 흥미로운 사실들을 알 수 있었어. 자네도 기억하겠지만, 제인은 주인 부부가 싸우는 소리를 들은 뒤 아래층으로 내려가서 다른 하인들을 불렀다고 했거든. 우선, 다른 하인들을 부르러 가기 전에 제인은 주인 부부의 목소리가 너무 작아서 다투는 내용을 거의 알아들을 수 없다고 했어. 즉, 대화 내용을 알아들어서가 아니라 두 사람의 목소리 톤을 듣고 주인 부부가 싸우고 있다는 판단을 내렸다는 거야. 하지만 내가 자꾸 캐묻자 제인은 부인의 말에서 데이빗이라는 이름을 두 번 들었다고 했어. 이 말은 두 사람이 갑자기 싸우게 된 원인을 규명할 수 있는 결정적인 실마리가 될 수 있어. 알다시피 대령의 이름은 제임스가 아닌가.

이 사건에서 하인들과 경찰 모두가 잊을 수 없다고 한 점이 하나 있어. 그건 죽은 대령의 일그러진 얼굴이지. 하인들과 경찰의 증언에 따르면, '얼마나 끔찍한 공포와 두려움을 느꼈으면 저런 표정을 하고 죽었을까' 하는 생각이 드는 표정이었다는 거야. 대령의 죽은 표정을 슬쩍 보기만 해도 기절할 사람이 여럿 될 거라는 말도 하더군. 그만큼 소름 끼치는 표정을 하고 있었다는 말이겠지. 그 말은 대령이 죽기 직전에 자신의 죽음을 예견하고 죽음에 대한 공포가 극에 달했을 때 사망했다는 뜻이야.

경찰에서는 부인이 대령을 살해했다고 보기 때문에 대령이 흉기에 가격당하기 전에 죽음을 직감하고 그런 끔찍한 표정을 하고 죽은 게 아닌가 생각하고 있어. 만약 이런 추측이 맞는다면, 내려치는 흉기를 피하려고 몸을 뒤로 돌리다가 뒷머리에 흉기를 맞고 사망했다는 설명도 가능하네. 문제는 바클리 부인이 전혀 증언을 할 수 없다는 거야. 급성뇌염으로 인한 일시적인 정신이상 증세를 보이고 있어서 아무 증언도 할 수 없는 상태거든.

경찰로부터 들은 바로는, 사건 당일 밤 바클리 부인과 함께 외출한 모리슨 양은 부인이 귀가해서 갑자기 기분이 상하거나 화가 날 만한 일은 전혀 없었다고 증언했다고 하네.

왓슨, 나는 파이프 담배를 피우면서 사건 해결에 결정적으로 중요한 단서와 그렇지 않은 단서를 구분해서 전체적으로 종합해 보았네. 말할 것도 없이 가장 특이하고 이해할 수 없는 점은 방문 열쇠가 흔적도 없이 사라졌다는 사실이지. 아무리 방을 샅샅이 뒤지고 찾아보아도 열쇠는 발견되지 않았거든. 바클리 부인이나 죽은 대령의 몸에도 열쇠가 없었어. 그렇다면 누군가 그 열쇠를 가져갔다는 뜻이 아니겠나? 제삼자가 그 방에 들어온 게 확실해. 제삼자가 들어왔다면 그는 유리문을 통해서 그 방으로 들어갔을 거야. 그래서 그 방과 잔디밭을 자세히 살펴보면 제삼자가 남긴 흔적을 찾을 수 있다는 생각을 하게 됐지.

왓슨, 자네는 내 조사 방식을 잘 알지 않나? 그렇게 내 방식대로 철저하게 조사한 결과, 제삼자의 흔적을 찾긴 찾았어. 하지만 전혀 예상치 못한 결과를 얻었어. 우선 그 방에 들어왔던 제삼자는 남자였어. 그는 길가 도로에서 잔디밭을 지나 그 방으로 들어갔어. 나는 선명하게 남아 있는 그 남자의 신발 자국 다섯 개를 확인했지. 첫 번째는 길가에서, 두 번째는 낮은 담을 넘어 들어오려고 한 지점에서, 세 번째와 네 번째는 잔디밭에서, 그리고 나머지는 열린 창문 앞에 놓인 더러운 발판에서 찾았어. 비록 희미하기는 하지만 발자국임을 확인했네. 발뒤꿈치보다 발가락 부분이 더 깊게 파인 사실로 미루어 볼 때, 그 남자는 잔디밭을 성급하게 가로질러 지나간 게 분명해. 제삼자가 있었다는 사실도 놀라웠지만, 나를 더 놀라게 한 점은 제3의 남자가 혼자 온 게 아니라는 사실이었지."

"그럼 누구를 데리고 왔었던 건가?"

홈즈는 주머니에서 커다란 종이를 꺼냈다. 그리곤 무릎 위에 조심스럽게 펼쳤다.

"이게 뭐로 보이나, 왓슨?"

종이에는 작은 동물의 발자국이 그려져 있었다. 선명하게 그려진 발자국 다섯 개를 자세히 살펴보니 발톱이 길다는 사실을 알 수 있었다. 또 전체 발자국의 크기가 디저트 스푼 정도로 작은 편

이었다.

"개 발자국 아닌가?" 내가 물었다.

"개가 커튼을 타고 올라간다는 말을 들어 본 적이 있나? 나는 이 녀석이 커튼을 타고 올라간 흔적을 찾아냈어."

"그럼 원숭이인가?"

"원숭이 발자국처럼 보이지는 않는데."

"그렇다면 도대체 뭐야?"

"개도 원숭이도 아니야. 우리에게 친숙한 동물은 아닌 듯싶어. 발자국 크기와 모양으로 한 번 추정해 볼까. 여기 네 발자국은 이 짐승이 움직이지 않고 서 있을 때의 모양을 그린 거야. 앞 발자국에서 뒤 발자국까지의 길이가 15인치 정도? 그 이상은 안 되는 것 같지? 이 크기를 몸통의 크기로 잡고, 거기에 목과 머리 길이를 더해 보게. 그럼 전체 몸길이가 커 봤자 2피트도 넘지 않을 듯싶어. 꼬리가 있다면 좀 길어질 수도 있겠지. 하지만 다른 측면에서도 생각해 볼 수 있어. 이 동물은 움직이는 짐승이고, 짐승의 몸길이는 걷고 있을 때 발자국 사이의 거리를 통해서 추측하면 알아낼 수 있지. 그런데 걷고 있을 때 걸음마다 3인치의 간격이 생기고 있어. 그렇다면 몸은 길지만 다리는 매우 짧은 짐승이지. 또 놈은 주변에 털을 하나도 남기지 않았어. 어쨌든 대강의 모습은 지금 내가 말한 대로일 테고, 커튼을 기어 올라갈 수 있는 육식성 동물이야."

"육식성이라는 건 어떻게 알았나?"

"커튼을 기어 올라갔다는 사실에서 알았네. 창문에 카나리아 새장이 걸려 있었거든. 그 카나리아를 잡아먹으려고 기어오른 것으로 보이네."

"결론적으로 도대체 어떤 동물인가?"

"내가 그놈이 뭔지 알고 있다면 사건 해결이 훨씬 수월할 텐데 말이야. 어쨌든 전체적인 특징으로 볼 때 족제비나 흰 담비 종류가 아닌가 싶네. 물론 내가 봤던 족제비나 흰 담비는 이보다 몸집이 더 작았지만."

"그것이 사건과 어떤 관계가 있지?"

"나도 그걸 모르겠어. 하지만 일단은 많은 정보를 입수했다는 사실에 만족해야지. 우선 어떤 남자가 도로에 서서 바클리 부부가 싸우는 모습을 지켜봤어. 창문 블라인드가 올라가 있었으니 방 안이 환하게 보였겠지. 그리고 그 남자는 잔디밭을 지나 방으로 들어갔어. 물론 알 수 없는 어떤 짐승을 데리고 말이지. 또 그 남자가 대령을 때렸든지, 아니면 대령이 그 남자를 보고 겁에 질려 뒤로 넘어져 벽난로 모서리에 머리를 부딪쳤든지 둘 중 하나 때문에 뒷머리에 상처가 생겼지. 마지막으로 그 남자가 방 문 열쇠를 갖고 떠났다는 사실까지. 여기까지가 내가 입수한 모든 단서야."

"자네가 모은 단서를 듣고 나니, 듣기 전보다 오히려 머리가 더 복잡해지는군."

"그렇지. 정보를 모으다 보니 처음에 생각한 것보다 더 복잡하고 알 수 없게 되었어. 아무래도 다른 관점에서 사건에 접근해야 될 듯싶네. 이런, 왓슨, 내가 자네를 너무 늦게까지 붙잡아 두었군. 나머지 이야기는 내일 앨더숏으로 가면서 하지."

"생각은 고맙지만, 이야기를 여기서 그치면 궁금해서 잠을 못 잘 것 같은데."

"그러면 계속해 볼까. 바클리 부인이 저녁 7시 30분에 집을 나섰던 그때까지는 남편과 아무런 문제가 없었다는 건 확실해. 대단한 애정 표현은 하지 않았지만 마부의 증언에 의하면, 부인이 떠나기 전에 대령과 정답게 인사를 나누었다고 하니까 말일세.

그런데 부인은 집에 돌아왔을 때 대문을 통해 거실로 들어가지 않고 그 방으로 들어갔어. 그건 남편과 마주치고 싶지 않았다는 걸 뜻하지. 또 감정적으로 격분한 여자들이 보통 그렇듯이 하녀에게

차를 가져오라고 시켰어. 그리고 남편이 방에 들어오자 마침내 격한 싸움을 벌였지. 분명 7시 30분에서 9시 사이에 남편에 대한 감정을 완전히 뒤바꾸어 놓을 만한 어떤 사건이 있었던 거야. 하지만 그 시간 내내 부인과 함께 있었던 모리슨 양은 아무 일도 없었다고 말했거든. 그래서 나는 모리슨 양이 뭔가 숨기고 있다는 결론을 내렸지.

처음에는 모리슨 양과 바클리 대령이 불륜 관계였는데, 모리슨 양이 그 사실을 부인에게 털어놓아서 부인이 대령에게 화가 났던 게 아닌가 하고 의심했지. 만약 그랬다면 화가 난 부인은 집에 돌아와서 당연히 대령과 싸움을 벌였을 테고, 모리슨 양도 그 사실을 경찰에 알리고 싶지 않아서 아무 일 없었다고 증언했을 수도 있지. 게다가 하인들이 부부가 싸울 때 들었다는 내용과도 대체적으로 맞아떨어지고 말이야.

문제는 부인이 '데이빗'이라는 이름을 들먹였다는 점과 누구나 알고 있듯이 대령이 아내를 끔찍이 사랑했다는 사실, 그리고 정체를 알 수 없는 남자의 등장과 함께 벌어진 비극적인 살인이지. 모리슨 양과 대령이 불륜 관계였다는 추측은 이런 사실과 전혀 맞아떨어지지 않거든.

간단하게 결론 내리기는 어려웠지만 전체적인 정황을 종합했을 때, 대령과 모리슨 양은 어떤 관계도 아니라는 쪽으로 생각이 기울었지. 하지만 왜 바클리 부인이 갑자기 남편에 대해 나쁜 감정을 품게 되었는지에 대한 열쇠는 모리슨 양이 쥐고 있다는 생각만큼은 변함이 없었어. 그래서 나는 모리슨 양을 찾아갔지. 그리고 그녀에게 뭔가 결정적인 실마리를 쥐고 있음을 확실히 알고 있다고 말했어. 또 이 사건이 명백하게 해결되지 않는 한 친구인 바클리 부인은 살인 혐의로 재판에 회부되리라는 말도 덧붙였지.

겉보기에 모리슨 양은 가냘프고 수줍음 많은 금발 아가씨였지만, 상황을 정확하게 판단할 만큼 지각 있는 여자였네. 내 말을 듣고는 잠시 혼자 생각에 잠기더군. 그러다가 결심한 듯 내 쪽으로 몸을 돌려 예상 외의 결정적인 증언을 했지. 자네를 위해서 최대한 짧게 요점만 말하지. 모리슨 양의 증언은 대략 이런 내용이야.

'바클리 부인에게 비밀을 반드시 지키겠다고 약속했어요. 약속은 약속이니까 지켜야 한다고 생각해서 경찰에는 말하지 않았어요. 하지만 지금 부인이 살인 혐의를 받고 있는 데다 불행하게도 급성뇌염으로 부인이 직접 진실을 밝힐 수 없는 상황이라면 어쩔 수 없이 약속을 깨뜨려야 되겠군요. 약속을 어겨야만 부인을 도울 수 있다면 제가 말해야겠지요. 그럼, 월요일 저녁에 있었던 일을 사실대로 말씀 드릴게요.

부인과 제가 와트 스트리트 협회에서 집으로 온 때가 저녁 9시 15분쯤이었어요. 집에 돌아오려면 허드슨 가를 지나야 했어요. 허드슨 가는 사람이 없어서 고요하고 어두웠는데, 왼쪽 길가에 등불 하나가 켜져 있었습니다. 저희가 켜져 있는 등불 곁으로 지나갈 때 한 남자가 우리 쪽으로 다가왔어요. 그 남자는 등이 심하게 굽었고, 한쪽 어깨에는 상자를 메고 있었어요. 남자는 굽은 등에 머리를 깊이 숙이고 무릎을 굽힌 채 걷고 있었어요. 우리가 그 남자 곁을 지나칠 때였습니다. 남자가 고개를 들었는데, 환한 등불 아래에서 우리 얼굴을 보고는 갑자기 걸음을 멈추고 괴상한 목소리로 '낸시!' 하고 소리쳤어요.

그 소리에 남자의 얼굴을 본 바클리 부인은 순식간에 죽은 사람의 얼굴처럼 낯빛이 창백해졌어요. 제가 붙잡았기에 망정이지 부인은 거의 쓰러질 뻔했지요. 제가 경찰을 부르려는데, 뜻밖에도 부

인이 그 남자에게 부드럽게 말해서 저는 깜짝 놀랐어요.

'난 당신이 30년 전에 죽은 줄 알았어요, 헨리.' 부인은 떨리는 목소리로 말했습니다.

'그랬었지.' 남자는 외모만큼이나 끔찍한 목소리로 대답했어요. 남자의 얼굴은 소름끼칠 정도로 무서웠어요. 어찌나 무섭던지 남자의 반짝이던 눈이 꿈에 나타날 정도였으니까요. 머리카락과 수염에는 흰 털이 섞여 있었고, 얼굴은 시든 사과처럼 주름투성이였어요.

부인은 저에게 '이 분과 이야기하고 싶은데 조금 앞서 가시겠어요? 걱정할 건 없어요.'라고 말했어요. 부인은 태연한 듯 말하려고 애썼지만, 얼굴이 창백했고 입술을 떨면서 말도 제대로 못했습니다.

저는 부인의 말대로 조금 떨어져 있었고, 두 사람은 잠시 이야기를 나눴어요. 잠시 후 부인이 저에게 다가왔을 때 부인의 눈에는 노기가 서려 있었어요. 다시 집을 향해 출발할 때 돌아보니, 남자는 밝은 등불 아래서 화가 난 듯 주먹을 휘두르고 있더군요. 집에 도착할 때까지 아무 말도 하지 않던 부인은 저희 집 앞에 도착하자 제 손을 잡고 아무에게도 그날 있었던 일을 말하지 말라고 부탁했어요.

'아까 그 남자는 예전에 알던 사람일 뿐이에요.'라고만 했어요.

그래서 저는 부인께 말하지 않겠다고 약속한 뒤 키스하고 집으로 들어왔어요. 그 후로 부인을 만나지 못했습니다. 이게 그날 밤 있었던 일의 전부입니다. 제가 경찰에 이 사실을 말하지 않은 이유는 부인이 처한 상황을 몰랐기 때문이에요. 제가 말씀 드린 내용이 부인에게 조금이나마 도움이 되었으면 좋겠어요.'

왓슨, 여기까지가 모리슨 양 이야기야. 자네도 그렇게 느꼈겠지만, 모리슨 양의 이야기를 듣고 나니 어두운 밤에 광명이 비치는 것 같았지. 전에는 도무지 알 수 없었던 일들이 한 번에 제자리에 딱딱 들어맞게 되었으니까. 그리고 전체적인 사건의 윤곽도 마침내 잡을 수 있었네.

그리고 수사의 다음 단계로 바클리 부인을 그토록 놀라게 한 문제의 남자를 찾아 나섰지. 그 남자가 아직도 앨더숏에 있다면 찾는 게 어렵지 않을 테니까. 앨더숏은 주민이 많지 않은 곳이어서 그렇게 외모가 특이한 사람은 금방 사람들의 시선을 받게 마련이거든. 나는 아침부터 저녁까지 그 남자를 찾아다녔지. 바로 오늘 저녁까지 말일세.

왓슨. 나는 마침내 그 남자를 찾았어. 남자의 이름은 헨리 우드이고 전날 밤 부인과 마주쳤던 그 거리에 있는 하숙집에 살고 있었지. 그 하숙집에 머문 지는 닷새밖에 되지 않았더군.

나는 그 하숙집 주인에게 선거인 명단을 작성하는 직원처럼 행세하면서 그 남자에 대한 흥미로운 사실을 알아냈지. 아주머니 말에 의하면, 헨리 우드의 직업은 마술사라고 하더군. 밤이 되면 군인들을 상대로 장사를 하는 가게를 돌아다니면서 마술 공연을 해서 먹고산다는 거야. 헨리 우드는 상자 안에 어떤 동물을 담아서 데리고 다니는데, 아주머니는 그렇게 이상하게 생긴 동물은 본 적이 없다고 말하더군. 아주 끔찍하게 생긴 동물 같아. 아주머니는 헨리 우드가 마술을 할 때 그 동물을 사용하는 것 같다고 했어.

주인아주머니는 그 남자가 살아 있는 것 자체가 기적이라는 말도 했지. 몸이 보통 뒤틀린 게 아니라더군. 게다가 가끔씩 알 수 없는 외국어로 말한 적도 있다고 해. 또 지난 이틀 동안 그 남자가 자기 방에서 신음 소리를 내며 통곡하는 소리를 들었다고 했어. 방세는 잘 지불하고 있는데 그가 지불한 돈이 가짜 같다는 말도 하면서 남자가 줬다는 동전을 나에게 보여주더군. 살펴보니 그 동전은 인도 루피 은화였어.

자, 여기까지 들었으니 왓슨 자네도 사건이 대충 어떻게 돌아가는지, 왜 내가 자네의 도움을 필요로 하는지 눈치챘겠지? 두 여자와 헤어진 뒤 헨리 우드가 멀찌감치 떨어져서 바클리 부인을 뒤쫓아 간 게 확실하네. 그리고 창밖에서 바클리 부부가 싸우는 모습을 지켜본 것도 확실하고. 그래서 그가 방 안으로 들어갔겠지. 물론 알 수 없는 동물이 든 상자를 가지고 말이야. 여기까지는 확실해. 문제는 그 방에서 어떤 일이 있었는지 명확하게 밝혀 줄 유일한 사람이 그 남자라는 점이지."

"자네는 그 사람을 만날 생각인가?"

"그럼. 증인을 동반하고 증언을 받아야지."

"나더러 증인이 되어 달라는 말이군."

"자네가 동의한다면. 만약 그 사람이 사건을 확실히 밝혀 준다면 문제는 완전히 해결되지만, 그렇지 않고 거절한다면 강제 소환하는 수밖에 없겠지."

"하지만 그가 하숙집을 떠났으면 어떡하지?"

"도망치지 못하도록 내가 조치했어. 베이커 가 소년들 중 한 명에게 그 사람 곁을 떠나지 말고 감시하라고 일러두었지. 내일 허드슨 가에 가면 그를 만날 수 있을 거야. 그보다 왓슨, 더 이상 자네를 붙잡고 있다가는 잠을 못 자게 한 혐의로 내가 소환당할 수도 있겠어. 이제 그만 잘까."

다음 날 정오에 우리는 비극적인 사건 현장에 도착했다. 홈즈의 안내로 나는 곧장 허드슨 가로 향했다. 홈즈는 침착한 것처럼 행동했지만, 나는 홈즈가 흥분을 애써 억누르고 있음을 한눈에 알아보았다. 사실 나 역시 홈즈와 이런 사건을 맡아 풀어 가는 과정에서 마치 지적인 도박을 하는 것 같은 짜릿한 전율을 느끼고 있었다.

"여기가 허드슨 가야." 홈즈는 평범한 2층 벽돌집들이 늘어서 있는 짧은 도로를 돌자 말했다. "아, 저기 내가 일을 맡긴 심슨이 있군. 심슨의 보고부터 들어야겠어."

좁은 거리에서 한 부랑소년이 우리에게 달려오며 소리쳤다.

"그는 집에 있어요. 홈즈 선생님."

"잘했어, 심슨!" 홈즈는 만족한 듯 소년의 등을 토닥여 주었다.

"왓슨, 이리 오게. 여기가 그의 하숙집이야."

홈즈는 먼저 중요한 일로 당신을 찾아왔으니 잠시 후 만나자는 내용의 쪽지를 그에게 보냈다. 잠시 후 우리는 따뜻한 날씨에도 불구하고 난로 앞에 쭈그리고 앉아 있는 그를 만날 수 있었다. 가뜩이나 작은 그의 방은 불이 피워져 있어서 마치 오븐 속처럼 후끈거렸다. 그 남자는 몸을 웅크린 채 의자에 앉아 있었는데, 어찌나 등이 굽고 몸이 뒤틀려 있는지 말로 형용할 수 없을 정도였다. 하지만 그의 얼굴을 보니, 한때는 꽤 미남이라는 소리를 들었을 거라는 생각이 들었다.

누런빛을 띠고 있는 그의 눈에는 의심이 가득했다. 그는 우리를 수상쩍은 듯 바라보면서 자리에서 일어나지도 않고 아무 말도 하

지 않은 채 옆에 있는 의자 둘을 가리켰다.

"헨리 우드 씨, 전에 인도에 계셨었죠? 저희는 바클리 대령의 사망 사건 때문에 찾아왔습니다." 홈즈가 부드럽게 먼저 말을 걸었다.

"제가 아는 게 뭐가 있다고 그러십니까?"

"확실히 해야 할 부분이 있어서 그렇습니다. 아시겠지만, 이 문제가 잘 해결되지 않으면 당신의 옛 친구 바클리 부인은 살인 혐의를 받고 재판에 회부될지도 모릅니다."

이 소리에 그 남자는 화들짝 놀랐다. 그리고는 미친 듯이 소리쳤다.

"도대체 당신들은 누굽니까? 왜 나에게 찾아와서 이러는 거죠? 그런데 지금 한 말이 사실입니까?"

"경찰은 의식이 회복되는 대로 부인을 체포할 것입니다."

"이럴 수가! 당신들은 경찰입니까?"

"아닙니다."

"그럼 이 사건이 당신들과 무슨 상관이 있습니까?"

"정의로운 사회를 만드는 건 모든 시민이 앞장서서 해야 할 일이 아닙니까?"

"확실히 말하는데 부인은 죄가 없습니다."

"그럼 당신에게 죄가 있나요?"

"아니, 저도 아닙니다."

"그럼 누가 바클리 대령을 죽였습니까?"

"하느님이 놈의 목숨을 가져간 겁니다. 하지만 이것만은 알아

두세요. 내가 놈의 머리를 내리쳤다고 해도, 물론 그러고 싶었지만, 그건 놈이 받아야 할 벌을 받은 겁니다. 만약 그가 양심의 가책을 느껴 스스로 죽지 않았다면 내가 나서서 그를 때려눕혔을 겁니다. 내게 사실을 들으러 오신 것 같은데 말 못할 이유도 없지요. 나야 부끄러울 것이 하나도 없으니까요.

비록 지금의 저는 등이 낙타처럼 휘고 갈비뼈는 뒤틀려 있는 흉측한 모습이지만, 한때는 117보병연대에서 제일 잘생기고 멋진 헨리 우드 상병으로 통했습니다. 우리 군대는 인도에 주둔했는데, 당시 우리 병영은 버티라는 곳에 있었죠. 엊그제 죽은 바클리 대령은 저와 같은 연대 소속으로 당시에 하사관이었습니다. 그리고 우리 연대에서 가장 아름다웠던 낸시 드보이는 우리 연대의 군기 호위 하사관의 딸이었지요. 내 평생 낸시보다 아름다운 여자는 한 번도 만나지 못했습니다.

저와 또 다른 군인이 낸시를 사랑했는데, 그녀는 그중에서 저를 사랑했습니다. 지금 난로 앞에 쭈그리고 있는 제 모습만 보신다면 아마도 낸시가 저를 사랑했다는 말을 믿지 못하시겠지요. 하지만 당시 저는 잘생긴 호남이었고, 그녀와 사랑에 빠졌습니다.

그러나 우리의 사랑에도 불구하고, 낸시의 아버지는 바클리와 딸을 결혼시키려고 했습니다. 나는 젊은 혈기만 있는 보잘것없는 청년이었지만, 바클리는 교육도 많이 받았고 능력을 인정받은 유망한 군인이었으니까요. 그렇지만 저는 낸시가 저를 좋아하기 때문에 언젠가 그녀와 결혼하리라 생각하고 있었습니다. 그런데 그

때 인도 폭동이 일어나 인도 전역이 지옥과 같은 아수라장이 되었습니다.

우리 연대는 버티에 갇히고 말았는데, 버티에 갇힌 군대의 반 정도는 우리 포병대였고, 나머지 반은 시크교도로 구성된 중대였습니다. 그리고 군인이 아닌 수많은 영국의 민간인과 아녀자도 함께 버티에 갇혀 있었지요. 당시 우리를 포위하고 있던 1만 명이나 되는 반란군들은 미친 개떼처럼 몰려와 우리를 잡아먹을 듯이 포위망을 좁혀 왔습니다. 그렇게 2주가 지나자 마실 물마저 떨어졌고, 계속 진군을 하던 닐 장군(제임스 조지 스미스 닐. 1810~1857년.)과의 교신까지도 불투명해진 최악의 상황에 몰리고 말았습니다.

아녀자들과 함께 적진을 뚫고 돌파한다는 것은 무리였기 때문에, 닐 장군의 부대가 반란군의 포위망을 뚫고 우리를 구해 주기만을 기다릴 수밖에 없었습니다. 상황이 그렇다 보니, 저는 닐 장군에게 사람을 보내 우리의 어려움을 알리고 빨리 지원군을 보내 달라는 요청을 해야 한다고 제의하면서, 제가 그 역할을 자청했습니다. 그렇게 해서 저는 주변 지리에 밝은 바클리와 함께 의논해서 반란군을 뚫고 닐 장군에게까지 갈 수 있는 안전한 길을 정했습니다. 그날 밤 저는 1,000명의 목숨이 걸린 중요한 사명을 안고 길을 떠났지만, 한밤중에 담을 넘을 때는 단 한 사람, 낸시를 위해 이 사명을 완수한다는 생각만 하고 있었습니다.

저는 메마른 수로를 통해 빠져나갈 계획이었습니다. 그렇게 하면 적군의 보초에게 들키지 않고 빠져나갈 수 있었기 때문입니다.

그런데 수로의 모퉁이를 기어서 돌 때 갑자기 적병 여섯 명과 마주쳤습니다. 이들은 어둠을 틈타 수로 모퉁이에서 저를 기다리고 있었던 겁니다. 저는 순식간에 이들이 퍼붓는 주먹과 몽둥이세례를 받아야 했지요. 하지만 그들의 주먹과 발길로 머리를 얻어 차이는 것보다 더 깊이 마음의 상처를 준 건 그들이 하는 대화였습니다. 놀랍게도 제가 빠져나갈 안전한 통로를 정해준 동료, 바로 바클리가 원주민 하인을 시켜서 저를 고의로 적군의 손에 넘겼다는 사실을 알게 된 겁니다.

더 이상의 자세한 설명은 필요 없을 겁니다. 제임스 바클리가 어떤 사람인지 아셨을 테니까요. 다음 날 버티는 닐 장군의 도움으로

구원되었지만, 저는 후퇴하는 반란군의 포로로 끌려갔습니다. 이후 제가 백인의 얼굴을 본 건 아주 오랜 시간이 흐른 뒤였습니다. 그동안 모진 고문을 당했고 도망치려다 다시 붙잡혀서 또 고문을 당해야 했습니다. 지금 제 모습이 이렇게 된 까닭은 다 그때의 고문 때문입니다.

반란군의 일부가 네팔로 도주하면서 저를 데리고 갔는데, 그 후 저는 다르질링(본래 시킴국(國)의 영토였으나 1833년 영국이 획득하여 부근 일대에 차를 재배하기 시작하면서부터 발전했다.)에 도착했지요. 그곳 언덕에 사는 원주민들이 저를 붙잡고 있던 반란군을 죽였고, 저는 다시 그 원주민들의 노예가 되었지만 도망치게 되었습니다. 하지만 남쪽으로는 도망할 수 없어서 할 수 없이 북쪽으로 도주했고, 마침내 아프가니스탄에 들어갔습니다. 그곳에서 몇 년 동안 방랑생활을 하다가 펀자브로 돌아왔는데, 그때 펀자브 원주민들과 섞여 살면서 배운 마술 덕분에 지금까지 먹고살고 있습니다.

이런 끔찍한 모습이 된 이상 영국으로 돌아가 옛 동료들을 만나도 아무 소용이 없다고 생각했습니다. 복수하고 싶은 마음도 있었지만, 그 역시 아무 소용이 없다고 생각했지요. 낸시와 다른 전우들에게 지팡이를 짚고 짐승 같이 기어 다니는 제 모습을 보여주느니 차라리 제가 반듯한 허리를 가진 용감한 군인으로 죽었다고 생각하게 하는 편이 낫다고 생각한 겁니다.

모두들 제가 죽었다고 생각했고, 저 역시 그렇게 생각해 주길 바랐습니다. 우연히 바클리가 낸시와 결혼했다는 소식과 연대에서 승진을 거듭했다는 소식을 들었지만, 진상을 밝히겠다는 생각은 하지 않았습니다.

그러나 나이가 들면 고향이 그리운 법이지요. 저는 몇 년 동안 밝고 푸른 영국의 들판과 산울타리 생각이 끊이지 않았습니다. 그래서 죽기 전에 고향에 가야겠다는 결심을 했지요. 저는 영국까지 올 수 있는 교통비를 모아 이곳에 도착했습니다. 전직 군인이었기에 군인들의 생활방식이나 군인들이 좋아하는 오락이 무엇인지 잘 알고 있었던 저는 이곳에서 병영을 돌면서 마술을 보여 주며 근근이 살고 있습니다."

"안타까운 이야기군요. 저는 엊그제 당신이 바클리 부인과 만났다는 사실을 알고 있습니다. 두 분이 서로를 알아보았다고 하더군요. 제가 알아본 바에 의하면, 헤어진 뒤에 당신은 부인의 집까지 뒤따라가서 바클리 부부가 싸우는 장면을 유리창으로 엿보았습니다. 말할 것도 없이 부인은 당신에게 가한 남편의 행위를 맹렬히 비난했을 테지요. 이를 본 당신은 감정이 복받쳐 잔디밭을 지나 부부가 싸우고 있는 방으로 뛰어들어갔습니다. 그렇죠?"

"그렇습니다. 바클리는 나를 보자마자 기겁을 해서 넘어졌고, 넘어질 때 난로 망에 뒤통수를 부딪쳐 죽었습니다. 하지만 놈은 머리가 부딪치기 전에 이미 죽어 있었습니다. 죽은 놈의 얼굴만 봐도 확실히 알 수 있었지요. 나를 보자마자 양심의 가책이 총알처럼 놈의 심장을 파고들었던 겁니다."

"그 후에 어떻게 되었습니까?"

"낸시가 기절했어요. 나는 재빨리 낸시의 손에 들린 열쇠를 들었지요. 방문을 열고 밖에 있는 사람들에게 도움을 청할 생각이었습니다. 그러다 그냥 이대로 두고 떠나는 편이 낫겠다는 생각이 들었어요. 상황이 저에게 매우 불리했으니까요. 게다가 경찰서에 가면 과거의 비밀이 모두 벗겨질 텐데 그것도 싫었어요. 그래서 급하게 서두르다가 열쇠를 그만 제 주머니에 넣었습니다. 거기다 테디가 커튼을 기어오르는 바람에 테디를 끌어내리느라 지팡이를 뒤에 남겨 둔 것도 잊었지요. 저는 테디를 다시 상자에 넣고 얼른 그곳을 빠져나왔습니다."

"테디는 어떤 동물입니까?" 홈즈가 물었다.

그 남자는 상체를 구부려서 방구석에 있는 작은 상자를 끌어당겼다. 순간 상자 안에서 붉은 갈색의 예쁜 동물이 튀어나왔다. 그 동물은 크기가 작고 털이 보드라웠는데, 다리는 흰 담비와 비슷했고 얇고 긴 코에 새빨간 눈을 갖고 있었다. 나는 그렇게 예쁜 눈을 가진 동물은 처음 보았다.

"저건 몽구스가 아닌가!" 나는 동물을 보자마자 소리쳤다.

"몽구스라고 부르기도 하고 이크뉴몽이라고 부르기도 합니다. 뱀잡이라는 뜻이지요. 실제로 테디는 코브라 귀신입니다. 얼마나 빨리 잡는지 몰라요. 저는 독니를 뺀 코브라 한 마리와 함께 매일 밤 군인들을 상대로 하는 가게를 돌아다니며 돈을 법니다. 테디가 코브라를 잡는 묘기는 군인들에게 인기가 많거든요. 제게 더 궁금한 점이 있으신가요?"

"만약 바클리 부인이 살인 혐의를 벗지 못하면 당신의 증언이 다시 필요할지도 모릅니다."

"그럼 제가 직접 경찰에 가겠습니다."

"그런 경우만 아니라면 비겁한 짓을 하긴 했지만 이미 죽은 사람의 추문을 들추어낼 필요는 없다고 생각됩니다. 최소한 당신은 그가 지난 30년 동안 자신의 잘못된 행동에 대해 양심의 가책을 느꼈다는 사실을 알게 되지 않았습니까? 아, 저기 길 건너편에 머피 소령이 보이는군요. 그럼 그만 인사를 드려야겠습니다. 머피 소령에게 어제 이후로 새로 들어온 소식이 있는지 물어봐야겠군요."

우리는 소령이 길모퉁이를 돌기 전에 그를 만날 수 있었다.

"홈즈 씨," 소령이 우리를 보며 말했다. "이번 사건이 시시하게 끝났다는 사실을 들으셨습니까? 살인 사건이 아니랍니다."

"그래요?"

"수사가 종료되었습니다. 의료진들이 검시한 결과 사인이 뇌졸중이라고 합니다. 살인 사건이 아니라니 정말 싱겁게 끝나지 않았습니까?"

"정말 별사건도 아닌데 공연히 난리만 피웠군요." 홈즈는 웃으며 말했다. "왓슨, 이제 돌아가지. 더 이상 앨더숏에 머무를 필요가 없네."

"한 가지 이해할 수 없는 문제가 있어." 나는 역으로 걸어가면서 홈즈에게 물었다. "죽은 대령의 이름은 제임스이고, 제삼자의 이름은 헨리로 밝혀졌어. 그렇다면 도대체 데이빗은 누구지?"

"사건의 전체적인 흐름을 생각하면 해답이 나오게 되어 있네. 자네는 이야기를 풀어서 설명하는 걸 좋아하니 풀어서 설명하지. 데이빗이라는 말이 나온 건 부인이 남편을 비난하다가 나온 말이야."

"비난하다가 나온 말이 데이빗이라고?"

"성경에 나오는 데이빗(구약 성경에 나오는 다윗 왕의 영어식 발음이 데이빗)을 빗대어 한 말일 거야. 데이빗 왕도 실수를 할 때가 있지 않았나. 바클리 대령이 한 것과 똑같은 짓을 다윗 왕도 한 적이 있었지. 자네도 다윗 왕이 우리아의 아내 밧세바를 취하고 싶어서 우리아를 일부러 전쟁터로 보내 죽게 한 성경 이야기를 기억하지? 내 성경 지식이 짧아서 정확하게 기억나지는 않지만, 아마 사무엘 전서인가 후서에 그 이야기가 나올 거야."

Sherlock Holmes

입원 환자

The Resident Patient

1886년 10월 6일 (수) ~ 10월 7일 (목)

나는 친구 셜록 홈즈의 뛰어난 추리 능력을 세상에 알리기 위해 실제 사건을 예로 회고록을 여러 편 썼다. 지금 그것을 다시 읽어 보면 여러 가지 면에서 목적에 맞는 사건을 고른다는 것이 얼마나 어려웠는지 새삼 실감한다. 나는 훌륭한 분석력과 추리력을 발휘한 홈즈의 독특한 수사 방법이 얼마나 뛰어난지를 증명해 왔다. 그러나 홈즈의 실력과는 상관없이 사건 자체가 시시해서, 혹은 너무 평범해서 독자들에게 소개하지 못한 적도 여러 번 있었다. 반면 특이하고 극적인 사건이긴 하지만 홈즈가 그 사건에 관여한 비중이 크지 않아 공개하지 않은 경우도 많았다.

나는 홈즈의 전기 작가이기 때문에 그의 활약이 두드러진 사건을 소개하고 싶은 마음이 크다. 이러한 어려움은 '주홍색 연구' 그리고 '글로리아 스콧 호의 실종'과 관련된 이야기를 쓸 때도 실라 (머리가 여섯 개, 발이 열두 개로 개와 같은 소리를 내는 바다 괴물. 해안의 동굴에 살며 머리를 늘여 지나가는 배의 선원을 잡는다.)와 카리브디스(실라가 사는 바위 맞은편에 사는 바다 괴물)처럼 나를 괴롭혔다. 지금 여러분에게 들려주려는 이야기는 홈즈의 역할이 두드러진 사건은 아닐지 모르지만, 내용이 너무도 특이해 이 시리즈에서 빼놓을 수 없었다.

10월의 어느 비 오는 날이었다.★

"날씨가 나쁘군, 왓슨. 하지만 저녁이 되어 바람이 부는 것 같네. 함께 산책이나 할까?" 홈즈가 말했다.

나는 작은 거실에 틀어박힌 채 할 일이 없었기에 기쁘게 찬성했

★ '입원 환자'가 처음 발표된 것은 〈스트랜드 매거진〉 1893년 8월 호였다. 그때 이 부분은 아래와 같았다.

이 사건 기록의 일부를 분실했기 때문에 정확한 날짜를 알 수 없다. 그러나 나와 홈즈가 베이커 가에서 같이 산 지 일 년 정도 지난 때였던 것은 확실하다. 바람이 휘몰아치는 10월의 날씨라 우리는 하루 종일 집 안에만 있었다. 내 상태가 그다지 좋지 않아서 거친 가을바람을 맞고 싶지 않았고, 홈즈는 어려운 화학 실험에 몰두하고 있었기 때문이다. 그러나 저녁이 되자 실험 결과가 아직 나오지 않았는데도 시험관이 깨졌다. 홈즈는 실망의 소리를 내지르고 눈썹을 찡그리며 의자에서 일어났다.
"오늘 일은 망쳤군, 왓슨." 홈즈는 창문 쪽으로 가며 말을 이었다. "오! 별들이 나왔고 바람도 잠잠해졌네. 어때, 런던을 어슬렁거리는 게?"

이것은 분명히 부정확한 기술이다. 그렇다면 왜 '입원 환자'가 《셜록 홈즈 단편 전집》(런던, 존 머레이 출판사, 1928년)에 수록되었을 때, 이 부분이 삭제되었을까? 이것은 H.W. 벨이 《셜록 홈즈와 왓슨 의사, 그들의 모험 연대기》에서 지적했듯이 분실했던 기록이 나왔기 때문이다. 그리고 첫 단편집이 출판되기 전의 스토리와 비교해 보면, 사건이 일어난 것은 10월이 확실하기 때문에 이 부분을 삭제한 것이다.

다. 그리고 세 시간 정도 플릿 가에서 스트랜드 가에 걸쳐 펼쳐지는 인생의 만화경을 구경하면서 산책했다.

　섬세한 관찰력과 예민한 추리력에서 나오는 홈즈의 독특한 이야

기는 산책하는 내내 나를 즐겁게 했다.

10시가 조금 넘어 베이커 가로 돌아왔을 때 문 앞에 사륜마차가 대기하고 있었다.

"흠! 의사의 마차야. 일반 개업의 같아. 개업한 지는 얼마 되지 않았지만 진료는 상당히 많이 하는 듯하군. 의논할 일이 있어서 왔나 본데 늦지 않게 돌아와서 다행이야!" 홈즈가 말했다.

나는 홈즈의 방식에 상당히 익숙해서 그의 추리를 짐작할 수 있었다. 램프가 켜진 마차 안에는 버드나무 바구니가 걸려 있었는데, 홈즈는 바구니에 담긴 의료 기구의 종류와 상태를 보고 재빨리 추리한 것이다. 또 위층 방에 불이 켜져 있어 밤늦게 찾아온 이 손님이 우리를 만나러 왔다는 걸 알아차렸다. 나는 이런 시간에 무슨 일로 의사가 찾아왔을까 궁금해하면서 홈즈를 따라 서재로 올라갔다.

방에 들어서자 벽난로 옆에 앉아 있던 남자가 일어섰다. 그는 얼굴빛이 창백했고 뾰족한 턱에 억센 턱수염을 길렀으며, 나이는 많아야 서른서너 살쯤으로 보였다. 그러나 초췌한 얼굴과 나쁜 혈색으로 보아 그가 피곤한 생활 때문에 힘과 젊음을 모두 잃었음을 알 수 있었다. 그의 태도는 감수성이 예민한 사람들이 그렇듯 신경질적이고 숫기가 없었다. 일어나면서 벽난로 장식 위에 얹은 손을 보니 하얗고 가늘어 의사보다는 예술가가 더 어울릴 듯했다. 검은 프록코트와 어두운 빛깔의 바지 차림에 색이 약간 들어간 넥타이를 맸는데 전체적으로 어둡고 수수한 느낌을 주었다.

"안녕하세요. 오래 기다리지 않으셨다니 다행입니다." 홈즈가 쾌활한 목소리로 말했다.

"마부에게 이야기를 들으셨군요."

"아닙니다. 사이드 테이블 위에 있는 촛불을 보고 알았습니다. 자리에 앉아서 무슨 일로 오셨는지 말씀해 주세요."

"저는 퍼시 트리벨리언이고, 의사입니다. 브룩 가 403번지에 살고 있지요."

"원인 불명의 신경 장애에 관한 논문을 쓰신 분 아니세요?" 내가 물었다.

자신의 연구에 대해 알고 있다는 말을 듣자 그는 기뻐하며 수줍은 듯 얼굴을 붉혔다.

"그 논문에 대한 이야기를 들어 본 적이 거의 없어서, 사는 사람이 아무도 없다고 생각했어요. 출판업자도 책이 잘 팔리지 않는다고 하더군요. 당신도 의사인가요?"

"군의관 출신입니다."

"저는 신경성 질병에 관심이 있어 그 분야에서 전문가가 되고 싶었어요. 하지만 한계가 있더군요. 물론 이 얘길 하러 온 건 아닙니다. 홈즈 씨, 밤늦게 시간을 내주셔서 정말 감사합니다. 브룩 가에 있는 제 집에서 최근에 아주 이상한 일이 일어났는데, 오늘 밤에 일어난 일은 제 힘으로 해결할 수 없을 만큼 심각했습니다. 그래서 당신에게 조언을 구하려고 급히 달려온 겁니다."

홈즈는 의자에 앉아 담배 파이프에 불을 붙였다.

"잘 오셨습니다. 무슨 일이 있었는지 자세히 말씀해 주세요."

"그중 한두 가지는 말하기 부끄러울 정도로 사소한 일들입니다. 하지만 원인도 알 수 없고 갈수록 문제가 복잡해지고 있어요. 어쨌든 무슨 일이 있었는지 전부 말씀드릴 테니 어떤 게 중요한지 판단해 주세요. 먼저 제 대학 시절 얘기부터 해야겠군요. 저는 런던 대학 출신입니다. 제가 말하긴 그렇지만 교수님들로부터 매우 뛰어나다는 평가를 받았지요. 졸업한 후에는 킹스 칼리지 병원에 근무하면서 연구를 계속했어요. 운 좋게도 강직증에 대한 연구로 학계에서 큰 관심을 모았고, 마침내 친구 분이 방금 전에 말씀하신 신경 장애 논문으로 브루스 핀커튼 상과 메달을 받았습니다. 그 당시 저는 장래가 촉망되는 의사로 많은 사람의 인정을 받았지요. 하지만 돈이 없다는 게 가장 큰 걸림돌이었습니다. 아시다시피 전문의로 성공하려면 캐번디시 광장에 있는 열두 거리 중 한 곳에서 개업을 해야 합니다. 그곳은 임대료와 시설비가 엄청 비싼 지역이지요. 게다가 수입이 안정될 때까지 몇 년 동안 버틸 수 있는 돈도 준비해야 하고, 그럴듯해 보이는 말과 마차도 갖춰야 합니다. 하지만 제 형편으로는 터무니없는 일이었지요. 그래서 10년 동안 저축하면 개업은 할 수 있으리라는 기대로 만족해야 했습니다. 그런데 갑자기 예상치 못한 일이 일어나면서 앞당겨 개업할 수 있는 길이 열리게 되었습니다.

어느 날 블레싱턴이라는 낯선 신사가 저를 찾아왔어요. 그는 아침 일찍 사무실에 찾아와서는 곧바로 사업 이야기를 꺼냈지요.

'당신이 최근에 주목할 만한 연구로 상을 받은 퍼시 트리벨리언입니까?' 하고 물었지요.

저는 정중하게 인사하고는 그렇다고 대답했어요.

'솔직하게 말해 보세요. 그러는 것이 당신에게 유리할 겁니다. 당신은 성공할 수 있는 자질을 충분히 갖고 있어요. 요령을 부릴 줄 아나요?'

상대의 난데없는 질문에 저도 모르게 웃고는 이렇게 대답했어요.

'그렇다고 생각합니다.'

'나쁜 습관은 없소? 술에 빠져 있는 건 아니오?'

'아닙니다!'

'아주 좋아요! 그 정도면 됐어요. 그런데 그 정도 능력이 있으면서 왜 개업을 하지 않습니까?'

저는 어깨를 으쓱하고는 아무 말도 하지 않았어요.

'어서 얘기해 봐요.' 그는 침착하지 못한 태도로 대답을 재촉했어요. 그리고 '흔히 있는 얘기지 않소. 지식은 있는데 돈이 궁한 거 아닙니까? 내가 브룩 가에 개업하도록 도와준다면 어떻겠소?'라고 제의하더군요.

저는 놀라서 그를 쳐다보았지요.

'아, 당신을 위해서가 아니라 나를 위해서 그러는 거예요. 터놓고 말하자면 누이 좋고 매부 좋은 거지요. 나에게 몇천 파운드가 있는데 그 돈을 당신에게 투자하고 싶소.'

'이유가 뭡니까?' 나는 너무 놀라서 더듬거리며 물었지요.

'물론 돈을 벌기 위해서죠. 다른 데 투자하는 것보다 이편이 훨씬 안전해요.'

'그럼 제가 할 일은 뭡니까?'

'내가 사무실을 빌려서 설비를 갖추고 하녀를 고용하겠소. 그 밖에 진료소 운영에 필요한 일은 내가 다 알아서 할 겁니다. 당신은 진찰실에 앉아서 진료만 하면 돼요. 용돈과 그 밖의 비용은 전부 내가 대겠소. 그 대신 수입의 4분의 3을 내게 주고 나머지는 당신이 갖는 걸로 합시다.'

홈즈 씨, 블레싱턴의 기묘한 제안이 바로 이겁니다. 어떻게 협상하고 계약했는지에 대해서는 자세히 말하지 않겠습니다. 저는 다음 성모 영보 대축일에 그 집으로 이사했고, 그가 제시한 것과 똑같은 조건으로 진료를 시작했습니다. 블레싱턴도 입원 환자로 병원에서 저와 함께 지내게 되었지요. 그는 심장이 약해서 항상 의사의 보호를 받아야 했습니다. 2층에서 제일 좋은 방 두 개는 진찰실과 그의 침실로 사용했지요. 그는 특이한 습관을 갖고 있었고, 사람들과 어울리는 걸 좋아하지 않았어요. 외출하는 일도 거의 없었어요. 생활이 불규칙했지만 한 가지 일만은 빼놓지 않았지요. 매일 밤 같은 시간에 진찰실로 들어가 장부를 살펴보고 그날 수입 가운데 5실링 3펜스를 제외한 나머지를 자기 침실에 있는 금고에 넣었어요.

블레싱턴은 제게 투자한 걸 한 번도 후회하지 않았어요. 개업하자마자 병원에는 환자가 몰려들었지요. 환자 중에는 지위가 높은 사람들도 있었고, 나름대로 좋은 평을 얻어서 저는 곧 유명해졌어요. 그래서 블레싱턴은 최근 몇 년 사이에 더 큰 부자가 되었습니다. 홈즈 씨, 제 과거와 블레싱턴의 관계는 이게 전부입니다. 이제 오늘 밤에 일어난 일을 말씀드려야겠군요.

몇 주 전에 블레싱턴이 몹시 흥분해서 제 방에 왔어요. 그는 웨스트엔드에서 주택 침입 사건이 있었다면서 그날 당장 창문과 출입문에 튼튼한 빗장을 달아야 한다고 하더군요. 사실 그렇게까지 흥분할 일은 아니었지요. 그는 일주일 동안 이상할 정도로 불안해하면서 틈만 나면 창밖을 내다봤고, 저녁 식사 전에 하던 짧은 산책도 그만두었어요. 이런 태도 때문에 그가 무언가를, 또는 누군가를 몹시 두려워한다는 사실을 알게 되었지요. 하지만 제가 그 점에 대해 물어보면 몹시 화를 내서 더 이상 말을 꺼낼 수 없었어요. 시간이 지나자 두려움은 점차 사라지는 듯했고 그는 예전 생활로 돌아갔어요. 그런데 갑자기 일어난 사건으로 몸이 약해져 지금 병석에 누워 있습니다.

그 사건이란 이렇습니다. 이틀 전에 저는 주소도 날짜도 적혀 있지 않은 편지 한 통을 받았어요. 여기 가져왔으니 읽어 드리지요.

지금 잉글랜드에 살고 있는 한 러시아 귀족께서 퍼시 트리벨리언 의사의 진료를 받고 싶어 하십니다. 그분은 수년 동안 강직증에 시달리고 있습니다. 트리벨리언 의사께서 그 분야의 권위자라고 들었습니다. 괜찮다면 내일 저녁 6시 15분쯤에 찾아뵙겠습니다.

저는 편지 내용에 큰 흥미를 느꼈지요. 강직증은 희귀한 병이기에 연구하는 데 어려움이 많았으니까요. 다음 날 저는 진료실에 앉아 편지 속의 환자를 기다렸지요. 약속 시간이 되자 안내 직원이 환자 분을 모시고 들어왔어요.

그분은 마르고 점잖은 노인이었어요. 러시아 귀족이라고 하기에는 너무 평범해 보이더군요. 저는 그와 함께 온 젊은이를 보고 몹시 놀랐어요. 큰 키에 아주 잘생긴 젊은이로 어둡고 날카로운 인상이었어요. 가슴과 팔다리는 헤라클레스처럼 건장했어요. 젊은이는 한 손으로 노인의 팔을 부축하고 들어와서는 겉모습과 전혀 다른 부드러운 태도로 노인이 의자에 앉도록 도와주더군요.

'선생님, 허락 없이 들어온 걸 용서하세요.' 그는 약간 혀가 짧은 발음으로 영어를 했어요. '이분은 제 아버지입니다. 아버지의 건강은 제게 더할 나위 없이 중요합니다.'

저는 아버지를 걱정하는 아들의 모습에 가슴이 뭉클해졌지요.

'아버님께서 진찰을 받는 동안 함께 계시겠습니까?'

'아닙니다.' 그는 공포에 질린 듯한 목소리로 외쳤어요. '그건 제게 너무나 두려운 일입니다. 만일 아버지께서 발작을 일으키는 걸 본다면 전 분명 놀라서 죽을 거예요. 저는 신경이 아주 예민합니다. 괜찮다면 진찰을 받으시는 동안 대기실에서 기다리겠습니다.'

그는 제 동의를 얻고서 진찰실 밖으로 나갔어요. 저는 환자와 이야기를 나누면서 병에 대해 자세히 기록했지요. 노인은 그다지 지적인 사람은 아니었고, 애매한 대답을 자주 했지만, 저는 영어가 서툴기 때문이라고 생각했어요. 그렇게 기록하고 있는데 갑자기 제 질문에 아무런 대답도 없어 고개를 들어보니 노인이 의자에 똑바로 앉은 채 완전히 넋이 나간 경직된 얼굴로 저를 보고 있었어요. 또다시 발작이 일어난 거지요.

처음엔 환자에 대한 동정심과 공포감이 밀려들었지만, 그다음에

는 의사로서의 만족감 같은 것이 느껴지더군요. 저는 환자의 맥박과 체온을 기록하고, 근육이 경직된 정도와 반사작용을 검사했어요. 특별한 이상 증세는 나타나지 않았고, 제가 전에 진료했던 강직증과 다른 점이 없었어요. 전에 강직증 환자에게 아밀나이트라이트 흡입제를 써서 좋은 효과를 본 적이 있어서, 지금이야말로 흡입제의 효능을 실험할 수 있는 좋은 기회라고 생각했지요. 약병이 아래층 실험실에 있었기 때문에 환자를 의자에 앉혀 둔 채 약을 가지러 뛰어내려갔어요. 약을 찾는 데 시간이 걸려 5분쯤 후에 진찰실로 돌아왔는데, 놀랍게도 진찰실은 텅 비어 있었고 환자는 온데간데없었어요.

급히 대기실로 달려갔지만 아들도 보이지 않았어요. 현관문은 빗장이 걸리지 않은 채 닫혀 있었어요. 환자를 진찰실로 안내하는 소년은 새로 들어온 데다 행동이 민첩하지 못해요. 그 아이가 하는 일은 아래층에서 대기하다가 제가 벨을 누르면 달려와 환자를 진찰실 밖으로 안내하는 것이지요. 그 아이는 아무 소리도 듣지 못했다더군요. 정말 수수께끼 같은 일이 벌어진 겁니다. 잠시 후에 블레싱턴이 산책에서 돌아왔지만 저는 그 일에 대해 아무 말도 하지 않았어요. 사실은 최근 들어 가능하면 그와 이야기하지 않겠다고 마음먹었거든요.

저는 그 러시아 귀족과 아들을 다시 보게 되리라고는 생각지 못했어요. 그런데 오늘 밤 같은 시간에 두 사람이 또다시 진찰실로 찾아왔어요. 제가 얼마나 놀랐는지 짐작하시겠지요.

'선생님, 어제 갑자기 돌아가서 정말 죄송합니다.' 노인이 말했지요.

'전 너무 놀랐습니다.'

'사실 발작에서 깨어나면 전에 있었던 일을 기억하지 못해요. 깨어나 보니 제가 낯선 방에 있더군요. 그래서 선생님이 안 계실 때 정신이 없는 상태에서 거리로 나간 겁니다.'

'저는 아버지께서 대기실 문 앞을 지나가시기에 치료가 끝났다고 생각했습니다. 집에 도착한 후에야 무슨 일이 일어났는지 알게 되었죠.'

그의 말에 전 웃으며 대답했습니다. '그랬군요. 어제는 정말 당황했지만 이젠 괜찮습니다. 그럼 어제 하지 못한 진찰을 마저 해야 하니까 대기실로 가서 기다리세요.'

저는 30분쯤 노인의 증상에 대해 이야기를 나눈 다음 처방전을 써 주었어요. 그리고 노인이 아들의 부축을 받으며 진찰실에서 나가는 모습을 지켜봤어요.

이미 말씀드렸듯이, 블레싱턴은 매일 그 시간에 산책을 나갑니다. 두 사람이 돌아가고 얼마 지나지 않아 블레싱턴이 돌아와 2층으로 올라가더군요. 그런데 잠시 후에 계단을 급히 내려오는 소리가 들리더니 그가 공포에 질린 얼굴로 뛰어들어왔어요.

'누가 내 방에 들어간 겁니까?' 그가 소리쳤습니다.

'아무도 들어가지 않았어요.'

'거짓말하지 마시오! 올라가서 직접 보란 말이오!' 그는 몹시 흥분한 듯 고함을 질렀어요.

저는 굉장히 불쾌했지만 그가 두려움으로 정신이 반쯤 나간 것처럼 보여서 아무 말도 하지 않았지요. 2층으로 올라가자 그가 밝은 색 카펫 위에 흩어진 발자국들을 가리키며 말했어요.

'그럼 이게 내 발자국이란 말이오?' 그가 화난 목소리로 소리쳤어요.

그 발자국들은 확실히 블레싱턴 것보다 컸고 조금 전에 생긴 것이었어요. 오후에는 비가 많이 내렸고 찾아온 사람은 둘뿐이었습

니다. 그렇다면 제가 노인을 진찰하는 동안 대기실에 있던 젊은이가 블레싱턴의 방에 들어갔다는 이야기가 됩니다. 어떤 이유에서 그랬는지는 모르겠어요. 아무것도 손댄 흔적이 없었지만 발자국이 있는 걸로 보아 누군가 침입한 게 분명했지요.

물론 그런 일을 당하면 누구나 불안감을 느끼겠지만, 블레싱턴은 그 이상으로 흥분했어요. 그는 안락의자에 앉아 눈물까지 흘렸지요. 그 상태에서는 말을 걸기 어렵더군요. 당신을 찾아가라고 권유한 사람도 블레싱턴이에요. 물론 저도 그의 말이 옳다고 생각했어요. 블레싱턴이 너무 심각하게 받아들이는 면도 있지만 어쨌든 매우 특이한 사건인 듯합니다. 사실, 당신이 이 사건에 대해 설명해 줄 수 있으리라는 기대를 갖고 찾아온 건 아니에요. 저와 함께 가 주신다면 최소한 그의 마음을 진정시킬 수는 있으리라 생각합니다."

홈즈는 그의 긴 이야기를 집중해서 들었다. 이를 통해 홈즈가 이 사건에 깊은 관심을 가졌다는 사실을 알 수 있었다. 홈즈는 여전히 침착한 표정이었지만 눈꺼풀을 무겁게 내리깔고 있었고, 흥미로운 이야기가 나올 때마다 그의 파이프에서는 짙은 연기가 피어올랐다. 의사의 이야기가 끝나자 홈즈는 아무 말 없이 벌떡 일어나더니 내게 모자를 건네주고 자신도 책상 위에서 모자를 집어 들고는 트리벨리언을 따라 문 쪽으로 걸어갔다. 15분 후에 우리는 브룩 가에 있는 그의 진료소 출입문 앞에 서 있었다. 진료소 건물은 웨스트엔드에 있는 다른 개인 진료소들처럼 어둡고 앞에 보이는 벽이 평평했다. 우리는 키 작은 소년의 안내를 받아 훌륭한 카펫이 깔린 넓은 계단을 올라갔다.

그러나 기묘한 일이 일어나는 바람에 멈춰 서고 말았다. 계단 위에 있는 램프가 갑자기 꺼진 것이다. 어둠 속에서 날카롭고 떨리는 목소리가 들려왔다.

"난 권총을 갖고 있다. 더 이상 가까이 오면 쏘겠다."

"블레싱턴 씨, 이게 무슨 짓입니까?" 트리벨리언이 소리쳤다.

"아, 의사 선생이었군요."

그는 그제야 마음을 놓은 듯 한숨을 내쉬었다.

"다른 사람들은 누구요?"

그가 어둠 속에서 우리를 뚫어지게 쳐다보는 걸 느낄 수 있었다. 트리벨리언이 대답하자 그가 말했다.

"아, 누군지 알겠소. 좋아요. 올라오세요. 지나치게 경계해서 미안하군요."

그는 램프에 다시 불을 붙였다. 불빛에 드러난 그의 모습은 기괴했고, 목소리와 표정에는 불안감이 역력히 스며 있었다. 살이 많이 쪘는데, 전에는 더 풍뚱했는지 사냥개 블러드하운드의 뺨처럼 살이 작은 주머니 모양으로 축 늘어져 있었다. 안색이 좋지 않았고, 가늘고 옅은 빛깔의 머리카락은 긴장감으로 곤두서 있었다. 그는 손에 권총을 들고 있다가 우리가 다가서자 그것을 주머니에 쑤셔 넣었다.

"홈즈 씨, 안녕하십니까. 와 주셔서 감사합니다. 저만큼 당신의 조언이 필요한 사람은 없을 겁니다. 트리벨리언 씨에게서 누군가

제 방에 몰래 침입했다는 이야기를 들었을 겁니다."

"그렇습니다. 블레싱턴 씨, 그 두 사람은 누구죠? 왜 당신을 괴롭히려는 겁니까?"

"말하기가 어렵군요. 홈즈 씨, 뭐라고 대답해야 할지 모르겠습니다." 그가 신경질적인 어조로 대답했다.

"모른다는 말입니까?"

"괜찮다면 이쪽으로 오세요. 안으로 들어갑시다."

그는 우리를 넓고 편안해 보이는 침실로 안내했다.

"저걸 보세요."

그는 침대 끝에 놓인 커다란 검은색 상자를 가리켰다.

"홈즈 씨, 전 큰 부자는 아닙니다. 트리벨리언 씨에게 들었겠지만 투자라고는 이번이 처음입니다. 전 은행을 믿지 않아요. 절대로 신뢰하지 않아요. 여러분에게만 말하지만, 이 금고에는 얼마 안 되는 제 전 재산이 들어 있어요. 누군가 침입했다는 말을 들었을 때 제가 그토록 흥분한 이유를 이제야 아시겠지요."

홈즈는 미심쩍은 태도로 블레싱턴을 보다가 고개를 저었다.

"저를 속이려 한다면 조언해 드릴 수 없습니다."

"홈즈 씨, 전 모든 걸 사실대로 말했습니다."

홈즈는 기분이 상한 표정으로 등을 돌렸다.

"트리벨리언 씨, 안녕히 계십시오."

"아무 말도 없이 그냥 가시는 겁니까?" 블레싱턴이 갈라진 목소리로 소리쳤다.

"제 충고는 하나뿐입니다. 진실을 말하라는 거죠."

잠시 후에 우리는 거리로 나와 집을 향해 걸었다. 옥스퍼드 가를 지나서 할리 가를 반쯤 지났을 때 마침내 홈즈가 입을 열었다.

"왓슨, 쓸데없는 일에 자네를 데리고 가서 미안하네. 알고 보면 꽤 흥미로운 사건인데."

"솔직히 무슨 이야긴지 모르겠어."

"두 사람이 찾아왔었다는 건 확실해. 또 다른 사람들이 있을지도 모르지만 최소한 두 명이 이 일에 가담했어. 그들은 어떤 이유 때문에 블레싱턴의 방에 침입하기로 결정했겠지. 첫 번째와 두 번째 모두 젊은 남자가 블레싱턴의 방에 들어갔네. 그동안 다른 공범은 교묘한 수법으로 의사가 일을 방해하지 못하도록 진찰을 받았던 거야."

"그러면 강직증은 어떻게 된 거야?"

"거짓으로 연기한 거지. 트리벨리언 씨에게는 말할 수 없었지만 그런 병은 흉내 내기 쉬워. 내가 직접 해 봐서 알아."

"그러면 어떻게 된 거지?"

"그 사람들이 찾아올 때마다 공교롭게도 블레싱턴은 외출 중이었어. 그들은 사람들이 진료받지 않는 시간을 골라 찾아왔어. 그 시간에는 대기실에 다른 환자들이 없다는 걸 알았기 때문이지. 그런데 사건이 일어난 시간이 블레싱턴의 산책 시간과 일치한 걸 보면, 그들은 블레싱턴의 일과를 잘 모르는 듯싶어. 뭔가를 훔치러 들어갔다면 적어도 그 물건을 찾으려고 방 안을 뒤졌겠지. 그리고 위협을 느끼는 사람은 그 눈빛만 봐도 알 수 있어. 블레싱턴이 그렇게 앙심을 품은 적을 모른다는 건 말도 안 되네. 그는 두 사람이 누군지 알 거야. 개인적인 이유 때문에 그 사실을 감춘 것뿐이지. 아마 내일이면 솔직하게 말하고 싶은 마음이 생길 거야."

"이렇게 생각할 수도 있지 않을까? 터무니없는 소리처럼 들릴지도 모르지만 있을 법한 일이라고 생각해. 트리벨리언 씨가 어떤 목적을 갖고 강직증에 걸린 러시아 노인과 그 아들 이야기를 꾸며낸 다음 블레싱턴의 방에 직접 침입했다면?"

나는 멋진 추리라고 생각했는데 가스등 불빛을 받은 홈즈의 얼굴에 회심의 미소가 떠오르는 모습이 보였다.

"왓슨, 나도 처음엔 그렇게 생각했어. 하지만 곧 의사의 말이 사실이라는 걸 알았지. 그 젊은 남자가 계단 카펫 위에 발자국을 많이 남겼기에 방 안에 있는 발자국을 살펴볼 필요가 없었어. 구두 끝은 블레싱턴의 구두처럼 뾰족하지 않고 네모난 모양이야. 그리고 의사의 신발보다 1인치하고도 3분의 1 정도 더 컸네. 두말할 것도 없이 그 발자국의 주인은 젊은 남자야. 어쨌든 그 생각은 잠시 접어 두게. 내일 아침에 브룩 가에서 소식이 올 테니까."

몇 시간 뒤에 홈즈의 예상이 맞았다는 걸 확인할 수 있었다. 그것은 매우 극적인 방식으로 이루어졌다. 다음 날 아침, 잠에서 깨어 보니 홈즈가 가운을 입고 내 침대 곁에 서 있었다. 시계는 7시 30분을 가리켰으며, 지평선 너머로 아침 햇살이 희미하게 고개를 내밀고 있었다.

"왓슨, 마차가 기다리고 있어."

"무슨 일이야?"

"브룩 가 사건."

"새로운 소식이라도 있나?"

"좋지 않은 소식이야. 하지만 확실한 건 아니야." 홈즈가 블라인드를 올리며 말했다.

"이걸 봐. '제발 빨리 와 주십시오. P. T.'라고 연필로 휘갈겨 쓴 게 보이지? 의사가 이걸 쓸 때 몹시 괴로웠던 모양이야. 왓슨, 급한 전갈이니 빨리 가야 하네."

30분쯤 후 우리는 진료소 현관 앞에 서 있었다. 트리벨리언 의사가 겁에 질린 얼굴로 달려 나와 문을 열어 주었다.

"어떻게 이런 일이 일어날 수 있죠?" 그는 두 손으로 머리를 감싸며 소리쳤다.

"무슨 일입니까?"

"블레싱턴이 자살했어요!"

"저런!"

홈즈가 안타깝다는 표정으로 혀를 찼다.

"어젯밤에 목을 맸어요."

집 안으로 들어가자 의사가 앞장서서 대기실로 안내했다.

"어떻게 해야 할지 정말 모르겠어요. 위층에 경찰이 와 있어요. 너무 두려워요."

"언제 발견했습니까?"

"그는 매일 아침 차를 마셔요. 7시쯤 하녀가 방에 들어가 보니 그 불행한 친구가 방 한가운데에 목을 맨 채 숨져 있더랍니다. 무거운 램프를 걸어 두는 고리에 밧줄을 걸고 어제 우리에게 보여 주었던 저 상자 위에서 뛰어내렸어요."

홈즈는 잠시 깊은 생각에 잠긴 채 서 있었다.

"실례가 안 된다면 위층에 올라가서 살펴봤으면 합니다."

우리가 위층으로 올라가자 의사가 뒤따라왔다.

침실에는 참혹한 광경이 펼쳐져 있었다. 블레싱턴의 축 늘어진 살에 대해서는 이미 말했다. 고리에 매달려 있어서 뚱뚱한 몸집이 더욱 과장되고 두드러져서 사람이라고 여겨지지 않을 정도였다. 목은 털 뽑힌 닭처럼 축 늘어져 있었고, 그 때문에 몸집이 더 비대하고 부자연스러워 보였다. 그가 입은 긴 잠옷 밑으로 부어오른 발목과 뻣뻣하게 굳어 볼품없는 발이 보였다. 영리해 보이는 경감이 시체 옆에 서서 수첩에 뭔가를 적고 있었다.

"홈즈 씨, 만나서 정말 반갑습니다." 우리가 방에 들어서자 경감이 진심으로 반기며 말했다.

"래너 씨, 안녕하십니까? 이렇게 불쑥 찾아와서 미안합니다. 어떻게 된 일인지 들었겠죠?"

"네, 조금 들었습니다."

"당신 생각은 어때요?"

"제가 보기에 이 사람은 공포에 질려 제정신이 아니었던 것 같습니다. 보시다시피 침대에서 자고 있었어요. 침대 위에 누운 자국이 깊게 나 있어요. 일반적으로 자살은 새벽 5시쯤에 많이 일어나지요. 이 사람도 그 시간에 목을 맸어요. 상당히 치밀하게 자살을 준비한 것 같아요."

"근육이 경직된 상태를 보니 사망한 지 세 시간쯤 지났군요." 내가 말했다.

"방 안에서 이상한 점은 발견하지 못했소?"

"세면대에 나사 몇 개와 드라이버가 있었어요. 간밤에 담배를 많이 피운 듯싶어요. 벽난로에서 담배꽁초 네 개를 주웠습니다."

"담배 파이프도 찾았나요?"

"파이프는 없었습니다."

"그럼 담배 상자는?"

"코트 주머니에 있었어요."

홈즈는 담배 상자를 열더니 하나 남은 담배의 냄새를 맡아 보았다.

"오, 이건 아바나군. 네덜란드가 동인도 식민지에서 수입해 오는 독특한 담배지요. 알다시피 보통 짚으로 싸여 있고 다른 담배보다 가늘고 깁니다."

홈즈는 담배꽁초 네 개를 집어 들고 돋보기로 자세히 살펴 보았다.

"두 개는 파이프에 끼워서 피웠고, 나머지는 그냥 피운 것 같군요. 두 개는 무딘 칼로 잘랐고 다른 두 개는 튼튼한 치아로 씹어서 잘랐습니다. 래너 씨, 이건 자살이 아니오. 누군가 아주 잔인하게 계획적으로 살해한 겁니다."

"그럴 리가!" 경감이 소리쳤다.

"왜 살인 사건이 아니라고 생각하지요?"

"왜 쓸데없이 사람을 매달아서 죽입니까?"

"그건 이제부터 알아내야지요."

"범인은 어디로 들어왔을까요?"

"현관으로 들어왔을 거요."

"현관문은 아침에 잠겨 있었는데요."

"범인이 나간 다음에 문을 잠근 겁니다."

"그걸 어떻게 아시죠?"

"발자국을 봤으니까요. 잠시만 기다리면 좀 더 자세히 말해 줄 수 있을 거요."

홈즈는 현관 쪽으로 가더니 자물쇠를 돌리면서 꼼꼼하게 살폈다. 그런 다음 안쪽에 꽂혀 있던 열쇠를 뽑아서 자세히 들여다보았다. 홈즈는 침대와 카펫, 의자, 벽난로, 시체, 밧줄을 차례대로 조사했다.

"이 정도면 됐어." 마침내 홈즈가 만족스럽다는 듯이 말했다.

우리 세 사람은 밧줄을 끊고 시체를 조심스럽게 눕힌 다음 흰 천을 덮었다.

"이 밧줄은 어디에서 나왔습니까?" 홈즈가 물었다.

"여기에서 잘라 낸 겁니다."

트리벨리언이 침대 밑에서 둘둘 만 커다란 밧줄 뭉치를 끌어냈다.

"그는 병적일 만큼 화재를 두려워해서 항상 침대 아래에 밧줄을 두었어요. 불이 나서 계단이 타 버리면 밧줄을 타고 창문으로 내려갈 생각이었겠죠."

"그래서 범인들이 수고를 덜었군요. 그래요, 이제 분명히 알겠습니다. 오후가 되기 전에 사건의 원인도 설명할 수 있을 겁니다. 벽난로 위에 있던 블레싱턴의 사진은 제가 가져가지요. 수사에 도움이 될 겁니다." 홈즈가 생각에 잠긴 표정으로 말했다.

"하지만 아직 아무것도 설명하지 않았잖아요!" 의사가 소리쳤다.

"사건의 순서는 분명합니다. 모두 세 사람이 이 사건에 연루돼 있지요. 젊은 남자와 노인 그리고 세 번째 인물. 그 사람이 누군지 아직 모르겠습니다. 러시아 백작과 그의 아들로 가장한 두 사람에 대해서는 더 이상 설명할 필요가 없을 것 같군요. 그들은 집 안에 있는 누군가의 도움으로 안에 들어올 수 있었어요. 경감, 안내 직원을 체포하는 게 좋을 겁니다. 트리벨리언 씨, 최근에 그 소년을 고용했다고 했지요?"

"그런데 그 녀석이 사라졌어요. 조금 전에 하녀와 요리사가 찾으러 나갔습니다."

홈즈는 어깨를 으쓱했다.

"그 아이는 이 사건에서 중요한 역할을 했습니다. 노인과 젊은 남자 그리고 알려지지 않은 제3의 인물이 차례로 살그머니 계단을 올라갔겠지요."

"뭐라고?" 나는 놀라서 갑자기 소리쳤다.

"틀림없이 발자국이 겹쳐 있었어. 어젯밤에 왔을 때 발자국이 누구 것인지 살펴봤지. 그들은 계단을 올라가서 블레싱턴의 방으로 들어가려 했어. 방문이 잠겨 있었지만 철사를 이용해 문을 열었지. 돋보기를 사용하지 않아도 열쇠 홈에 긁힌 자국이 있는 것이 보이네. 이건 힘을 가할 때 생긴 자국이야. 문이 열리자 그들은 방으로 들어가 블레싱턴의 입에 재갈을 물렸어. 그는 잠들어 있었거나 겁에 질려 꼼짝할 수 없어서 소리도 지르지 못했지. 벽이 두꺼워서 비명을 질렀다 해도 들리지 않았을 거야. 그를 묶어 두고 이야기했겠지. 어떻게 처벌할 것인가에 대한 얘기였을 거야. 담배꽁초를 보니 한동안 얘기를 나눈 것 같아. 노인은 버드나무 의자에 앉아 파이프로 담배를 피웠고, 젊은이는 저쪽에 앉아서 서랍장에 담뱃재를 털었어. 세 번째 남자는 방 안을 왔다 갔다 했을 거고, 확실하진 않지만 블레싱턴은 침대 위에 똑바로 앉아 있었을 거야. 마침내 그들은 블레싱턴을 목매달기로 결정했어. 사전에 계획된 일이었기에 교수대를 대신할 도르래를 가져왔을 거야. 나사와 드라이버는 도르래를 고정시키는 데 사용했겠지. 그런데 벽에 있는 고리를 본 순간 쓸데없이 고생할 필요가 없다는 걸 알았어. 그들이 일을 마치고 서둘러 집 밖으로 도망치고 난 후에 공범이 안에서 문을 잠갔네."

홈즈가 어젯밤에 일어난 일을 설명하는 동안 우리는 흥미를 갖고 열심히 귀를 기울였다. 그가 너무도 미묘하고 세밀한 단서들을 갖고 추리를 해 나갔기 때문에, 그가 단서를 하나하나 지적해 주어도 이해하기 어려웠다. 경감은 안내 직원을 수사하기 위해 서둘러 나갔고, 홈즈와 나는 아침을 먹으러 베이커 가로 돌아왔다.

"3시까지 오겠네. 3시에 여기서 경감과 의사를 만나기로 했어. 그때까지 풀리지 않은 의혹을 자세히 밝혀낼 수 있었으면 좋겠군." 아침 식사를 마친 뒤 홈즈가 말했다.

경감과 트리벨리언이 약속 시간에 맞춰 하숙집으로 찾아왔다. 하지만 홈즈는 3시 45분이 되어서야 돌아왔다. 방 안에 들어서는 홈즈의 표정을 보고 나는 모든 일이 잘 해결되었다는 걸 직감했다.

"경감, 새로운 소식이라도 있습니까?"

"그 소년을 체포했어요."

"잘됐군요. 나도 그 남자를 잡았소."

"범인을 잡았단 말입니까?" 세 사람이 동시에 외쳤다.

"최소한 누군지는 알아냈지요. 내 예상대로 블레싱턴과 범인들은 경찰에 잘 알려진 인물들이었소. 그들의 이름은 비들, 헤이워드, 모팻이었소."

"워싱턴 은행 강도들이군요!" 경감이 놀란 목소리로 외쳤다.

"맞아요." 홈즈가 말했다.

"그렇다면 모든 게 분명해지는군요." 경감이 말했다.

트리벨리언과 나는 어리둥절한 표정으로 서로를 쳐다보았다.

"그 유명한 워싱턴 은행 강도 사건을 기억하고 있겠지요. 은행에 침입한 사람은 모두 다섯 명이었습니다. 이 네 사람 외에 카트라이트가 있었지요. 그들은 금고 관리인 토빈을 살해하고 7,000파운드를 훔쳐 달아났어요. 1875년에 일어난 사건이지요. 경찰은 다섯 명 모두 붙잡았지만 결정적인 증거를 찾지 못했어요. 그런데 그중에서 가장 악랄한 블레싱턴이 동료들을 밀고했지요. 그가 제시한 증거 때문에 카트라이트는 교수형을 당했고, 나머지 세 사람은 각각 15년형을 선고받았습니다. 최근에 만기를 몇 년 앞두고 출소한 그들은 감옥에서 나오자마자 배신자를 찾아내 죽은 동료를 대신해서 복수한 겁니다. 그들은 두 번이나 블레싱턴을 처치하려고 했지만 실패하고, 세 번째 시도에서 마침내 성공했습니다. 트리벨리언 씨, 더 설명할 게 있을까요?"

"당신 덕분에 모든 게 분명해졌습니다. 블레싱턴은 그날 신문에서 그들이 석방되었다는 기사를 읽고서 그렇게 흥분했던 겁니다."

"맞아요. 웨스트엔드 강도 얘기는 우리를 속이려고 지어낸 겁니다."

"그런데 왜 당신에게 이런 이야기를 하지 않았을까요?"

"옛 동료들의 복수심이 얼마나 큰지 알고 있어서 가능한 한 자기 정체를 숨기려 했던 겁니다. 자신의 수치스런 비밀 때문에 누구인지 밝힐 수 없었죠. 그는 비열한 사람이었지만 영국 법의 보호를 받으며 살아왔어요. 하지만 경감, 법이 제 역할을 하지 못해도 정의의 칼이 복수를 하지요."

이것이 러시아 환자와 브룩 가의 의사가 관련된 기괴한 사건의 전말이다. 그날 밤 이후로 세 살인자는 경찰 수사망에서 자취를 감추었다. 스코틀랜드 야드는 그들이 불행한 증기선 노라 크레이나 호에 탑승했다고 추정했다. 그 배는 몇 년 전 포르투갈 해안 오포

르토 북쪽에서 몇 마일 떨어진 해역에서 침몰해 승객 전원이 사망했다. 안내 직원에 대한 재판은 증거 불충분으로 중단되었고, '브룩 가의 미스터리'라고 불리는 이 사건을 정식으로 다룬 출판물은 아직까지 발표되지 않고 있다.

Sherlock Holmes

그리스 어 통역사

The Greek Interpreter

1888년 9월 12일 (수)

셜록 홈즈와 나는 꽤 오랫동안 친하게 지내는 사이였다. 하지만 그는 친척에 대해서 일체 말하지 않았고, 어린 시절에 대해서도 거의 이야기하지 않았다. 그 때문에 나는 그가 냉정한 남자라고 느꼈으며, 마침내는 보통 사람과는 동떨어진 존재, 지적으로 탁월한 것만큼 인정이 결여되었으며 심장이 없고 두뇌뿐인 남자라는 생각까지 했다. 여자를 싫어하고 친구를 사귀지 않는 그의 성격은 정에 좌우되지 않는다는 사실을 보여 주었고, 친척에 대해서 일체 말하지 않는다는 건 더욱 비인간적으로 보이게 했다. 나는 그가 살아 있는 친척이 전혀 없는 고아일 거라고 생각했기에, 어느 날 그가 형에 대해서 이야기했을 때 놀라움을 금치 못했다.

어느 여름날 저녁, 홈즈와 나는 차를 마시고 난 뒤 두서없는 잡담을 하고 있었다. 이야기의 화제는 마침내 격세유전과 유전적 소질에까지 미쳤다. 개인의 특수한 재능이 어느 정도까지 젊을 때의 훈련에 의해 좌우되는가 하는 게 주요 논점이었다.

"지금까지 자네가 이야기해 준 바로 볼 때, 자네의 관찰력이나 특별한 추리력은 분명히 방법적인 훈련에 의한 것일 테지." 내가 말했다.

"어느 정도까지는 그래. 나의 조상은 대대로 시골의 대지주였는데, 모두 그 계층에 맞는 비슷비슷한 생활을 해 온 모양이야. 그리고 나의 재능은 혈통에서 비롯된 거야. 아마 할머니에게 이어받은 듯한데, 할머니는 베르네라는 프랑스 화가의 여동생뻘이지. 예술가의 혈통은 매우 색다른 인간을 낳게 하는 법이야." 그는 생각에 잠기면서 대답했다.

"하지만 어떻게 자네의 재능이 유전에 의한 것인 줄 아나?"

"왜냐하면 나의 형 마이크로프트만 해도 재능이 나보다 뛰어나거든."

이것은 정말 처음 듣는 이야기였다. 이같이 특이한 능력을 가진 남자가 영국에 또 한 사람 있다고 하는데, 지금까지 경찰은 물론 세상 그 누구도 모르고 있었다니 어찌 된 일일까? 나는 그가 겸손하여 형이 자기보다 뛰어나다고 말하는 게 아닐까 하는 생각으로 홈즈를 넌지시 떠보았다. 그러나 홈즈는 분명하게 다음과 같이 지적했다.

"왓슨, 나는 겸손을 하나의 미덕으로 여기는 사람들에게 동의할 수 없어. 논리를 다루는 사람은 모든 사물을 있는 그대로 정확히 봐야 해. 자기를 실제보다 낮게 평가하는 것은 자기의 능력을 과장하는 것만큼 진실에서 벗어나는 거야. 그러므로 마이크로프트 형의 관찰력이 나보다 뛰어나다고 말하면, 정확히 글자 그대로 진실을 말한다고 해석하면 돼."

"몇 살 차이인가?"

"일곱 살."

"어째서 이름이 알려지지 않았지?"

"동료들 사이에서는 유명해."

"그렇다면 어느 방면에서?"

"이를테면 디오게네스 클럽 등에서지."

그런 클럽 이름은 들은 적이 없었다. 내 얼굴에 미심쩍다는 기색이 나타나자 홈즈는 시계를 꺼내며 말했다.

"디오게네스는 런던에서 가장 특이한 클럽이고 마이크로프트 형 또한 아주 특이해. 매일 4시 45분부터 7시 40분까지는 반드시 클럽에 있다네. 지금이 6시군. 이 아름다운 밤에 자네가 산책할 생각이 있다면 진기한 클럽과 진기한 남자를 소개하고 싶네."

5분 후 우리는 거리로 나가 리젠트 광장 쪽으로 걸어갔다.

"자네가 이상하게 생각하는 것은 왜 마이크로프트 형이 자기의 능력을 탐정 사업에 쓰지 않느냐는 점일 테지. 하지만 형에겐 그런 힘이 없어." 홈즈가 말했다.

"하지만 자네가 말했잖나."

"관찰력이나 추리력은 나보다 뛰어나다고 했지. 탐정술이 안락의자에 앉아 추리나 하는 것으로 가능하다면, 형은 고금에 그 유례를 찾아볼 수 없는 유명한 탐정이 되었겠지. 하지만 형은 에너지도 없고 야심도 없어. 자기가 해결한 일을 일부러 증명하려고 마음먹지도 않을뿐더러, 수고를 들여 자기가 옳다는 걸 증명할 정도라면 차라리 틀렸다고 해 두는 편이 낫다고 생각하는 성격이지. 나는 몇 번이나 문제를 갖고 가서 해답을 얻어 오곤 했는데, 영락없이 들어맞는다는 걸 나중에서야 알 수 있었네. 그런데 사건을 재판관이나 배심원의 손에 넘기기 전에 조사해야 할 실제적인 요점을 종합하는 일이 불가능한 사람이 바로 형이라네."

"그럼, 직업으로 삼고 있는 게 아니겠군."

"물론이지. 나에게는 생활 수단이지만 형에게는 애호가의 취미에 지나지 않아. 형은 숫자에 남다른 재능이 있어서, 정부의 어떤 부서에서 회계장부를 검토하는 일을 맡고 있어. 팰맬 가에 사는데 매일 아침 모퉁이를 돌아 화이트홀까지 걸어서 갔다가 매일 밤 모퉁이를 돌아서 오지. 일 년 내내 다른 운동은 하지 않고 남의 집에 가는 일도 없어. 예외는 디오게네스 클럽인데 그 클럽은 형의 집 맞은편에 있네."

"처음 듣는 이름이야."

"그럴 거야. 자네도 알다시피 런던에는 내성적인 성격이나 인간혐오라는 이유로 남들 앞에 나서기 싫어하는 사람들이 꽤 있어. 그렇다고 안락한 의자나 신간 잡지들이 아주 싫은 것은 아니거든. 디오게네스 클럽은 이와 같은 사람들의 편의를 위해서 창립됐는데, 지금은 런던에서도 가장 사교성 없고 무뚝뚝한 남자들이 모여 있지. 그곳에선 다른 회원에게 조금이라도 관심을 갖는 것이 허락되지 않아. 외부인 면회실 이외에서는 어떠한 사정이 있더라도 대화가 금지되며, 세 번 위반해서 그 사실이 위원회에 알려지면 대화를 시도한 남자는 제명 처분되지. 형도 창립자 가운데 한 명이지만,

내가 가서 본 느낌으로는 마음이 아주 편해지는 분위기였어."

이야기하는 사이, 세인트 제임스 가에서 걷기 시작한 우리는 팰 맬 가에 도착했다. 홈즈는 칼튼 클럽 조금 못 미쳐 어느 문 앞에서 걸음을 멈추더니, 나에게 말을 하면 안 된다고 주의를 주고는 앞장서서 현관으로 들어갔다. 유리창 너머로 넓고 호화로운 방이 보였는데, 꽤 많은 사람들이 저마다 조그마한 은신처에 틀어박혀 신문을 읽고 있었다. 홈즈는 팰맬 가에 면한 작은 방으로 나를 안내하고 다시 방 밖으로 나갔다가 이윽고 첫눈에 그의 형제임을 알 수 있는 인물을 데리고 돌아왔다.

마이크로프트 홈즈는 셜록보다 몸집이 훨씬 크고 뚱뚱했다. 얼굴도 컸지만 어딘가 날카로운 표정 — 이것은 셜록가 얼굴의 두드러진 특징이다 — 을 간직하고 있었다. 기묘하게 밝고 엷은 회색 눈은 방심한 듯하지만 한편으로 사색적인 느낌이었다. 이 느낌은 셜록이 온 힘을 기울이고 있을 때만 볼 수 있는 것이다.

"반갑습니다."

그는 물개 다리처럼 볼이 넓고 납작한 손을 내밀었다.

"당신이 기록을 담당하고부터 곳곳에서 셜록의 소문을 듣지요. 그런데 셜록, 지난주엔 매너하우스 사건 문제로 의논하러 올 거라고 해서 기다렸어. 너에게는 좀 무리일 것 같아서 말이야."

"아니, 해결했어." 홈즈가 싱긋 웃으며 말했다.

"역시 애덤스였지?"

"그래, 애덤스였어."

"처음부터 알고 있었지."

두 사람은 내닫이창에 나란히 걸터앉았다.

"이곳은 적어도 인간을 연구하는 사람에겐 아주 좋은 장소지. 전형적인 희한한 인물이 지나가는군. 저기 이쪽으로 걸어오고 있는 두 남자를 봐." 마이크로프트가 말했다.

"당구 점수 계산원과 다른 한 명?"

"맞았어. 다른 사람은 직업이 뭘까?"

두 남자는 창문 맞은편에서 걸음을 멈추었다. 내가 보기에 한쪽 남자의 조끼 주머니 위에 묻어 있는 초크 자국이 게임 계산과 관계있다는 사실을 알려 주는 유일한 표시였다. 다른 한 명은 몸이 작고 피부가 검은 남자로, 모자를 뒤로 젖혀 쓰고 보퉁이 몇 개를 옆구리에 끼고 있었다.

"나이 든 군인으로 보이는데." 셜록이 말했다.

"최근에 제대했어. 인도에서 근무했지." 마이크로프트가 말했다.

"병과는 포병."

"혼자 사는군."

"하지만 아이가 하나 있어."

"하나가 아니야."

"아니, 대체 어떻게 된 영문이지?" 나는 웃으며 말했다.

"뭐, 그것은 쉽게 알 수 있지. 저 태도며 뽐내는 표정이며 햇볕에 그을린 것을 보면 확실히 군인인데, 이등병은 아니고 인도에서 돌아온 지 얼마 안 되는 군인이네." 홈즈가 말을 받아 대답했다.

"제대한 지 얼마 되지 않았다는 증거로 아직도 보급품 장화를 신고 있다는 걸 들 수 있지. 기병과 같은 걸음걸이는 아니지만 모자를 옆으로 비딱하게 썼던 모양인지 이마 한쪽 피부가 밝아. 저 체중으로 볼 때 공병은 아니고, 포병대에 있었을 거야. 게다가 정식 상복을 입고 있으니 아주 가까운 사람을 최근에 잃은 듯해. 직접 장을 보니 죽은 사람이 아내인 듯싶다는 거지. 아이들의 물건을 샀어. 딸랑이 장난감을 갖고 있는 걸로 보면 하나는 아직도 젖먹이야. 부인은 산후증으로 죽은 모양이야. 그림책을 한 권 안고 있으니 아이가 하나 더 있다고 생각되는군." 마이크로프트가 말했다.

나의 친구가 형이 자기보다 더 날카로운 분석의 재능을 갖고 있다고 말한 의미를 알 수 있었다. 홈즈는 나에게 눈짓을 하며 싱긋 웃었다. 마이크로프트는 거북이 등으로 만든 상자에서 코담배를 한 줌 집어 냄새를 맡고는 웃옷에 흘린 가루를 큼직하고 빨간 비단 손수건으로 털어 내며 말했다.

"그런데 셜록, 네가 맡아 줘야 할 사건이 있어. 나에게 감정 의뢰가 들어왔는데, 아주 기묘한 사건이야. 나는 끝까지 파헤칠 기운이 없지만, 사건 자체에는 아주 재미있는 추리 재료가 많아. 이야기를 들어 볼 생각이 있다면—"

"꼭 들려줘."

마이크로프트는 수첩을 한 장 찢어서 무언가를 쓰더니 벨을 울려 급사에게 건네주었다.

"멜러스에게 와 달라고 심부름을 보냈어. 이 사람은 내 방 위층에 세 들어 있는데, 어쩌다 알게 된 인연으로 내게 걱정거리를 의논해 왔지. 혈통은 그리스인 같은데 어학에 매우 뛰어나. 재판소에서 통역 일을 하거나, 노섬벌랜드 애버뉴 근방의 큰 호텔에 숙박하는 동양인 부자들의 가이드를 하며 생계를 꾸려 나가고 있지. 그 남다른 체험담을 본인 입으로 직접 이야기해 달라고 부탁했어."

잠시 후 키가 작고 뚱뚱한 남자가 합석했다. 올리브색 얼굴과 새까만 머리털이 남국 태생임을 말해 주었지만, 말씨는 교양 있는 영국인의 그것과 다름없었다. 열성적으로 셜록 홈즈와 악수를 나눈 그는 이 전문가가 자신의 이야기를 듣고 싶어 한다는 걸 알자 기쁨의 눈빛을 보였다.

"경찰이 저를 믿으리라고는 생각하지 않아요. 그것은…… 이런 일에 대해서는 한 번도 들은 적이 없을 테니 믿지 않을 거예요. 하지만 얼굴에 반창고를 붙인 그 딱한 남자가 어떻게 되었는지 알기까지는 제 마음이 편치 않을 겁니다." 그가 슬픈 목소리로 말했다.

"진지하게 듣고 있습니다." 홈즈가 말했다.

"지금은 수요일 밤이지요." 멜러스가 계속했다. "그래요, 그러니까 월요일 밤, 즉 일이 생긴 것은 엊그제입니다. 이분이 말했으리라 생각합니다만, 저는 통역을 하고 있어요. 어떤 말이라도, 아니 거의 어떤 말이라도 통역하지만 태생은 그리스인이고 그리스 이름을 가지고 있고, 주로 그리스 어 통역을 합니다. 오래전부터 런던 최고의 그리스 어 통역사로 인정받고 있고, 호텔업계에선 이름이 꽤 알려져 있지요.

흔히 있는 일입니다만, 말썽거리가 생긴 외국인이나 다른 사람들보다 늦게 도착한 여행자 등의 의뢰로 엉뚱한 시간에 호출되곤 합니다. 그래서 월요일 밤 래티머라는 잘 차려입은 젊은이가 제 집에 와서, 영업용 마차를 문밖에 기다리게 했다면서 동행을 요구했을 때도 별로 놀라지 않았습니다. 그리스 친구가 사업차 찾아왔는데, 그는 그리스 어밖에 하지 못하니 통역이 필요하다는 이야기였죠. 집은 켄싱턴이라 조금 멀다고 하면서 밖으로 나가자마자 급히 저를 영업용 마차에 밀어 넣는 모양이 몹시 서두르는 듯했습니다.

조금 전 제가 영업용 마차라고 했습니다만, 저는 곧 제가 탄 것이 자가용 마차가 아닐까 하는 의심을 했습니다. 아무리 보아도 런던의 망신거리라고나 할 영업용 사륜마차보다 푹신했고, 마구도 닳기는 했지만 고급품이었습니다.

래티머 씨는 저와 마주 보고 앉았는데, 마차는 채링크로스를 빠져나가 섀프츠버리 애버뉴를 달려갔습니다. 옥스퍼드 가로 접어들었을 무렵, 켄싱턴으로 가는데 이렇게 가면 길을 돌게 되지 않느냐고 용기를 내어 물었지요. 그러자 그가 이상한 행동을 하는 바람에 저는 입을 닫았습니다.

그는 먼저 주머니에서 납으로 만든 짧고 무시무시한 곤봉을 꺼내더니 무게와 강도를 시험해 보기라도 하듯 앞뒤로 몇 번 휘둘렀어요. 그러고 나서 아무 말도 하지 않고 곤봉을 옆자리에 놓았습니다. 그리고 이번에는 양쪽 창문을 올려 닫았는데 놀랍게도 밖이 보이지 않도록 완전히 종이가 발려 있었지요.

'이런 행동을 해서 미안합니다. 멜러스 씨, 실은 당신에게 행선지를 알리고 싶지 않아요. 당신이 길을 알게 되어 나중에 다시 오면 곤란하니까요.'

짐작하실 테지만 그 순간 저는 정말 소스라치게 놀랐습니다. 상대는 힘이 세어 보이고 어깨가 떡 벌어진 젊은이로, 무기가 없었다 해도 저 같은 사람은 몸싸움으로 이길 가망이 전혀 없어 보였습니다.

'아주 묘한 짓을 하는군요, 래티머 씨. 이것이 불법행위라는 것쯤은 아실 텐데요.' 저는 더듬거리며 말했습니다.

'고약한 행동일지도 모르겠군요. 하지만 그만한 보상은 하지요. 그러나 멜러스 씨, 경고하는데 오늘 밤 조금이라도 도움을 청하거나 저에게 불리한 일을 하면 신상에 좋지 않은 일이 생길 겁니다. 당신이 있는 장소는 아무도 모를 것이고, 이 마차 안이든 제 집이

든 당신은 제 손안에 있다는 사실을 잊지 마시죠.'

잔잔한 말투였지만 왠지 신경을 건드리는 표현이라 아주 불쾌했지요. 이런 이상한 방법으로 저를 납치해 가는 이유가 대체 무엇일까 하고 수상쩍어하면서도 잠자코 앉아 있었습니다. 어쨌든 저항은 헛일이 될 것이 뻔했고, 무슨 일이 생길지 기다려 보는 수밖에 없었습니다.

어디로 가고 있는지 짐작도 하지 못한 채 두 시간 가까이 마차를 타고 있었습니다. 때로는 마차 바퀴가 달그락거리는 소리가 들려 돌이 깔린 길이라 짐작했고, 소리를 내지 않고 매끄럽게 달릴 때는 도로라는 것을 알 수 있었습니다. 그러나 이런 소리의 변화 말고는 대체 어디를 달리는지 어렴풋하게라도 짐작할 방법이 전혀 없었습니다. 창문에 바른 종이 때문에 빛은 전혀 들어오지 않았고, 앞면 유리창에는 파란 커튼이 쳐져 있었지요. 팰맬을 나선 것은 7시 15분이 지나서였지만, 마차가 멎었을 때 제 시계는 8시 50분을 가리키고 있었습니다. 동행한 남자가 창문을 열자, 위에 불을 밝힌 램프가 달린 나직한 아치형 문이 보였습니다. 내가 서둘러 마차에서 내리자 문이 열렸어요. 안으로 들어갔는데, 입구 양쪽에 잔디와 나무들이 있었던 것 같아요. 그러나 개인 집의 마당인지 진짜 들인지는 확실히 말씀드릴 수 없습니다.

안에 들어가자 색이 있는 가스등이 켜져 있었지만, 불을 가늘게 줄여 놓아서 상당히 넓은 현관홀에 그림이 몇 폭 걸려 있었던 것 말고는 아무것도 모르겠습니다. 그래도 그 희미한 불빛으로 문을 열어 준 사람이 험상궂은 얼굴에 몸집이 작고 허리가 굽은 중년 남자라는 걸 알아볼 수 있었지요. 이쪽을 돌아봤을 때 불빛이 번쩍하고 반사해서 안경을 쓰고 있다는 걸 알았습니다.

"해롤드, 이분이 멜러스 씨냐?" 그 남자가 말했습니다.

"네."

"잘했다, 잘했어! 멜러스 씨, 나쁘게 생각하지 마세요. 어쨌든 당신 없이는 안 되는 일이라서요. 제대로 해 주기만 하면 나쁘게 하지는 않겠어요. 그러나 쓸데없는 짓을 하면 후회하게 될 겁니다."

남자는 조급하고 신경질적인 말투로 말하며 사이사이 킬킬 웃었는데 왠지 다른 한 사람보다 더 무서운 느낌을 주었어요.

"도대체 뭘 하라는 말이죠?" 제가 물었습니다.

"그리스 신사가 찾아왔으니 몇 가지 질문을 하고 우리에게 대답을 들려주면 되지요. 다만 우리가 말하지 않은 내용을 지껄이거나 하는 날에는—여기서 또 킬킬 신경질적으로 웃고—이 세상에 태어난 걸 후회하게 될 거요."

남자는 이렇게 말한 뒤 문을 열고 호화롭게 장식된 방으로 저를 데리고 들어갔습니다. 하지만 여기도 등불이라고는 불빛을 줄인 램프가 하나 있을 뿐이었습니다. 넓은 방에 카펫에 발이 파묻히는 정도로 봐서 그 훌륭함을 짐작할 수 있었습니다. 벨벳으로 싼 의자, 희고 높은 대리석 벽난로 선반 그리고 그 옆에 일본 갑옷이 한 쌍 있었습니다. 램프 바로 아래에 의자가 있었는데, 나이 든 남자가 거기에 앉으라고 몸짓으로 저에게 신호를 했습니다. 젊은이는 보이지 않았는데, 갑자기 다른 문으로 헐렁한 가운을 걸친 남자를 데리고 돌아왔습니다. 남자는 천천히 우리에게 다가왔는데, 흐릿한 불빛 속으로 들어와 형체를 알아볼 수 있게 되었을 때 저는 오싹 몸서리를 쳤습니다. 그는 송장처럼 창백하고 무섭게 여위어 정신력으로 겨우 몸을 지탱하는 듯했고, 두 눈은 툭 튀어나와 번들번들 번쩍였어요. 하지만 쇠약한 육체 이상으로 저를 오싹하게 만든 것은 십자로 반창고가 붙어 있는 괴기한 얼굴이었어요. 특히 입 위에 제일 큰 반창고 한 장이 붙어 있었지요.

"해롤드, 판을 가져왔나?"

이상한 남자가 의자에 앉았다기보다도 쓰러지듯 주저앉았을 때 나이 든 남자가 소리쳤습니다.

"손은 헐겁게 해 주었을 테지. 그럼 연필을 주어라. 멜러스 씨,

당신이 질문하고 이 사람이 대답을 쓰는 겁니다. 우선 서류에 서명할 마음이 있는지 물어보시오."

남자의 두 눈은 불길처럼 번쩍였습니다.

그는 판에 그리스 어로 이렇게 썼습니다.

'절대 안 된다!'

'어떤 조건이라도?' 저는 폭군의 명령처럼 물었습니다.

'내 눈앞에서 그녀가, 내가 알고 있는 그리스인 신부의 입회 아래 결혼하는 것을 똑똑히 보지 않는 한.'

나이 든 남자는 독살스러운 태도로 킬킬 웃었습니다.

"그럼 네가 어떻게 되는지 알 테지?"

'나는 아무래도 좋다.'

이와 같은 물음과 답변이 반은 구두, 반은 필담으로 행해진 우리의 대화입니다. 저는 몇 번이나 고집을 꺾고 서명할 생각이 없느냐고 물었습니다. 그리고 그때마다 똑같이 화가 섞인 대꾸를 들었을 뿐입니다. 하지만 그러는 동안 묘안이 떠올랐습니다. 질문할 때마다 제 자신의 짧은 말을 덧붙이기 시작했지요. 처음에는 뒤탈이 없을 말로 두 남자가 눈치챘는지 확인해 보았는데 그들은 어떤 반응도 보이지 않았습니다. 그래서 저는 좀 더 위험한 모험을 시도했습니다. 우리의 대화는 대충 이런 식이었습니다.

'그렇게 고집을 부리면 좋지 않다. 당신은 누구?'

'내 걱정은 하지 마. 런던에 처음 온 사람.'

'너의 파멸은 자업자득이다. 언제부터 여기에 있었소?'

'그래도 좋다. 3주 전부터.'

'재산은 절대 네 것이 되지 않는다. 어떤 변을 당하고 있나?'

'악당의 손에 넘길 줄 아느냐. 식사를 주지 않는다.'

'서명만 하면 자유의 몸으로 만들어 주겠다. 여기는 어떤 집인가.'

'절대로 서명하지 않는다. 모른다.'

'그녀를 위해서도 좋지 않을 걸. 당신 이름은?'

'그녀가 그렇게 말하는 것을 들려주었으면 한다. 클라티디스.'

'서명하면 그녀와 만나게 해 주겠다. 어디에서 왔나?'

'그렇다면 만나지 않겠다. 아테네.'

홈즈 씨, 5분만 더 있었다면 이 사건의 전체를 놈들 코앞에서 탐지할 수 있었을 겁니다. 그야말로 한 번만 더 물으면 모든 것이 뚜렷해졌을지 모릅니다. 그런데 마침 그때 문이 열리고 한 여자가 방에 들어왔습니다. 똑똑히 보지 않았기 때문에 검은 머리에 키가 크고 흰 가운을 입은 우아한 부인이라는 사실만 알 수 있었을 뿐입니다.

'해롤드! 전 이제 거기에 있을 수 없어요. 2층에 혼자서, 아주 쓸쓸해서…… 아니, 폴 아니세요!' 여자는 시원찮은 영어로 말했습니다.

마지막 말은 그리스 어였는데, 그것과 동시에 그리스 남자는 필사적으로 입에 붙은 반창고를 떼어 내면서 '소피! 소피!' 하고 외치며 여자에게 뛰어들었습니다. 두 사람의 포옹은 극히 짧았고 젊은이가 여자를 붙잡아서 방 밖으로 끌어냈습니다. 나이 든 남자는 초췌할 대로 초췌한 희생자를 어렵지 않게 잡아떼어 다른 문으로 끌어냈습니다. 잠깐 동안 저는 방에 혼자 남게 되어서 지금 있는 곳은 어떤 집일까, 어쩌면 단서를 잡을지도 모른다는 막연한 생각을 하며 살며시 일어섰습니다. 하지만 아무런 행동도 하지 않아서 천만다행이었습니다. 얼굴을 들고 보니 나이 든 남자가 문 앞에 서

서 저를 뚫어지게 쳐다보고 있지 않겠습니까.

'수고했소, 멜러스 씨. 보다시피 당신에게 수고를 끼친 일은 매우 은밀한 것이오. 당신의 손을 빌려야 할 일도 아니지만 그리스어를 잘하는 내 친구가 이 담판을 시작했는데 갑자기 동양으로 가게 되어서 말이오. 대신 도움을 줄 사람이 필요했는데 다행히 능숙한 당신을 발견한 것이오. 여기에 5파운드 있는데, 이것으로 요금은 충분할 테지요. 다만 거듭 말하지만……' 그는 이렇게 말하더니 제 가슴을 가볍게 토닥거리고 킬킬 웃으면서 덧붙였습니다. '이 일을 누군가에게, 알겠지요? 단 한 사람에게라도 지껄이면 어떤 일이 생길지 나도 모르오.'

이 형편없는 남자에게서 받은 징그럽고 몸서리나는 느낌은 뭐라 말할 수 없습니다. 그때 램프의 불빛이 그를 비추어서 더 잘 볼 수 있었습니다. 궁색한 얼굴로 혈색이 나쁘고, 듬성듬성 난 뾰족한 턱수염은 실처럼 가늘고 푸석푸석했습니다. 말할 때 얼굴을 내밀듯이 하고 마치 무도병 환자처럼 입술과 눈꺼풀을 쉬지 않고 떨었지요. 기묘하게 킬킬거리는 웃음도 신경병의 징후가 틀림없을 겁니다. 하지만 얼굴에서 풍기는 무시무시함은 차갑게 번쩍이는 회색 눈, 사악하고 인정사정없는 냉혹함을 밑바닥에 간직한 그 눈에서 나왔습니다.

'우리에겐 정보망이 있어서 당신이 이 일을 누설하면 금방 알게 되오. 자, 마차가 기다리고 있소. 우리 일행이 도중까지 바래다줄 거요.'

저는 재촉을 받고 홀을 지나 마차에 탔는데 그 사이에 나무들과 마당을 보았습니다. 래티머 씨가 곧 뒤따라와서 아무 말도 하지 않고 마주 앉았습니다. 우리는 말없이, 또다시 언제 끝날지 모를 길을 창문을 꼭꼭 닫은 채 달렸는데, 한밤중이 조금 지나서야 마차는 마침내 멈추었습니다.

"여기서 내리세요, 멜러스 씨. 댁에서 너무 먼 곳이라 미안하지만 달리 방법이 없소. 마차의 뒤를 밟아 봤자 당신에겐 재난이 될 뿐입니다." 동행한 남자는 이렇게 말하고는 마차 문을 열었습니다.

제가 뛰어내리자마자 마부가 말에 채찍질해 마차는 덜커덩거리며 멀어져 갔습니다. 저는 놀란 눈으로 주위를 둘러보았습니다. 제가 서 있는 곳은 히스로 뒤덮인 공유지로 거뭇거뭇한 금작화 덤불로 얼룩져 있었습니다. 멀리 집들이 보이고 군데군데 2층 창문에 불이 켜져 있었습니다. 반대쪽에 빨간 철도 신호등이 보였습니다.

저를 태워다 준 마차는 이미 보이지 않았습니다. 주위를 둘러보며 제가 있는 곳이 대체 어디일까 하고 생각하고 있는데 누군가 어둠 속을 걸어오는 게 보였습니다. 가까이 왔을 때 철도역의 짐꾼임을 알았습니다.

'여기가 어디지요?' 내가 물었습니다.

'원즈워드 공유지입니다.' 짐꾼이 말했습니다.

'런던행 기차가 있을까요?'

'1마일쯤 걸어가면 클래팜 정선이 나옵니다. 빅토리아 역으로 가는 막차를 탈 수 있을 겁니다.'

홈즈 씨, 이걸로 저의 모험은 끝입니다. 간 곳도, 이야기한 상대도 모르고, 지금 말한 내용 말고는 아무것도 모릅니다. 다만 나쁜 일이 벌어지고 있는 것만은 확실하니, 할 수만 있다면 그 불행한 남자를 구해 주고 싶습니다. 이튿날 아침 마이크로프트 홈즈 씨에

게 모두 말씀드리고 경찰에도 신고했습니다."

이 괴상야릇한 이야기를 듣고 나서 잠시 동안 아무도 입을 열지 않았다. 이윽고 셜록이 형을 쳐다보았다.

"대책을 강구했어?" 홈즈가 말했다.

마이크로프트는 사이드 테이블 위에 있던 데일리 뉴스를 집어 들었다.

폴 캐러타이즈, 아테네에서 온 그리스 신사, 이 사람의 소재에 대해 정보를 제공하는 분에게 사례함. '소피'라는 그리스 여성에 대해 알려 주시는 분에게도 역시 사례함. X2473.

"이런 광고를 온갖 신문에 냈지만 응답이 없어."

"그리스 공사관은 어때?"

"문의했는데 아무것도 모른다는군."

"그럼, 아테네 경찰국장에게도 전보를 쳤어?"

"홈즈 가문의 활동력은 셜록이 독차지하고 있지요." 마이크로프트가 나에게 말하고는 셜록에게 말했다. "그럼, 이 사건을 맡아 줘. 그리고 좋은 결과가 나오면 알려 주고."

"물론." 내 친구는 의자에서 일어나며 대답했다. "알려 주지. 그리고 멜러스 씨에게도. 그런데 멜러스 씨, 제가 당신이라면 철저히 조심할 겁니다. 이 광고로, 당신이 배신한 것을 그들도 알게 되었을 테니까요."

돌아오는 길에 홈즈는 우체국에 들러 전보를 몇 통 쳤다.

"왓슨, 오늘 밤의 산책은 결코 헛일이 아니지? 내가 관여한 가장 재미있는 사건 몇 개는 이렇듯 마이크로프트 형이 소개했네. 지금 듣고 온 사건도 설명할 수 있는 길은 하나밖에 없지만, 그래도 꽤나 두드러진 특성을 갖고 있어."

"해결될 가망이 있나?"

"글쎄, 이 정도의 전말을 알고 있는데 나머지가 밝혀지지 않는다면 그것이야말로 기묘하지. 자네도 지금 들은 모든 사실을 설명할 만한 이론을 세웠을 거라고 생각되는데."

"응, 막연하게나마."

"자네 생각은 어때?"

"내 생각은, 그리스 여자가 분명히 해롤드 래티머라는 젊은 영국인에게 납치돼 온 거야."

"어디서 납치됐을까?"

"아테네에서겠지."

홈즈는 고개를 저으며 말했다. "이 젊은 남자는 그리스 어를 한 마디도 못하네. 여자는 영어를 제법 잘하고. 따라서 그녀는 영국에 온 지 얼마쯤 되지만 남자는 그리스에 간 일이 없다는 것이 되네."

"과연, 여자는 영국에 관광 온 사람이라고 치지. 그런데 해롤드가 함께 사랑의 도피를 하자고 꾀었던 거야."

"그 편이 사실에 가깝겠지."

"그리고 그녀의 오빠가 틀림없다고 생각되는데, 그가 동생을 찾으러 온 거야. 그는 조심성 없이 젊은 남자와 나이 든 남자의 패거리에 끼어들었지. 두 사람은 그를 붙잡아 두고 여자의 재산을 그들에게 양도하는 서류에 강제로 서명시키려고 해. 물론 여자의 재산은 오빠가 관리할 테고, 그것을 그가 거부하는 거지. 이 이야기를 결판내기 위해 통역사가 필요해서 멜러스 씨를 데려갔는데, 그 전에 통역사 한 사람을 쓰고 있었어. 여자는 오빠가 런던에 왔다는 사실을 몰랐는데, 이 일을 계기로 알게 되었지."

"훌륭해, 왓슨." 홈즈가 소리쳤다. "아마 진상은 그와 같을 거야. 어쨌든 유력한 증거는 전부 갖고 있는 셈이니 나머지는 그들이 갑자기 남매를 해치지 않을까 하는 걱정뿐이네. 저쪽이 시간만 준다면 이쪽의 완전한 승리지."

"하지만 그들의 집을 어떻게 알아내지?"

"그거야 우리의 추리가 옳고 여자의 이름이 소피 클라티디스라면, 또는 그런 이름을 사용했다면 그녀의 자취를 찾는 건 그리 힘들지 않을 거야. 오빠는 말할 것도 없이 런던에 온 지 얼마 되지 않으니 우리는 여자 쪽에 희망을 걸 수밖에 없어. 해롤드가 여자와 알게 된 지는 꽤 된 것 같아. 오빠가 그리스에서 찾아올 만한 시간 정도는 되었을 테니 말이야. 두 사람이 그동안 한곳에 있었다면 마이크로프트 형이 낸 광고에 그들이 반응할 게 틀림없어."

이야기하는 사이 우리는 베이커 가의 집에 도착했는데, 앞장서서 계단을 올라간 홈즈가 방문을 열고 깜짝 놀라는 모습이 보였다. 나도 어깨 너머로 들여다보고 마찬가지로 놀랐다. 마이크로프트 홈즈가 안락의자에 앉아 담배를 피우고 있었기 때문이다.

"어서 와, 셜록! 어서 와요, 왓슨 씨." 그는 놀란 우리에게 웃음을 보내며 조용히 말했다. "나에게 이렇듯 활동력이 있을 줄은 몰랐을 테지, 어때, 셜록? 그런데 이상하게도 이 사건이 마음에 걸려서 말이야."

"어떻게 여기에 왔지?"

"마차로 와서 자네들을 앞지른 거야."

"새로운 일이라도 생겼어?"

"광고에 회답이 하나 왔어."

"오!"

"자네들이 돌아가자마자였지."

"어떤 내용이야?"

마이크로프트 홈즈는 종이를 한 장 꺼냈다.

"크림색 로열 종이에 몸이 약한 중년 남자가 J펜으로 쓴 거야. 내용은 이래."

오늘 날짜 신문광고를 보고 알려드립니다. 찾고 계신 젊은 여성을 잘 알고 있습니다. 제가 있는 곳까지 오시면 그녀의 애처로운 신상에 대해 자세히 말씀드리겠습니다. 그녀는 지금 베켄햄의 마이틀즈 장에 살고 있습니다.

― J. 대번포트

"발신지는 로어 브릭스턴이야." 마이크로프트 홈즈가 덧붙였다. "어때 셜록, 이제부터 잠깐 마차를 달려 자세한 내용을 들으러 갈까?"

"하지만 형, 이 경우 여동생보다 오빠의 생명이 중요해. 스코틀랜드 야드에 가서 그렉슨 경감을 불러 곧장 베켄햄으로 달려가야 한다고 생각하는데. 어쨌든 한 사람이 살해되려 하는 상황이어서 일분일초가 급하니까."

"가는 길에 멜러스 씨를 태워 가는 편이 좋겠어. 통역이 필요할지도 모르니까." 내가 제안했다.

"그렇군! 보이에게 사륜마차를 부르도록 시켜. 곧 출발하세." 셜록 홈즈가 말했다.

홈즈는 책상 서랍을 열었고, 나는 그가 주머니에 리볼버를 넣는 것을 보았다.

"회답 내용으로 보아 상대가 꽤나 위험한 자들 같네." 그는 내 시선에 응답하여 말했다.

펠맬 가에 있는 멜러스의 집에 도착했을 무렵에는 날이 어두워져 있었다. 그런데 방금 한 신사가 찾아와 그를 데리고 갔다고 했다.

"어디로 갔나요?" 마이크로프트 홈즈가 물었다.

"모르겠는데요. 그 신사와 함께 마차로 외출한 것은 알고 있습니다만." 문을 열어 준 여자가 대답했다.

"그 신사가 자기 이름을 말했소?"

"아니요."

"키가 크고 머리가 검은 잘생긴 젊은이였소?"

"아뇨, 키가 작고 안경을 썼어요. 마른 얼굴이었지만 아주 유쾌해 보이는 분으로, 이야기하는 동안 계속 웃고 계셨어요."

"자, 서둘러! 일이 심각해지고 있어." 셜록 홈즈가 외쳤다.

스코틀랜드 야드로 가는 도중 그가 말했다. "그들은 또 멜러스를 데려갔어. 그들은 앞서의 경험으로 멜러스가 배짱이 없다는 것을 알아. 그는 악당이 눈앞에 나타나자 두려움에 꼼짝도 하지 못한 채 끌려갔을 거야. 그들은 물론 통역을 시킬 생각이지만 볼일이 끝나면 배신자라는 이유로 처벌할지도 몰라."

우리는 기차로 가면 마차와 동시에, 또는 앞질러서 베켄햄에 닿을지도 모른다는 예상을 했다. 그러나 스코틀랜드 야드에 가서 그렉슨 경감과 함께 그 집으로 들어가기 위한 법률상의 수속을 끝내는 데 한 시간 이상 걸렸다. 런던 다리 역에 닿은 것은 9시 45분으로, 우리 네 명이 베켄햄 역의 플랫폼에 내려섰을 때에는 10시 30분이 지나 있었다. 마차를 반 마일 달려 마이틀즈 장에 닿았다. 도로에서 쑥 들어간 곳에 크고 컴컴한 집이 정원에 둘러싸여 있었다. 여기에서 마차를 돌려보내고 현관 포치까지 한 덩어리가 되어 나아갔다.

"창문은 모두 캄캄하군요. 아무도 없는 모양이에요." 경감이 말했다.

"새는 날아가고 빈 둥지뿐이군." 홈즈가 말했다.

"어떻게 알지요?"

"무거운 짐을 실은 마차가 약 한 시간 전에 나갔소."

경감이 웃었다.

"문의 불빛으로 바퀴 자국은 보았지만 짐은 어떤 이유에서입니까?"

"같은 바퀴 자국이 반대 방향으로도 나 있는 것을 보셨죠. 그런데 밖으로 나간 쪽 자국이 훨씬 깊어요. 그래서 마차에는 상당한 무게의 짐이 실려 있었다고 말할 수 있습니다."

"아무래도 당신이 한 수 위군요. 이 문을 지나가기가 쉽지 않을 것 같아요. 하지만 어쨌든 누군가의 귀에 들릴지 모르니 해 봅시다." 경감이 어깨를 으쓱하면서 말했다.

그는 노커(현관문에 달린 문 두드리는 쇠)를 힘차게 두드리고 벨의 끈도 당겨 보았지만 아무 응답이 없었다. 어느 틈엔가 모습을 감추었던 홈즈가 돌아왔다.

"창문이 하나 열려 있어요." 그가 말했다.

"홈즈 씨, 당신이 경찰과 적이 아니어서 천만다행입니다. 어쨌든 상황이 상황이니만큼 안내를 기다릴 것 없이 들어가도 좋은 걸로 합시다." 홈즈가 교묘히 걸쇠를 따 놓고 돌아온 것을 간파한 경감이 말했다.

우리는 멜러스가 끌려들어간 곳이라고 짐작되는 넓은 방으로 차례차례 들어갔다. 경감이 가져온 랜턴에 불을 붙이자 멜러스의 이야기에 나온 두 개의 문, 커튼, 램프, 일본 갑옷이 보였다. 테이블 위에는 잔이 둘, 빈 브랜디 병 그리고 먹다 남은 음식이 있었다.

"저건 뭐지?" 홈즈가 갑자기 말했다.

우리들은 모두 동작을 멈추고 귀를 기울였다. 낮게 신음하는 듯한 목소리가 머리 위 어딘가에서 들려왔다. 홈즈는 혼자서 문 쪽으로 돌진해 나갔다. 기분 나쁜 소리는 위층에서 들려왔다. 홈즈는 계단을 뛰어올라갔다. 경감과 나도 뒤따라 올라갔으며, 마이크로프트는 뚱뚱한 몸이 허락하는 최대한의 속도로 따라왔다.

3층에는 문이 세 개 나란히 있었는데, 낮게 중얼거리다가 날카로운 비명이 되었다가 하는 불길한 소리는 가운데 문에서 나오고 있었다. 문은 잠겨 있었지만 밖에 열쇠가 꽂혀 있었다. 홈즈는 열쇠로 문을 열고 안으로 뛰어들어갔는데, 곧 목을 잡고 뛰쳐나왔다.

"목탄 가스야! 잠시 기다려. 흩어질 테니까." 홈즈가 외쳤다.

안을 들여다보니 방 안의 불빛은 중앙에 있는 놋쇠 화로에서 깜박깜박하며 새어 나오는 흐릿하고 파란 불길뿐이었다. 그 불길이 바닥 위에 기괴한 납빛 원을 그렸고, 그 밖의 어스름 속에 벽을 등지고 웅크린 두 인물의 흐릿한 그림자가 보였다. 열린 문에서 불쾌한 독기가 흘러나와 숨이 막히고 기침이 나왔다. 홈즈는 계단 꼭대기까지 뛰어올라가 신선한 공기를 들이마신 뒤, 방으로 돌진하여 창문을 열고 놋쇠 화로를 뜰로 내던졌다.

"곧 들어갈 수 있을 거야." 홈즈는 뛰쳐나오더니 숨을 헐떡이며 말했다. "양초가 없을까? 하기야 저 공기 속에서는 성냥불도 켜지 못하겠지. 형, 문간에서 랜턴을 비춰 줘. 우리가 저 두 사람을 데리고 나올 테니. 자!"

우리는 중독된 두 남자 쪽으로 뛰어가서 그들을 밖으로 끌어냈다. 둘 다 입술이 파랗게 변했고 얼굴은 부어올라 벌게져 있었다. 얼굴이 심하게 일그러져 있었지만 검은 턱수염과 뒤룩뒤룩한 몸집 덕분에 그중 한 명이 두서너 시간 전 디오게네스 클럽에서 우리와 헤어진 그리스 어 통역사임을 알 수 있었다. 손과 발은 단단히 묶여 있고, 한쪽 눈 위에는 심하게 얻어맞은 자국이 있었다. 마찬가지로 묶여 있는 다른 한 명은 극도로 쇠약한 듯한 키 큰 남자로, 얼굴에는 반창고 몇 장이 기괴하게 붙어 있었다. 이 남자는 바닥에 누워도 신음 소리를 내지 않았는데, 적어도 이 남자에게는 구조의 손길이 이미 아무 소용없다는 것을 알 수 있었다. 그러나 멜러스는 아직도 살아 있어 암모니아와 브랜디 덕분에 한 시간 후에 눈을 떴다. 나는 모든 길이 만나는 저 어두운 골짜기에서 이 손으로 그를 다시 돌아오게 했다는 데 만족감을 느꼈다.

그의 이야기는 간단했고 우리의 추리가 옳았음을 뒷받침해 주었다. 그 방문자는 멜러스의 방에 들어오자마자 소매에서 납이 든 몽둥이를 꺼내 들고 곧 죽을 거라고 으름장을 놓으며 또다시 납치했던 것이다. 정말이지 킬킬거리며 웃는 악당이 불행한 어학자에게 최면을 걸었다고 해도 좋을 정도로, 멜러스는 그 남자에 대해 이야기할 때마다 손을 떨었고 얼굴이 창백해졌다. 그는 곧 베켄햄으로 끌려가서 두 번째 담판의 통역 노릇을 했다.

이 담판은 첫 번째보다 더욱 험악했으며, 두 영국 남자는 포로에게 요구에 응하지 않으면 당장 목숨을 빼앗겠다고 협박했다. 그러나 결국 그리스인이 어떠한 협박에도 굴복하지 않자 그를 또다시 감금실에 처넣었다. 그리고 멜러스에게는 신문광고를 증거로 배신을 추궁한 끝에 몽둥이로 때려 까무러치게 했다. 멜러스는 우리가 자기 몸 위에서 들여다보는 걸 깨닫기까지 아무것도 모르고 있었던 것이다.

이것이 그리스 통역사에게 일어난 기묘한 사건인데, 아직 설명하지 않은 일이 몇 가지 남아 있다. 광고에 회답해 온 신사에게 연락해서 알 수 있었지만, 그 딱한 젊은 여자는 그리스의 부유한 가문 출신으로 영국의 친구들을 방문하려고 와 있었다. 그러던 중 해롤드 래티머를 알게 되었고, 래티머는 그녀를 구슬려 마침내 함께 사랑의 도피를 할 것을 승낙받았다. 친구들은 사실을 알고 놀랐지만 아테네의 오빠에게 알리는 것으로 그 일에서 손을 떼었다.

오빠는 영국에 도착하자마자 무모하게도 래티머와 그 패거리, 최악의 전력을 가진 윌슨 켐프라는 남자의 손에 뛰어들었다. 두 사람은 그가 영어를 할 줄 모르고 자기들에게 전혀 힘을 쓸 수 없음을 알자 감금하고 잔학한 짓을 했고, 식사마저 주지 않으며 그의 재산과 여동생을 포기한다는 서류에 서명시키려고 했다. 여자에게는 알리지 않고 집에 감금해 두었는데, 만일 누이동생이 오빠를 보더라도 쉽게 알아볼 수 없도록 얼굴에 반창고를 붙인 것이었다. 그러나 여자는 통역사가 처음 찾아왔을 때 본 것처럼 첫눈에 오빠를 알아보았다. 하지만 가엾게도 그녀 역시 갇혀 있는 몸이었다. 이 집에는 마부 노릇을 하는 남자와 그 부인 외에는 아무도 없었고, 이들 또한 악당들의 앞잡이였다. 비밀이 탄로 나고 감금당한 사람이 생각대로 움직이지 않자, 두 악당은 여자를 데리고 불과 몇 시간 전에 종적을 감추었다. 그들은 집을 떠나면서 말을 듣지 않은 그리스 남자와 밀고한 남자에게 복수를 한 것이다.

몇 달 후 뜻밖에 부다페스트에서 신문 스크랩이 우리에게 배달되었다. 한 여자를 데리고 여행 중인 영국인 두 명이 비참한 최후를 맞이했다는 내용이었다. 둘 다 칼에 찔려 죽은 모양인데, 헝가리 경찰은 싸움 끝에 서로 치명상을 입혔다고 보았다. 하지만 홈즈는 다른 생각을 하는 모양이다. 그는 지금이라도 그리스 여자를 찾기만 하면, 그녀 자신과 오빠에게 악독한 짓을 한 일당에게 어떻게 복수했는지에 대해 들을 수 있다고 생각한다.

역주 —

1964년 12월 19일 〈뉴욕 타임스〉는 다음과 같이 보도했다.
  '그리스어 통역사' 원고가 작가의 아들 에이드리언 코난 도일의 출품으로 옥션에 나와 1만 2,600달러에 낙찰되었다. 이 원고는 《셜록 홈즈의 회상》 속 이야기 가운데 완전한 형태로 시장에 나온 유일한 원고라고 한다. 크리스티 경매 관계자의 말에 의하면, 뉴욕에 사는 여성이 34페이지에 달하는 이 원고를 구입했다고 한다.

해군 조약

The Naval Treaty

1889년 7월 30일(화) ~ 8월 1일(목)

내가 결혼한(왓슨의 부인은 메리 모스턴) 직후 흥미로운 사건이 세 건이나 일어나 7월은 추억에 남는 달이 되었다. 나는 운 좋게 세 개의 사건 모두 홈즈와 함께 참여했고, 그의 추리를 충분히 연구할 수 있는 행운도 얻었다. 이들 사건은 각각 '제2의 얼룩' '해군 조약' '피곤한 선장'이란 제목으로 내 노트에 기록해 두었다. 이 가운데 첫째 사건은 매우 중요한 이해 문제와 영국의 많은 상류층과 관계된 사건이기 때문에 몇 년 동안은 대중에게 알릴 수 없을 듯하다. 하지만 홈즈가 참여한 사건 가운데서도 그렇게 확실하게 그의 분석적 방법이 가치를 발휘하고 주위 사람에게 깊은 감명을 준 사건은 아직까지 없었다. 나는 홈즈가 파리 경찰 듀브크 씨나, 단치히의 유명한 탐정 프리츠 폰 발트바움을 만나 사건의 진상을 설명한 과정을 자세히 기록했다. 이 두 사람은 모두 결국은 지엽적인 문제에 지나지 않은 것에 쓸데없는 정력을 낭비한 것이다.(하지만 '제2의 얼룩'을 보면 이런 장면은 나오지 않는다.) 그러나 이 이야기는 다음 세기에나 안심하고 발표할 수 있을 것이다. 그리고 두 번째 사건도 국가적으로 중요한 사건으로 아주 특이한 점이 있었다.

학생 시절, 나는 퍼시 펠프스와 친하게 지냈다. 나이는 비슷했지만 두 학년 위인 퍼시는 매우 똑똑했다. 그는 학교에서 주는 상이란 상은 모두 휩쓸었다. 그리고 장학금을 받고 케임브리지 대학에 진학했다. 집안도 아주 훌륭해서, 철부지인 또래 친구들도 퍼시의 외삼촌이 유명한 보수적 정치가 홀드허스트 경이라는 사실을 잘 알고 있었다. 그러나 이런 유명한 친척은 퍼시의 학교생활에 별로 도움이 되지 못했다. 오히려 같은 반 학생들은 운동장에서 퍼시를 쫓아다니며 못살게 굴었고, 경기 중에는 정강이를 걷어차기도 했기 때문이다.

그러나 퍼시가 학교를 졸업한 뒤 사회로 나오자 상황은 달라졌다. 나는 퍼시가 뛰어난 능력과 좋은 외삼촌을 둔 덕에 외교부에서 좋은 자리를 얻었다는 소식을 들었다. 그리고 퍼시에 대해 완전히 잊고 있었는데 갑자기 그에게서 편지가 왔다.

워킹(서리 주의 마을로 올더숏에서 북동쪽으로 12마일, 길포드에서는
북쪽에 있다.)의 브라이어브레이 저택에서
왓슨, 올챙이 펠프스를 기억하겠나? 자네가 3학년일 때 나는 5학년

이었지. 외교부에서 좋은 자리를 얻는 데 내 외삼촌의 도움이 컸다는 소식도 아마 들었을 거야. 그러나 갑자기 닥친 불운으로 나의 사회적·직업적 위치가 위기에 처했네.

끔찍한 사건에 대해 편지에 자세히 쓸 수는 없어. 그러나 자네가 내 제안을 들어준다면 내가 직접 말할 수 있을 거야. 뇌염에 걸려 9주 동안 앓다가 이제야 겨우 회복되었지만 아직도 완쾌된 것은 아니야. 부탁이 있는데 자네 친구 홈즈 씨와 함께 와 줄 수 있겠나? 경찰은 이미 늦었다고 말하지만, 나는 홈즈 씨의 의견을 들었으면 좋겠어. 꼭 모시고 오게. 그것도 가능한 한 빨리. 1분이 마치 한 시간처럼 느껴지는 끔찍한 상황이야. 더 일찍 홈즈 씨의 자문을 구하지 않은 까닭은 그의 능력을 낮게 평가해서가 아니야. 사건의 충격이 너무 커서, 내 머리가 혼란에 빠져 정신이 없었다고 홈즈 씨에게 전해 줘. 하지만 지금은 정신이 온전해. 병이 다시 악화될까 걱정이라 사건에 대해 그다지 생각하고 싶지 않아. 아직 몸이 많이 안 좋아서 다른 사람이 편지를 대필하고 있네. 제발 홈즈 씨와 함께 오게나.

— 오랜 친구 퍼시 펠프스

편지에는 나를 감동시키는 무언가가 있었다. 홈즈를 데리고 와 달라는 간곡한 어조에 나는 동정심을 느꼈다. 그래서 해결해야 하는 까다로운 일이 있었지만, 홈즈를 찾기로 했다. 홈즈는 언제든지 의뢰인을 도와줄 준비가 되어 있다는 것을 알기에 홈즈에게 부탁하기로 마음먹은 것이다. 아내도 내 의견에 동의해 한시도 지체해서는 안 된다고 했다. 나는 아침을 먹자마자 베이커 가의 그리운 방을 찾아갔다.

홈즈는 드레싱 가운을 입은 채 사이드 테이블 앞에 앉아 화학 실험에 열중하고 있었다. 끝이 휜 큰 시험관 속 액체가 분젠 버너의 파란 불꽃 위에서 부글부글 끓고 있었다. 그리고 2리터짜리 용기로 증류된 액체가 방울방울 떨어지고 있었다. 내가 들어갔는데도 홈즈는 쳐다보지 않았다. 매우 중요한 실험임을 눈치챈 나는 의자에 앉아 기다렸다. 여러 병에 담긴 내용물을 저어 보거나 유리 막대로 몇 방울 떨어뜨리기도 하던 홈즈는 마침내 테이블 위에 액체를 담은 실험용 튜브를 올려놓았다. 오른손에는 리트머스 시험지를 들고 있었다.

"중요한 순간에 왔군, 왓슨. 파란색 그대로면 괜찮은 거고, 붉은색으로 변하면 한 사람의 목숨이 위태로워지는 거야." 홈즈가 말했다.

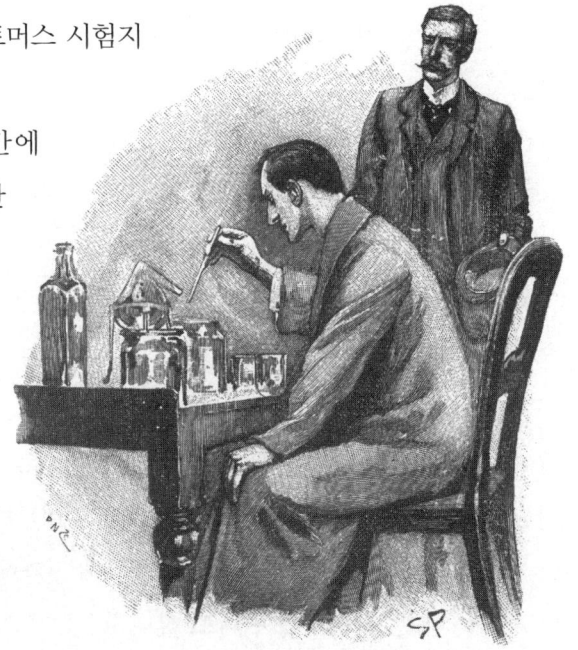

홈즈가 리트머스 시험지를 튜브에 넣었다 빼자 종이는 옅은 주홍색으로 변했다. "음! 생각한 대로군! 곧 끝날 테니 조금만 기다리게, 왓슨. 페르시아 슬리퍼에 담배가 들어 있네."

홈즈는 책상으로 가서 전보문을 써서는 심부름하는 소년을 불러 그것을 건네주었다. 그런 다음 맞은편에 있던 의자에 앉아 무릎을 턱 밑까지 끌어 올린 채 내 얼굴을 보았다.

"흔한 살인 사건이야. 왓슨, 자네가 갖고 온 사건은 더 흥미로워야 할 텐데. 매우 중대한 사건인가 보군. 뭐지?"

나는 홈즈에게 편지를 건네주었다. 홈즈는 집중해서 편지를 읽었다.

"사건 내용을 알 수 없는 편지야, 그렇지?" 홈즈가 내게 편지를 돌려주며 말했다.

"알 수 있는 내용이 없어."

"하지만 글씨가 꽤 흥미로운 걸."

"글씨는 내 친구가 쓴 게 아니야."

"맞아, 여자 글씨야."

"설마, 남자일 텐데."

"아니, 여자 글씨가 분명해. 게다가 아주 보기 드문 성격의 소유자야. 자네 친구가 좋든 나쁘든, 성격이 아주 특이한 누군가와 사귀고 있다는 것을 알 수 있어. 이 사건은 벌써부터 구미가 당기는군. 자네만 괜찮다면 워킹으로 당장 출발해 곤경에 빠진 이 외교관과 편지를 대신 쓴 여자를 만나고 싶네."

다행히 워털루 역에서 기차를 일찍 탄 덕분에 우리는 한 시간이 채 못 되어 숲과 히스 덤불이 우거진 워킹에 도착했다. 역에서 몇 분 떨어지지 않은 크고 넓은 땅에 브라이어브레이 저택이 있었다. 현관에서 명함을 보여 주자, 곧 우아한 응접실로 안내받았다. 몇 분 후, 상당히 뚱뚱한 남자가 나타나 우리를 반갑게 맞았다. 나이는 30대 후반으로 보였지만, 불그스름한 두 뺨과 기쁜 듯한 눈빛 때문에 장난꾸러기 소년처럼 느껴졌다.

"와 주셔서 감사합니다. 퍼시가 아침부터 계속 두 분을 기다렸어요. 불쌍한 사람 같으니. 지푸라기라도 잡고 싶은 심정일 겁니다. 부모님이 두 분을 만나 보라고 권유했지요. 이번 일은 부모님에게 말하기도 괴로울 지경이어서." 그가 힘차게 악수를 하며 말했다.

"아직 자세한 이야기는 하나도 듣지 못했지만, 당신은 이 집 식구가 아니군요." 홈즈가 말했다.

남자는 깜짝 놀랐지만 곧 자신의 가슴을 내려다보더니 웃음을 터뜨렸다.

"아, 내 로켓에 있는 J. H.라는 머리글자를 보셨군요. 순간, 마술이라도 부린 건가 하고 깜짝 놀랐습니다. 저는 조셉 해리슨입니다. 동생 애니가 퍼시와 결혼하기로 되어 있으니 적어도 인척이 되겠지요. 동생은 퍼시 방에 있을 겁니다. 두 달 동안 손발처럼 퍼시를 간호했어요. 지금 당장 들어가 보시지요. 퍼시가 당신들을 기다리고 있습니다." 남자가 말했다.

우리가 안내된 방은 응접실과 같은 층에 있었다. 한쪽 구석에 침실이 있고, 구석마다 꽃이 예쁘게 장식되어 있었다. 창백하고 지친 얼굴을 한 퍼시가 열린 창문 옆 의자에 기대어 앉아 있었다. 창문으로는 상쾌한 여름 공기가 정원의 싱그러운 향기와 함께 안으로 들어왔다. 우리가 들어가자 퍼시 옆에 앉아 있던 한 여자가 일어나 남자에게 물었다.

"퍼시, 나가 있을까요?"

퍼시는 여자의 손을 붙잡았다.

"잘 지냈나? 왓슨? 수염도 못 깎은 모습으로 자넬 만나다니. 자네도 이런 일이 있을 줄은 전혀 몰랐겠지만 말이야. 옆에 계신 친구 분이 그 유명한 셜록 홈즈 씨겠지?" 퍼시가 친근한 어투로 말했다.

나는 퍼시에게 간단히 홈즈를 소개했다. 모두 자리에 앉자 조셉은 방을 나갔지만 여동생 애니는 여전히 퍼시의 손을 잡은 채 방에 남아 있었다. 인상이 매우 강한 여자였다. 키가 작고 통통한 편이었지만 피부는 아름다운 올리브빛이었고, 크고 검은 눈과 윤기 나는 머리카락이 조화를 이루고 있었다. 그 때문에 옆에 있는 퍼시가 상대적으로 더 아파 보였다.

"시간 낭비는 하지 않겠습니다." 소파에서 몸을 일으키며 퍼시가 말했다. "나는 성공한 외교관이었습니다. 결혼도 앞두고 있었지요. 그런데 갑자기 불행한 재난이 닥치면서 모든 것이 수포로 돌아갔습니다.

왓슨이 말했겠지만 저는 외교부에서 근무합니다. 외삼촌 홀드허스트 경 덕분에 금세 중요한 자리를 맡게 되었지요. 외삼촌은 외교부 장관이 되자 몇몇 중요한 업무를 제게 맡겼습니다. 그리고 전 그 일을 성공적으로 마쳤고 신임을 얻게 되었습니다.

10주 전의 일입니다. 정확히 말하면 5월 23일입니다. 외삼촌이 저를 집무실로 부르더니 일을 잘하고 있다면서 몇 마디 칭찬을 하셨습니다. 그리고 제게 맡길 새로운 일이 있다고 하더군요. 외교부의 회색 서류 한 뭉치를 꺼내면서 영국과 이탈리아 사이의 비밀 조

약 원본이라고 했습니다. 그리고 이렇게 말했습니다. '유감이지만 이미 신문사에 이에 대한 소문이 들어갔어. 매우 중요한 일이라 더 이상 기밀이 새어 나가서는 안 된다. 프랑스나 러시아 대사관 측에서는 어떤 대가를 치르더라도 조약 내용을 알아내려고 할 거야. 내가 꼭 가지고 있어야 하는 자료지만 사정이 생겨서 복사본이 필요하게 되었어. 네 사무실에 책상이 있니?'

그래서 저는 있다고 대답했습니다. 그랬더니 외삼촌은 '그럼 이 문서를 그곳에 두고 잠가 둬. 다른 사람들이 퇴근할 때까지 자네는 사무실에 남아 있어. 아무도 없을 때 문서를 옮겨 쓰고 일이 끝나면 원본과 사본을 모두 책상에 넣고 내일 아침 직접 나에게 갖고 와'라고 하시더군요.

그래서 저는 그 문서를 받아서—"

"잠깐. 그 얘기를 할 때 다른 사람은 없었습니까?" 홈즈가 물었다.

"아무도 없었습니다."

"큰 방이었습니까?"

"사방이 30피트 되는 방입니다."

"가로세로 각각 30피트요?"

"예, 그쯤 됩니다."

"조용한 목소리로 말했겠죠?"

"외삼촌의 목소리는 유난히 작은 편입니다. 저는 거의 말을 하지 않았습니다."

"알겠습니다. 계속하세요." 홈즈가 말했다.

"저는 외삼촌이 말씀하신 대로 다른 직원들이 모두 퇴근할 때까지 기다렸습니다. 사무실에는 찰스 고로 한 사람만 남아 끝내지 못한 업무를 보고 있었지요. 그래서 저는 사무실을 나와 저녁을 먹으러 갔습니다. 돌아오자 찰스는 퇴근하고 없었습니다. 저는 서둘러 일을 했습니다. 아까 보신 조셉 해리슨이 11시 기차를 타고 워킹으로 같이 가자고 해서 말이죠. 11시 기차를 놓칠까 봐 마음이 급했지요.

조약 문서를 읽어 보니 외삼촌이 말한 대로 매우 중요한 내용이었습니다. 자세한 내용은 말하지 않겠습니다. 3국 해군 동맹에 관한 조약이었는데, 대영제국의 입장을 밝힌 문서였습니다. 지중해에서 프랑스 해군력이 우세해질 경우, 영국 해군은 이탈리아 편에 선다는 내용이었지요. 그리고 문서 마지막에는 각 나라 해군 고관들의 서명이 쓰여 있었습니다. 저는 서둘러 사본 만드는 일을 끝냈지요.

아주 긴 문서였습니다. 프랑스 어로 쓰여 있었고 스물여섯 개 조항이었으니까요. 최대한 빨리 했는데도 9시까지 아홉 조항밖에 베끼지 못했습니다. 11시 기차를 타는 일은 불가능해 보였지요. 저녁 식사도 먹은 데다 하루 종일 일한 탓에 저는 졸리고 피곤했습니다. 커피를 마시면 머리가 맑아지겠다 싶었지요. 아래층에 있는 경비들은 늦게까지 일하는 직원들을 위해서 항상 커피를 준비해 두곤 합니다. 그래서 저는 벨을 울려 경비를 불렀습니다.

그런데 이상하게도 한 여자가 올라오더군요. 체격이 크고 교양 없어 보이는 나이 든 여자였는데, 앞치마를 두르고 있었습니다. 알고 보니, 그녀는 경비 부인인데 허드렛일을 한다고 하더군요. 저는 커피를 갖다 달라고 부탁했습니다.

두 조항을 더 쓰고 나니 졸음이 더 심하게 몰려왔습니다. 저는 자리에서 일어나 방 안을 서성거리다가 그때까지도 커피를 가져오지 않기에 어찌 된 일인가 궁금해서 문을 열고 복도로 나갔습니다. 사무실에서 나가는 문은 하나뿐이고, 복도는 죽 이어져 있는데 매우 어두웠습니다. 구부러진 계단에서 복도가 끝나는데, 그 계단 밑에는 경비실이 있지요. 계단 중간에는 다른 쪽으로 나가는 통로가 있습니다. 그곳으로 가면 건물 옆문으로 나가는 계단으로 이어집니다. 거기는 주로 하인들이 사용하고 또 찰스 가에서 오는 직원들이 지름길로도 사용하지요. 구조를 대충 그려 보면 이렇게 생겼습니다."

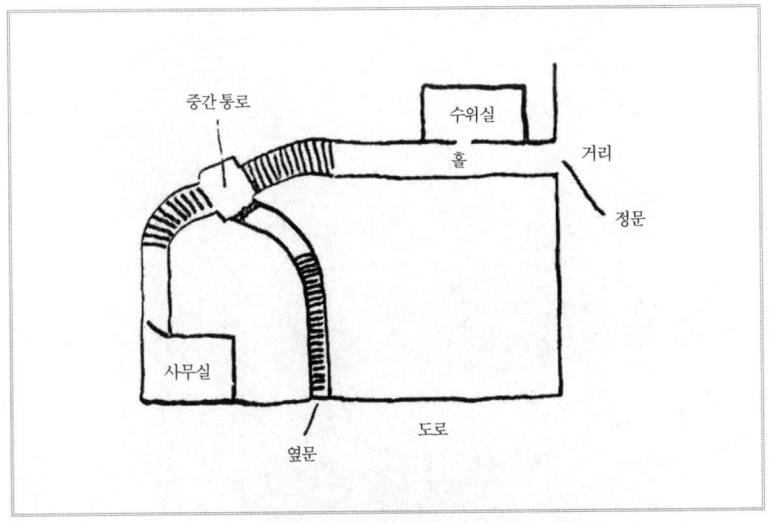

"어떤 구조인지 잘 알겠습니다." 홈즈가 말했다.

"이 점을 꼭 아셔야 합니다. 계단을 내려가 복도로 들어서자 경비는 잠이 들어 있었습니다. 알코올램프 위에 올려놓은 주전자에서는 물이 펄펄 끓고 있었지요. 우선 저는 물이 넘을 것 같아 주전자를 내려놓고 불을 껐습니다. 그런 다음 여전히 깊은 잠에 빠진 경비를

깨우려고 했지요. 그런데 그때 갑자기 머리 위에 달린 벨이 요란하게 울리더군요. 그 바람에 경비가 깜짝 놀라 잠에서 깼습니다.

'펠프스 씨, 무슨 일입니까?' 경비가 저를 보고 놀라서 말했습니다.

'커피가 다 되었는지 보러 왔네.'

'주전자를 올려놓고 깜박 잠이 들었습니다.'

경비는 아직도 흔들리는 벨의 줄을 보고 다시 한 번 깜짝 놀랐습니다.

'펠프스 씨가 여기 계신데 누가 벨을 울리는 거죠?' 그가 물었습니다.

'벨이라니! 도대체 무슨 벨이야?'

'펠프스 씨가 일하는 사무실에서 누군가 벨을 울리고 있습니다.'

순간 심장이 얼어붙었습니다. 누군가 그 방에 들어갔다니! 책상에 기밀문서가 펼쳐져 있었기 때문에 전 서둘러 계단을 달려 올라갔습니다. 복도에서 마주친 사람은 아무도 없었습니다. 방에도 아무도 없었습니다. 책상에 놓여 있던 그 중요한 문서만 빼고 모든 것이 그대로였습니다. 오직 그 문서만 없어졌습니다. 베끼던 문서는 남아 있지만 원본은 사라져 버린 것입니다."

홈즈가 똑바로 자세를 고쳐 앉더니 손바닥을 비볐다. 사건이 그의 마음을 완전히 사로잡았다는 것을 알 수 있었다.

"그다음에는 어떻게 했습니까?" 홈즈가 물었다.

"도둑은 옆문으로 통하는 계단으로 나간 게 확실합니다. 만약 다른 쪽으로 왔다면 분명히 저와 마주쳤을 겁니다."

"혹시 그동안 사무실에 계속 숨어 있었던 건 아닙니까? 복도 불빛이 어두웠다는데, 그곳에 숨어 있을 가능성은 없었나요?"

"홈즈 씨, 그건 절대로 불가능합니다. 사무실이나 복도에는 쥐새끼 한 마리 숨어 있을 수 없습니다. 숨을 곳은 단 한 곳도 없으니까 말이죠."

"알겠습니다. 계속하세요."

"경비는 창백하게 질린 내 얼굴을 보고는 뭔가 나쁜 일이 생겼다고 생각했는지 저의 뒤를 따라왔습니다. 둘 다 복도를 급히 달려갔고, 찰스 가로 이어지는 가파른 계단으로 내려갔습니다. 문은 닫혀 있었지만 잠겨 있지는 않았습니다. 우리는 문을 열고 밖으로 나갔습니다. 가까운 교회의 종이 울렸습니다. 그때가 9시 45분이었습니다."

"중대한 문제군요."

홈즈는 셔츠의 커프스에 무언가를 썼다.

"그날 밤은 아주 어두웠고 가는 비가 내렸습니다. 찰스 가에는 아무도 없었습니다. 하지만 항상 그렇듯이 화이트홀에는 사람들이 아주 많았습니다. 우산도 쓰지 않은 채 우리는 길로 뛰어나갔고 길 끝에 서 있는 경찰을 발견했습니다.

'도둑이 들었어! 아주 중요한 서류를 외교부 사무실에서 도둑맞았소. 여기를 지나간 사람 못 봤소?' 숨을 헐떡이면서 내가 말했습니다.

'여기 15분 동안 서 있었는데 지나간 사람은 키가 크고 나이 든 여자밖에 없었습니다. 검은 숄을 두른 여자였습니다.' 경관이 말했지요.

'아, 그 여자는 제 집사람일 겁니다. 다른 사람은 없었나요?' 경비가 말했습니다.

'아무도 없었습니다.'

'그럼 도둑은 다른 길로 간 게 틀림없어요.' 경비가 내 옷소매를 잡아당기면서 말했지요. 하지만 나는 이해가 가지 않았습니다. 수위의 태도가 오히려 의심을 더 불러일으켰습니다.

'그 여자는 어디로 갔소?' 내가 물었습니다.

'모릅니다. 지나가는 건 봤지만 어디로 가는지는 보지 못했습니다. 무척 서두르는 것처럼 보였습니다.'

'지나간 지 얼마나 되었소?'

'글쎄요. 몇 분 안 되었습니다.'

'5분 정도 되었나요?'

'글쎄요. 그런 것 같습니다.'

이런 대화를 주고받는데 경비가 급히 말했습니다.

'이건 시간 낭비입니다, 펠프스 씨. 한시가 급합니다. 그 나이든 여자는 제 아내입니다. 아무런 상관이 없어요. 길 반대편으로 갑시다. 선생님이 안 가신다면 제가 가 보겠습니다.'

그러더니 경비는 반대 방향으로 뛰어갔습니다.

하지만 전 곧 그를 따라가서 그의 소매를 잡았습니다.

'자네는 어디에 사나?' 내가 물었지요.

'브릭스턴 아이비 레인 16번지에 삽니다. 펠프스 씨, 제 아내는 의심하지 않아도 됩니다. 길 반대쪽 길로 가서 뭐가 있는지 살펴보

자니까요.'

　경비의 말을 들어서 손해 볼 건 없을 것 같더군요. 경비의 아내가 범인이라면 나중에 탄로가 날 테니까요. 경찰과 나, 그리고 경비 세 사람이 급히 가 보았지만 거리는 사람들로 가득 차서 매우 혼잡했습니다. 비가 내려서 더욱 그랬지요. 누가 지나갔는지 한가하게 말해 줄 사람은 아무도 없었습니다.

　우리는 사무실로 돌아와서 계단과 통로를 살펴봤지만 아무런 단서도 찾지 못했습니다. 방으로 이어지는 복도는 흰 리놀륨이 깔려 있어서 눈에 잘 띄기 때문에 혹시 발자국이 있는지 조사했습니다."

　"그날 밤에 비가 계속 내렸나요?"

　"7시 이후에 계속 왔습니다."

　"그렇다면 9시쯤에 사무실에 들어온 여자 발자국은 안 찍혔던가요?"

　"역시 그 점을 물어보시는군요. 그 여자는 항상 경비실에서 신발을 벗고 리스트 슬리퍼(직물의 일종인 리스트로 만든 슬리퍼)로 갈아신는 습관이 있다더군요."

　"그랬군요. 비가 오는 밤이었는데 비에 젖은 흔적이 전혀 없었다? 굉장히 재미있는 사건이군요. 그래서 그다음에는 어떻게 했습니까?"

　"방도 살펴보았지요. 비밀 문이 있는 것도 아니고 창문에서 땅까지는 30피트쯤 됩니다. 창문 두 개는 모두 안에서 잠겨 있었습니다. 카펫이 깔려 있으니 바닥에 뚜껑 문이 있을 리 없습니다. 천장은 평범한 흰색입니다. 범인은 방문으로 나간 게 확실합니다. 아니라면 제 목숨을 걸겠습니다."

"벽난로는 어떻습니까?"

"벽난로는 없습니다. 겨울에는 난로를 사용합니다. 책상 오른쪽에는 벨 끈이 철사에 연결되어 있습니다. 벨을 울리려면 책상 쪽으로 와야만 합니다. 하지만 왜 범인이 벨을 울리겠습니까? 정말 이상한 일입니다."

"매우 특별한 사건이군요. 그런 다음에는 뭘 했죠? 침입자가 흔적을 남기지는 않았을까 해서 분명히 방을 살펴보았겠군요. 담배 꽁초나 장갑 한 짝 또는 머리핀이나 기타 사소한 물건들은 없었나요?"

"아무것도 없었습니다."

"냄새도 나지 않던가요?"

"글쎄요, 냄새가 난 기억은 없는데요."

"아, 잎담배 냄새 같은 건 아주 중요한 단서가 되거든요."

"저는 전혀 담배를 피우지 않기 때문에, 만약 담배 냄새가 났다면 금방 알아챘을 겁니다. 하지만 그런 흔적은 전혀 없었습니다. 의심이 가는 것은 경비의 부인이 급히 사무실을 나갔다는 사실입니다. 경비는 그 시간이 평소에 부인이 귀가하는 시간이라는 것 외에는 다른 설명을 하지 못하더군요. 경찰과 저는 그 여자가 문서를 가지고 있으리라고 추측하고 서류를 없애기 전에 체포하는 것이 최선이라는 결론을 내렸습니다.

그때쯤 스코틀랜드 야드에 연락이 갔는지 포브스 형사가 도착해 한 바퀴 둘러보고 사건을 면밀히 조사했습니다. 마차를 불러서 30분 만에 수위 집으로 갔지요. 젊은 여자가 문을 열어 주더군요. 탠지 부인의 큰딸이라고 했어요. 어머니는 아직 안 돌아왔으니 현관에 앉아서 기다리라고 하더군요.

10분쯤 지나자 노크 소리가 났습니다. 여기서 제가 그만 실수를 저지르고 말았습니다. 우리가 문을 여는 대신 큰딸이 문을 열게 했거든요.

큰딸이 '어머니, 남자 두 분이 기다리고 계세요'라고 말하자마자 금방 복도를 총총히 지나 안으로 도망가는 발소리가 들렸습니다. 포브스 형사가 황급히 문을 열고 뒷 주방으로 들어갔지만 여자는 이미 와 있더군요. 여자는 우리를 거만하게 쳐다보더니, 나를 알아보고는 매우 당황하는 듯한 기색을 보였습니다.

'아니, 사무실의 펠프스 선생님 아니세요?'

'왜 도망갔습니까?' 포브스 형사가 물었지요.

'전 당신들이 브로커(돈을 갚지 않는 사람들의 가구 등을 차압해서 그것을 팔 자격이 있다.)인 줄 알았지 뭐예요. 브로커하고 문제가 있었거든요.'

'별로 그럴듯한 해명은 아니군요. 중요한 외교 문서를 갖고 있는 게 확실합니다. 그걸 없애려고 여기에 온 것 아닙니까? 조사를 위해 같이 스코틀랜드 야드에 가야겠습니다.'

탠지 부인은 싫다면서 저항했지만 아무 소용이 없었지요. 사륜

마차를 부르고 출발하기 전에 주방을 수색했습니다. 특히 우리가 주방에 들어가기 전에 화덕에 뭔가를 태운 흔적이 있는지 철저히 조사했어요. 하지만 종이를 태운 흔적이나 종이는 발견되지 않았습니다. 스코틀랜드 야드에 도착해 여자 경관이 탠지 부인의 몸을 수색했지만 서류를 갖고 있었다는 흔적은 발견되지 않았습니다. 저는 그동안 매우 초조하게 기다렸지요. 그러나 서류는 어디서도 발견되지 않았습니다.

제 인생에 처음으로 엄청난 위기가 찾아왔습니다. 아무 생각도, 아무 일도 할 수 없었습니다. 조약 문서를 찾을 수 있다고 확신했기 때문에 찾지 못하면 어떤 일이 닥칠지는 상상도 할 수 없었습니다. 더 이상 어쩔 도리가 없자, 제가 어떤 위기에 놓였는지 알겠더군요. 끔찍한 일이었습니다. 저는 항상 소심하고 겁 많은 학생이었습니다. 외교부장관인 외삼촌과 함께 일하는 동료들을 생각하자 내가 그들에게 무슨 짓을 저지른 것인지 어찌할 바를 모르겠더군요.

어떻게 이런 일이 생긴 걸까요? 한 나라의 외교적 이익이 위기에 처한 상황에서 무슨 변명이 통하겠습니까? 저는 처참하게 파멸했습니다. 저는 제가 뭘 했는지도 모르겠습니다. 나를 둘러싼 고위 관료들만 어렴풋이 생각날 뿐이었지요. 그들은 저를 진정시키려고 했습니다. 그리고 그중 한 명이 나를 워털루 역까지 데려다 주었지요. 그런 다음 워킹행 기차에 태워 주었는데 근처에 살고 있는 의사 페리에가 나와 동행해 주었습니다. 페리에는 최선을 다해 나를 돌봐 주었지요. 집에 도착하기 전에 나는 이미 온몸에서 심하게 열이 났다고 하더군요.

페리에 의사가 벨을 울리고 내가 그 지경에 빠진 것을 봤을 때 잠에서 막 깬 애니와 조셉이 얼마나 놀랐겠습니까. 애니와 어머니의 상심은 이루 말할 수 없었지요. 출발하기 전에 워털루 역에서 포브스 형사의 설명을 들은 페리에 의사가 무슨 일이 생겼는지 어머니와 애니에게 설명했지만 상황이 달라지지는 않았습니다. 내가 중태인 게 확실해지자 이 침실에 묵고 있던 조셉이 환자인 나를 위해 방을 내주었지요. 그래서 지금까지 9주가 넘게 병석에 누워 있었습니다. 나는 뇌염으로 고열에 들떠 계속 무의식 상태였다고 하더군요.

 홈즈 씨, 애니와 의사의 도움이 없었으면 지금 이 이야기를 할 수도 없었을 겁니다. 뇌염 때문에 아무것도 하지 못하는 저를 애니가 밤낮으로 간호사와 함께 돌봐 주었습니다. 의식이 천천히 회복되면서 사흘 전에야 겨우 기억이 돌아온 겁니다. 차라리 기억이 돌아오지 않았으면 하고 바란 적도 있었습니다. 의식이 완전히 돌아오자마자 저는 이 사건을 담당한 포브스 형사에게 전보를 쳤습니다.

 그가 와서 사건이 마무리되긴 했지만 조약 문서는 발견되지 않았습니다. 수위와 그의 부인을 철저히 조사했지만, 역시 아무 성과도 없었습니다. 경찰은 그날 늦게까지 남아 있던 직원 찰스 고로를 수사했습니다. 고로라는 프랑스식 성 때문에 더욱 경찰의 의심을 샀지요. 그러나 사실 저는 고로가 퇴근한 후 사본을 만들었습니다. 또 고로란 이름을 통해 프랑스의 개신교도인 위그노를 조상으로 두었다는 것을 알 수 있었습니다. 그 사람 역시 홈즈 선생님이나 저처럼 영국인이었지요. 찰스 고로에게서도 아무런 단서를 발견하지 못한 경찰은 결국 사건 조사를 종료해 버렸습니다. 그래서 홈즈 씨, 당신을 찾은 것입니다. 당신은 저의 마지막 희망입니다. 만약 이번에도 실패하면 저의 지위와 명예는 영원히 사라지고 말 겁니다."

 퍼시는 침대에 다시 몸을 눕혔다. 오랫동안 이야기를 한 탓인지 기력이 다한 모습이었다. 애니가 물에 기운 차리는 약을 타서 건네주었다. 홈즈는 아무 말 없이 앉아 있었다. 모르는 사람이 홈즈가 눈을 감고 있는 모습을 봤다면 무관심하다고 느꼈을 테지만, 나는 그가 온 신경을 사건에 집중하고 있다는 것을 알 수 있었다.

"자세히 설명해 주셨군요. 중요한 질문을 몇 개 하겠습니다. 중요한 일을 맡았다고 누군가에게 말한 적이 있습니까?" 마침내 홈즈가 말했다.

"아니요, 없습니다."

"해리슨 양에게도 말하지 않았습니까?"

"그렇소. 그 일을 맡아서 하는 동안 저는 워킹에 온 적이 없습니다."

"그 사이 아무도 만나지 않았나요?"

"아무도 만나지 않았습니다."

"사무실에 있는 직원들이 전혀 몰랐을까요?"

"전혀 모릅니다."

"아무에게도 그 조약에 대해 말하지 않았다면 이런 질문은 할 필요가 없겠군요."

"아무에게도 말하지 않았습니다."

"경비는 잘 아는 사람입니까?"

"군인이었다는 사실밖에 모릅니다."

"어디에서 근무했다고 하던가요?"

"제가 듣기로는 콜드스트림 부대에 있었다고 했습니다."

"감사합니다. 자세한 얘기는 포브스 형사에게 듣도록 하지요. 자세한 정보 수집은 경찰이 잘하니까요. 수집한 정보를 이용할 줄 몰라서 탈이지만. 장미가 참 아름답네요!"

홈즈는 의자를 지나 열린 창가로 가서 장미 봉오리를 손바닥으로 감싸 올렸다. 싱싱한 선홍빛과 녹색이 아름답게 어우러진 장미였다. 홈즈가 이런 모습을 보인 것은 처음이었다. 홈즈가 자연현상에 관심을 보이는 일은 거의 없었기 때문이다.

"종교만큼 추리를 필요로 하는 것은 없습니다. 뛰어난 추리가들에게 종교는 정밀과학 같은 것이지요. 그러나 자연의 섭리는 이런 꽃에서도 충분히 찾을 수 있습니다. 인간의 능력, 욕망, 음식 등은 모두 생존에 필요한 것이지만 장미꽃은 별개지요. 장미 향기와 그 아름다운 색은 인생의 필수품이 아니라 아름다운 장식품입니다. 자연의 선물이지요. 꽃 한 송이에서도 인간은 큰 희망을 찾을 수 있습니다." 홈즈가 벽에 등을 기대면서 말했다.

퍼시 펠프스와 애니는 홈즈의 말에 놀랐다. 홈즈의 엉뚱한 강의에 둘의 얼굴에는 실망의 빛이 떠올랐다. 홈즈는 손가락 사이에 장미 송이를 쥔 채 명상에 잠긴 듯했다. 몇 분 뒤 마침내 애니가 침묵을 깼다.

"문제를 해결할 수 있을 것 같나요? 홈즈 씨." 애니가 잔뜩 기대하는 듯한 어조로 물었다.

"아, 사건 말이군요!" 명상에서 현실로 갑자기 돌아온 듯 홈즈가 대꾸했다.

"글쎄요, 사건이 워낙 복잡하고 난해해요. 하지만 잘 살펴보고 단서가 잡히면 알려 드리겠습니다."

"어떤 실마리를 찾았나요?"

"일곱 명이 이 사건과 관련이 있는데, 물론 결론을 내리기 전에 조사를 해야겠지요."

"의심 가는 사람이 있습니까?"

"내가 의심이 가네요."

"네?"

"결론을 너무 빨리 내리는 것 같아서요."

"런던으로 가서 확인하지 그러세요?"

"좋은 생각입니다. 해리슨 양." 홈즈가 몸을 일으키면서 대답했다. 그러고는 나를 보더니 말했다. "왓슨, 내 생각에는 더 이상 머무를 필요가 없네. 헛된 희망은 버려요, 펠프스 씨. 사건이 아주 복잡하군요."

"다시 뵐 때까지는 마음이 놓이지 않을 듯합니다, 홈즈 씨." 퍼시가 애가 타서 말했다.

"내일 이 시간에 다시 오지요. 좀 석연치 않은 결과를 가지고 올 수도 있지만요."

"다시 와 주신다니 뭐라고 감사의 말씀을 드려야 할지 모르겠습니다. 벌써 일이 해결된 것 같군요. 그건 그렇다 치고 외삼촌 홀드허스트 경이 제게 편지를 보냈습니다."

"아하, 그렇군요. 뭐라고 쓰셨던가요?"

"그분은 너무나 냉정하십니다. 제가 중환자인 탓에 심하게 말하지는 않았지만 아주 중요한 문제라는 점을 되풀이해서 강조하시더니 앞으로 내 장래에 더 이상 발전이 없을 거라고 했습니다. 사건이 해결되기 전까지는 말입니다. 이건 두말할 필요도 없이 제가 해고되었다는 뜻입니다."

"음, 합리적이고 사려 깊은 분이군요. 이제 그만 가세, 왓슨. 돌아가서 할 일이 꽤 많아."

조셉 해리슨이 우리를 역까지 태워다 주었다. 우리는 출발 신호를 알리는 포츠머스행 기차에 탔는데, 홈즈는 깊은 생각에 잠겨 말을 거의 하지 않았다. 홈즈가 말을 건넨 것은 클래팜 정선에 도착했을 때였다.

"런던 시내가 내려다보이는 높은 철로 위를 달리는 기분이 썩 괜찮군."

나는 홈즈가 농담을 한다고 생각했다. 차창 밖으로 보이는 런던의 모습은 지저분했기 때문이다. 그러나 홈즈는 곧 이유를 설명했다.

"건물 지붕 위로 솟아오른 저 커다란 건물들을 보게. 검은 바다에 떠 있는, 벽돌로 이루어진 섬 같지 않은가."

"기숙 학교야."

"등대지, 이 사람아. 미래를 밝혀 주는 횃불. 수백 개의 밝은 씨앗을 품고 있는 주머니지. 더 나은 영국의 미래를 짊어지고 갈 씨앗들이야. 그런데 펠프스는 술을 마시지 않는 것 같더군."

"맞아, 그는 술을 마시지 않아."

"나도 그렇게 생각하지만 일단 모든 가능성을 염두에 두어야 하네. 세상에, 아주 난처한 문제더군. 물에서 끌어낼 수 있을지가 관건이야. 애니 해리슨에 대해 어떻게 생각하나?"

"성격이 강해 보이더군."

"그래, 하지만 좋은 쪽이야. 아니면 내가 속은 거겠지. 애니와 오빠 조셉은 노섬벌랜드 근처에서 철공소를 운영하는 집의 남매라고 하더군. 작년 겨울에 여행하던 중 애니를 만났고 사랑에 빠진 거지. 가족들에게 소개를 시키려고 애니를 이곳에 데리고 올 때 오빠 조셉이 보호자 역할도 할 겸 동행한 모양이야. 애니는 사건이 터지자 퍼시를 간호하기 위해 남았고, 조셉도 겸사겸사 같이 머물고 있는 모양이야. 지금까지는 별로 중요하지 않은 질문만 했는데 이제부터는 중요한 조사를 하게 될 걸세."

"내 진료소는—."

"아, 환자 보는 일이 내 사건보다 재미있다면 괜찮아." 홈즈가 무뚝뚝하게 말했다.

"일 년 중 가장 불황인 때라 하루 이틀은 짬을 낼 수 있다고 말하려던 참이었네."

"그거 참 잘됐군." 유머 감각을 되찾은 홈즈가 말했다. "그러면 이 사건을 같이 조사하도록 하지. 우선 포브스 형사부터 만나야 하네. 우리가 알고 싶은 사건의 다른 자세한 사실을 들을 수 있을 거라 생각하네."

"실마리를 잡았다고 하지 않았나?"

"글쎄, 몇 개 있긴 하지만 조사를 더 해 봐야 그 진가를 알 수 있어. 목적 없는 범죄가 가장 추리하기 어려운 법이지. 이 사건이 바로 그래. 이 일로 누가 이익을 얻지? 프랑스 대사관과 러시아 대사관도 이익을 얻을 수 있지. 그리고 프랑스나 러시아에 조약 문서를 팔 만한 사람은 바로 홀드허스트 경이야."

"홀드허스트 경이라고!"

"그는 조카가 문서를 잃어버렸다고 해서 곤란한 지경에 처할 만큼 위치가 낮지는 않잖나."

"홀드허스트 경처럼 존경할 만한 정치가가!"

"그런 일이 일어나지 않으리란 법도 없어. 오늘 홀드허스트 경을 만나서 그 추측이 맞는지 알아봐야지. 이미 질문들을 준비해 놨네."

"벌써?"

"그래. 워킹 역에서 전보를 보냈어. 런던의 모든 석간신문에 광고를 냈지."

홈즈는 메모장에서 뜯은 종이 한 장을 건넸다. 연필로 이렇게 적혀 있었다.

10파운드의 상금. 5월 23일 밤, 9시 45분경 찰스 가 외교부 별관 입구 근처에서 손님을 내린 마차 번호를 아시는 분은 베이커 가 221B번지로 연락 바람.

"범인이 마차를 타고 온 게 확실한가?"

"아니라도 해가 될 것은 없지. 그러나 펠프스의 말이 정확하다면, 방이나 복도에는 숨을 곳이 없었어. 그렇다면 범인은 외부에서 들어온 것이 확실해. 외부에서 왔다면 그날 내린 비 때문에 옷이 젖었을 텐데, 복도 리놀륨 바닥에는 물기가 하나도 없었으니 범인은 마차를 타고 온 것이 분명하지. 아마 마차 번호를 쉽게 알 수 있을 거야."

"그럴듯하군."

"이게 내가 잡은 실마리 중 하나야. 이것을 시작으로 뭔가 알아낼 수 있겠지. 그리고 그 벨도 있네. 이번 사건에서 가장 눈에 띄는 특징이야. 벨을 울린 사람은 누굴까? 허세를 부린 범인의 짓일까? 범인과 같이 있던 누군가가 다음 범죄를 막기 위해 울린 걸까? 실수였을까? 아니면……."

홈즈는 의자에 앉아 다시 깊은 생각에 빠졌다. 그러나 홈즈의 일거수일투족을 잘 알고 있는 나는 홈즈에

게 어떤 새로운 생각이 떠올랐다는 것을 알아차렸다.

우리가 기차에서 내린 시각은 3시 20분이었다. 서둘러 점심을 먹은 후 스코틀랜드 야드로 향했다. 홈즈가 이미 포브스 형사에게 전보를 보냈기 때문에 포브스 형사는 우리를 기다리고 있었다. 몸집이 작고 교활하게 생긴 그는 상냥한 구석은 전혀 없고 매우 날카로워 보였다. 포브스 형사는 우리가 온 이유를 듣고는 쌀쌀한 태도로 대했다.

"당신의 수사 방식은 들은 바 있습니다. 홈즈 씨. 경찰이 모은 정보를 통해 사건을 해결한다고 하더군요. 하지만 그것은 경찰의 신용을 떨어뜨리는 일입니다."

"그 반대입니다. 53건의 사건을 수사했는데 그중 내 이름이 드러난 것은 4건뿐입니다. 49개의 사건을 해결한 경찰이 신용을 얻었지요. 이 사실을 몰랐다고 해서 당신을 비난할 생각은 없습니다. 당신은 아직 젊고 경험이 없으니까요. 하지만 새로 맡은 이 사건을 해결하고 싶다면 저에게 협조하는 것이 좋을 겁니다." 홈즈가 대꾸했다.

"친절히 알려 주시니 고맙습니다." 형사가 쌀쌀한 태도를 바꿔 공손히 대답했다. "그런데 지금까지 사건에는 아무런 진전이 없습니다."

"그래서 어떤 조치를 취했습니까?"

"경비인 탠지를 조사하고 있습니다. 근위대를 우수한 성적으로 제대했고, 달리 의심할 점은 없지만 그의 부인이 의심스럽습니다.

뭔가 알고 있는 게 있을 듯싶습니다."

"탠지 부인도 조사했습니까?"

"여자 경관이 탠지 부인의 뒤를 미행했지요. 술을 아주 잘 마신다는군요. 부인이 술에 취해 기분이 좋을 때 두 번 정도 이야기를 나누었지만 실마리가 될 만한 것은 없었답니다."

"집에 브로커가 온다고 하던데?"

"빚은 다 갚았다는군요."

"그 돈은 어디서 났습니까?"

"돈은 아무런 문제가 없습니다. 경비가 연금을 타게 되었거든요. 근거 없는 돈이 있다는 증거는 없었습니다."

"펠프스 씨가 벨을 울려 커피를 달라고 했을 때 왜 부인이 올라왔답니까?"

"남편이 매우 지쳐 대신 일을 도와주려고 했다더군요."

"흠, 그래서 경비가 의자에 앉아 깜박 잠이 들었던 모양이군. 부인 성격이 괴상한 것 외에 별다른 점은 없어. 그날 밤에 왜 그렇게 도망갔는지 이유는 물어봤나요? 허둥지둥 서두르는 모습이 경찰의 눈길을 끌었으니 말이오."

"평소보다 집에 돌아가는 시간이 늦어서 그랬답니다."

"당신과 펠프스 씨보다 부인이 20분 늦게 집에 도착한 이유도 물어보았소?"

"자기가 탄 승합마차보다 우리가 불러서 탄 사륜마차가 빠른 게 당연한 거 아니냐고 하더군요."

"그러면 집에 도착하자마자 왜 뒤에 있는 주방으로 뛰어갔는지도 설명했습니까?"

"그곳에 브로커에게 줄 돈을 두었다고 했습니다."

"최소한 모든 행동에 이유는 있었군요. 찰스 가를 지나갈 때 만나거나 본 사람이 있는지도 물었나요?"

"그 경관 외에는 아무도 보지 못했다고 하더군요."

"음, 경비 부인을 꽤 철저히 조사한 것 같군요. 그 밖에는?"

"고로도 9주 동안 조사했지만 아무것도 얻을 수 없었습니다. 알리바이가 확실했습니다."

"다른 것은?"

"글쎄요, 이렇다 할 단서나 증거를 전혀 확보하지 못했습니다."

"벨이 울린 이유를 생각해 봤나요?"

"예, 그걸 모르겠습니다. 벨을 울릴 정도면 아주 대담한 놈인 것 같습니다."

"아주 이상한 짓이지요. 많은 도움이 됐습니다. 범인을 잡으면 꼭 알려 드리지요. 왓슨, 이만 가지."

"이제 뭘 할 건가?"

"홀드허스트 경을 만나러 갈 거야. 외교부 장관이자 장래에 영국 총리가 될 사람이지."

다행히도 홀드허스트 경은 다우닝 가에 있는 그의 집무실에 있었다. 홈즈가 용건을 말하자 곧 방으로 안내되었다. 홀드허스트 경은 고지식한 태도로 우리를 환영했다. 그는 우리에게 벽난로 옆에 있는 편안한 의자에 앉으라고 권했다. 의자 두 개 가운데에 서 있는 홀드허스트 경은 마르고 키가 컸으며 날카로운 인상의 소유자였다. 사려 깊은 표정과 희끗희끗한 흰머리는 귀족 신분임을 짐작케 했다.

"명성은 익히 들어 잘 알고 있습니다, 홈즈 씨. 물론 당신이 왜 방문했는지 이유도 잘 알고 있습니다. 이곳에 홈즈 씨의 관심을 끌 만한 일이라고는 단 한 가지밖에 없으니까요. 이 일을 누가 부탁했는지 물어도 되겠습니까?" 그가 웃으며 말했다.

"퍼시 펠프스 씨가 의뢰했습니다." 홈즈가 대답했다.

"아, 불쌍한 제 조카 말이군요. 아시겠지만 친척이라 오히려 그 아이의 잘못을 덮어 주기가 힘들었습니다. 이번 사고로 퍼시의 경력에 흠집이 가지 않을까 걱정입니다."

"만약 서류가 발견된다면요?"

"아, 그러면 상황이 달라지겠지요."

"질문이 몇 개 있습니다. 홀드허스트 경."

"기꺼이 대답하지요."

"이 방이 펠프스 씨에게 문서 사본을 작성하라고 한 장소입니까?"

"그렇습니다."

"누군가 그 말을 엿들었을 리는 없지요?"

"그럴 리 없습니다."

"사본을 작성할 거라는 사실을 다른 사람에게 말한 적이 있습니

까?"

"절대 없습니다."

"확실합니까?"

"확실합니다."

"장관님이 말씀하신 적도 없고, 펠프스 씨도 말한 적이 없다면 그 일을 아는 사람은 아무도 없으니 도둑이 그 방에 들어온 건 순전히 우연이네요. 우연히 그 문서를 훔친 거로군요."

홀드허스트 경은 미소 지었다.

"그건 제가 추리할 수 있는 문제는 아니군요."

홈즈가 잠깐 생각하더니 말했다. "의논드리고 싶은 게 하나 더 있습니다. 문서의 상세한 내용이 알려지면 매우 심각한 결과를 부를까 봐 두려우시겠군요."

홀드허스트 경의 얼굴에 어두운 그림자가 스치고 지나갔다.

"아주 심각한 일이 발생합니다."

"아직 일어나지는 않았나요?"

"아직은."

"만약 그 조약 문서가 프랑스나 러시아의 손에 들어간다면 장관님이 알게 되겠지요?"

"그럴 겁니다." 얼굴을 찌푸리며 홀드허스트 경이 대답했다.

"10주가 지났는데 아무런 소식이 들리지 않았다면, 그 문서는 아직 프랑스나 러시아로 가지 않았다고 할 수 있습니다."

홀드허스트 경은 어깨를 으쓱했다.

"설마 범인이 그 문서를 액자에 넣어 벽에 걸어 놓진 않았겠지요, 홈즈 씨."

"아마 더 비싼 가격에 팔려고 시간을 끄는 것일 수도 있습니다."

"만약 더 기다리다가는 한 푼도 받지 못할 거요. 몇 달이 지나면 그 조약은 중지되오."

"바로 그 점이 중요합니다. 물론 범인이 갑자기 병이 들었을 수도 있겠지요." 홈즈가 말했다.

"갑자기 뇌염에라도 걸렸다는 말인가요?" 홀드허스트 경이 날카로운 눈으로 홈즈를 바라보았다.

"그렇다고는 말하지 않았습니다. 홀드허스트 경, 귀중한 시간을 너무 많이 빼앗은 것 같군요. 이만 물러나겠습니다." 홈즈가 침착하게 대답했다.

"조사에 진전이 있길 바랍니다. 그리고 범인이 누군지도 밝힐 수 있길 빌지요."

홀드허스트 경이 문까지 나와 우리를 배웅했다.

"좋은 분이군. 하지만 그 위치를 유지하기가 아주 힘든 모양이야. 부유한 것과는 거리가 멀어. 자네도 봤나? 구두 밑창을 갈았더군. 그런데 왓슨, 진료소 일을 해야 하는 거 아닌가? 자네 시간을 너무 많이 빼앗았지? 그 마차 광고에 대한 대답만 오면 오늘 일은 끝이야. 그런데 자네가 어제 그 시간에 기차를 타고 내일 워킹으로 같이 가 준다면 더할 나위 없이 기쁘겠네." 홈즈가 화이트홀 가로 나오면서 말했다.

나는 다음 날 홈즈를 만나 워킹으로 갔다. 홈즈는 광고에 대한 대답은 없었으며, 새로운 단서도 잡지 못했다고 했다. 그리고 레드 인디언에 대한 이야기를 했는데, 나는 사건 해결이 만족스럽게 진행되고 있는지 짐작이 가지 않았다. 홈즈는 지문을 사용하는 베르티용식 범인 식별 방법에 대해 말하면서 프랑스 학자 베르티용에 대해 한참 동안 찬사를 늘어놓았다.

퍼시 펠프스는 여전히 애니의 정성 어린 간호를 받고 있었다. 그래서 그런지 전보다 훨씬 좋아진 듯 보였다. 펠프스는 소파에서 벌떡 일어나 우리를 반갑게 맞았다.

"새로운 소식이 있나요?" 그가 초조하게 물었다.

"생각했던 대로 부정적입니다. 포브스 형사와 홀드허스트 경을 만나 사실을 밝힐 수 있는 질문을 몇 개 했습니다." 홈즈가 대답했다.

"실망할 일은 없었나요?"

"없었습니다."

"다행이군요! 용기를 잃지 않고 기다리면 진실이 밝혀질 거예요." 애니 해리슨이 말했다.

"할 얘기가 있습니다." 펠프스가 의자에 앉으며 말했다.

"어젯밤에 도둑이 들었습니다. 아주 심각한 사건입니다."

펠프스의 얼굴에 점점 그늘이 드리워졌다. 두 눈에는 두려운 기색이 역력했다.

"제가 어떤 무시무시한 음모에 걸려들었다는 생각이 들었습니다. 제 명예뿐만 아니라 목숨까지도 노리고 있습니다."

"그래요!" 홈즈가 말했다.

"제가 알기로 저는 누구에게 원한을 산 적이 없습니다. 그런데 어젯밤 사건이 일어났습니다."

"계속하세요."

"어제는 처음으로 혼자 잤습니다. 옆에 누가 없어도 괜찮을 정도로 몸이 회복되었으니까요. 하지만 야간용 등불은 켜 놓았습니다. 그런데 새벽 2시쯤 됐을까? 얕은 잠이 들었는데 무슨 소리가 들려서 깼습니다. 그래서 무슨 소리인가 계속 귀를 기울이고 있었지요. 쥐가 나무를 갉는 소리 같았습니다. 그런데 소리가 점점 커지더니 갑자기 창문 밑에서 날카로운 가위가 불쑥 튀어 나오더군요. 저는 깜짝 놀라 일어나 앉았습니다. 무언가를 갉는 소리는 그 가위 때문에 나는 것이었습니다. 누가 창틈으로 가위를 쑤셔 넣어 억지로 창문을 열려는 소리였습니다.

그런데 10분쯤 뒤에 소리가 멈추었어요. 마치 그 소리에 제가 잠이 깨지는 않았는지 확인하려는 것처럼 말이죠. 그리고 창문이 아주 천천히 열렸습니다. 신경이 곤두설 대로 곤두선 저는 더 이상 참을 수 없었습니다. 그래서 침대에서 뛰쳐나와 창문을 확 열어젖혔지요. 창문 밑에는 한 남자가 웅크리고 있었습니다. 하지만 어찌나 빨리 도망가는지 잘 보지도 못했습니다. 외투 같은 것을 입고 있었는데 얼굴이 반쯤 가려 있었습니다. 제가 확실하게 본 것은 손에 무기를 쥐고 있었다는 겁니다. 아주 긴 칼 같았습니다. 도망갈 때 빛이 번쩍했습니다."

"아주 흥미롭군요. 그래서 어떻게 했나요?" 홈즈가 말했다.

"기운만 있었어도 창문으로 그의 뒤를 쫓아갔을 겁니다. 하지만 어쩔 수 없이 벨을 울려서 사람들을 깨웠습니다. 조금 뒤에 위층에서 자고 있던 하인들이 내려왔습니다. 전 고함을 질렀고, 조셉이 와서 다른 사람들도 깨웠습니다. 조셉과 하인 한 명이 창문 밑 화단을 살펴보았지만 날씨가 건조해서 잔디에 찍힌 발자국은 없었습니다. 그런데 정원 울타리에 뭔가 있었습니다. 누가 울타리를 넘어간 흔적이 있다고 하더군요. 아직 지역 경찰에는 알리지 않았습니다. 홈즈 씨의 생각을 먼저 듣고 싶습니다."

펠프스의 이야기가 홈즈를 자극한 듯 보였다. 홈즈는 의자에서 일어나 흥분을 감추지 못하며 방 안을 돌아다녔다.

"불행은 겹치나 봅니다." 펠프스가 태연한 듯 웃으며 말했지만, 어젯밤 일어난 사건으로 충격이 큰 듯싶었다.

"이제 불행은 끝나겠지요. 저와 같이 집을 한 바퀴 둘러볼까요?" 홈즈가 말했다.

"아, 물론이죠. 햇빛을 쐬는 것도 좋지요. 조셉도 같이 갑시다."

"저도 가겠어요." 애니가 말했다.

"죄송하지만 안 됩니다. 여기에 그냥 계세요." 홈즈가 고개를 저었다.

애니 해리슨은 실망한 기색으로 자리로 돌아갔다. 조셉, 펠프스, 홈즈와 나는 함께 밖으로 나가 펠프스의 침실 밑에 있는 화단의 잔디밭을 자세히 살펴보았다. 그러나 펠프스가 말한 대로 아무 흔적도 없었다. 홈즈는 그 앞에 우뚝 서서는 모르겠다는 듯 어깨를 으쓱해 보였다.

"대단한 건 없는 것 같군요. 한 바퀴 둘러보고 도둑이 왜 하필 퍼시의 침실을 골랐는지 알아봅시다. 응접실이나 식당의 창문이 몰래 들어가기에는 훨씬 컸을 텐데."

"길에서도 훨씬 잘 보이고." 조셉이 끼어들었다.

"아, 물론이죠. 그런데 이 문이 도둑의 눈길을 더 끈 모양이군요. 무엇에 쓰는 문인가요?"

"상인들이 드나드는 문입니다. 물론 밤에는 잠가 둡니다."

"집 안에 귀중품이 있나요? 또는 도둑이 흥미를 느낄 만한 것이 있습니까?"

"값나가는 물건은 전혀 없습니다." 펠프스가 대답했다.

홈즈는 주머니에 손을 넣고 무관심한 태도로 집 주위를 둘러보았다. 그런 태도는 홈즈답지 않은 행동이었다.

"그나저나, 울타리에서 무슨 흔적을 발견했다고 하던데요. 한번 봅시다." 홈즈가 조셉 해리슨에게 말했다.

뚱뚱한 조셉 해리슨이 앞장섰다. 나무 울타리 중 하나의 끝 부분이 부서져, 부서진 나뭇조각이 걸려 있었다. 홈즈는 그 조각을 자세히 살펴보았다.

"어젯밤에 부서진 게 맞나요? 좀 오래되어 보이는데요. 안 그렇습니까?"

"글쎄요, 그럴 수도 있습니다."

"건너편에는 누가 넘어간 흔적이 없습니다. 더 이상 살펴볼 만한 건 없을 것 같군요. 방으로 돌아갑시다."

퍼시 펠프스는 조셉의 팔에 의지해 천천히 걸었다. 홈즈는 재빨리 잔디밭을 지나 다른 사람들보다 먼저 펠프스 침실의 열린 창가로 다가갔다.

"해리슨 양. 오늘 하루 종일 여기 있어야 합니다. 무슨 일이 있어도 여길 떠나서는 안 됩니다. 아주 중요한 일입니다." 홈즈가 정중하게 말했다.

"알겠습니다. 홈즈 씨가 그렇게 말씀하시니 아무 데도 가지 않겠어요." 애니 해리슨이 깜짝 놀라며 대답했다.

"잘 때는 밖에서 방문을 잠그고 열쇠는 가지고 계십시오. 꼭 이렇게 한다고 약속하세요."

"하지만 퍼시는요?"

"퍼시는 오늘 우리와 함께 런던으로 갈 겁니다."

"전 여기 남아 있어야 하나요?"

"퍼시를 위한 일입니다. 어서 약속하세요."

애니는 동의의 뜻으로 고개를 끄덕였다. 얼마 후 퍼시 펠프스와 조셉이 다가왔다.

"왜 그렇게 얼굴을 찌푸리고 있니, 애니? 밖에 나와서 햇볕 좀 쬐라." 조셉이 말했다.

"괜찮아, 오빠. 머리가 조금 아파서 여기 그냥 있을래. 방 안이 더 시원해."

"이제 뭘 할 겁니까, 홈즈 씨?" 펠프스가 물었다.

"사소한 일에 집중하다가 큰일을 놓쳐서는 안 되지요. 저와 함께 런던에 가 주시면 큰 도움이 될 것 같습니다."

"지금 당장 말입니까?"

"준비되는 대로 빨리요. 한 시간 안으로 출발합시다."

"몸도 꽤 회복되었으니 도움이 된다면 가야지요."

"아주 큰 도움이 됩니다."

"그럼 런던에서 하룻밤을 묵어야 하나요?"

"예, 막 말하려던 참이었습니다."

"그럼, 도둑이 집주인이 자리를 비웠다는 사실을 알게 될 텐데요. 홈즈 씨, 모두 당신 손에 달려 있습니다. 뭘 하려는 건지 말해 주세요. 조셉이 저를 돌보기 위해 함께 가는 게 좋겠지요?"

"아니요, 아닙니다. 여기 왓슨이 의사니까 펠프스 씨를 돌보는 데는 아무런 문제가 없을 겁니다. 괜찮다면 여기서 점심을 먹고 우리 세 명만 출발합시다."

애니 해리슨만 빼고 홈즈의 의견을 따르기로 했다. 홈즈의 의도가 무엇인지는 알 수 없었지만 애니를 퍼시 펠프스에게서 떼어놓으려는 것만은 확실했다. 펠프스는 건강이 회복되어 기쁜 데다가 앞으로 할 일이 생겨 기분이 좋은 듯 보였다. 그러나 홈즈는 우리를 한 번 더 놀라게 했다. 워털루 역으로 가는 마차 안에서 홈즈가 자신은 워킹에 계속 남아 있을 거라고 조용히 말한 것이다.

"더 조사해야 할 것이 한두 개 있습니다. 펠프스 씨가 집에 없는 게 제게 도움이 될 것입니다. 왓슨, 자네는 런던에 도착하면 베이커 가의 집으로 가서 내가 올 때까지 기다려. 둘이 학창 시절 친구라 다행이군. 할 이야기도 많을 테니. 펠프스 씨에게 침실을 준비해 주게. 아침 식사 때까지 돌아가겠네. 내일 아침 8시에 워털루 역에서 런던으로 가는 기차가 있으니까."

"런던에서 한다던 조사는 안 하십니까?" 펠프스가 불안한 듯 물었다.

"내일 하면 됩니다. 지금 당장은 제가 여기에 남아야 할 듯싶습니다."

"그럼 사람들에게 내일 밤에 제가 돌아갈 거라고 전해 주세요." 펠프스가 기차에 올라타면서 홈즈에게 부탁했다.

"아니요, 전 브라이어브레이 저택으로 가지 않습니다." 홈즈가 손을 흔들며 대답했다.

펠프스와 나는 런던으로 가면서 홈즈가 무슨 생각을 하는지 궁금해했지만 만족스러운 대답은 얻지 못했다.

"어젯밤 도둑이 든 것에 대해 더 조사하려는 것 같아. 내 생각으로는 보통 도둑이 아니야."

"자네 생각은 어떤데?"

"자네는 신경이 예민한 탓이라고 할지 모르겠지만 내 주위에 정치적인 문제가 얽혀 있는 게 확실해. 그들이 내 목숨을 노리는 일을 꾸몄을 거야. 황당한 소리로 들릴지도 모르겠지만 생각해 보게. 별다른 것도 없는 내 방에 칼을 든 도둑이 한밤중에 오지 않았나!"

"단순한 도둑이 아니라는 건가?"

"절대로 아냐. 분명히 칼이었어. 어둠 속에서 번쩍이는 칼날을 똑똑히 보았어."

"도대체 자네가 무슨 원한을 산 일이 있다는 건가?"

"그건 나도 몰라."

"글쎄, 홈즈가 같은 생각을 한다면 자네 설명도 일리는 있군. 그렇다면 어젯밤 자네 방에 침입한 도둑과 9주 전에 조약 문서를 훔친 사람을 찾으려면 시간이 꽤 많이 걸리겠는 걸. 범인이 두 명이라는 뜻이니까. 하지만 자네의 적이 두 명이나 된다니, 그건 말도 안 돼. 한 사람은 도둑질을 하고 또 한 사람은 자네 목숨을 노린다는 게 있을 수 있나."

"그런데 홈즈 씨는 브라이어브레이 저택으로 가지 않는다고 했지 않은가?"

"홈즈를 꽤 오래 알고 지내지만 이유 없는 행동을 한 적은 한 번도 없었어."

그 뒤 우리 대화는 다른 주제로 넘어갔다.

나에게는 피곤한 하루였다. 펠프스는 여전히 몸이 쇠약했고, 불행한 사건으로 신경이 예민해져 있었다. 아프가니스탄, 인도, 사회 문제 등 온갖 주제로 흥미를 끌어 보려 했지만 펠프스의 침울한 마음을 달랠 수 없었다. 결국에는 잃어버린 조약 문서에 대한 이야기로 돌아와 홈즈가 뭘 하고 있는지 추측해 보았다. 그리고 홀드허스트 경이 한 처사에 대해 불평하면서 아침에 좋은 소식을 들을 수 있으면 좋겠다며 걱정을 했다. 밤이 되자 펠프스의 초조함은 극에 달했다.

"홈즈 씨를 믿나?" 펠프스가 물었다.

"홈즈의 뛰어난 능력을 몇 번이나 직접 확인했지."

"아, 그렇지만 이번 사건처럼 아무런 단서도 없었던 적은 없지?"

"그보다 더한 경우에도 사건을 해결했어."

"하지만 나라가 위기에 처한 일은 아니었지?"

"그건 모르겠어. 하지만 홈즈는 세 번이나 유럽 왕가에 관련된 중대한 사건을 해결했어."

"왓슨, 자네는 홈즈 씨를 잘 알겠지. 하지만 나는 홈즈 씨가 무슨 생각을 하는지 전혀 모르겠어. 과연 희망이 있을까? 사건이 해결될 것 같다고 말한 적이 있나?"

"아무 말도 안 했어."

"아, 나쁜 징조로군."

"그 반대야. 사건의 흐름을 놓치면 그렇게 말하지. 아무 말 없이 침묵을 지키는 것이 오히려 사건이 잘 풀린다는 증거야. 자, 이제 그만 얘기해. 이렇게 걱정해 봐야 사건 해결에는 아무런 도움이 되지 않아. 이제 잠을 자고 내일 아침을 준비해야지."

간곡한 충고로 펠프스가 간신히 잠자리에 들긴 했지만, 잠을 푹 자지는 못할 거라는 사실을 잘 알고 있었다. 게다가 펠프스의 조급증이 내게도 전염되었는지, 사건에 대해 수천 가지 상상을 하면서 밤새도록 뒤척이며 잠을 이루지 못했다. 홈즈는 왜 워킹에 남은 걸까? 왜 애니 해리슨에게 하루 종일 병실을 떠나지 말라고 한 걸까? 왜 브라이어브레이 저택 사람들에게 자신이 워킹에 남아 있다는 사실을 알리지 않은 걸까? 나는 계속 이러저러한 의문에 휩싸인 채 잠이 들었다.

다음 날 아침 눈을 뜬 것은 7시였다. 펠프스가 자고 있는 방으로 가 보니 그의 얼굴에는 밤새 한숨도 자지 못한 기색이 역력했다.

그는 나를 보자마자 홈즈가 도착했는지 물었다.

"약속한 시간에 올 거야. 그보다 늦게 오지도 빨리 오지도 않을 거야."

그리고 내 말이 옳다는 것을 증명이나 하듯이 8시가 지나자 마차 하나가 집 앞에 멈춰 섰다. 그리고 마차에서 홈즈가 내렸다. 창가에 서 있던 우리는 홈즈의 왼손에 붕대가 감겨 있는 것을 보았다. 홈즈의 얼굴은 피곤하고 지쳐 보였다. 홈즈는 현관에서 곧장 방으로 뛰어올라왔다.

"누구에게 맞았나 본데!" 펠프스가 안타깝다는 어조로 외쳤다.

나는 펠프스의 말을 인정할 수밖에 없었다.

"어찌 된 사연인지 설명을 들을 수 있겠지."

펠프스가 신음 소리를 내며 말했다. "나는 모르겠네. 홈즈 씨가 돌아오기만 잔뜩 기대하고 있는데 손을 다쳤지 않은가! 무슨 일이 있었는지 뻔해."

"홈즈, 다친 건 아니겠지?"

"응, 부주의해서 좀 긁혔을 뿐이야." 아침 인사로 고개를 끄덕이며 홈즈가 대답했다. "이번 사건은 정말 종잡을 수 없군요, 펠프스 씨."

"해결하지 못하신 건 아닌지 걱정스럽군요."

"아주 특별한 경험이었습니다."

"그 붕대를 보니 알겠어. 무슨 일이 있었는지 어서 말해 보게." 내가 말했다.

"왓슨, 아침부터 먹고. 새벽부터 서리 주의 공기를 마시며 30마일이나 달려왔다는 점을 생각해 줘. 광고에 대한 답은 없었지? 내가 예상한 대로군. 뭐, 항상 점수를 딸 수야 없지."

식사 준비를 해 달라고 벨을 울리려는데, 허드슨 부인이 커피와 홍차를 가지고 올라왔다. 얼마 후 부인은 3인분의 아침 식사를 가지고 왔다. 허기진 홈즈와 궁금증에 가득 찬 나, 그리고 절망감으로 의기소침해진 펠프스, 이렇게 세 명이 테이블에 둘러앉았다.

"허드슨 부인이 음식을 푸짐하게 차렸군." 홈즈가 닭고기 카레 접시를 보며 말했다. "스코틀랜드 여성다운 음식이군. 왓슨, 그것은 무슨 음식인가?"

"햄에그야." 내가 대답했다.

"좋은데! 펠프스 씨, 뭘 드시겠습니까? 닭고기 카레 아니면 계란? 드시고 싶은 대로 드시지요."

"괜찮습니다. 아무것도 못 먹겠습니다."

"그러지 말고 앞에 놓인 음식 좀 드시지요."

"아뇨, 사양하겠습니다. 정말 못 먹겠습니다."

"그럼 그쪽에 있는 요리를 제게 좀 나눠 주시겠습니까?" 홈즈가 눈을 반짝이며 말했다.

펠프스가 음식 뚜껑을 열었다. 그리고 갑자기 나지막이 비명을 질렀다. 깜짝 놀란 눈은 음식 접시에 고정되어 있었다. 접시 위에는 푸른빛이 감도는 종이 두루마리가 놓여 있었다. 펠프스는 서류를 집어 들어 뚫어져라 살펴보더니 미친 듯이 방 안을 뛰어다녔다.

 손을 가슴에 올려놓고 기쁨으로 소리를 지르더니 다시 의자에 털썩 주저앉았다. 혹시 발작을 일으키지는 않을까 걱정한 나는 펠프스에게 브랜디 한 잔을 따라 주며 마시게 했다.
 "자, 자."
 홈즈가 펠프스의 등을 토닥거리면서 진정시켰다.
 "환자가 너무 흥분하면 좋지 않아요. 왓슨, 나도 굉장히 극적인 경험을 했지만."
 펠프스는 홈즈의 손을 잡고 키스했다.
 "신의 가호가 있길! 제 명예를 지켜 주셨습니다."

"글쎄요, 제 명예가 위기에 빠졌었죠. 당신이 중요한 임무를 수행하지 못하는 것과 마찬가지로 사건을 해결하지 못하는 것만큼 제게 불미스러운 일도 없습니다."

펠프스는 소중한 조약 문서를 외투 안주머니에 깊숙이 넣어 두었다.

"아침 식사 시간을 방해하고 싶지는 않습니다만, 어디서 문서를 찾았는지 알고 싶군요."

홈즈는 커피를 한 모금 마셨다. 그리고 햄에그를 보더니 자리에서 일어나 파이프에 불을 붙이고 의자에 앉았다.

"순서대로 차근차근 설명하지요." 홈즈가 설명하기 시작했다. "역을 떠난 저는 아름다운 숲 속 길을 산책했습니다. 리플리 마을의 풍경이 아주 아름답더군요. 어떤 여관에 들어간 저는 차를 마신 뒤 물병을 채우고 샌드위치를 하나 포장해 달라고 했습니다. 저녁 때까지 그곳에 있다가 해가 막 지고 난 뒤 워킹에 있는 브라이어브레이 저택에 도착했지요. 미리 말하지만 저는 이런 행동을 자주 하진 않습니다. 어쨌든 길에 사람이 보이지 않을 때까지 기다리다가 울타리를 넘어 정원으로 들어갔습니다."

"문이 열려 있었을 텐데요!" 퍼시가 말했다.

"그랬지요. 하지만 이번 사건은 좀 특별해서요. 지나가는 하인들이 절 보지 못하도록 나무 틈에 숨어 있었지요. 그리고 덤불 뒤에 숨어 조금씩 펠프스 씨의 병실 창문 쪽으로 기어갔습니다. 제 양복바지의 무릎을 보세요. 그곳에 쭈그리고 앉아 계속 숨어 있었지요.

　블라인드가 열려 있어서 저는 방에서 책을 읽고 있는 해리슨 양의 모습을 볼 수 있었습니다. 10시 15분이 되자 해리슨 양은 책을 덮고 문을 닫은 뒤 방을 나가더군요. 그리고 나서 문을 닫고 바깥에서 열쇠로 문을 잠그는 소리를 들었습니다."

　"아, 열쇠가 있었죠." 펠프스가 말했다.

　"예, 제가 해리슨 양에게 밖에서 열쇠로 문을 잠그고 열쇠는 갖고 있으라고 말해 두었죠. 해리슨 양은 제가 시킨 일을 하나도 빠짐없이 그대로 실행에 옮겼습니다. 그녀가 협조하지 않았더라면 그 안주머니 속에 넣은 조약 문서는 절대 되찾지 못했을 겁니다. 해리슨 양이 나가자 불이 꺼졌습니다. 저는 계속 창가 밑 꽃나무 덤불 속에 쭈그리고 앉아 있었지요.

　밤공기는 상쾌했지만 그래도 매우 힘들더군요. 물론 시합 전에 경기를 기다리는 운동선수처럼 흥분되기도 했지만요. 아주 기나긴 시간이었습니다. 왓슨, '얼룩 끈' 사건 때 자네와 같이 방에서 기다리던 것과 비슷했네. 어쨌든 교회 시계가 15분마다 종을 쳤습니다. 그리고 마침내 새벽 2시쯤에 문 열쇠가 돌아가는 소리를 들었습니다. 조금 뒤에 하인들이 쓰는 옆문이 열리더니 달빛에 사람이 보였는데 조셉 해리슨이었죠."

　"조셉이라고요!" 펠프스가 소리쳤다.

　"머리에 아무것도 쓰지 않았고 어깨에는 검은 외투를 두르고 있더군요. 만일의 사태에 대비해 즉시 얼굴을 감추기 위해서였죠. 그

　는 살금살금 창가로 걸어와서는 숨겨 둔 칼을 꺼냈습니다. 그런 다음 틈 사이로 칼을 찔러 넣고 쑤시더니 창문의 고리를 벗기고 창문을 열었지요.
　내가 있는 곳에서는 방 안이 훤히 보였기 때문에 조셉의 행동을 다 지켜볼 수 있었습니다. 그는 벽난로 위의 양초에 불을 붙이고 문 옆에 깔린 카펫 한쪽 모서리에서 멈춰 서더군요. 그리고 마룻바닥 널빤지 하나를 뜯어냈죠. 보통 집마다 가스관 연결을 살펴보려고 만든 바닥 뚜껑 문이 있지 않습니까. 그런데 그곳에서 조셉이 둘둘 말린 종이를 꺼내더군요. 그리고 마루 널빤지를 제자리에 밀어 넣고 카펫을 정돈한 다음 촛불을 끄고 창문을 넘었지요. 하지만 그 창문을 넘자마자 밑에서 기다리고 있던 저와 마주쳤지요.

 조셉은 제가 생각했던 것보다 훨씬 나쁜 사람이더군요. 나이프를 들고 덤볐기 때문에 두 번 정도 땅에 쓰러졌다가 겨우 제압했는데 그때 저도 손가락에 상처를 입었습니다. 격투를 벌인 끝에 조셉을 잡아 이유를 설명하니, 조약 문서를 포기하더군요. 저는 문서도 찾고 해서 조셉을 놓아주었지요. 하지만 오늘 아침, 포브스 형사에게 전보를 쳤으니 재빨리 행동했다면 조셉을 잡을 수도 있을 겁니다. 만약 조셉을 잡지 못하더라도 정부로서는 잘된 일이지요. 홀드허스트 경도 그렇고 펠프스 씨도 마찬가지지요. 이번 사건이 재판까지 가지 않아서 다행입니다."

 "세상에!" 펠프스가 한숨을 내쉬고 말했다. "그럼 저는 지난 10주 동안 문서가 있는 방에 살면서 그렇게 괴로워했단 말이네요."

 "그런 셈이지요."

 "조셉, 이 악당! 이 도둑놈!"

 "흠, 글쎄요. 조셉은 외모보다 훨씬 음흉하고 위험했습니다. 오늘 아침에 조셉에게 들은 바로는 증권으로 큰돈을 잃어서 돈이 생기는 일이라면 뭐든지 해야 했다고 하더군요. 아주 이기적인 사람입니다. 기회를 잡자 여동생의 행복이나 처남 될 사람의 명예는 안중에도 없었던 겁니다."

퍼시 펠프스는 의자에 주저앉았다.

"손이 떨립니다. 홈즈 씨의 설명을 들으니 어지럽군요."

"이번 사건에서 어려웠던 점은……." 홈즈가 설명하듯 말했다. "증거가 너무 많았다는 겁니다. 중요한 문제는 드러나 있고 상관없는 것은 감추어져 있었지요. 드러난 사실 중 중요한 것만 골라서 순서대로 정리하면 사건이 모두 해결되는 것이었습니다. 펠프스 씨가 그날 저녁 조셉과 함께 워킹으로 갈 예정이었다고 얘기했을 때부터 사실 전 조셉을 의심했습니다. 분명히 펠프스 씨에게 가는 도중에 전화를 했겠지요. 누군가 병실에 침입했다는 말을 듣고, 무언가 숨길 사람은 조셉밖에 없다고 생각했습니다. 게다가 펠프스 씨 병실이 사실은 조셉이 묵고 있던 방이라고 했으니까요. 짐작이 거의 사실로 굳어진 거지요. 특히 간호사가 없는 밤에 그 방에 도둑이 들었다는 사실은 집안 사정을 잘 알고 있는 내부인의 소행이란 뜻입니다."

"난 왜 몰랐을까!"

"지금까지의 조사에 따르면 사건의 전말은 이렇습니다. 조셉 해리슨은 찰스 가로 통하는 문으로 외교부에 들어갔고, 펠프스 씨가 자리를 비우자마자 곧장 펠프스 씨의 사무실로 들어갔습니다. 아무도 없는 것을 알고 벨을 울리는 순간, 책상 위에 있던 서류에 눈길이 간 거지요. 한눈에 중요한 문서임을 안 그는 곧장 서류를 주머니에 넣고 나간 겁니다. 당신이 경비와 이야기하는 몇 분 동안 충분히 도망갈 시간을 벌 수 있었죠.

첫차로 워킹으로 내려간 조셉은 훔친 서류가 정말 중요하다는 사실을 깨닫고 아주 안전한 곳에 숨긴 다음, 하루 이틀 안으로 프랑스 대사관이나 돈을 많이 줄 만한 사람에게 팔 생각을 했습니다. 그런데 갑자기 펠프스 씨가 돌아온 겁니다. 서류를 챙길 사이도 없이 자기 방에서 쫓겨나고 말았지요. 하지만 밤낮으로 간호하는 사람이 방을 떠나지 않으니 문서를 꺼낼 수도 없고, 아마 미칠 지경이었을 겁니다. 호시탐탐 기회를 노리다가 밤에 몰래 숨어 들어가려 했지만 펠프스 씨가 잠에서 깨는 바람에 실패했지요. 그날 밤에는 평소 복용하던 수면제를 먹지 않았다고 했죠, 펠프스 씨?"

"먹지 않았습니다."

"조셉은 아마 당신이 평소처럼 수면제를 먹고 잠이 푹 들었으리라 생각했을 겁니다. 물론 저는 조셉이 안전해지면 다시 시도하리라는 걸 알고 있었습니다. 펠프스 씨가 집을 비우자 조셉이 노리던 기회가 온 것이지요. 저는 해리슨 양에게 하루 종일 방 안에 있으라고 말해서, 낮에는 조셉이 그 방에 들어가지 못하게 했습니다. 그리고 밤이 되자 아까 말한 대로 저는 숨어 있었지요. 그 방에 조약 문서가 있으리라고 이미 짐작은 했습니다. 다만 그걸 찾기 위해서 방을 샅샅이 수색할 마음은 없었지요. 조셉이 비밀 장소에서 그 문서를 꺼낼 때까지 기다리면 직접 찾는 수고를 덜 수 있으니까요.

제가 또 설명해야 할 점이 있습니까?"

 "조셉은 왜 처음부터 문으로 들어가지 않았지? 창문으로 들어간 이유가 뭘까?" 내가 물었다.

 "문으로 들어오려면 방 일곱 개를 지나가야 해. 또 잔디밭으로 빠져나가는 게 훨씬 쉬우니까. 다른 질문은?"

 "조셉이 살인을 저지를 생각은 아니었겠죠? 들고 있던 칼은 단순히 문을 열기 위한 도구였겠죠?" 펠프스가 물었다.

 "그럴 수도 있지요." 홈즈는 어깨를 으쓱했다. "제가 확실히 말할 수 있는 건 조셉 해리슨은 믿을 만한 사람이 아니라는 겁니다. 저라면 절대로 그 사람을 믿지 않겠습니다."

Sherlock Holmes

마지막 사건
The Final Problem

1891년 4월 24일 (금) ~ 5월 4일 (월)

펜을 들어 마지막 글을 쓰는 나의 마음이 무겁다. 특별했던 나의 친구, 셜록 홈즈의 뛰어난 재능에 대해 글을 쓰는 일도 이번이 마지막이다. 비록 서투른 문장이기 했지만 나는 홈즈와 함께했던 특별한 경험들을 제대로 전달하기 위해 항상 최선을 다해 왔다. 홈즈를 처음 만난 '주홍색 연구' 사건부터 홈즈가 개입해서 심각한 국제 분쟁을 막을 수 있었던 최근의 '해군 조약' 사건에 이르기까지 말이다. 원래는 이쯤에서 그만두고, 지나간 2년의 세월로도 공허감을 전혀 채울 수 없었던 '마지막 사건'에 대해서는 아무 말도 하지 않으려 했다. 그러나 최근 동생인 모리아티 교수를 잊지 못하는 제임스 모리아티 대령이 보낸 편지 때문에 나는 홈즈의 마지막 사건을 기록하려고 한다. 나는 대중 앞에 사건을 사실 그대로 옮길 것이다. 사건의 진상을 나만이 알고 있으며, 억지로 감추어 봐야 홈즈를 둘러싼 소문에 좋지 않은 영향을 끼칠 거라는 점을 깨달았다. 내가 알기로 언론 매체가 그 사건을 다룬 것은 단 세 차례에 불과하다. 1891년 5월 6일자 〈제네바 저널〉, 5월 7일자 영국 신문들에 실린 로이터 통신 기사, 그리고 마지막으로 앞서 언급한 최근 제임스 모리아티 대령이 보낸 편지들이다. 첫 번째와 두 번째 기사는 사건의 전말이 너무나 많이 생략되어 있었다. 그리고 내가 보여주려는 마지막 세 번째는 사실을 완전히 왜곡하고 있었다. 따라서 모리아티 교수와 셜록 홈즈 사이에 일어난 사태의 진상을 밝히는 것은 나의 당연한 의무가 될 것이다.

아마 내가 결혼을 하고 난 뒤였을 것이다. 진료소를 개업하고부터는 홈즈와 나 사이의 매우 친밀했던 관계는 얼마간 변화를 겪었다. 그러나 여전히 홈즈는 때때로 사건 수사에 친한 벗이 필요하면 나를 찾아오곤 했다. 그러나 이런 만남도 차츰차츰 줄어들어 1890년에 내가 기록한 홈즈의 사건은 겨우 세 건에 불과했다. 그해 겨울과 1891년 이른 봄 동안 나는 신문을 통해 홈즈가 프랑스 정부와 관련된 중요한 사건을 맡고 있다는 사실을 알게 되었다. 그리고 홈즈로부터 프랑스 나르본과 니임의 소인이 찍힌 짤막한 편지를 받았다. 두 통의 편지로 나는 홈즈가 프랑스에 꽤 오래 머물 것이라고 생각했다. 그런데 4월 24일 저녁, 내 진찰실로 홈즈가 들어오는 것을 보고 깜짝 놀랐다. 더구나 홈즈의 안색이 평소에 비해 더욱 창백했고, 몸도 수척해 보여 더욱 놀랐다.

"아, 요새 좀 과로를 해서 그래." 내가 말을 꺼내기도 전에 걱정스러운 내 표정을 본 홈즈가 설명했다. "최근에 스트레스를 많이 받았거든. 덧문을 내려도 괜찮겠나?"

책상 위에 있는 독서용 램프 불빛이 방에 있는 유일한 빛이었다. 홈즈는 벽을 따라 재빨리 창가로 가서 덧문을 닫고 빗장을 단단히 걸었다.

"뭐 걱정되는 것이라도 있나?" 내가 물었다.

"그래."

"뭐가 걱정되는데?"

"공기총."

"홈즈, 무슨 소리를 하는 건가?"

"왓슨, 자네는 나를 잘 알지. 내가 절대로 쉽게 흥분하는 사람이 아니란 걸 말일세. 그러나 위험이 자신에게 가까이 닥쳤다는 사실을 인정하지 않는 건 용기라기보다는 무모함에 가깝지. 성냥 좀 주겠나?"

홈즈는 담배에 불을 붙인 뒤, 연기를 길게 들이마셨다.

"이렇게 늦게 찾아와서 미안하네. 조금 있다가 자네 집을 떠날 때 정원 담을 타고 넘어가는 괴상한 짓을 해도 이해해 주길 바라네."

"도대체 그게 다 무슨 얘긴가?"

홈즈가 손을 내밀었다. 독서용 램프 불빛 아래 그의 손가락 관절에서 피가 나고 있었다.

"보다시피 근거 없는 말이 아니야." 홈즈가 웃으며 말을 이었다. "손이 꺾여서 부러질 만큼 확실한 상황이지. 자네 부인은 있나?"

"아니, 여행 중이야."

"아, 그랬군. 요새는 자네 혼자 지내나?"

"나 혼자일세."

"그럼 부탁하기가 좀 쉽겠군. 유럽으로 일주일간 나와 함께 가주겠나?"

"유럽 어디로?"

"어디라도 좋네. 유럽은 어디든 나한테는 다 똑같아."

홈즈의 행동에는 뭔가 이상한 점이 있었다. 홈즈는 이유 없이 휴가를 떠날 사람이 아니다. 창백하고 피로에 지친 안색으로 보아 홈즈가 극도로 긴장한 상태라는 것을 알 수 있었다. 홈즈는 내 눈빛에서 이런 의문을 읽었는지 두 손을 모으고 무릎 위에 올려놓은 채 상황을 설명했다.

"모리아티 교수에 대해 들어본 적 있나?" 홈즈가 물었다.

"아니."

"아, 그는 정말로 놀랄 만한 천재야!" 홈즈가 목소리를 높였다. "런던에 때때로 나타나는데도 아무도 그에 관해 알지 못하니 말이야. 그래서 최고의 범죄자가 될 수 있었겠지. 왓슨, 확실히 말하는데, 그를 잡을 수만 있다면, 사회에서 그를 제거할 수만 있다면 탐정으로서의 소임은 다했다고 할 수 있네. 그리고 좀 더 평범한 생활로 돌아갈 수 있겠지. 우리끼리 얘기지만, 최근 스칸디나비아 왕

가와 프랑스 정부를 도와준 덕분에 난 꽤 안락하고 쾌적한 생활을 누릴 수 있게 되었어. 그리고 화학 연구에 집중할 수도 있고 말이야. 그런데 왓슨, 난 쉴 수 없네. 그냥 조용히 의자에 앉아 있을 수만은 없단 말일세. 모리아티 교수 같은 사람이 런던 거리를 태연히 돌아다닌다고 생각하면 가만히 있을 수가 없어."

"그가 무슨 일을 저질렀는데?"

"모리아티의 경력은 화려하지. 훌륭한 가문 태생에 교육도 잘 받았고, 더군다나 타고난 수학적인 재능이 매우 뛰어나다네. 스물한 살의 나이에 이항정리에 대한 논문으로 유럽에서 큰 호평을 받았지. 그 덕분에 작은 대학에서 수학 교수 자리를 얻게 되었어. 장래가 촉망되는 젊은이였지. 그러나 그의 몸에는 사악한 범죄의 피가 흐르고 있네. 그의 사악함은 시간이 지나면서 사라지는 대신 비범한 두뇌의 힘을 얻어 오히려 더욱 위험해지고 말았네. 대학가에 모리아티에 대한 안 좋은 소문들이 떠돌자 결국 그는 교수직을 사임하고 런던으로 와서 군대 교관으로 일하고 있어. 여기까지가 세상에 알려진 내용이지만, 지금부터 말하는 것은 내가 직접 발견한 사실일세.

왓슨, 잘 알고 있겠지만 런던에서 일어나는 모든 범죄에 대해서 나만큼 잘 아는 사람은 없을 걸세. 지난 몇 년 동안, 나는 어떤 악한이 런던에서 일어나는 범죄 사건의 배후에 숨어 있다는 점을 항상 느껴 왔어. 법을 어기는 조직적인 세력, 잘못된 길로 나가는 문을 열어 놓는 악의 세력이 어딘가 숨어 있다고 생각해 왔어. 갖가지 위조 사건, 강도 사건, 살인 사건에서도 나는 어떤 세력이 존재하고 있음을 느낄 수 있었어. 막강한 세력이 사건 배후에서 영향을 미치고 있다는 사실을 알 수 있었네. 몇 년 동안 나는 이 세력을 감추고 있는 베일을 벗겨 내려고 애썼지. 그리고 마침내 실마리를 잡아서 교묘히 엉켜 있는 실타래를 풀어 가다 보니 그것은 다름 아닌 수학의 천재, 모리아티 교수라는 결론에 이르게 되었네.

왓슨, 모리아티는 범죄계의 나폴레옹이야. 런던에서 일어난 미궁에 빠진 사건의 대부분은 모리아티 교수가 계획한 일이지. 그는 천재에 철학자이며 이론가일세. 매우 논리 정연한 사고의 소유자거든. 마치 수백 개의 줄로 짜여 있는 거미줄 한가운데 자리 잡은 거미처럼, 가만히 있지만 거미줄의 미세한 흔들림도 곧바로 알아채지. 자기 자신이 직접 행동하는 일은 거의 없네. 단지 계획만 짤 뿐이야. 대신 그 밑에 있는 모리아티의 대행인들이 거대한 조직을 이루고 있지. 예를 들어 어떤 집을 털거나, 누군가를 살해하려고 할 때 이들은 모리아티에게 이야기를 한다네. 그러면 모리아티가 범죄를 자세히 계획하고, 그 일당이 실행하게 되지. 일당 패거리는 잡히기도 하네. 그런 경우에는 항상 보석금을 내고 풀려나거나 변호사가 붙어. 그러나 그 일당을 이용하는 핵심세력은 절대 잡히지 않네. 의심받는 일도 절대 없고. 이게 내가 추리해 낸 모리아티 교수의 조직일세, 왓슨. 난 전력을 다해서 그 조직을 파헤쳐 무너뜨리려고 한다네.

그러나 모리아티는 아주 교묘하게 구성된 보호막에 둘러싸여 보호받고 있어. 나라도 그렇게 하겠지만. 그 보호막이 어찌나 교묘한지 모리아티의 유죄를 입증할 만한 증거를 확보하기조차 불가능해 보였어. 하지만 왓슨, 자네는 내 의지력을 알지 않나. 난 지난 3개월 동안 추적한 끝에 마침내 숙적 모리아티 교수의 조직을 파악하게 되었지. 모리아티는 두뇌 싸움에서 나와 대적할 만한 유일한 범죄자야. 그가 계획한 끔찍한 범죄를 보면 그 기술에 경탄을 금할 수 없을 정도야. 그런데 마침내 모리아티가 그답지 않게 사소한 실수를 해서 내가 아주 가까이 다가갈 수 있었어. 기회를 잡았다네. 처음부터 준비해 온 일이 성과를 거두게 된 거야. 모리아티 주변에 그물을 쳐 놓고 지금은 잡을 준비가 다 되어 있네.

다음 주 월요일에 적당한 때가 되면 모리아티 교수는 조직의 주요 부하들과 함께 경찰에 잡힐 거야. 금세기 최대의 범죄자가 재판정에 서게 되면 40건이 넘는 미해결 사건들도 해결될 수 있을 거야. 모두 교수형에 처해지겠지. 하지만 만약 우리가 조금이라도 성급하게 움직이면 그들은 마지막 순간에 우리 손아귀에서 빠져나가고 말 걸세.

모리아티 교수가 모르게 이 모든 일을 진행했다면 일이 꽤 수월했을 거야. 하지만 모리아티는 그렇게 만만한 상대가 아니지. 내가 자기 주변에 그물을 치고 있다는 걸 모두 알고 있었어. 그는 몇 번이나 내가 애써 진행한 작업을 헛수고로 만들려고 시도했고, 나 또한 매번 그의 방해를 막아 냈지. 왓슨, 조용히 진행된 이 모든 작업의 상세한 부분을 모두 적어 놓는다면, 범죄 수사 역사에 길이 남을 '밀고 당기기'가 될 거야. 난 이번처럼 긴장한 적은 한 번도 없었고, 상대와 이렇게 팽팽히 맞선 적도 없었어. 모리아티도 악당 중의 최고 악당이지만, 나 역시 탐정 중의 최고 탐정이니까.

아무튼 나는 모리아티 교수의 조직을 무너뜨릴 만반의 준비를 마친 상태였지. 오늘 아침에 마지막으로 할 일을 마쳤고, 사흘만 있으면 모든 일이 끝나게 되어 있었어. 그런데 방에 앉아서 생각에 잠겨 있는데 갑자기 문이 열리면서 모리아티가 내 앞에 나타난 거야. 전에 없이 지금 내가 긴장한 이유가 그 때문이네, 왓슨. 항상 내 머릿속에서 등장했던 모리아티 교수가 바로 문 앞에 서 있는 모습은 낯설지만은 않았지. 키가 크고 마른 데다가 두 눈은 움푹 들

어갔고, 앞이마에는 흰머리가 덮여 있었지. 깔끔하게 면도를 한 창백한 얼굴이 까다롭고 꼼꼼한 성미를 지닌 교수답게 보였어. 지나치게 많이 공부한 탓인지 등이 구부정하게 굽어 있었고, 앞으로 툭 튀어나온 얼굴이 마치 교활한 파충류로 조금씩 진화하는 듯한 느낌을 주었다네. 호기심에 가득 찬 주름진 눈이 나를 뚫어지게 바라보더군.

'일의 진행이 내 기대에 못 미치는군요.' 마침내 모리아티가 입을 열었지. '가운 주머니 속의 장전된 권총에 손을 갖다 대는 건 위험한 짓이오.'

사실 모리아티가 나타나자마자 나는 극도의 위협을 느꼈네. 그 위기를 모면하려면 일단 아무 말도 하지 않는 게 유일한 방법이었지. 나는 순식간에 서랍에 있던 권총을 살짝 꺼냈는데 주머니에 넣는 모습을 들키고 말았다네. 모리아티의 말에 나는 권총을 꺼내 테이블 위에 올려놓았어. 모리아티는 계속 미소를 지으면서 눈을 깜박였는데, 냉혹한 모습에 나는 그나마 권총이 앞에 놓여 있어 다행이라고 생각했지.

'당신은 나를 전혀 모르겠지.' 모리아티가 말했네.

'아니, 당신 생각과는 반대로 난 당신을 꽤 잘 알아. 그 의자에 좀 앉겠나? 할 말이 있다면 5분 정도 시간을 내 줄 수 있지.'

'내가 무슨 말을 할지 이미 잘 알고 있을 텐데.'

'그렇다면 내가 어떤 대답을 할지도 알고 있겠군.'

'그 생각에는 변함이 없나?' 그가 묻더군.

'절대로.'

모리아티가 주머니에 손을 넣자 나는 테이블 위에 있던 권총을 집어 들었어. 하지만 그는 주머니에서 날짜를 적은 수첩을 꺼냈어.

'1월 4일 내 뒤를 밟았고, 23일에는 나를 방해했군. 2월 중순에는 당신 덕분에 상황이 꽤 불편했어. 3월 말에는 내 계획이 완전히 차질을 빚었지. 그리고 4월 말인 지금, 상황을 보니 당신의 끈질긴 추적 때문에 내 자유를 잃을 위험에 처했군. 있을 수도 없는 불가능한 상황이 벌어지고 있어.'

'무슨 할 말이라도 있나?' 내가 물었지.

'그만두시지, 홈즈.' 머리를 가로저으며 모리아티가 대답하더군. '정말 그만두는 게 좋을 거야. 잘 알겠지.'

'월요일이 지나면 그만두지.' 내가 대답했네.

'쯧쯧. 이런 일에는 단 한 가지 결말밖에 나올 수 없다는 사실을 자네처럼 똑똑한 사람이 모를 리가 없지. 이쯤에서 그만해. 당신이 열심히 일한 탓에 우리 조직이 많이 줄었어. 당신은 꽤 영리한 방법을 썼더군. 하지만 아무 영향도 끼치지 못했어. 과격한 수단을 쓰게 될까 봐 매우 유감이네. 웃고 있군, 홈즈. 경고하지. 정 그렇게 나오면 나도 어쩔 수 없어.'

'내가 하는 일이야 항상 위험이 뒤따르지.' 내가 대꾸했네.

'이건 위험이 아냐. 피할 수 없는 파멸이지. 당신은 단순히 한 개인을 상대하는 게 아니라 거대한 조직을 상대하고 있는 거야. 당신이 아무리 머리를 굴려도 깨닫지 못할 규모를 가진 조직이지. 홈즈, 그만두는 게 좋을 걸. 아니면 무참히 짓밟히고 말테니까.'

'무서운 말이군.' 권총을 들면서 내가 대답했지 '다른 중요한 볼일을 잊게 만들 만큼 재미있는 대화였어.'

모리아티도 의자에서 일어나면서 나를 말없이 쳐다보더니 안타까운 듯이 머리를 가로젓더군.

'이런, 이런. 애석한 일이야. 하지만 내 할 일은 다 했으니. 당신이 뭘 하는지 다 알고 있어. 월요일까지 아무것도 못할 걸. 그동안 나와 당신, 둘의 결투였지, 홈즈. 내게 올가미를 씌우고 싶겠지만 절대로 그렇게 되지는 않아. 날 이기고 싶겠지만 자넨 날 이기지 못해. 자네가 날 파괴할 정도로 똑똑하다면 나 역시 마찬가지지.'

'칭찬해 줘서 고맙군. 모리아티 교수.' 내가 말했네. '그 보답으로 하나는 장담하겠지만, 다른 하나는 못 하겠는걸. 시민을 위해서 난 기꺼이 해야 할 일을 하겠어.'

'나 역시 한 가지는 약속하지만 다른 하나는 못 하겠군.' 그가 비

웃으면서 말하더니 순식간에 방에서 사라졌네.
 이게 모리아티 교수와 나눈 대화의 내용일세. 그 때문에 기분이 많이 언짢았어. 모리아티 교수의 어조는 단순히 위협하는 말투가 아니라 차분하고 침착했지. 한번 결심한 것은 꼭 실행하는 사람이 분명해. 왓슨, 자네는 왜 경찰에 신고하지 않느냐고 하겠지. 경찰

에 알리지 않은 이유는 모리아티의 부하들이 공격할 게 분명해서야. 그렇게 되리라는 확실한 증거를 갖고 있네."

"이미 공격당했지 않나."

"왓슨, 모리아티는 풀이 발목을 덮을 때까지 그냥 자라게 두는 사람이 아니야. 옥스퍼드 가에 처리할 일이 있어서 낮에 나갔다네. 그리고 벤틱 가에서 웰벡 가로 가기 위해 골목을 돌아 나오는데 말 두 마리가 끄는 이륜마차가 쏜살같이 달려오더니 갑자기 나를 향해 덮치더군. 재빨리 골목길로 급히 빠져나갔기에 망정이지 하마터면 죽을 뻔했네. 그 마차는 메릴본 레인 쪽으로 달려가 곧 사라져 버렸어. 나는 가던 길을 계속 갔지. 왓슨, 그런데 이번에는 베어 가에 도착하자 어느 집의 지붕에서 벽돌 한 장이 내 코앞으로 떨어지면서 박살이 나더군. 나는 경찰을 불러서 현장을 조사해 달라고 부탁했지. 보수공사에 쓰려고 지붕에 슬레이트와 벽돌들을 쌓아둔 상태였고, 경찰은 바람이 불어서 그런 거라고 나를 설득하더군. 물론 사실은 그게 아니지. 하지만 증명할 길이 없었네. 즉시 마차를 타고 팰멜 가에 살고 있는 마이크로프트 형에게 갔네. 그리고 지금 자네에게 온 거야. 그런데 여기 오는 도중에 몽둥이를 든 괴한을 만났다네. 난 격투 끝에 그놈을 때려눕히고 나서 경찰이 체포하게 했지. 하지만 난 분명히 알고 있네. 경찰은 그 앞니 튀어나온 모리아티와 이 모든 일 사이에 어떤 연관성도 밝혀내지 못할 거라는 사실을 말일세. 나는 여기서 관절이 부러지고 저 은퇴한 수학 교수는 10마일 떨어진 곳에서 칠판에 연습문제를 풀면서 강의를 하고 있겠지. 왓슨, 그러니 이 방에 들어오자마자 창문을 닫은 내 행동을 이상하게 생각하지 않겠지? 그리고 정문 현관으로 집 밖에 나가는 대신 눈에 덜 띄는 방법으로 여길 나가겠다고 부탁하는 것도 이젠 이해가 가겠지."

나는 종종 친구 홈즈의 용기에 존경심을 표했지만, 이번처럼 그의 용기를 보고 감탄한 적은 없었다. 공포에 질릴 만한 사건들이 연이어 일어났음에도 홈즈는 의자에 앉아 담담하게 이야기했다.

"여기서 자고 갈 거지?" 내가 물었다.

"아니야, 왓슨. 나처럼 위험한 손님을 집에 재우면 안 돼. 나는 계획이 따로 있네. 잘될 거야. 지금까지 일은 내 도움 없이 갈 수 있을 만큼 진행된 상태야. 유죄 판결이 내려지려면 내가 필히 있어야 하지만 말이야. 경찰이 자유롭게 행동하려면 내가 며칠간 떠나 있는 것이 가장 좋을 테지. 왓슨, 자네가 나와 같이 유럽으로 가 준다면 매우 기쁘겠네."

"요새는 진료소가 한가한 편이고 친절한 이웃도 있으니 함께 가면 좋겠군." 내가 말했다.

"내일 아침 당장 출발할 수 있겠나?"

"필요하다면."

"물론이지. 꼭 그래야 하네. 그럼, 왓슨. 여기 적혀 있는 대로 행동해 주게. 자네는 지금 나와 함께 가장 교활한 범죄자이자 유럽에서 가장 강력한 범죄 조직의 우두머리와 맞서고 있는 거야. 이제 잘 듣게. 갖고 갈 짐은 오늘 밤에 믿을 만한 사람에게 맡겨서 빅토리아 역에 미리 갖다 두게. 내일 아침에는 이륜마차를 부르되, 첫 번째나 두 번째로 오는 마차는 타지 말게. 일단 마차에 타면 로더 아케이드 끝에 있는 스트랜드로 가게나. 마부에게 행선지를 적은 쪽지를 건네주되 버리지 말라고 부탁하게. 요금은 미리 지불하고 마차가 서면 곧장 시간에 늦지 않게 로더 아케이드로 9시 15분까지 도착해 있게. 모퉁이 가까이에 소형 사륜마차가 대기하고 있을 걸세. 붉은 칼라가 달려 있는 두꺼운 검은 외투를 입은 마부가 타고 있을 거야. 그 마차를 타면 빅토리아 역에 유럽행 특급열차 출발 시간에 맞춰 도착할 걸세."

"자네를 어디서 만나지?"

"역에서. 앞 칸 1등석 두 번째 자리가 예약되어 있을 거야."

"그럼 기차 안에서 만나는 건가?"

"그렇지."

홈즈에게 내 집에서 자고 가라고 권유했지만 헛수고였다. 홈즈는 자신이 이곳에 있게 되면 말썽이 생길 거라고 생각하는 게 분명했다. 홈즈가 굳이 떠나겠다고 고집한 이유는 그 때문이다. 내일 계획에 대해 몇 마디 서둘러 말하고 나서 그는 자리에서 일어나 나와 함께 정원으로 나왔다. 홈즈는 정원 담을 넘어 모티머 가 쪽으로 사라졌다. 그리고 곧 마차를 부르는 휘파람 소리가 들리더니 마차가 떠나는 소리가 들렸다.

다음 날 아침, 나는 홈즈가 남긴 편지에 쓰인 대로 움직였다. 홈즈가 말한 대로 마차를 불러, 먼저 도착한 마차는 타지 않고 아침을 먹은 다음 곧 로더 아케이드로 출발했다. 최대한 빨리 가자고 마부에게 말해 로더 아케이드에 도착하니 검은 망토를 입은 덩치 큰 마부가 탄 사륜마차가 기다리고 있었다. 내가 그 마차에 타자마자 마부는 채찍을 휘두르며 급하게 빅토리아 역을 향해 달려갔다. 도착해서 내가 마차에서 내리자마자 마부는 다시 방향을 돌렸고, 마차는 내 시야에서 곧 멀어졌다.

지금까지는 모든 일이 순조롭게 진행되었다. 짐 가방은 역에 도착해 있었고, 홈즈가 말한 기차 칸을 찾는 것도 어렵지 않았다. 예약이라고 표시되어 있는 자리는 한 곳밖에 없었기 때문이다. 한 가지 불안한 점은 홈즈가 보이지 않는다는 사실뿐이었다. 역의 시계는 출발 시간이 7분밖에 남지 않았음을 가리키고 있었다. 여행객 무리를 이리저리 둘러보았지만, 호리호리한 홈즈의 모습은 역 어디서도 찾을 수 없었다. 홈즈의 흔적은 어디에도 없었다. 한편 서투른 영어로 짐꾼에게 자기 짐이 파리를 통과하기로 예약되어 있다고 애써서 설명하는 어떤 점잖은 이탈리아 신부를 도와주느라 몇 분이 흘러갔다. 다시 주위를 둘러보고 자리로 돌아온 나는 포터가 그 이탈리아 신부를 내 옆자리에 앉혀 놓고 간 것을 발견했다. 이탈리아 인에게 그 자리가 아니라고 설명했지만 소용없었다. 나의 이탈리아 어가 그 신부의 영어보다 더 형편없었기 때문이다. 체념한 나는 어깨를 으쓱하고는 홈즈를 찾느라 초조히 주위를 둘러보기 시작했다. 두려움이 온몸을 스치고 지나갔다. 홈즈가 나타나지 않은 것이 마치 지난밤에 어떤 사건이 발생했기 때문은 아닌가 하는 생각이 들었다. 이미 기차 문은 닫히고 출발을 알리는 기적 소리가 들렸다. 그때였다.

"이봐, 왓슨." 나를 부르는 목소리가 들렸다. "좋은 아침이라고 인사할 만한 정신도 없나?"

깜짝 놀란 내가 어쩔 줄 몰라 하며 얼굴을 돌렸다. 나이 지긋한 신부가 나를 보고 있었다. 한순간, 얼굴의 쭈글쭈글한 주름은 펴졌고 코는 높아졌으며 튀어나와 있던 아랫입술이 들어갔고 웅얼대던 중얼거림도 멈췄다. 흐릿했던 눈은 생기를 되찾았고, 구부정하던 어깨도 꼿꼿해져 있었다. 그러나 다음 순간 이 모든 모습이 사라지고 내 친구 홈즈는 다시 원래의 늙은 이탈리아 인으로 눈 깜짝할 사이에 변해 있었다.

"이런, 세상에! 깜짝 놀랐네!" 내가 소리 질렀다.

"아직도 모든 걸 조심해야 하네." 홈즈가 속삭였다. "그들이 우리 뒤를 바짝 쫓고 있어. 아, 저기 모리아티가 있군."

홈즈가 말하는 동안 기차는 이미 움직이기 시작했다. 뒤를 향해 기차 밖을 돌아보니, 키 큰 남자가 사람들을 헤치고 바삐 오는 모습이 보였다. 손을 휘젓는 모습이 기차를 향해 정지하라고 외치는 듯했다. 그러나 이미 출발한 기차는 곧 빅토리아 역을 벗어났다.

"그렇게 조심을 했지만 꽤 아슬아슬했군." 홈즈가 웃으면서 말했다.

자리에서 일어선 그는 위장하고 있던 검은색 모자와 신부복을 벗어 손가방에 넣었다.

"왓슨, 오늘 아침 신문을 봤나?"
"아니."
"그렇다면 베이커 가도 못 봤겠군."
"베이커 가?"
"그들이 내 방에 불을 질렀어, 큰 피해는 없었지만."

"맙소사, 홈즈, 정말 너무 심하군."

"어제 괴한이 체포되는 바람에 나를 추적하던 게 완전히 실패했던 것이 분명해. 그렇지 않았다면 내가 집으로 돌아왔으리라는 생각은 하지 못했을 테니까. 그러나 모리아티가 빅토리아 역까지 쫓아온 걸 보면 자네를 감시하고 있었나 보군. 오는 동안 실수한 건 아니겠지?"

"정확히 자네가 말한 대로 했어."

"사륜마차도 찾았고?"

"그래, 기다리고 있더군."

"마부를 알아보겠던가?"

"아니."

"마이크로프트 형이었네. 이런 일에 믿을 수 있는 사람을 대가 없이 쓸 수 있다는 건 큰 이득이지. 하지만 이제 모리아티를 어떻게 할지 계획을 짜야만 하네."

"특급 열차에서 내리면 시간에 맞게 운행하는 배가 있으니 아주 간단하게 따돌릴 수 있을 것 같은데."

"아니, 그렇지 않아. 내가 한 말을 깨닫지 못한 듯싶군. 모리아티는 나와 똑같은 지능을 지닌 상대야. 내가 만약 모리아티를 쫓는 추적자라면 사소한 장애물 때문에 일을 망치리라고 생각하나? 절대로 모리아티를 낮게 평가해서는 안 되네."

"그럼 모리아티는 무엇을 할까?"

"내가 할 일을 하겠지."

"그렇다면 자네가 할 일은 뭔가?"

"특별 열차를 탈 걸세."

"그러면 늦을 텐데."

"전혀. 이 기차는 캔터베리에서 서는데 항상 여객선 출발 시간보다 15분 정도 지연이 되네. 그러면 모리아티가 거기서 우릴 따라잡게 되지."

"마치 우리가 쫓기는 범죄자 같군그래. 모리아티가 도착했을 때 경찰이 체포하면 되지 않나?"

"그렇게 되면 석 달에 걸친 노력이 물거품으로 돌아가. 큰 물고기를 낚으려면 작은 물고기들은 그물을 빠져나가게 두어야지. 월요일이면 모두 잡을 수 있을 텐데. 체포라니 절대 안 될 말이지."

"그럼 어떡하나?"

"우리는 캔터베리에서 내릴 거야."

"그런 다음엔?"

"뉴헤븐에서 디에프로 가로질러 가는 여행을 해야 하네. 모리아티는 내가 한 행동대로 따라 할 거야. 파리로 가서 우리의 짐을 확인한 다음에 역에서 이틀 동안 기다리겠지. 그동안 우리는 카펫 가방 업자처럼 제조 공장을 둘러보면서 지방을 여행하고, 스위스, 룩셈부르크, 베이즐에서 휴가를 즐기는 거지."

그리하여 우리는 캔터베리에서 내렸는데, 뉴헤븐행 기차를 타기 위해 한 시간을 기다려야 했다. 나는 내 잠옷이 있는 가방을 실은 짐차가 사라지는 모습을 애처롭게 바라보고 있었다. 그때 홈즈가 내 소매를 잡아끌면서 반대편을 가리켰다.

"이봐, 벌써 특별 열차가 왔어."

멀리 켄트 주의 숲 속에서 희미한 연기가 한 가닥 피어오르고 있었다.

1분 뒤에 한 대의 객차만을 매단 기차가 커브를 돌아 역으로 다가오는 것이 보였다. 우리는 서둘러서 역의 잔뜩 쌓인 짐 뒤로 몸을 숨겼다. 그러자 곧 기차가 뜨거운 열기를 뿜어내면서 요란하게 지나갔다. 흔들거리며 달려가는 객차를 바라보면서 홈즈가 말했다.

"모리아티가 타고 있네. 보다시피 그의 머리에도 한계가 있군. 내가 생각한 대로 추리해 행동했다면 정말 대단한 솜씨가 될 뻔했어."

"만약 우리를 잡았다면 어떻게 했을까?"

"의심할 것도 없이 우리를 죽이려고 했을 테지. 하지만 이건 두 명이 벌이는 게임이야. 지금 문제는 여기서 조금 이른 점심을 먹느냐, 아니면 뉴헤븐에 도착해 성찬을 벌일 때까지 쫄쫄 굶느냐 하는 걸세."

우리는 브뤼셀로 가서 그날 밤을 보내고, 이틀을 머무른 다음 사흘 째 되는 날 스트라스부르로 갔다. 월요일 아침, 홈즈는 스코틀랜드 야드에 전보를 쳤다. 그날 저녁 호텔에 답장이 와 있었다. 홈즈가 봉투를 열더니 나지막이 욕설을 내뱉으며 편지를 난로 속에 던져 버렸다.

"미리 알았어야 했는데!" 홈즈가 신음하듯 말했다. "그가 도망쳤어!"

"모리아티?"

"경찰이 모리아티만 빼고 패거리를 다 체포했대. 모리아티는 빠져나갔어. 물론 내가 영국을 떠났으니 그와 대적할 만한 맞수가 없었겠지. 경찰 손에 모든 걸 맡겨도 될 거라고 생각했는데. 왓슨, 자네는 영국으로 돌아가는 편이 좋겠어."

"왜?"

"자네에겐 내가 위험한 동반자가 될 테니깐. 모리아티의 조직이 다 파괴되었으니 그는 런던으로 돌아갈 수도 없을 거야. 내가 모리아티를 제대로 봤다면 무슨 수를 써서라도 내게 복수를 하려고 들겠지. 나를 찾아와서도 말했지만, 그는 한다면 하는 사람이야. 왓슨, 자네는 영국으로 돌아가 진료소 일을 계속하는 것이 좋겠어."

그러나 나는 홈즈를 두고 돌아갈 마음이 전혀 없었다. 우리는 스트라스부르의 식당에서 반 시간 동안 이 문제를 놓고 서로 의논한 끝에 결국 여행을 계속하기로 결정하고, 그날 밤 스위스의 제네바로 출발했다.

우리는 일주일 동안 아름다운 론 계곡의 경치를 즐기면서 로이크로 갔다가 젬미패스로 갔다. 인터라켄 지방을 거쳐 마이링겐으로 가는 길은 아직 눈이 덮여 있는 산길이었다. 여행은 매우 즐거웠다. 산 아래는 산뜻한 봄기운이 감돌았고, 산 위는 아직도 흰 눈으로 덮여 있었다. 그러나 홈즈는 자기 주변을 감도는 그늘을 잠시도 잊지 않았다. 날카롭고 재빠른 눈초리로 스쳐 지나가는 사람들 얼굴을 자세히 관찰하는 홈즈의 눈빛은 우리 뒤를 쫓는 위험에서 홈즈와 내가 아직 완전히 벗어나지 못했다는 사실을 항상 말해 주고 있었다.

한번은 이런 일도 있었다. 쓸쓸한 다우벤제 지방의 경계를 따라 젬미패스 산맥을 지나고 있을 때 커다란 돌이 위에서 굴러 내려와 뒤에 있는 호수 속으로 굉장한 소리를 내며 떨어졌다. 홈즈는 재빨리 산등성이로 올라가 꼭대기에서 아래를 살펴보았다. 안내인이 봄철에는 이런 일이 흔히 발생하는 자연 현상이라고 설명해도 소용없었다. 홈즈는 아무 말도 하지 않았지만 마치 예상했던 일을 본 사람처럼 얼굴에 미소를 띠우고 나를 바라보았다.

이렇게 조심스러워 하면서도 홈즈는 절대로 낙심하는 법이 없었다. 기운이 없기는커녕 내가 본 모습 중 가장 힘이 넘치는 모습이었다. 그리고 모리아티 교수가 없어진 걸 확인하기만 한다면 탐정 생활을 마음 편히 즐겁게 매듭지을 수 있을 거라고 자주 말했다.

"왓슨, 나는 말이지, 보람 있는 인생을 살았다고 자부하네. 오늘이 내 회고 기록의 마지막이라도 침착하게 되돌아볼 수 있어. 런던의 공기는 내 덕분에 좀 더 맑아졌고 말이야. 기억 못하는 사건들도 많지만 내 능력을 나쁜 쪽으로 사용한 적은 단 한 번도 없네. 요즘은 감옥이나 형벌로 처벌할 수밖에 없는 범죄 사건을 해결하는 일보다는 자연 현상을 연구하고 싶다는 생각이 들어. 왓슨, 유럽에서 가장 위험하고 사악한 범죄자를 잡거나 파멸시키는 날이면 자네의 회고록도 끝을 맺게 될 걸세."

간결하고 정확하게 이야기를 끝내야겠다. 내가 이 회고록을 쓰는 이유는 사건의 주제가 아니라 일어난 사건을 사실 그대로 자세하게 써야 하는 의무가 있기 때문이다.

우리가 마이링겐 지역의 여관에 도착해서 짐을 푼 것은 5월 3일이었다. 주인은 페터 스타일러라는 나이가 지긋한 사람으로 눈치가 빠르고 영어를 아주 잘했는데, 런던에 있는 그로스브너 호텔에서 4년 동안 웨이터로 일했다고 한다. 주인의 충고에 따라 4일 오후에 우리는 함께 언덕을 넘어 로젠라우이 마을에서 하룻밤을 묵기로 했다. 그러나 언덕 중간에 있는 라이헨바흐 폭포를 그냥 지나

칠 수는 없었던 우리는 폭포를 보기 위해 약간 돌아가기로 했다.

라이헨바흐 폭포는 정말 압도적인 장관이었다. 눈이 녹은 물이 엄청난 기세로 폭포 아래 연못의 심연으로 떨어졌고, 주변은 온통 안개 같은 물보라로 자욱하게 덮여 있었다. 폭포 양쪽에는 깎아지른 듯한 검푸른 바위 절벽이 둘러서 있었으며, 깊이를 알 수 없는 연못으로 쏟아지는 물기둥이 물보라를 일으키면서 흘러넘쳤다. 초록빛을 띤 커다란 물줄기가 큰 소리를 내면서 계속 위에서 아래로 떨어졌고, 뿌연 물보라가 마치 바람에 흔들리는 커튼처럼 춤추며 위로 올라갔다. 우리는 낭떠러지 끝 부근에 서서, 저 아래 검은 바위에 부딪쳐 부서지는 물거품을 내려다보며 인간의 거대한 외침과도 같은 폭포수의 울림에 귀를 기울였다.

한 바퀴 돌아 폭포 전체를 완전히 볼 수 있는 길이 중간에서 갑자기 끝났기 때문에 우리는 왔던 길을 되돌아 내려갔다. 내려오던 길에 한 스위스 젊은이가 뛰어오더니 우리에게 편지를 전해 주었다. 편지에는 우리가 묵고 있던 여관의 도장이 찍혀 있었다. 편지는 내게 온 것으로 우리가 떠난 지 얼마 안 되어 영국인 부인이 도착했는데, 목숨이 매우 위독한 상황이라고 쓰여 있었다. 루체른에 있는 친구를 만나기 위해 여행 중인 이 부인은 다보스 플라츠에서 겨울을 지내다가 결핵에 걸렸다고 전하고 있었다. 몇 시간 살지 못할 것 같은데 스위스 인 의사가 아니라 영국인 의사에게 진찰을 받고 싶다고 고집하니, 만약 내가 와 준다면 부인에게 큰 위안이 될 것 같아 실례를 무릅쓰고 나에게 어려운 부탁을 한다는 여관 주인의 말이었다.

거절하기가 어려운 부탁이었다. 이국땅에서 죽어 가는 같은 영국인의 불쌍한 처지를 모른 체할 수는 없었다. 그러나 홈즈를 혼자 두고 떠나기가 꺼림칙했다. 결국 나는 환자를 보러 가기로 하고 대신 마이링겐에 갔다 올 때까지 심부름 온 스위스 젊은이가 홈즈와 함께 있기로 했다. 홈즈는 폭포를 좀 더 보다가 로젠라우이 마을로 천천히 출발하겠으니 거기서 만나자고 말했다. 돌아보자 검은 절벽을 배경으로 팔짱을 끼고 물줄기를 내려다보고 있는 홈즈의 모습이 보였다. 이것이 이 세상에서 마지막으로 본 홈즈의 모습이 될 줄이야.

거의 산을 다 내려와서 돌아보았기 때문에 폭포는 보이지 않았지만 산등성이를 휘감아 올라가는 길이 보였다. 그 길을 따라 한 남자가 아주 빠른 걸음으로 가고 있었다. 초록색 산 빛깔이 그 사람의 검은 모습과 대비되어 눈에 띄었다. 그가 급하게 걷는 모양이 자꾸 신경에 거슬렸지만 서둘러 길을 재촉하다 보니 그의 모습은 곧 뇌리에서 지워졌다.

마이링겐에 도착한 것은 한 시간이 조금 넘어서였을 것이다. 여관 주인이 호텔 입구에 서 있었다.

"부인은 좀 차도가 있습니까?" 내가 황급하게 물었다.

주인은 놀란 기색을 하며 눈썹을 치켜 올렸다. 그 모습을 보자 나는 심장이 얼어붙는 것만 같았다.

"이 편지를 당신이 쓰지 않았습니까?" 주머니에서 편지를 꺼내

며 내가 물었다.

"병든 영국 부인은 여기 없습니까?"

"아뇨, 없어요." 주인이 말했다. "하지만 편지에 도장이 찍혀 있군요! 분명 아까 왔던 키 큰 영국인이 쓴 게 분명해요. 그 사람이—"

그러나 나는 주인의 설명을 듣고 있을 수 없었다. 나는 두려움에 휩싸인 채 내려왔던 길을 다시 뛰어 올라갔다. 내려오는 데는 한 시간이 걸렸지만, 라이헨바흐 폭포로 다시 올라가는 데는 있는 힘을 다했음에도 두 시간이 넘게 걸렸다. 홈즈의 등산용 지팡이가 아까 그 자리에 세워져 있었다. 그러나 홈즈의 흔적은 어디에도 없었다. 소리쳐 불러 봤지만 아무런 응답도 없었다. 건너편 절벽에 부딪힌 메아리만 다시 돌아올 뿐이었다.

홈즈의 등산용 지팡이를 보자 온몸이 오싹해졌다. 홈즈는 로젠라우이 마을로 가지 않았던 것이다. 한쪽은 깎아지른 듯한 절벽, 다른 한쪽은 낭떠러지로 둘러싸인 폭 3피트 정도의 좁은 길에 남아 있다가 적에게 습격을 당한 것이다. 그 스위스 젊은이도 사라져 버리고 없었다. 아마도 모리아티에게 돈을 받고 가 버렸으리라. 그 뒤에 무슨 일이 생긴 것일까? 무슨 일이 생긴 건지 누가 말해 줄 것인가?

공포로 아득해진 정신을 수습하기 위해 잠시 그 자리에 서 있었다. 그리고 홈즈가 하던 대로 이 비극적인 일을 차근차근 뒤따라가기 시작했다. 너무도 쉬운 일이었다. 우리가 대화를 나누던 장소를 표시하듯 길에는 홈즈의 지팡이가 그대로 그곳에 남아 있었다. 기름진 검은 땅은 폭포에서 나오는 물보라로 매우 부드러워서 새가 살짝 앉아도 선명히 발자국이 남을 듯했다. 길 끝을 향해 두 사람의 발자국이 선명하게 이어져 있었다. 이곳으로 올라간 흔적은 있지만, 되돌아 내려온 발자국은 없었다. 길이 끝나는 곳에서 좀 벗어나자 엉망이 된 진흙탕이 있었고, 벼랑 가장자리는 덤불이 뜯겨 나간 흔적이 있었다. 나는 온몸을 감싸고 올라오는 물보라를 헤치면서 밑을 내려다보았다. 날은 이미 어두워졌기 때문에 검은 절벽이 물기를 머금은 채 반짝였고, 저 멀리 폭포 아래에서 부서지는 물결만이 보일 뿐이었다. 나는 홈즈의 이름을 외쳤다. 그러나 폭포의 굉음만 귀를 울릴 뿐이었다.

그러나 친구의 마지막 인사만은 받을 운명이었다. 길가 절벽에 세워져 있던 홈즈의 등산용 지팡이 위에서 뭔가 반짝이는 것이 눈에 띄었다. 반짝이는 그 물건은 홈즈가 갖고 다니던 은 담뱃갑이었다. 담뱃갑을 들자 그 밑에 눌려 있던 종이 한 장이 팔랑팔랑 땅으로 떨어졌다. 네모나게 접은 종이를 펼쳤다. 그것은 메모지에서 뜯은 종이에 쓴, 홈즈가 내게 보내는 편지였다. 매사가 분명한 홈즈답게 마치 서재에서 쓴 것처럼, 글씨는 또박또박하고 깨끗했다.

왓슨

나는 모리아티 교수의 호의로 짧은 편지를 쓰고 있어. 그는 나와 마지막 결투를 치르기 위해 내가 편지 쓰는 것을 기다리고 있지. 그가

지금 어떻게 영국 경찰을 따돌리고 우리의 동정을 알아냈는지 간단하게 설명해 주었네. 내가 생각했던 대로 그의 두뇌가 아주 뛰어난 것이 확인된 것이지. 나의 힘으로 이 세상에서 이 악당의 존재를 없앨 수 있다는 점이 매우 기쁘군. 그리고 그 대가로서 내 친구들, 특히 왓슨 자네에게는 커다란 고통을 주는 것이 유감스럽지만 말일세. 그러나 이미 자네에게 말한 대로 내 인생은 어쨌든 전환점을 맞았고, 이렇게 마침표를 찍는다면 이보다 내게 더 흡족한 결말은 없을 거네. 사실 자네에게 진심으로 고백하지만, 나는 마이링겐에서 온 편지가 가짜였다는 것을 알고 있었어. 자네보고 가라고 설득한 건 이런 일에는 어떤 결말이 있어야 한다고 생각했기 때문이야. '모리아티'라고 적힌 파란 봉투 안에 모리아티 일당을 유죄 판결로 소탕하는 데 필요한 서류를 다 넣어 서류함 'M' 항목에 두었다고 패터슨 경감에게 전해 주게. 그리고 영국을 떠나기 전에 모든 재산을 마이크로프트 형 앞으로 남겨 두고 왔어. 자네 부인에게도 안부 전하게.

– 자네의 진실한 친구, 셜록 홈즈

나는 몇 마디 짧게 덧붙이면서 이 모든 이야기를 끝내고자 한다. 경찰 조사로 두 사람이 싸우다가 함께 엉킨 채 폭포 아래로 떨어진 것이 확실하다는 결론이 내려졌다. 시신을 찾으려는 시도는 무모한 짓이었다. 홈즈와 모리아티는 흰 물거품을 일으키며 기세 좋게 떨어지는 폭포의 엄청난 물줄기 아래 깊은 곳에 영원히 잠들어 있을 것이다. 스위스 젊은이는 다시는 나타나지 않았다. 그러나 모리아티가 고용한 일당 중 한 명이 틀림없었다. 모리아티의 조직은 홈즈가 수집해 둔 증거들로 모두 발각되어 죽은 모리아티의 힘이 얼마나 컸는지 사람들로 하여금 깨닫게 만들었다. 그러나 그들의 사악한 두목에 관해서는 수사 도중 드러난 사실이 거의 없다. 내가 여기에 그 경력과 죄업을 정확히 쓰려는 이유는 셜록 홈즈를 비난함으로써 범죄자 모라아티의 오명을 없애려고 하는 바보 같은 무리들에게 단호한 반격을 가하고 싶기 때문이다.

역주 —

코난 도일 자신은 《마지막 사건》에 대해 높이 평가했다. 셜록 홈즈 단편 베스트 12에서 4위에 오르고 있다. 이 작품의 원고에 대해서는 '귀중한 단편'이라고 불리는 부분—라이헨바흐에서 홈즈가 왓슨에게 쓴 편지의 자필 원고—에 대해서만 기록이 남아 있다. 이 부분의 원고는 1915년 12월 8일에 필라델피아에서 경매에 나왔지만 현재는 행방불명이다.

해설편 《셜록 홈즈의 회상》

홈즈의 죽음과 모리아티 교수

《셜록 홈즈의 회상》의 〈마지막 사건〉에서 홈즈는 스위스의 라이헨바흐 폭포에서 모리아티 교수와 격투를 벌이다 폭포 아래로 떨어져 죽는 것으로 묘사된다.

코난 도일은 한창 인기를 얻고, 엄청난 수입을 가져다주는 홈즈를 왜 죽게 했을까? 코난 도일을 잘 아는 영매의 말을 들어 보면 그 이유를 확실히 알 수 있다.

"코난 도일은 셜록 홈즈를 증오했고, 생각하는 것도 싫어했습니다. 그가 오컬트나 더 중요하다고 생각하는 것에 대해 강연할 때, 청중 가운데는 그의 추리 소설에 대해 질문하는 사람이 꼭 있었습니다. 그러면 도일은 상당히 화를 냈습니다. 그는 《마이카 클락》

같은 아동용 전기 소설이나 《용장 제랄》 같은 넌센스 문학을 좋아했고, 자신을 월터 스콧 경이 환생한 것으로 느낀 적도 있습니다. 그가 홈즈 스토리를 쓴 것은 대중이 좋아하고, 그 덕분에 돈을 벌고 유명해졌기 때문에 쓴 것뿐입니다. 하지만 돈이나 여론에도 불구하고 그는 홈즈를 죽였습니다. 액땜을 한 것이죠. 나중에 홈즈를 부활시킨 것은 돈이 필요했기 때문입니다. 도일은 심령술 발전을 위해서 25만 파운드나 썼습니다."

도일이 얼마나 셜록 홈즈를 싫어했는지는 다음 에피소드를 보아도 알 수 있다.

셜록 홈즈에 대해 말하지 말라는 무언중에 결정된 일가의 규율을 아들 에이드리언이 지키지 않자, 도일은 화를 내며 "그 이름을 내 앞에서 말하지 마라! 절대로 하지마! 나는 그를 증오한다!"고 소리쳤다고 한다.

1891년 11월 11일, 도일이 어머니에게 보낸 편지를 보면 셜록 홈즈에 대한 살의를 품은 사실을 알 수 있다.(〈마지막사건〉이 〈스트랜드〉에 발표된 것이 1893년 12월이니 2년 전에 살해 계획을 세운 것이다.)

사랑하는 어머니
나는 새로운 홈즈 시리즈를 5편 완성했습니다. 그것은 ①블루 카번클, ②얼룩 끈, ③독신 귀족, ④기사의 엄지손가락, ⑤버릴 코로넷(녹주석 보관)입니다. 모두 초기 작품 수준으로 이번 열두 단편은 좋은 책이 될 것입니다. 여섯 번째 이야기 〈마지막 사건〉에서 홈즈를 죽여서 결말을 짓겠습니다. 홈즈는 더 훌륭한 것에서 나의 마음을 빼앗고 있기 때문입니다.

자서전에는 이렇게 쓰고 있다.

나는 결의의 표시로 주인공 홈즈의 목숨을 끝내기로 결정했다. 그 생각은 아내와 스위스에 갔을 때 머릿속에 이미 있었다. 우리는 멋진 라이헨바흐 폭포를 보았다. 그곳은 무서운 장소로 셜록 홈즈에 어울리는 묘지가 될 거라고 생각했다. 홈즈와 함께 나의 은행 예금도 사라지겠지만.

도일은 홈즈를 죽일 결심을 한 뒤, 부인과 스위스 여행을 하다 라이헨바흐 폭포를 보고 그곳을 홈즈를 죽일 무대로 결정한 것이다.
 그럼 어떻게 죽게 할 것인가? 자살을 하게 할 수는 없다. 실수로 죽게 하는 것도 말이 안 된다. 탐정의 최후답게 범죄자와 싸우다 죽게 하는 것은? 이리하여 홈즈를 죽게 할 상대를 만들 필요가 있었다.
 모리아티 교수는 〈마지막 사건〉에 처음 등장한다. 물론 1914년 9월부터 1915년 5월까지 〈스트랜드〉에 연재된 《공포의 계곡》에 모리아티가 언급된다.

"이 일에는 그 방면의 대가가 손대고 있습니다. 총신을 자른 엽총이나 서투른 6연발총 따위를 상대하는 것이 아닙니다. 붓 터치를 보면 대가의 작품임을 알 수 있듯이, 하는 행동을 보면 모리아티의 짓이라는 걸 알 수 있습니다. 이 범죄는 런던에 있는 사람의 소행이 분명합니다. 미국에서 온 사람의 짓이 아닙니다."

이 사건 발생 연도는 1888년으로 〈마지막 사건〉보다 빠르지만, 어쩐 일인지 왓슨은 〈마지막 사건〉에서 모리아티에 대해 처음 듣는 것으로 되어 있다. 그렇게 유명한 범죄의 나폴레옹이라면 홈즈는 왜 그 전에 한 번도 이야기하지 않았을까? 결국 모리아티 교수는 도일이 홈즈를 죽이기 위해 급조한 악역이라고 보는 게 타당하다. 그는 지금까지 홈즈가 해결한 사건의 범인이나 악당들과는 근본적으로 다른 존재로, 악마적인 기운마저 느끼게 한다. (〈양들의 침묵〉의 한니발 렉터 박사의 모델이라는 인상을 지울 수 없는 것은 역자만의 생각일까?) 사실 모리아티 교수는 직접 등장하지 않고 홈즈의 이야기로만 알려져 있기 때문에 홈즈가 바로 모리아티라는 가설을 세울 수도 있다. 그럼 모리아티는 순수하게 도일이 창조한 인물일까? 아담 워스나 조나산 와일드가 그 모델이라고 하지만 그들에게는 학식이 없다.

새뮤얼 로젠버그는 그의 저서 《Naked Is the Best Disguise(1974)》에서 모리아티의 모델이 독일의 철학자 프리드리히 니체(1844~1900)라고 주장한다. 니체를 모리아티의 모델로 한 것은 당시 악명 높은 니체에 대한 도일의 비우호적인 태도라고 본 것이다. 로젠라우이 호텔에 1877년 여름에 니체가 묵었고, 그 호텔에 도일이 묵었을 때 이 아이디어가 떠올랐을지도 모른다. 도일이 니체를 염두에 둔 것은 분명한 듯하다.

〈빈집의 모험〉에서 홈즈는 바닥에 있던 강력한 공기총을 집어 들고 살핀 다음 다음과 같이 말한다.

"훌륭하고 진기한 무기요. 대단한 힘을 가졌을 뿐만 아니라 아주 조용한 무기요. 죽은 모리아티 교수의 주문으로 이 총을 만든 독일인 장님 기술자 폰 헤르데르는 나도 알고 있었지만, 이 총의 실물을 보는 것은 오늘이 처음이오. 이 총과 총알을 조심해서 관리하세요, 레스트레이드."

대화 중에 나오는 총을 만든 독일인 장님 기술자 폰 헤르데르는 니체의 스승 폰 헤르데르를 연상시킨다.

〈기사의 엄지손가락〉에서 빅터 하더리가 홈즈에게 다음과 같이 말한다.

'프리츠! 프리츠!' 부인은 영어로 외쳤습니다. '전에 한 약속을 생각하세요. 다시는 하지 않겠다고 말했잖아요. 이 사람은 틀림없이 비밀을 지킬 거예요. 그럼요, 꼭 지킬 거예요.'

'엘리제, 미쳤소?' 대령은 부인의 팔을 뿌리치려고 몸을 비틀면서 외쳤습니다.

　독일인 라이샌더 스탁 대령과 여성, 그들과 미친 독일의 철학자 시인 니체와의 관계는 이름에도 나타난다. '프리츠'는 독일어로 '프리드리히'의 애칭이고, '엘리제'는 '엘리자베트'의 애칭이다. 니체의 여동생 이름이 엘리자베트다. (이 단편에서 사무실을 열었지만 일거리가 없는 빅터 하더리는 병원을 열었지만 손님이 없는 도일 자신을 말하는 것이다.)
　결국 홈즈를 죽일 배경과 악역이 갖추어지자 도일은 범행을 감행한다. 그 결과 홈즈는 대중 앞에서 사라지고 도일은 자신이 좋아하는 역사 소설과 심령주의에 열중한다.
　그리고 3년 후 〈빈집의 모험〉에서 셜록 홈즈는 부활한다.